Sergio Dudli

CREEPY CHRONICLES

Bloß nicht den Kopf verlieren!

Sergio Dudli ist Schweizer, Werbetexter und Fußball-Nerd. Er mag keine Horrorfilme, hat es aber zum Glück gewagt, sein erstes Buch »Creepy Chronicles« zu schreiben, ohne den Kopf zu verlieren.

Falk »Zapf« Holzapfel wohnt, lebt und zeichnet in Wien. Sein Spezialgebiet sind Wesen mit Hörnern, mehr als zwei Augen und Hunger auf Menschen.

Sergio Dudli

Creepy Chronicles

Bloß nicht den Kopf verlieren!

Mit Illustrationen
von Falk »Zapf« Holzapfel

dtv

FSC
www.fsc.org
MIX
Papier aus verantwortungsvollen Quellen
FSC® C014496

Originalausgabe

Coverillustration und -gestaltung: Falk »Zapf« Holzapfel
Gesetzt aus der Sabon Next LT Pro
Satz: Satz für Satz, Wangen im Allgäu
Druck und Bindung: GGP Media GmbH, Pößneck
Printed in Germany · ISBN 978-3-423-76374-5

1

Padraig

Der Friedhof

Warum musste es auf Monsterjagd *immer* regnen? Echt jetzt, das nervte! Gut, ich komme aus Schottland, schon klar. All die Touristen würden sagen, dass dieses triste Wetter zu unserer Kultur gehört. So wie das Monster von Loch Ness – zumindest hat es das, bis wir es getötet haben. Aber davon weiß zum Glück keiner.

»Du blickst ja noch düsterer drein als dein Großvater, nachdem er das linke Auge verloren hatte.« Ein tiefes Lachen erklang aus dem Schatten einer Kapuze und übertönte das Prasseln des Regens.

»Dieses Wetter geht mir gegen den Strich«, antwortete ich gereizt und öffnete ein Tor, das in eine von Moos überzogene Steinmauer eingelassen war. Grasbüschel drückten sich durch die Ritzen. Mit einem leisen Quietschen schwang das Gitter zur Seite.

»Regen und Wind sorgen erst für die richtige Stimmung auf der Jagd!«, behauptete die Kapuzengestalt und blieb vor dem Tor stehen.

Ich zuckte mit den Schultern. »Mag schon sein.«

Aus dem Halbschatten der Kapuze musterte mich ein schmales Gesicht: dunkle Augenringe, kantige Wangen, buschiger Schnurrbart. Dad fuhr voll auf den Staubfänger ab. Dabei waren die Dinger seit dem letzten Jahrhundert nicht mehr angesagt. Es sah aus, als wäre ein toter Hamster zwischen seiner Oberlippe und der leicht gekrümmten Nase eingeklemmt. Kein Wunder, dass ihm dieses Prachtexemplar spöttische Spitznamen einbrachte. Meine Favoriten waren »der Höllenbalken« und »die Oberlippe des Todes«. Zugegeben, einer dieser Namen ging auf meine Kappe …

»Ist was?«, fragte ich mit hochgezogenen Augenbrauen, als Dad auch nach zehn Sekunden noch vor mir stand, statt durch das Tor zu treten.

»Nervös, Padraig O'Sullivan?«

»Nein«, antwortete ich entschlossen. »Sieht gemütlich aus, die Gegend hier. Ich kann mir keinen besseren Ort für ein Vater-Sohn-Wochenende vorstellen.«

Dad legte mir eine Hand auf die Schulter. »Schön, dass du noch zum Scherzen aufgelegt bist. Du weißt ja, Ang–«

»*Angst ist unser größter Feind*«, unterbrach ich ihn und winkte ab. »Ich weiß, Regel Nummer eins.«

Der Höllenbalken mochte Regeln. Keine Angst hier, die richtigen Waffen da. Aber hey, noch sahen wir die feuchte Erde, die so ziemlich ganz Schottland bedeckte, nicht von unten. An den Regeln musste also was dran sein.

Dad musterte mich prüfend. Als wollte er mich durchleuchten und sich vergewissern, dass nicht doch irgendwo ein Funken Angst schlummerte.

»Dann gehen wir«, sagte er schließlich. Offenbar hatte sein Padraig-Angst-Sensor nicht ausgeschlagen.

Jenseits des schmiedeeisernen Tores lag der alte Friedhof von Little Worrington. Nebelschwaden waberten wie von einer unsichtbaren Hand gezogen über die von Unkraut überwucherte Wiese und die Grabsteine. Auf einer Anhöhe thronte eine heruntergekommene Kapelle, unweit davon ragten die knorrigen Äste einer Eiche in den Abendhimmel.

Wir stapften durch den aufgeweichten Boden, vorbei an den windschiefen Grabsteinen, die im Lauf der Zeit so dunkel geworden waren, dass keiner der eingemeißelten Namen mehr zu entziffern war. Was keine Rolle spielte, da die Toten viel zu lange unter der Erde lagen und sich ohnehin niemand mehr an sie oder ihre Namen erinnern konnte.

»Was wohl mit der Eiche geschehen ist?«, fragte Dad.

Ich stellte den Kragen meines Trenchcoats hoch, während mir die Regentropfen wie kleine Peitschenhiebe ins Gesicht klatschten. Durch die aufziehende Dunkelheit stierte ich zu dem Baum. Kein einziges Blatt hing an den wirren Ästen. Das Merkwürdigste war, dass die Eiche aus zwei ineinander verschlungenen Stämmen bestand. Erst kurz vor der Baumkrone wuchsen sie zusammen.

Ich zuckte ratlos mit den Achseln. »Passt dieses tote Ding nicht irgendwie zu einem Friedhof?«

»Stimmt«, bestätigte Dad einsilbig. Je näher die Jagd rückte, desto wortkarger wurde er. Ansonsten konnte die Oberlippe des Todes ganz gesprächig sein.

Da es nach Sonnenuntergang schnell dunkel wurde, knipste ich die Taschenlampe an. Der Lichtkegel zerriss die sich anbahnende Nacht. Nach einem kurzen Fußmarsch standen wir vor der Tür des steinernen Gotteshauses.

»Hast du alles bereit?« Dad senkte die Stimme. »Für den Ernstfall.«

Ich überprüfte meinen Waffengurt, der sich unter dem Trenchcoat diagonal über meinen Oberkörper zog.

Feuer des Prometheus?

Check.

Weihwasser?

Sicher verkorkt.

Eisenkette?

Schwer wie immer.

Salzkugeln?

Bereit zum großen Wurf.

Dolch?

Schärfer als … Lassen wir das.

»Alles da«, bestätigte ich. »*Ohne die richtigen Waffen bist du tot – oder zumindest ein zufälliges Körperteil los*, nicht wahr?«

Dad nickte. »Regel Nummer zwei. Dann hoffen wir mal, dass der Pfarrer zu Hause ist.«

Ich griff nach dem verrosteten Türklopfer, der aus dem Maul eines eisernen Löwen hing, und hämmerte dreimal gegen das morsche Holz.

»Ich komme, ich komme«, erklang eine gebrechliche Stimme aus dem Innern der Kapelle.

Ein Schlüssel wurde gedreht, ein Riegel aufgeschoben. Die Tür öffnete sich knarrend und ein kleiner Mann mit Laterne kam zum Vorschein. Er war vielleicht siebzig Jahre alt und trug einen schwarzen Talar, der ihm zwei Nummern zu groß war. Auf seiner Hakennase saß eine rundliche Nickelbrille, deren Gläser dick wie Lupen waren und das Licht der Flammen reflektierten. Auf der fast kahlen, von Flecken überzogenen Kopfhaut stritten sich ein paar weiße Haare um den besten Platz.

»Sie sind bestimmt James O'Sullivan, richtig?«, fragte der

Pfarrer mit heiserer Stimme. Aus dem Ärmel schob sich ein dünnes Ärmchen hervor. Die unnatürlich vergrößerten Augen musterten uns wie ein wachsamer Uhu.

»So ist es«, bestätigte Dad. »Ich bin James O'Sullivan.« Er überragte den Greis um drei Köpfe und schüttelte ihm kräftig die Hand. »Sie müssen Pfarrer Connelly sein, richtig?«

»Der bin ich«, japste der Alte. Dad zermalmte seine Hand fast zu Staub. »Sie sind ein Geschenk des Himmels! Sie müssen mir helfen! Es ist grauenhaft!«

»Sie sprechen von den Toten?«, hakte ich nach.

Der Pfarrer wandte sich erschrocken zu mir, als hätte er mich zuvor gar nicht wahrgenommen. Er testete die Beweglichkeit der zerquetschten Finger, richtete seine Brille und legte den Kopf schief. »Bist d–«, er räusperte sich, »ich meine, sind *Sie* nicht noch zu jung für diesen Beruf?«

»Glauben Sie mir, Pfarrer Connelly«, fuhr Dad dazwischen, »wenn ich Ihnen sage, dass mein Kollege unverzichtbar für die Arbeit unserer Organisation ist.«

Mit »unserer Organisation« meinte er die Behörde für eigenartige Angelegenheiten und superobskure Tierkreaturen, kurz BEAST. Früher waren wir als Exorzisten bekannt, aber da gab es irgendwann Streit mit den religiösen Eiferern. Heute nennen sich die meisten von uns BEAST-Agenten. Der Begriff *Exorzisten* war ohnehin irreführend, da wir keine Dämonen austreiben, sondern die Menschheit seit Jahrhunderten vor Monstern und Kreaturen der Nacht beschützen. Das läuft natürlich alles im Verborgenen ab, damit niemand Panik schiebt.

Im Kampf gegen die Monster nutzen BEAST-Agenten fünf Waffen: Feuer, Eisen, Salz, Weihwasser und Sigillen. Letzteres sind magische Symbole. Kampfsigillen ritzen wir in unsere Waffen. Mein Dolch ist mit der *Sigille der Erstarrung* versehen. Steckt die Klinge in einem Wesen der Nacht, kann es sich nicht mehr bewegen. Schutzsigillen wiederum sind Bannkreise und dieser ganze Kram.

Tja, und damit jagen wir Monster. Keine Vampire, Werwölfe und andere Fantasiegestalten, sondern echte Ausgeburten der Hölle! Vor wenigen Tagen hatten Dad und ich in einem einsam gelegenen Bergdorf in den Cairngorms einen Schwarzen Augenhorter getötet. Dieses Wesen sieht aus wie eine XXL-Fledermaus mit pechschwarzer Haut und riesigen gelben Augen. Was so ein Augenhorter tut? Nun, er schneidet verirrten Wanderern mit seinen löffelartigen Krallen die Augen raus. Das funktioniert wie diese Dinger in den Eisdielen, mit denen die Kugeln geformt werden. Ihre Schätze hortet die Kreatur in hohlen Baumstämmen oder Astlöchern.

Als der Augenhorter tagsüber in seinem Versteck schlief, haben wir ihn ausgeräuchert. Mit Feuer hat er's nicht so, unser Glupschauge. Der hat vielleicht geschrien, als die Flammen nach ihm züngelten. *Puff!*, und er war nur noch ein mickriges Staubhäufchen.

Diese Nacht waren wir in Little Worrington im Einsatz, einem unscheinbaren Kaff ein paar Kilometer außerhalb von Inverness. In den letzten Monaten gab es in der Gegend mehrere Vermisstenfälle. Die Menschen im Ort erzählten sich alte Schauermärchen über ein Monster, das im angrenzenden Wald umherschlich. Was sie nicht wussten: Diese Kreatur hatte ein Agent vor vielen Jahrzehnten erledigt. Das ist alles bei BEAST notiert und archiviert. Ach ja, was würden wir nur ohne Mrs Love-Wobbley tun? Die ältere Dame mit einer Vorliebe für Strickjacken war das Herz des BEAST-Archivs.

Aber zurück zum Pfarrer.

»Bitte vergeben Sie mir meine Voreingenommenheit, mein Sohn.« Mr Connelly legte die Hände ineinander und lehnte sich mit dem Oberkörper nach vorne. »Dabei pflege ich stets zu sagen, dass das Alter nichts über die Fähigkeiten eines Menschen aussagt. Schließlich wissen wir nie, welche Gaben uns der Herr mit auf den Weg gibt.«

Der Pfarrer lächelte mich an. Ich erwischte mich dabei, wie ich sein gelbstichiges Gebiss anstarrte. Hatte ein Lächeln seinen Namen überhaupt verdient, wenn es aus mehr Lücken als Zähnen bestand?

»Kein Problem«, entgegnete ich freundlich. »Ich bin Skepsis aufgrund meines jungen Alters gewohnt.«

Das Lächeln des Pfarrers (nennen wir es einfach mal so) erlosch, seine Angst kehrte zurück. »Darf ich Sie bitten, sich den Tatort dieser Grausamkeit anzuschauen?« Er trat zur Seite und wies mit einer einladenden Geste in den kargen Raum hinter sich.

Dad nickte ihm freundlich zu. »Vielen Dank. Komm, Padraig.«

Kaum trat ich über die Schwelle, schlug mir ein modriger Geruch entgegen. Eine Mischung aus Verwesung und feuchtem Stein kitzelte unangenehm in der Nase.

»Wir haben leider keinen Strom«, gestand Pfarrer Connelly.

Und keine Duftbäumchen, fügte ich gedanklich hinzu.

»Seit Little Worrington vor fünfzig Jahren eine neue Kirche mitten im Stadtkern erbaut hat, zerfällt dieses Gebäude mit jedem Tag ein Stück mehr.« Der Alte seufzte verbittert.

Im Inneren der Kapelle sorgten Kerzen für schummriges Licht. Das Wachs tropfte an den angelaufenen Leuchtern herab und hinterließ warzenartige Knubbel. Die eckigen Fenster lagen wie Schießscharten im dicken Gestein. Das Holz der Sitzbänke war vergammelt und von Käfern zerfressen. Am Boden des Altars lag ein umgestürztes Taufbecken.

»Wo sind die Leichen, die Sie gemeldet haben?«, fragte Dad. Seine Worte hallten gespenstisch von den Wänden.

Ich nahm einen tiefen Atemzug und zog eine angewiderte Grimasse. »Anhand des Geruchs liegt hier irgendwo eine halbe Armee.«

Pfarrer Connelly hob die Laterne vor sein Gesicht. Das Zucken der Öllampe warf nervöse Schatten auf seine blasse Haut. »Die Toten sind im Keller. Folgen Sie mir.«

Wir schritten hinter dem Pfarrer durch die Sitzreihen. Er führte uns zu einer Holztür hinter dem entzweigebrochenen Taufbecken.

»Darf ich Ihnen kurz die Laterne geben, mein Sohn?«, fragte der Pfarrer.

»Klar.« Ich nickte und nahm sie ihm ab. Zum Glück lächelte er mich nicht an.

Mit zittrigen Händen klaubte Connelly einen Ring aus Eisen hervor. Die daran befestigten Schlüssel klimperten wie eine metallische Rassel. Trotz der Kälte in dem Gemäuer bildeten sich feine Schweißperlen auf der Stirn des Alten.

Der erste Schlüssel passte nicht. Der zweite und dritte ebenfalls nicht. »Ah, da haben wir ihn ja«, stellte der Pfarrer erleichtert fest, als der vierte ins Schloss glitt. »Sie müssen entschuldigen«, bat er, »aber die Sache schlägt mir auf den Magen – und die Nerven.«

»Verständlich«, kommentierte Dad knapp.

Der Pfarrer drückte die Klinke. Mit einem lang gezogenen Knarzen wie in einem schlechten Horrorfilm schwang die

Tür auf. Sofort verstärkte sich der Gestank. Mr Connelly trat zu mir und griff nach der Laterne.

»Vielen Dank.«

»Kein Ding«, sagte ich und trat an ihm vorbei. Hinter der Tür schloss sich ein schmaler Gang an. Nach wenigen Stufen verlor sich eine steinerne Treppe in der Finsternis. Außer ein paar Spinnweben, die sich in den Ecken des Ganges ausbreiteten und in der Zugluft tanzten, erkannte ich nichts.

Der Höllenbalken erschien neben mir im Türrahmen. »Die Toten befinden sich da unten?«

Die Schweißperlen auf der Stirn des Pfarrers glitzerten. Sein Gesicht war kreidebleich, die Altersflecken schienen gewachsen und mehr geworden zu sein. »Ja, ich habe sie heute Morgen bei einem Kontrollrundgang entdeckt«, keuchte er. Ein Hustenanfall durchfuhr den gebrechlichen Körper. »Einen Moment«, bat er heiser. Mr Connelly griff in die Seitentasche des Talars und zückte ein Stofftuch, das er sich vor den Mund hielt.

»Alles in Ordnung?«, erkundigte sich Dad.

Als Antwort kam ein würgender Huster. Tränen füllten die Uhu-Augen hinter den lupenartigen Brillengläsern.

Dad und ich tauschten vielsagende Blicke aus.

»Vielleicht vertreten Sie sich die Beine an der frischen Luft. Sie werden uns da unten ohnehin nicht helfen können«, schlug Dad vor.

Kommentarlos reichte ihm der Pfarrer die Laterne. Er wandte sich ab und huschte hustend und würgend zur Eingangstür.

»Was war denn mit *dem* los?« Ich schüttelte den Kopf. Ein letztes Würgen drang zu uns herüber, dann fiel die schwere Tür ins Schloss und sperrte sämtliche Geräusche aus. »Der hat bestimmt schon den einen oder anderen bleichen Kollegen bestattet. Der Anblick von Toten sollte ihm eigentlich vertraut sein.«

Dad leuchtete mit der Laterne in den Gang. »Genau das ist es, was mich beunruhigt. Die Leichen da unten müssen ihn ziemlich schockiert haben.«

»Es war leichtsinnig, ihn hier zu treffen.« Ich blickte durch die Kapelle zur Eingangstür. »Bestimmt hat ihn das Monster nur verschont, weil außer Haut und Knochen nicht viel an ihm dran ist.«

Dad zog ein Buch aus der Innentasche des Mantels. Risse zogen sich wie unverheilte Wunden über den zerfledderten Buchrücken. Eine Ecke war schwarz verfärbt, als wäre Tinte darübergelaufen. Auf der Vorderseite prangte eine Sigille, die es nichtmenschlichen Geschöpfen unmöglich machte, das Buch zu öffnen. In dem Schinken hatte Dad alles notiert, was er über die Jagd wusste. Neben wichtigen Informationen wie Vorkommen, Nahrung, Jagdverhalten und besonderen Fähigkeiten hatte er zu jedem Monster eine Zeichnung angefertigt. Wir nannten es das *Bestiarium*.

»Weißt du, womit wir es zu tun haben?« Dad schlug das Buch auf wie ein Lehrer vor einem Diktat. Er blätterte durch die vergilbten Seiten.

Ich grinste ihn selbstsicher an. »Wir befinden uns auf einem Friedhof, im Keller türmt sich ein Leichenberg und das Monster hat Appetit auf Menschenfleisch. Und dann ist da der Gestank. Offenbar verschlingt das Wesen die Toten nicht auf der Stelle, sondern teilt sich die Nahrung ein.«

»Und das bedeutet?«

»Ganz einfach.« Ich strich mir ein paar Haarsträhnen aus dem Gesicht. »Wir haben es mit einem Friedhofsschlurfer zu tun. Ein Nachtjäger und Einzelgänger, der sich von Menschenfleisch ernährt. Wie es der Name schon sagt, lieben die Schlurfer Friedhöfe. Das ist für sie, als würden sie in einem Kühlschrank leben, der automatisch aufgefüllt wird. Wahrscheinlich hat unser Exemplar alle Beerdigten aufgefressen. Und als kein Nachschub mehr kam, weil es einen neuen Friedhof gibt, stieg er auf Menschen-Sushi um.«

Dad hob die Augenbraue – bestimmt die Reaktion auf meinen Sushi-Vergleich. »Weißt du, wie man ihn tötet?«

Okay, ich hatte keinen blassen Schimmer. Aber zum Glück war ich ein Meister des Ratens. »Feuer?«

»Tut ihm weh, tötet ihn aber nicht.«

»Weihwasser?«

»Ätzt sich in seine Haut, tötet ihn aber nicht.«

»Dolch ins Herz?«

»Das Herz eines Schlurfers ist härter als jede Klinge.«

»Dolch in den Kopf?«

»Padraig!« Ein genervter Unterton schwang in Dads Stimme mit. »Denk an die alten Geschichten.«

»Kopf abschlagen!«

Soeben war es mir eingefallen. Dad hatte mir als Kind immer von den Abenteuern eines jungen BEAST-Agenten erzählt, der überall auf der Welt die gruseligsten Monster tötete. Einmal untersuchte der Junge bei Tageslicht einen Friedhof und entdeckte einen schlafenden Schlurfer. Er kehrte mit einem selbst gebastelten Beil zurück, das aus einem Ast und einem Stein bestand, und enthauptete den Leichenfresser kurzerhand. Dank dieser Geschichten hatte ich früh gelernt, wie wir Monster töteten.

Dad schüttelte den Kopf und reichte mir wortlos das aufgeschlagene Bestiarium.

Friedhofsschlurfer

Art: humanoides Monster

Vorkommen:

tritt weltweit in Erscheinung; nistet sich in der Nähe von Friedhöfen ein; bevorzugt dunkle, feuchte Räume

Nahrung:

verfaultes Fleisch toter Menschen (mordet gelegentlich, um an frisches zu kommen und es verfaulen zu lassen); frisst notfalls auch seine Artgenossen

Besonderheiten:

nachtaktiv (schläft tagsüber in höhlenartigen Verstecken); in der Regel Einzelgänger*; übernatürlich stark; durch ihn zugefügte Wunden lassen Hautgewebe absterben (sehr schmerzhaft!); seltene Exemplare sind Gestaltwandler, aber nur bei regelmäßigem Fleischkonsum derselben Leiche

Töten:

enthaupten; ~~Feuer~~ wirkt laut Emmerett offenbar doch nicht; Haut der Schlurfer reagiert sensibel auf Weihwasser → verätzt sie (merken, denn eine Kugel Weihwasser ist schneller geworfen als ein Kopf abgeschlagen) !!!

* nur selten Berichte über Herden, da sie sich gegenseitig auffressen

»Enthaupten«, las ich. »Wie ich gesagt habe!«

Dad seufzte und strich sich über den Schnauzer. Das tat er oft. Zum Nachdenken, aus Langeweile oder, wie in diesem Fall, um seinen Unmut anzudeuten.

»Wie du *geraten* hast«, korrigierte er mich. »Und das auch noch sehr schlecht.«

Ich verkniff mir eine spitze Bemerkung. Sonst würde er mich bloß daran erinnern, dass wir stets wissen mussten, womit wir es zu tun hatten. Regel Nummer soundso.

»Hast du dein Schwert dabei?«, fragte ich stattdessen.

»Natürlich.« Dad drehte sich um. Auf seinem Rücken zeichnete sich eine längliche Form unter dem Mantel ab. Sie reichte von der Schulter bis knapp über die Hüfte.

»Könnte auch ein dritter Arm sein, der da wächst.«

»Das gäbe Ärger mit Farchie.«

»Oh ja.«

Dad trat auf mich zu und sah mich eindringlich an. Sein Schnurrbart war so nahe an meinem Gesicht, dass ich jedes einzelne Haar erkennen konnte. Einige waren ergraut. Mein alter Herr wurde langsam, nun ja, *alt*.

»Jagen wir?«, fragte er mit tiefer Stimme.

Ich grinste und ballte die Fäuste. »Lass uns dem Viech zeigen, was die O'Sullivans auf dem Kasten haben!«

»Gut«, sagte Dad. Seine Mundwinkel zuckten kurz nach oben. Beinahe hätte es für ein Lächeln gereicht. Aber eben nur beinahe. Ohne ein weiteres Wort schob er sich unter dem Türrahmen durch.

Ich warf einen letzten Blick über die Schulter. Der matt beleuchtete Innenraum der Kapelle gähnte mich traurig an. Dann folgte ich Dad in die Tiefe.

Die Treppe war so schmal, dass unsere Schultern fast die

Wände berührten. Die Kälte in dem Schlund verwandelte meinen Atem in kleine Wolken. Während wir dem Gestank mit jeder Stufe näher kamen, breitete sich eine ungute Vorahnung in mir aus.

»Dad«, begann ich zögernd. »Wenn nur der Pfarrer die Tür oben mit dem Schlüssel öffnen kann, wie kamen dann die Opfer in den Keller?«

»Das finden wir hoffentlich gleich heraus«, meinte er und wies auf eine angelaufene Eisentür am Treppenende.

»Warum ist da eine Eisentür?«, fragte ich überrascht. Der Gestank hier unten war so stark, dass ich die aufsteigende Übelkeit nur schwer unterdrücken konnte.

Dad erreichte die letzte Stufe und fuhr mit der Hand über die Tür. »In solchen Kapellen wurden früher Reichtümer und Schätze aufbewahrt. Die mussten gut gesichert werden.« Er drehte sich um, stellte die Laterne auf den Treppenabsatz und streifte den Mantel ab. Darunter kam an einem Riemen das Schwert zum Vorschein, dessen Klinge mit zahlreichen Symbolen verziert war. Das glatte Metall glänzte im Schein der Laterne. Am Gurt um die Hüfte trug Dad die weiteren Waffen: Eisenkette, Weihwasser, Salzkugeln, Feuer.

»Bist du bereit, Padraig?«

Ich nickte.

Dad trat zur Eisentür, eine Hand griffbereit am Schwert, und drückte die Klinke.

Jeder meiner Muskeln spannte sich an. Ich schlug den Mantel beiseite und umklammerte den Dolch.

Dad rüttelte an der Klinke. »Verschlossen.«

»Verdammt«, fluchte ich und schlug mir die Handfläche auf die Stirn. »Pfarrer Connelly hat den Schlüsselbund!«

»Klassiker«, meinte Dad trocken.

»Ich hole die Schlüssel«, sagte ich und fragte mich, warum es keine *Denk-an-den-Schlüssel-Regel* gab.

Dad zögerte. Obwohl ich mittlerweile alt genug und ein fähiger BEAST-Agent war, ließ er mich ungern allein. »Okay«, raunte er. »Aber beeile dich!«

»Versprochen.«

Ich sprintete die Treppe hoch, sprang über das entzweite Taufbecken, huschte durch die Sitzbänke und öffnete die Tür. Die Nacht war mittlerweile vollständig über die Welt hereingebrochen. Nur die Silhouette der zweistämmigen Eiche war in der Dunkelheit auszumachen. Irgendwo in der Nähe krächzte ein Vogel, der sich über den anhaltenden Regen beschwerte. Immerhin stank es nicht nach verwesenden Leichen.

»Pfarrer Connelly?«, rief ich in die schwarze Welt. »Wir benötigen die Schlüssel, um die Bunkertür zu Ihrem geheimen Schatzkammerverlies zu öffnen.«

Keine Antwort.

»War ein Scherz«, warf ich schnell hinterher und horchte angestrengt. »Hallo?«

Alles blieb ruhig.

Ich kramte meine Taschenlampe aus dem Mantel hervor und ließ das Licht über die Wiese gleiten. »Fußspuren«, murmelte ich. Vor mir zeichneten sich tiefe Abdrücke im aufgeweichten Boden ab. Sie führten über die Wiese und verloren sich außerhalb des Lichtkegels.

Ein Blitz zuckte durch den Himmel und befreite die Umgebung für einen Wimpernschlag aus der Finsternis.

Mir gefror das Blut in den Adern.

2

Padraig

Unter der Eiche

Die Dunkelheit umschloss den Friedhof wieder mit finsteren Klauen – und mit ihm die Gestalt, die neben der zweistämmigen Eiche stand. Vor Schreck war mir die Lampe aus der Hand geglitten und mit einem leisen *Pflotsch* im Schlamm stecken geblieben. Ich kannte den kahlen Schädel, der für den Bruchteil einer Sekunde im Blitzlicht erschienen war.

»Pfarrer Connelly«, rief ich erleichtert und hob die Lampe auf. Langsam beruhigte sich mein Puls. »Sie haben mir vielleicht einen Schrecken eingejagt.« Ich wischte den Schlamm notdürftig ab und trat auf den vielarmigen Baum zu. Ich kniff die Augen zusammen. Der Pfarrer war nicht mehr zu sehen. Dafür fühlte ich mich … beobachtet.

»Sie haben vergessen, uns die Schlüssel für die Kellertür zu geben«, rief ich Richtung Eiche.

Keine Antwort.

Ich watete durch die matschige Wiese. Bei jedem Schritt versank ich mit einem leisen Fluch knöcheltief im Schlamm. Noch immer reichte der Schein der Taschenlampe nicht bis zur Eiche. Der Wind ließ die Blätter der umliegenden Bäume einen rauschenden Kanon anstimmen. Das gespenstische Wispern begleitete mich, während der Lichtkegel über die bemoosten Grabsteine wanderte.

»Ach, da sind Sie ja«, stellte ich leicht genervt fest, als das Licht über den schwarzen Talar glitt und das Uhu-Gesicht von Pfarrer Connelly aus der Nacht schälte. Der Greis stand wie festgefroren vor dem Spalt, der sich zwischen den beiden Stämmen der Eiche auftat. Seine Augen waren vor lauter Regentropfen auf den Brillengläsern nicht zu erkennen.

Ich zog den Fuß aus einem weiteren Schlammloch. »Hat Ihnen der Gestank in der Kapelle die Sprache verschlagen?«

Der Pfarrer drehte sich wortlos um. Er trat auf die Eiche zu und verharrte unter den zusammengewachsenen Stämmen. Es sah aus, als würde er mitten im Schlund eines schlafenden Riesen stehen.

»Alles in Ordnung mit Ihnen?«

Stumm hob der Pfarrer die gebrechliche Hand und winkte mich zu sich.

Ein ungutes Gefühl breitete sich in mir aus. Was war nur mit dem Alten los? Gerade als ich ihn das fragen wollte, vernahm ich hinter mir ein Rascheln. Mit gezücktem Dolch wirbelte ich herum, bereit zum Angriff. Doch da war nichts außer einem zerbrochenen Grabstein, der einsam aus der feuchten Erde ragte.

»Es tut mir leid«, entschuldigte ich mich. »Ich dachte, ich hätte was gehört.« Hastig steckte ich den Dolch ein. Hoffentlich war dem Pfarrer beim Anblick der Waffe nicht das Herz in die Hose gerutscht. »Haben Sie das auch gehö–«

Ich verstummte.

Pfarrer Connelly war verschwunden.

»Ähm«, machte ich unsicher und leuchtete die Stelle rund um die Eiche ab. »Hallo?«

Der Spalt zwischen den Baumstämmen tat sich auf wie das Tor zu einer anderen Welt. Meine Nackenhaare stellten sich auf und das ungute Gefühl legte sich über mich. Die verwachsenen Baumstämme waren verfault und schwarz wie Kohle. Ich trat näher und fuhr über das Holz. Es fühlte sich rau an – und tot.

Als ich in dem Spalt stand, breitete sich eine Gänsehaut auf meinen Unterarmen aus. »Was haben wir denn da?«

Zwischen den Stämmen tat sich ein Loch im Boden auf. Es stierte mich an wie ein totes Auge und sog mich förmlich hinein. Ich trat an die Kante, ging in die Knie und leuchtete in den Schlund. Da hatte tatsächlich jemand eine Höhle unter der Eiche ausgehoben!

»Pfarrer Connelly? Sind Sie da unten?«

Die unterirdische Kammer war so groß wie unser Wohnzimmer und drei Meter tief in die Erde gegraben. Einen Sprung konnte ich nicht riskieren, ohne mich zu verletzen. Ich ließ den Lichtkegel über den festgetretenen Boden wandern – bis er in der hintersten Ecke ein zusammengekauertes Bündel offenbarte.

»Pfarrer Connelly!«

Ich erkannte den Talar sofort. Unweit davon reflektierte ein kleiner Gegenstand das Licht – die Brille!

Mit pochendem Herz erhob ich mich und blickte über den Friedhof. Die Kapelle ragte als dunkler Schatten vor dem wolkenverhangenen Himmel hervor. Ich überlegte, ob ich Dad holen sollte. Aber das hätte zu lange gedauert. Hektisch zog ich den Trenchcoat aus und verknotete ihn mit meinem

Schal. Das Seil band ich um eine dicke Wurzel, die aus dem Boden ragte, und warf es in das Loch.

»Dann wollen wir mal«, sprach ich mir Mut zu und setzte mich an den Rand der Öffnung.

Langsam seilte ich mich ab. Als ich festen Boden unter den Füßen spürte, ließ ich das Seil los und hastete zum Pfarrer. Er lag regungslos auf der harten Erde. Ich griff nach seiner Schulter.

»Pfarrer Connelly, sind Sie –«

Ein Schrei entfuhr mir.

Das Gesicht des alten Mannes war kaum noch als solches zu erkennen. Die Haut war schwarz und verfault. Nur einzelne Fetzen hafteten noch am Schädel. Anstelle der Augen blickte ich in leere Höhlen, aus denen sich getrocknetes Blut über die eingefallenen Wangen ausbreitete. Der Mund zwar zu einem stummen Schrei aufgerissen, die Lippen aufgeplatzt und von eitrigen Blasen überzogen. Ausgefranste Bisswunden übersäten die Leiche, als wäre sie einem blutrünstigen Weißen Hai in die Fänge gekommen.

Ich taumelte zurück, bis ich mit dem Rücken gegen die Wand stieß. Schweiß schoss aus jeder meiner Poren, ich bekam kaum Luft. Der Schock ließ meine Arme und Beine schwer wie Blei werden. Langsam sank ich auf die Knie. Mit offenem Mund starrte ich auf die Leiche des Pfarrers.

Der Schreck steckte so tief in meinen Knochen, dass ich den heranschleichenden Schatten nicht bemerkte. Er trat aus einem Tunnel, der hinter herabhängenden Wurzeln verborgen lag. Ein verräterisches Klacken ließ mich aufhorchen. Wie vom Blitz getroffen schoss ich hoch und griff instinktiv nach einem Fläschchen an meinem Gurt. Darin loderte eine blaustichige Flamme, die wie von Geisterhand im Glas schwebte. Mit voller Wucht schleuderte ich es in die Richtung, aus der das Geräusch gekommen war, und warf mich flach auf den Boden.

Der Schatten war verdammt schnell. Mit einem Sprung wich er aus und rollte hinter einen Steinfelsen – gerade noch rechtzeitig. Das Glas zerschellte klirrend an der Wand neben dem Vorhang aus Wurzeln.

Einen Wimperschlag später verwandelte ein Feuerball die Höhle in ein glühendes Inferno. Flammen züngelten gierig wie eine tausendköpfige Schlange über die Decke. Schützend hielt ich die Hände über dem Kopf zusammen. Die Hitze brannte auf meiner Haut und ließ die Luft flimmern. Doch so schnell, wie sich das Feuer ausgebreitet hatte, erlosch es auch wieder.

Ich erhob mich hustend, wischte mir den Ruß von der Stirn und sog die rauchgeschwängerte Luft ein. Die Stelle, an der das Fläschchen zerbrochen war, stand in Flammen.

Ein bösartiges Lachen erfüllte die Höhle und vermischte sich mit dem Knistern des Feuers.

»Sieh an, ein Monstertöter«, erklang eine tiefe Stimme wie das Brummen eines Motors. Hinter dem Stein richtete sich ein hageres Wesen auf. Ein kahler, von bleicher Haut überzogener Schädel erschien im Flammenschein. Einzelne Haarsträhnen hingen wie Spinnweben in ein zerfleddertes Gesicht. Pupillenlose Augen stierten mich ausdruckslos an. Auf dem Oberkörper breiteten sich schwarze Flecken und grünliche Abszesse aus, unter der fauligen Haut traten pulsierende Adern hervor. Die Glieder des Wesens waren unnatürlich lang und dürr wie abgenagte Knochen.

»Friedhofsschlurfer«, zischte ich und zückte den Dolch. »Was hast du mit dem Pfarrer gemacht?«

Die Kreatur richtete sich auf. Der Schlurfer war über zweieinhalb Meter groß, ging leicht gebückt und sah aus wie eine wandelnde Leiche. Seine Pferdefüße klackten bei jedem Schritt. Dieses Geräusch hatte ich gehört, als das Wesen die Höhle betreten hatte.

»Der Narr hat das Nest entdeckt«, raunte das Monster und nickte zum Leichnam. Der Schlurfer legte den Kopf schief und strich sich mit seinen knochigen Fingern die Haarfäden aus dem eingefallenen Gesicht. »Wir haben es zu spät bemerkt.«

»Wir?«, wiederholte ich.

»Ich und meine drei Brüder«, lachte der Leichenfresser gackernd. Er scharrte mit den Hufen, ein dickflüssiger Speichelfaden tropfte aus seinem Mund. »Wir wussten, dass sie Monstertöter schicken würden. Wir hätten fliehen können, aber wir sind geblieben, um euch zu töten.«

»Ein beliebter Anfängerfehler.« Ich hielt den Dolch vor mein Gesicht. »Ihr wärt besser zurück in das Loch gekrochen, aus dem ihr gekommen seid.«

Auf ein unhörbares Kommando setzten wir uns in Bewegung und gingen langsam im Kreis. Die milchigen Augen des Friedhofsschlurfers starrten mich an – soweit das ohne Pupillen eben möglich war.

»Dummes Menschenkind«, höhnte das Wesen. Es schlug gegen die Wand. Erdkrümel rieselten von der Decke. Trotz ihrer mageren Erscheinung waren Schlurfer stärker als jeder Mensch. »Hüte deine vorlaute Zunge, Menschenkind, sonst reiße ich sie dir bei lebendigem Leib heraus!« Er bleckte die spitzen Zähne, die wie Speere aus dem Kiefer ragten. »Ihr seid uns in die Falle gegangen, ohne es auch nur zu erahnen!«

Ich biss mir auf die Zunge und dachte an das Bestiarium. Was stand da noch mal über diese Bestien? Leichenfresser, Pferdefüße, selten Gestaltwandler – *Gestaltwandler*! Es fiel mir wie Schuppen von den Augen.

»Das war nicht Pfarrer Connelly, den wir in der Kirche getroffen haben!«, presste ich hervor. »Und er war es auch nicht, der mich in dieses feuchte Loch gelockt hat. Das warst du!«

Der Schlurfer leckte sich mit der grauen Zunge genüsslich über die blassen Lippen. »In der Kapelle hätte ich mich beinahe zurückverwandelt. Ich muss ständig frisches Fleisch fressen, um mich zu verwandeln. Die Wirkung ließ schneller nach, als ich dachte.«

Deshalb war Connelly völlig überstürzt aus der Kirche gerannt!

Wut stieg in mir auf. Warum hatten wir das nicht bemerkt? Der falsche Pfarrer hatte nicht einmal gewusst, mit welchem Schlüssel er die Tür zum Keller öffnen konnte.

»Du hast den Schlüsselbund absichtlich mitgenommen, um uns zu trennen!«

Der Friedhofsschlurfer grunzte.

Ich umfasste den Griff meines Dolchs noch fester. »Wo sind deine Brüder, du elender Abschaum?«, giftete ich das Monster an.

Der Schlurfer ließ seine Fäuste mit voller Kraft gegen die Wand krachen.

»Sprich nicht so mit mir, Menschenkind!«

Die Wucht seiner Hiebe fuhr mir durch jeden einzelnen Knochen. Ich dachte an Regel Nummer eins und sperrte die aufkeimende Angst in eine kleine Kiste, tief in meinem Kopf verborgen.

Das Monster richtete sich schnaubend zu seiner vollen

Größe auf. Das Feuer warf seinen Schatten als verzerrtes Ebenbild an die Höhlenwand.

»Du hast Glück«, schlug der Schlurfer einen süßlichen Ton an, »dass ich kurz vor deinem Tod nicht nachtragend bin.«

»Wo. Sind. Deine. Brüder?!«, wiederholte ich.

Der Menschenfresser nickte zum Gang, aus dem er gekommen war. »Weißt du, wohin dieser Tunnel führt?«

»Zu eurem Lieblingschinesen?«

»Zu viel Gemüse«, gurgelte der Schlurfer. »Als es auf dem Friedhof kein Fleisch mehr gab, gruben wir den Gang in den Keller. Dort konnten wir das Frischfleisch in einem kühlen Raum verstecken. Nach meiner Flucht aus der Kapelle kam ich hierher und habe ein Stück aus dem dürren Leib des Pfarrers gerissen, um mich erneut zu verwandeln. Die Schlüssel habe ich meinen Brüdern überreicht. Damit können sie –«

»Die Kellertür von innen öffnen …« Mein Herz rutschte in die Hose. »Dad!«

Erregung fuhr durch die knochigen Glieder des Monsters. Es verdrehte den Oberkörper wie ein gestrandeter Fisch und verzog das Gesicht zu einer hässlichen Fratze.

»Ich werde es genießen, dich zu töten. Eine kleine Leiche für mich, eine große für meine drei Brüder.«

Die Kiste in meinem Kopf zerbrach in ihre Einzelteile. Die freigelegte Angst durchströmte jede Zelle meines Körpers. Mit einem Monster konnte es Dad problemlos aufnehmen. Aber drei waren sein sicheres Todesurteil!

»Was ist los, dreckiges Menschenkind?«, schmatzte der Schlurfer. »Warum plötzlich so still?«

Schlagartig verwandelte sich meine Angst in lodernde Wut. Meine Finger gruben sich in den Griff des Dolchs, bis sie schmerzten. Vor der brennenden Wand stoppte ich.

»Ich werde dich töten«, sagte ich ruhig. »Und danach deinen Brüdern die Kehlen durchschneiden.«

Die glasigen Augen des Monsters verengten sich zu Schlitzen. Es reckte den Kopf in die Luft, spreizte die krallenartigen Finger und zeigte seine verfaulten Zähne.

»In dieser Höhle wird nur einer sterben – und das bist *du*, Menschenkind!«

Unvermittelt setzte der Friedhofsschlurfer zum Angriff an. Mit der Geschwindigkeit eines Pferds raste er auf mich zu. Ich wartete bis zur letzten Sekunde. Als ich mein Spiegelbild in den blassen Augen sah, hechtete ich zur Seite – und gab den Weg zur brennenden Wand frei.

Doch der Schlurfer durchschaute meinen Plan. Er stemmte die Hufe in den Boden, drehte seinen dürren Oberkörper blitzartig um und reckte die Klauen nach mir. Wie ein heißes Messer glitt eine Kralle durch meine Haut und ließ eine lange Fleischwunde auf meiner Wange zurück.

Ich schrie auf.

»So schwach und langsam«, fauchte das Monster. »Aber keine Sorge, Monstertöter, dein Ende wird schnell und schmerzvoll.«

Stöhnend tastete ich nach der blutenden Wunde. Als ich sie berührte, zwang mich der Schmerz fast zu Boden.

Der Schlurfer war im Blutrausch. Krämpfe der Erregung und Gier durchzuckten ihn, Speichelfäden tropften ihm aus den Mundwinkeln.

»Ich werde dich von deinem jämmerlichen Dasein erlösen!« Er bäumte sich auf und galoppierte in rasender Geschwindigkeit auf mich zu.

Mit zitternder Hand griff ich nach einer Glaskugel an dem Gürtel. Eine klare Flüssigkeit schwappte darin. Kurz bevor mich die Klauen des blutrünstigen Monsters erreichten, schmetterte ich sie dem Schlurfer ins Gesicht.

Die Kugel zerschellte zwischen seinen Augen. Der qualvolle Aufschrei flutete meine Venen mit Adrenalin. Ich drehte mich zur Seite und ließ die strauchelnde Kreatur ins Leere greifen. Ich spürte den Luftzug der Krallen dicht an meinem Gesicht. Der Friedhofsschlurfer verlor das Gleichgewicht und krachte zu Boden.

»Meine Augen!« Der Wutschrei hallte in dem unterirdischen Versteck nach. Der blanke Hass ließ die Stimme schrill und brüchig klingen.

Ich wischte mir den Staub vom zerschlissenen Kragenpullover. »Weihwasser, mein Freundchen. Tötet dich nicht, verätzt aber deine Haut«, zitierte ich, was Dad vor der Kellertür gesagt hatte.

Der Schlurfer erhob sich fauchend und nahm die Hände aus dem Gesicht. Dort, wo die blassen Augäpfel wie Glühbirnen aus dem Kopf traten, hatte sich das Weihwasser durch das faule Gewebe gefressen. Das Monster war erblindet.

»Was hast du mit meinen Augen getan?«

»Als BEAST-Agent hat man immer einen Plan B.« Ich warf den Dolch in die Luft und fing ihn wieder auf. »Feuer hat nicht geklappt, Weihwasser schon. Ganz einfach.«

»Armseliges Menschenkind«, schäumte das Monster und schlug wild um sich. »Ich werde dich umbringen und dir jedes Stück Fleisch vom Knochen ziehen!«

Ich hob einen Stein auf und warf ihn in hohem Bogen über den Kopf des Friedhofsschlurfers. Das Geräusch des Aufpralls ließ ihn herumfahren.

»Jetzt bist du tot!«

Es sollten seine letzten Worte sein. Ich atmete tief ein und holte zum Wurf aus. Wie in Zeitlupe glitt der hölzerne Griff des Dolchs aus meiner Hand. In drehenden Bewegungen rauschte die Klinge durch die Luft – und bohrte sich tief in den Rücken des Friedhofsschlurfers.

Ein Schrei hallte von den Wänden. Die Sigille leuchtete bläulich auf und ließ den Körper des Schlurfers wie ein einstürzendes Kartenhaus zusammenklappen.

Ich trat auf den Haufen hagerer Glieder zu, der neben der Leiche des Pfarrers lag. Wortlos zog ich die Klinge aus dem Rücken des Monsters und holte aus. Warmes Blut spritzte mir ins Gesicht. Der abgetrennte Kopf rollte vor meine Füße, den Mund zu einem letzten Schrei aufgerissen. Ich wischte mir das Blut von der Wange und blickte in die toten Augen.

»Man sieht sich in der Hölle.«

Ich versetzte dem Schädel einen Tritt. Er holperte über den Boden und zog eine Blutspur hinter sich her. Er kam erst vor dem Vorhang aus Wurzeln zu stehen, hinter dem sich der Tunnel zum Keller verbarg.

Da die Taschenlampe im Kampf kaputtgegangen war, trennte ich mit dem blutgetränkten Dolch eine Wurzel von der Decke ab und entzündete sie an der brennenden Wand. Mit der improvisierten Fackel zwängte ich mich in den Tunnel.

Der niedrige Gang fraß sich wie ein Bergstollen in die Erde. Holzbalken ragten aus dem Boden und stützten die Decke. Einige waren unter der enormen Last, die auf ihnen ruhte, eingeknickt.

Ich kam schnell voran, aber die drückende Stille schlug auf meine Stimmung. Die Angst um Dad hatte sich im Kampf um Leben und Tod kurzzeitig verflüchtigt. Jetzt nistete sich die Unsicherheit wie ein Parasit ein, der mir langsam jede Hoffnung aussaugte.

Der Tunnel verlief in einem seichten Bogen nach rechts. Viele Balken waren zerborsten. Die Luft roch abgestanden, immer wieder verfing ich mich in Spinnweben. Bald vernahm ich aus der Ferne ein Geräusch. Zuerst dachte ich, es sei Einbildung. Doch dann hörte ich einen Schrei, der mir durch alle Glieder fuhr.

Dad!

Ich vergaß alles um mich herum und hetzte durch den Tunnel. Ich stieß meine Schulter an einem Stützbalken, stolperte über eine Wurzel und knallte auf den Bauch. Der Aufprall quetschte die Luft aus meinem Brustkorb. Ich rappelte mich hoch. Die Wunde an meiner Wange schmerzte, mein Gesicht fühlte sich taub an. Ich röchelte, bekam kaum Luft. Meine Gedanken rasten, aber ich konnte keinen von ihnen fassen und zu Ende denken.

Kurz bevor der Wahn die Kontrolle über meinen Verstand gewann, endete der Tunnel an einer Backsteinmauer. Die Friedhofsschlurfer hatten einige der Steine herausgerissen und einen Durchgang geschaffen. Schwere, bis unter die Decke gestapelte Holzkisten versperrten ihn.

Ein weiterer Schrei jagte durch den Tunnel.

»Dad!«, rief ich, schleuderte die Fackel achtlos zur Seite und hämmerte gegen die Kisten. Meine Rufe gingen in dem Getöse unter, das aus dem Innern des Kellers drang. Ich warf mich mit ganzer Kraft gegen die hölzerne Wand, stemmte mich mit dem Rücken dagegen – doch die Kisten bewegten sich keinen Millimeter.

Ein Krachen ertönte. Etwas Schweres knallte mit voller Wucht gegen die Holzkisten. Irgendwo klimperte Metall, gefolgt von höhnischem, unmenschlichem Gelächter, das aus mehreren Kehlen drang.

Die Angst packte mich. Ich wollte mich erneut gegen die Kisten werfen, da stutzte ich. Ein Lichtstrahl breitete sich über den Boden aus. Ich bemerkte einen Spalt zwischen den Kisten, der zuvor nicht da gewesen war. Er war zu schmal, um hindurchzugreifen, aber ich konnte in den Keller spähen.

Ich erblickte Dad. Er kniete am Boden und sah furchtbar aus: Seine Kleidung war zerfetzt, schwarze Wunden zogen sich über seine Oberarme, ein Auge war zugeschwollen. Die Klinge seines Schwerts war abgebrochen. An seinem Gürtel fehlten das Feuer des Prometheus und das Weihwasser. Neben ihm türmte sich ein Berg von leblosen Körpern, die achtlos auf einen Haufen geworfen worden waren: die Leichen der Vermissten.

»Monstertöter, die Hölle wartet auf dich«, hörte ich die Stimme eines Schlurfers, den ich nicht sehen konnte.

»Das bezweifle ich«, erwiderte Dad mit brüchiger Stimme und rappelte sich auf. »Noch bin ich nicht tot.«

»Aufgeschoben ist nicht aufgehoben.« Ein Lachen erfüllte den Raum. »Wir werden dich in Stücke reißen.«

Aus dem Nichts tauchten drei knochige dürre Körper auf und stürzten sich auf Dad. Er wich dem ersten Monster aus und rammte dem zweiten den Messerstumpf in den Oberschenkel. Im Fallen bekam einer der Schlurfer seinen Arm zu fassen und riss ihn nieder. Dad versetzte ihm einen Tritt auf die Kniescheibe, die in zwei Hälften brach. Die Wesen rappelten sich stöhnend auf und sammelten sich zum nächsten Angriff. Dad bückte sich und fuhr mit seinen blutigen Fingern über die steinernen Fliesen. Bevor ich begriff, was er tat, hob er den Kopf und sah zu den Kisten.

Unsere Blicke trafen sich. Ein Lächeln formte sich auf seinen Lippen. Er nickte mir zu, während die Kreaturen auf ihn zurasten. Dad streckte eine Hand in die Luft, ohne den Blick von mir abzuwenden – und schlug auf den Boden.

Ein greller Lichtblitz zuckte auf. Im nächsten Moment riss mich eine Explosion von den Füßen. Die Kisten barsten in Millionen Holzsplitter, die wie Pistolenkugeln durch die Luft schossen. Ich sah die Decke über mir und flog schwerelos durch den Tunnel. Dann schlug ich mit dem Hinterkopf hart auf.

Die Welt vor meinen Augen zerbrach wie ein Spiegel.

3

Brandon

Angst ist unser Freund

»Brandon.«

Ich schlug die Augen auf.

Die Stimme!

Sie war wieder da.

Das panische Gefühl in meiner Brust breitete sich aus wie die Fäulnis in einem verwesenden Körper – nur schneller. Ich wollte aufstehen und davonrennen, aber da war diese lähmende Müdigkeit, die mich mit unsichtbaren Seilen an mein Bett fesselte. Ein eisiger Schauer lief mir über den Rücken und ließ mich frösteln. Ich spürte die Anwesenheit einer fremden Gestalt. Da war etwas … abgrundtief Böses im Raum. Meine Kehle schnürte sich zu, die Angst kroch mir unaufhaltsam durch die Venen.

Mein Zimmer lag in völliger Dunkelheit. Über mir befand sich die Dachschräge mit dem eingelassenen Fenster. Weder der Mond noch die Sterne waren am Nachthimmel auszumachen. Es war einen Spaltbreit geöffnet. Ein Luftzug strich über mein schweißnasses Gesicht, während der prasselnde Regen an meine Ohren drang wie höhnischer Applaus.

»Brandon. Ich. Bin. Hier.«

Meine Nackenhaare stellten sich auf. Die Stimme kam wie ein Rauchfaden unter meinem Bett hervor. Sie vermischte sich mit einem röchelnden Schnaufen, das wie das Rasseln einer Eisenkette klang. Ich wollte den Mund aufreißen und schreien, aber mein Körper ignorierte die Befehle.

Vor dem Schlafengehen hatte ich wie ein ängstliches Kleinkind unter mein Bett gesehen. Die Albträume in den Nächten davor hatten mich an meinem Verstand zweifeln lassen. Aber ich hatte nichts entdeckt außer einer dicken Staubschicht und ein paar toten, auf den Rücken liegenden Käfern.

»Du hast Angst«, flüsterte die Stimme. Sie klang, als würde jemand mit spitzen Fingernägeln über eine Wandtafel kratzen. »Angst ist unser Freund.«

Meine Augen zuckten suchend durch das Zimmer. Alles lag in dunklen Schatten. Mein Herz hämmerte gegen die Rippen, als wollte es sich zum Explodieren bringen und mich erlösen. Kalter Schweiß rann mir über die Stirn, das Blut rauschte in meinen Gehörgängen.

»Bitte nicht«, wisperte ich kraftlos.

»Es wird nicht wehtun.« Ein unheimliches Kichern schallte durch die Dunkelheit.

Krallen klackten über den Fußboden.

Das Ding unter mir regte sich.

Panisch sah ich mich um. Ich spürte, dass ich nicht allein war, sah aber niemanden. Dicht an meinem Ohr erklang rasselndes Atmen. Jemand strich durch mein schweißverklebtes Haar und über meine Wange. Es fühlte sich an wie der ledrige Finger einer vertrockneten Moorleiche.

»Es ist gleich vorbei, Brandon.«

Ein schweres Gewicht legte sich auf meinen Brustkorb und presste mir die Luft aus den Lungen. Ich röchelte erstickt und starrte mit aufgerissenen Augen auf meinen klammen Körper. Ein fauliger Geruch vernebelte mir die Sinne. Ich fühlte die Kälte eines fremden Körpers über meinem Gesicht – und dann spürte ich es. Ein kurzer Einstich wie bei einer Spritze, gefolgt von dem bleiernen Gefühl, als saugte mir jemand zwischen Brust und Bauch die Wärme aus dem Körper. Alle schönen Erinnerungen und Gedanken verblassten, bis nur noch reine Angst übrig war. Das Gewicht auf der Brust drückte mir die Luft ab.

Ich gab mich meinem Schicksal hin. Mir war alles egal. Ich wollte einfach, dass es aufhört.

Ich schlug die Augen auf. Durchgeschwitzt und kerzengerade lag ich im Bett. Das Shirt klebte wie eine zweite Haut an meinem Rücken. Die Stelle zwischen Bauch und Brustkorb schmerzte, das Atmen fiel mir schwer. Dazu kam ein stechender Kopfschmerz.

»Verdammter Albtraum!«, fluchte ich und massierte meine Schläfen. Das war schon das zweite Mal diese Woche. Dabei waren Träume nicht mehr als das subjektive Erleben während des Schlafs, an das man sich manchmal nach dem Aufstehen erinnern konnte. Eigentlich konnte man behaupten, ein Traum sei eine Art Halluzination – nur ohne Drogen. Also nichts Reales, auch wenn es sich manchmal so anfühlte.

Hätte meine Schwester Penelope diese Erklärung gehört, hätte sie mich bestimmt wieder *Nerdon* genannt. Als wäre Intelligenz eine Sünde. Neben meiner Allgemeinbildung verabscheute sie auch meine Comic-Sammlung, meine Vorliebe für Monster und meinen Blog.

Ich wollte aufstehen, aber die Übelkeit zwang mich zurück ins Bett. Vorsichtig tastete ich über Bauch und Brust. Das Herz schlug mir noch immer bis zum Hals, meine Gedanken waren ein Durcheinander aus schmerzhaften Erinnerungen, rasselnden Atemgeräuschen und gesichtslosen Wortfetzen: *Brandon, ich bin hier. Angst ist unser Freund. Es ist gleich vorbei.*

Die Worte hallten in meinem Schädel nach. Dazu mischte sich ein einengendes Panikgefühl.

Ich blieb eine Weile liegen und atmete tief ein und aus. Als sich mein Puls beruhigt hatte, tastete ich nach dem Schalter der Leselampe. Meine Hand zitterte. Ich brauchte ganze drei Versuche, um ihn zu treffen. Die Glühbirne in der skelettierten Plastikhand flammte auf und tauchte mein Dachzimmer in warmes Licht. Geblendet griff ich nach der Brille. Ohne sie war ich blind. Als ich sie aufsetzte, verwandelten sich die undeutlichen Schemen in vertraute Gegenstände.

In der Ecke stand der mit alten Stickern vollgeklebte Schrank. Davor stapelte sich ein Berg schmutziger Wäsche. Mein Schreibtisch stand unter einem runden Fenster, das aussah wie das Bullauge eines Schiffs. Auf der Tischplatte stand die wellenförmige Silhouette des Monsters von Loch Ness, meinem Lieblingsmonster. Nessie gehörte wie der Regen zur schottischen Kultur!

Auch meine Poster waren noch da. Jede freie Fläche an den Wänden war damit zugekleistert. Die unterschiedlichsten Kreaturen und Monster starrten mich aus toten, bleichen, blutunterlaufenen, leuchtenden, stechenden, erstarrten und/oder blinden Augenpaaren an. Einige der Poster waren Filmplakate von Klassikern wie *Dracula* oder *Frankenstein*, andere waren von Hand gezeichnet – ein paar sogar von mir selbst. Es gab auch verwackelte Fotografien, auf denen nicht mehr als ein Fellbüschel zwischen Baumstämmen oder eine undeutliche Gestalt mit flügelartigen Armen auf einer Brücke zu erkennen waren.

»Alles in Ordnung«, redete ich mir selbst ein und schob die rutschende Brille zurück auf den Nasenrücken. Meine Brust schmerzte noch immer. Ich zog das Shirt hoch und tastete über meinen Bauch, der mehr Falten warf als ein geraffter Vorhang. Zu meiner Beruhigung entdeckte ich weder einen Einstich noch die blutenden Bissspuren eines Vampirs, der die Sache mit dem Hals nicht so genau nahm.

Ich stülpte das Shirt mühsam zurück und stemmte mich mehr schlecht als recht aus dem Bett. Meine Beine fühlten sich an wie Gummi, aber meine trockene Kehle schrie nach Wasser. Ich schnappte das Smartphone vom Nachttisch und drückte die Tür auf.

Der Flur empfing mich in verschiedenen Grautönen. Schnell entsperrte ich den Bildschirm meines Handys, auf dem mich das vernarbte Gesicht von Frankensteins Monster bedrohlich anstarrte, und klickte auf das Lampensymbol. Das Licht schälte eine Kommode aus der Dunkelheit. Darauf standen ein gerahmtes Bild von einem schlecht gezeichneten Jesus und eine heruntergebrannte Kerze.

Auf Zehenspitzen schlich ich zur Holztreppe, die hinunter in das Erdgeschoss führte. Die Wand zu meiner Rechten war von schief hängenden Bilderrahmen gesäumt, die kitschige Familienfotos beherbergten. Mum, Dad, Penelope und ich lächelten glücklich in die Kamera. Nur wer genau hinsah, bemerkte die fehlenden Lachfältchen um die Augen.

Die Treppe endete im Eingangsbereich. Er war nicht mehr als ein schmaler Gang, der sich wie ein Schlauch bis zur Haustür zog. Jacken, Mäntel, Cardigans und Hüte hingen nach Familienmitgliedern sortiert an Haken. Die dazugehörigen Schuhe stapelten sich in kleinen Regalen darunter. Diese Ordnung trug die Handschrift meiner Mutter.

Ich schlurfte durch das Wohnzimmer in die Küche, vorbei am durchgesessenen Sofa und dem alten Ohrensessel, die vor einer Wohnwand mit unzähligen Schränkchen und Vitrinen standen. Darin bewahrte Mum das hässliche Porzellangeschirr ihrer verstorbenen Lieblingstante, eine verzierte Vase von Grandpa Duncan und staubige Bücher auf.

In der Küche deaktivierte ich die Taschenlampe, legte das Handy auf die Arbeitsfläche und öffnete den Kühlschrank. In einem Zug trank ich eine Wasserflasche leer. Schon kam mir der Albtraum albern vor. Erstaunlich, was die Verbindung von Wasserstoff und Sauerstoff bewirken konnte. Zufrieden und beruhigt schloss ich den Kühlschrank, nahm mein Handy und drehte mich um.

»Monsterscheiße!«

Mein Herz setzte für einen Schlag aus.

Im Wohnzimmer stand jemand!

»Wer i-ist daaa?«, stotterte ich und wich zurück, bis ich gegen die Kühlschranktür stieß.

Schwaches Mondlicht fiel durch die Fensterreihe oberhalb der Küchenzeile. Das silberne Schimmern genügte nicht, um das Gesicht der regungslosen Silhouette zu erkennen.

»Bist d-du das M-M-Monster unter meinem B-B-Bett?«, fragte ich zögernd. Die Angst saß mir kalt im Nacken.

Für einen Augenblick stand die Welt still. Dann erklang

eine leise Melodie. Im ersten Moment glaubte ich, mein Gehirn fantasierte sich vor Panik einen Todesmarsch zusammen. Aber es war das Schattenwesen, das summte – schief, krächzend und unheimlich.

Das Monster in meinem Traum summte nicht. Das da vor mir konnte also nicht der Körper der unsichtbaren Stimme sein – aber wer oder *was* war es dann?

Ein unbestimmtes Gefühl hielt mich davon ab, nach Hilfe zu schreien. Mein Gehirn ratterte die Liste aller möglichen Monster durch, die ich kannte. Plötzlich verkrampften sich meine Eingeweide.

»Du bist eine Sirene«, flüsterte ich unheilvoll.

Sirenen entstammten der griechischen Mythologie. Der Sage nach lockten sie Seefahrer mit Gesang und ihrer Schönheit auf verborgene Riffe. Die Schiffe kenterten und die Monster zerrten die Matrosen in die Tiefe des Meeres. Entgegen dem weitverbreiteten Glauben, dass Sirenen einen Fischschwanz hatten, gab es auch Legenden, in denen sie menschliche Gestalt annahmen.

Ich bekam eine Gänsehaut. Als wäre ein röchelndes Monster unter dem Bett nicht genug gewesen für eine Nacht!

Für mich gab es keine Zweifel. Da stand eine lebendige Sirene in unserem Haus! Ein Einbrecher hätte längst die Flucht ergriffen oder mich überwältigt. Zumal ich nur in Shirt und Unterhose bekleidet keine besonders eindrückliche Erscheinung bot. Als Sportmuffel hätte ich versehentlich auf meinen Gegner drauffallen müssen, um eine Chance zu haben. Das allerdings wäre mein sicherer Sieg gewesen!

Aber die Kreatur machte keine Anstalten, mich im Nahkampf herauszufordern. Sie stand einfach nur starr im Wohnzimmer.

Obwohl mich die Panik lähmte, waren meine Gedanken klar und geordnet. Es machte sich sogar eine gewisse Erregung in mir breit.

Endlich traf ich auf ein echtes Monster!

Seit zwei Jahren postete ich täglich neue Geschichten auf meinem Blog *Creepy Chronicles*, in denen ich ungeklärte Verbrechen auf der ganzen Welt mit Monstern in Verbindung brachte. Mittlerweile hatte ich eine stattliche Anzahl an Followern. In Port Willow belächelten mich die meisten und tuschelten hinter vorgehaltener Hand. Nur weil der Sohn des Pfarrers und Seriensieger des Buchstabierwettbewerbs an die Existenz von Monstern glaubte, machten sich viele über mich lustig. Ein Beispiel gefällig? Meine Schwester Penelope nannte mich Nerdon MacLoser …

Haha. Lustig.

Jetzt witterte ich die Chance, sie alle zum Verstummen zu bringen. Alles, was ich dafür brauchte, war ein endgültiger Beweis!

Bei diesem Gedanken wanderte mein Blick zum Smartphone in meiner Hand. Ich startete eine Audioaufnahme.

»So ist es brav, einfach weitersingen, liebe Sirene«, sprach ich leise. Die Faszination fraß meine Angst förmlich auf. Das tat sie so lange, bis sich die Sirene in Bewegung setzte und mit schräg gelegtem Kopf auf mich zukam.

Vor Schreck glitt mir das Handy aus der Hand und knallte auf den Boden.

»Verdammt«, zischte ich. Mit dem Fuß schob ich es aus der Gefahrenzone. »Bleib sofort stehen – oder ich schreie um Hilfe!«

Unbeeindruckt schlurfte die Sirene weiter auf mich zu – langsam und bedächtig, als trage sie einen Sarg zu Grabe.

Monsterscheiße, ich brauchte eine Waffe!

Verloren sah ich mich in der Küche um. Hätte ich nur das verdammte Licht angemacht! Aber die Kaffeemaschine stand genau vor dem Lichtschalter. Wer war auf die glorreiche Idee gekommen, dieses elende Ding davorzustellen?

Wie aus dem Nichts hatte ich einen rettenden Geistesblitz. *Salz!*, schrie eine aufbrausende Stimme in meinem Kopf. Der Klassiker bei der Bekämpfung von übernatürlichen Wesen. Davon hatte ich oft auf *Creepy Chronicles* berichtet. Zuletzt vor einer Woche mit ›*7 Wege, einem Poltergeist das Maul zu stopfen*‹. Geisterjäger schworen auf das Zeug. Damit zogen sie Bannkreise, trieben Dämonen aus und präparierten Patronenhülsen, die sie auf Monster abfeuerten. Bestimmt befand sich eine Packung Salz im Küchenschrank über der Spüle.

Ich schluckte die Angst herunter und nahm allen Mut zusammen. Mit einem gewaltigen Satz, der meine Sportlehrerin zu Begeisterungsstürmen verleitet hätte, sprang ich zur Spüle, riss die Schranktür auf – und entdeckte das Salz.

»Ich bin bewaffnet«, zischte ich.

Drohend hielt ich die Packung vor mein Gesicht. Das musste bescheuert aussehen. Irgendwie hatte ich mir meine erste Monsterjagd spektakulärer vorgestellt. Mit Dolch, Feuer, magischen Symbolen und so.

Und jetzt stand ich da – vor einer Sirene, mit einer Packung Natriumchlorid.

Das Monster war keine zehn Schritte mehr von mir entfernt. Es hatte eine menschliche Statur und ging aufrecht. Langes Haar verbarg sein Gesicht. Ein zarter Duft wehte zu mir rüber. Er erinnerte mich an ein blühendes Feld im Frühling. Bestimmt eine Waffe der Sirenen, um die muffelnden und nach Frauen trachtenden Seemänner anzulocken.

Aber nicht mit mir! Nicht mit Brandon MacLean, Erfinder und Schöpfer von *Creepy Chronicles*! Entschlossen riss ich die Packung auf und machte mich bereit.

»Jetzt reicht es! Nimm das!«

4

Brandon

Das Unschuldslamm

Ich schickte ein Stoßgebet zum Himmel und schleuderte das Salz auf die Sirene. Zu meiner leisen Enttäuschung löste sie sich nicht in schwarzem Rauch auf oder schrie qualvoll. Sie stand da wie versteinert und eine angespannte Stille breitete sich aus.

Ich hielt den Atem an. Hatte ich, Brandon MacLean, es tatsächlich geschafft, ein Monster aufzuhalten? Ich wagte es nicht, mich zu bewegen, und starrte die Sirene an.

Als ich überlegte, wie ich diese Sensation meinen Followern auf *Creepy Chronicles* erzählen wollte, durchbrach ein leises Summen die Stille.

Meine ganze Euphorie sackte zusammen. Das Salz hatte nicht gewirkt! Die Angst kam so heftig zurück wie ein Schlag in die Magengrube.

»Monsterscheiße«, wimmerte ich und presste mich an die Kühlschranktür. Die Melodie klang wie aus einer anderen Welt. Ob sie das Letzte sein würde, das ich in meinem Leben hörte?

Ich war wie hypnotisiert, konnte mich weder bewegen

noch um Hilfe schreien oder einen klaren Gedanken fassen. Der Fluch der Sirene traf mich mit voller Wucht und vernebelte mir die Sinne. Kraftlos gab ich mich der Melodie hin, bereit, einen qualvollen Tod zu sterben.

Als ich der Melodie meine ganze Aufmerksamkeit schenkte, stutzte ich. Diese Stimme – ich kannte sie!

In der Aufregung mussten meinen sensorischen Fähigkeiten gelitten haben. Ich sog den Duft ein, den die Sirene verströmte. Frühlingswiese. Aber das konnte doch nicht …

»Penelope?«

Die Anspannung fiel so plötzlich von mir ab, als hätte jemand ein Druckventil geöffnet. Ungläubig ließ ich die Salzpackung sinken und betätigte nach kurzem Herumgefummel den doofen Lichtschalter hinter der Kaffeemaschine.

»Penelope! Verdammt, was soll das?«

Meine ältere Schwester stand wie eine Skulptur aus Eis in der Küche, die Arme eng an den Körper gepresst. Den Kopf hielt sie so schief, dass ein Ohr ihre Schulter berührte. Ihr Haar war nass und hing in langen Strähnen in ihr Gesicht. Ein paar Salzkörner klebten darin.

»Monsterscheiße, hast du mir vielleicht einen Schrecken eingejagt!« Ich schäumte vor Wut. »Geschieht dir ganz recht, dass du eine Salzdusche abbekommen hast! Ach, und übrigens, du siehst furchtbar aus!«

Leise fluchend stellte ich das Salz zurück in den Schrank und klaubte mein Handy vom Boden. Die Audioaufnahme lief noch. Ich drückte auf Stopp. Zum Glück schien es heil geblieben zu sein. Trotzdem war ich stinksauer. Mein Traum, einmal einem Monster zu begegnen, hatte sich in Luft aufgelöst. Ganz abgesehen davon, dass mir diese Verwechslung ziemlich peinlich war. Was Penelope ihren Freundinnen und in der Schule erzählen würde, konnte ich mir denken. Nerdon MacLoser, der Trottel, der nachts mit Salz um sich warf.

Na großartig!

Obwohl meine Schwester einem Monster ziemlich nahekam. Sie stand regungslos da. Wassertropfen lösten sich von ihren Haarspitzen, fielen zu Boden und vermischten sich mit dem Salz, das auf dem Küchenboden lag. Grasflecken auf ihrer Jeans und schlammige Spritzer an ihren nackten Knöcheln zeugten davon, dass sie bis vor wenigen Minuten draußen gewesen sein musste.

Ich warf einen Blick auf die Wanduhr. Kurz vor vier.

»Bist du gerade erst nach Hause gekommen?«, fragte ich skeptisch. »Warst du so lange bei Cassie?«

Penelope antwortete nicht.

Ich wandte ihr den Rücken zu und öffnete den Kühlschrank, um die nächste Wasserflasche hinunterzukippen.

»Das gibt richtig Ärger, wenn Mum und Dad dahinterkommen«, sagte ich während einer Trinkpause.

Als ich mich umdrehte, stand Penelope direkt vor mir. Sie hatte sich geräuschlos angeschlichen.

»Mann, was soll das?«, blaffte ich sie an. »Geh mir aus dem Weg!«

Penelopes blaue Augen funkelten aus engen Schlitzen. Sie machte einen weiteren Schritt auf mich zu. Unsere Nasen berührten sich fast.

»Komm schon, lass das.«

Ihre blonden Strähnen klebten in dem nassen Gesicht. Feine Rinnsale aus Regenwasser rannen über ihre bleiche Haut. Sie sah aus wie eines dieser besessenen Mädchen aus einem Horrorfilm.

Besessen.

Ich sperrte meine Augen auf. Übelkeit stieg in mir auf, meine Hände und Füße verwandelten sich in Eisklötze. Wie konnte ich nur so blind sein? Die Anzeichen waren eindeutig! Nein, das, was da vor mir stand, mochte aussehen wie Penelope. Aber es war nicht mehr meine große Schwester …

»Du bist besessen«, hauchte ich. »In dir steckt ein Dämon!«

Penelopes stechender Blick durchbohrte mich, als blickte sie in die Tiefen meiner Seele. Und dann, ohne Vorwarnung, schnellte ihre Hand vor und schloss sich mit der Kraft eines Schraubstocks um meinen Hals.

Ich war wie gelähmt. Penelope drückte mir die Luft ab. Der Schmerz in meiner Brust kehrte zurück und beschwor die Bilder meines Albtraums herauf.

»Brandon«, gurgelte Penelope mit tiefer Stimme, während sie mir die Kehle zudrückte. »Möge dich der Sensenmann von deinem erbärmlichen Leben erlösen und du auf Ewigkeiten in der Höhle schmoren!«

Ich japste nach Luft und versuchte in einem letzten Anflug von Hoffnung, mit meinen Fingern ein Kreuz zu bilden.

»W-Weiche, Dä-Dämon!«, presste ich hervor.

Der Griff lockerte sich. Ich dachte schon, das Kreuz hätte tatsächlich gewirkt, als lautes Gelächter durch die Küche schallte.

»Mein Gott, ich kann nicht mehr«, prustete Penelope. Sie krümmte sich vor Lachen. Mit der einen Hand stützte sie sich an der Küchenablage ab, mit der anderen hielt sie sich den Bauch.

Fassungslos starrte ich auf meine Schwester, röchelte nach Luft und strich mir über den Hals. Ich rang nach Worten, fand aber keine. Ein paar undefinierbare Laute verließen meinen aufgeklappten Mund.

»Weiche, Dämon«, äffte sie mich nach. Mit den Zeigefingern bildete sie ein Kreuz und torkelte wie ein Zombie auf mich zu. »Du bist mir voll auf den Leim gegangen, du Freak. *Weiche, Dämon!* Echt jetzt, ist das dein Ernst, Nerdon? Und warum wirfst du Salz nach mir? Jetzt klebt mir das Zeug in den Haaren.«

»Aber du warst doch … ich dachte –«

Bevor ich einen ganzen Satz herausbrachte, polterte es über uns. Jemand riss eine Tür im oberen Stock auf. Eine wütende Stimme schrie durchs Haus.

»Was, in Gottes Namen, soll dieser Lärm zu dieser unchristlichen Zeit?«

Penelope und ich sahen uns vorwurfsvoll an.

»Entschuldige, Mum«, rief meine Schwester mit süßlicher Stimme. Sie besaß die Gabe, sich auf Knopfdruck in ein Unschuldslamm zu verwandeln. »Brandon und ich haben uns zufällig in der Küche getroffen.«

»Und was gibt es da zu lachen?«, bellte Mum.

Penelope funkelte mich böse an und bedeutete mit wildem Gestikulieren, dass ich antworten sollte.

»Ähm«, machte ich und schluckte leer. »Hey, Mum. Ich … ähm … habe mich erschrocken, als ich Penelope in der Dunkelheit gesehen habe. Ja, genauso war's.«

»Deshalb musste ich lachen«, ergänzte Penelope. »Aber das war rücksichtslos von mir. Du kannst weiterschlafen. Es tut uns leid, dass du wegen uns aufgewacht bist. Das wird nicht wieder vorkommen.«

»Das will ich auch hoffen!«, grollte Mum. Aber ihre Stimme klang schon sanfter. »Und jetzt ab ins Bett. In wenigen Stunden beginnt die Predigt eures Vaters. Penelope, dich erwarte ich pünktlich um acht Uhr an der Tür! Und du, junger Mann, befreist den Garten vom Unkraut. Bis wir zurückkommen, ist alles blitzblank, verstanden?«

»Ja«, sagten wir artig im Chor.

Mum bestrafte mich jeden Sonntag mit Gartenarbeit, weil ich dem Glauben meiner Familie nichts abgewinnen konnte. Ihre christlichen Erziehungsmethoden hatten bei mir versagt. Statt der Bibel las ich Comics, Wissenschaftsmagazine und Bücher über Monster, Geister und Dämonen. Vor ein paar Jahren haben meine Eltern schließlich eingesehen, dass ich schlichtweg nichts mit ihrer Religion anfangen konnte. Seither durfte ich sonntags zu Hause bleiben und musste mich dafür um den Garten kümmern.

»Womit habe ich das verdient?«, seufzte Mum. Wir hörten, wie sie die Tür schloss.

Die nächsten Sekunden lauschten Penelope und ich in die Stille, ob eine zweite Schimpftirade folgte. Zu unserer Erleichterung blieb alles ruhig.

Perplex wandte ich mich Penelope zu. »Monsterscheiße, was war eben mit dir los?«

Sie grinste mich hämisch an und strich sich die Strähnen aus dem Gesicht. »Das war mein Meisterstück! Aber ich muss zugeben, dass du dich selbst für *deine* Verhältnisse dämlich angestellt hast.«

Meine Finger verkrampften sich zu Fäusten. Mir konnte meine Schwester nichts vormachen. Irgendetwas hatte Besitz von ihr ergriffen. So weit, mich zu würgen, würde sie nicht gehen.

»Was ist das Letzte, woran du dich erinnerst?«, fragte ich. Meistens, das wusste ich aus einer verlässlichen Quelle im

Internet, tauchten bei Besessenen Erinnerungslücken für die Zeit auf, in denen sie nicht Herr über ihren Körper gewesen waren.

Penelope sah mich an, als hätte ich sie gefragt, was die Summe aus eins und eins war. »Willst du mich verarschen? Natürlich wie du dir vor zwei Minuten fast in Hosen gemacht hast, Nerdon MacSchisser.«

Ich glaubte ihr kein Wort.

»Warst du nicht mit Cassie verabredet?«

Penelope atmete schwer aus. »Ja, war ich.«

»Und hättest du nicht vor über fünf Stunden wieder hier sein müssen?«

»War ich ja vielleicht auch«, zickte sie mich an und zog eine Schnute.

»Du bist mir an die Kehle gegangen und bist nass bis auf die Knochen!«, fuhr ich sie an. »Also lüg nicht. Das ist ohnehin eine Sünde. Mum hätte bestimmt keine Freude, wenn sie hiervon erfährt.«

»Bla, bla, bla«, machte Penelope und schlenderte zur Treppe. »Ich habe dich nach Strich und Faden verarscht. Du hattest die Hosen so was von voll! Leb damit, eine Witzfigur zu sein, Nerdon MacLoser.« Sie warf die nassen Haare in den Nacken. »Ich verzieh mich jetzt ins Bett.«

Ich hetzte zur Treppe und folgte ihr.

»Ich bitte dich! Das war doch nicht mehr normal«, zischte ich ungeduldig, als Penelope ihre Schlafzimmertür öffnete. »Der abwesende Blick, die gruselige Melodie. Du bist mir an die Kehle gegangen! Das übertrifft deine geschmacklosen Scherze um ein Vielfaches.«

Penelope wandte sich mir zu. Selbst in der Dunkelheit konnte ich ihr dümmliches Grinsen erahnen.

»Ich bin einfach eine gute Schauspielerin. Die Melodie und das Würgen haben das Ganze doch erst so richtig witzig gemacht. Nicht wahr, mein kleiner Nerdon?«

Mit diesen Worten zog sie die Tür vor meiner Nase zu und ließ mich im Flur stehen.

5

Brandon

Wo ist Cassie?

»Brandon, bist du wach?«

Ich gab einen merkwürdigen Laut von mir. Er sollte zu verstehen geben, dass ich wach war, aber so gar keine Lust darauf hatte, wach zu sein.

»Wir machen uns auf den Weg in die Kirche, meine Predigt beginnt in einer Stunde«, erklang eine vertraute Stimme. »Es gibt noch das eine oder andere vorzubereiten.«

»Wie spät ist es, Dad?«

»Kurz vor acht Uhr.«

Durch das Fenster in der Dachschräge war blauer Himmel zu sehen. Träge zog ich die Decke über den Kopf, drehte mich um und kuschelte mich in die warmen Laken. Acht Uhr war definitiv zu früh, um an einem Sonntag aufzustehen – viel zu früh! Vor allem nach einer Nacht mit Albträumen und einer herumspukenden Horrorschwester. Zum Glück war ich nach der ganzen Sache schnell wieder eingeschlafen. Trotzdem fühlte ich mich wie gerädert.

»Gute Geschichte übrigens«, meinte Dad. »Du weißt schon, auf *Creepy Chronicles*, die Sache in Little Worrington.

Es würde mich nicht wundern, wenn am Ende tatsächlich eine Schöpfung des Teufels dahintersteckt. Möge Gott den armen Seelen gnädig sein.«

Ich wusste, dass Dad ein Kreuz in die Luft malte. Das war sein Wundermittel. Einfach ein Kreuz gezogen und ein Gebet gesprochen, schon war die Welt wieder in Ordnung.

»Danke«, presste ich zwischen Kissen und Bettdecke hervor.

»Bis später. Wir haben dir ein bisschen Rührei übrig gelassen.«

Ich streckte Dad einen erhobenen Daumen entgegen. Dann fiel die Tür ins Schloss und die bleierne Müdigkeit machte meine Lider schwer. Kaum hatte ich die Augen zugemacht, riss mich das Klingeln der Haustür aus dem Bett.

Ding Dong.

Ich hasste dieses Gebimmel. Warum konnten wir nicht eine normale Klingel haben? Aber nein, unsere musste bimmeln wie der Big Ben (als wären wir Engländer). Verschlafen las ich die Uhrzeit vom Wecker ab. Kurz nach zehn. Offenbar war ich noch mal eingeschlafen. Dabei hätte ich schwören können, nur kurz die Augen geschlossen zu haben.

Ding Dong.

Übermüdet drückte ich das Kissen auf die Ohren. Bestimmt würde der Quengler vor der Tür aufhören, wenn ich so tat, als wäre niemand zu Hause.

Ding Dong.

Nur Geduld …

Ding Dong.

… gleich würde er aufgeben.

Ding Dong.

Okay, offenbar war mein Plan für die Katz. Ich stemmte

mich aus dem Bett, setzte die Brille auf und streckte mich ausgiebig. Bei diesem Vorgang rutschte das Shirt hoch und mein Bauch sprang heraus. Die Monster auf den Postern und Plakaten nahmen den Anblick mit einem Lächeln hin. Sie hatten schon Schlimmeres gesehen …

Ding Dong.

»Ich komme!«

Aus dem Kleiderhaufen vor meinem Schrank fischte ich eine Schlabberhose und befreite sie von einer alten Socke. Dann nahm ich mein Smartphone und trat zur Tür. Dort schaute ich kurz in den Spiegel, nur um einmal mehr festzustellen, dass mir mein Aussehen egal war. Dann schlüpfte ich in die Pantoffeln, die aussahen wie Monstertatzen, und hetzte die Treppe hinunter. Ich schüttelte die Müdigkeit ab, öffnete die Eingangstür und streckte den Kopf in die kühle Morgenluft.

»Mr Carlyle?«, stellte ich überrascht fest, als ich den Vater von Penelopes bester Freundin Cassie erkannte. »Was machen Sie denn hier?«

»Gott sei Dank, es ist jemand zu Hause!« Mr Carlyle atmete erleichtert auf. Er war ein winziger Mann mit schütterem, rötlichem Haar. Ein struppiger Bart verdeckte den Großteil seines Gesichts. Die gedrungenen Knopfaugen standen viel zu nahe beisammen und huschten unruhig hin und her. »Ich hatte schon Angst, die Familie O'Sullivan sei ausgeflogen.«

»Ich will Ihnen nicht zu nahe treten, Mr Carlyle«, sagte ich und unterdrückte ein Gähnen, »aber das wäre nicht weiter erstaunlich. Schließlich findet gerade der Gottesdienst statt.«

Mr Carlyle stellte sich auf die Zehenspitzen und spähte an

mir vorbei in den Flur. Er wirkte aufgewühlt und schien mir nicht zugehört zu haben. »Ach ja … sehr schön, die Gottesdienste deines Vaters. Ist Penelope da?«

In dem bisschen Gesicht unter dem Bart glaubte ich, einen angespannten Ausdruck zu erkennen. Tiefe Falten pflügten sich durch die Stirn von Mr Carlyle. Die geschwollenen Tränensäcke und die müden Augen machten ihn noch ein paar Jahre älter.

»Nein, meine Schwester ist mit meinen Eltern in der Kirche«, antwortete ich.

»In der Kirche, wo auch sonst …« Mr Carlyles schneller Atem verwandelte sich in feinen Nebel, der sich vor den Knopfaugen sofort wieder verflüchtigte. Hektisch drehte er sich um und blickte zum Kirchturm.

Ich hob eine Augenbraue. »Ist alles in Ordnung mit Ihnen?«

Mr Carlyle machte einen zerstreuten und äußerst verwirrten Eindruck. Obwohl Penelope seit Jahren mit Cassie befreundet war, wusste ich kaum etwas über die Familie. Sie wohnten am Rand von Port Willow in der Nähe des Orphan Forest in einem von Efeu überwucherten Haus, das ich gerne einmal inspiziert hätte. Es gab wunderbar schaurige Geschichten über das alte Gemäuer.

Mr Carlyle schluckte schwer und fuhr sich durch den dichten Bart. Die roten Haare standen in allen Richtungen von seinem Kopf ab.

»Cassie lag heute Morgen nicht in ihrem Bett«, erklärte er aufgebracht. »Meine Frau hat mich losgeschickt, um sie zu suchen. Sie macht sich Sorgen, dass unserer Tochter etwas zugestoßen sein könnte.«

»Dafür gibt es eine große Anzahl an harmlosen Erklärungen«, erwiderte ich. »Vielleicht joggt sie eine Runde durch den Wald, trifft sich mit einer Freundin oder lernt in der Bibliothek.«

Mr Carlyle tippelte nervös von einem Bein auf das andere und schüttelte energisch den Kopf. »Wir frühstücken *jeden* Sonntag zusammen. Cassie würde niemals auf die selbst gemachten Pancakes ihrer Mutter mit Ahornsirup verzichten.«

Als ich den kleinen Mann ansah, kam es mir unmöglich vor, dass da Cassies leiblicher Vater vor mir stand. Sie war schlank und groß gewachsen, hatte dunkle Locken und sah aus, als wäre sie aus einem Modemagazin gefallen. Und dann war da noch ihre Vorliebe für ältere Jungs. Mr Carlyle hingegen war das komplette Gegenteil seiner Tochter. Er sah aus wie eine Nebenfigur aus *Der Hobbit*.

Carlyle wischte sich den Schweiß von der Stirn. »Also, Penelope war gestern bei uns. Cassie wollte ihr unbedingt Charlie zeigen.«

»Das ist ihr neuer Hund, oder?«

»Ja«, bestätigte Mr Carlyle niedergeschlagen. »Als meine Frau und ich um halb elf Uhr ins Bett gegangen sind, saßen die beiden in Cassies Zimmer. Kurz darauf hörte ich, wie jemand das Haus verließ. Ich dachte, es sei Penelope.« Seine Stimme begann zu zittern. »Keine zwei Minuten später klingelte es. Meine Frau meinte, Penelope habe bestimmt etwas vergessen. Aber was, wenn es gar nicht deine Schwester war, sondern ein Fremder, der Cassie entführt hat?«

Langsam fühlte ich mich unwohl. Unweigerlich dachte ich an vergangene Nacht. An Penelope mit nassem Haar und dreckigen Klamotten, an die fünf Stunden zwischen der Sache in der Küche und ihrem Abgang bei den Carlyles. Was hatte meine Schwester in dieser Zeit angestellt?

»Brandon?« Mr Carlyle schaute mich besorgt an. Seine Augen funkelten wie schwarze Perlen inmitten eines dicht bewachsenen Urwalds aus orangen Schlingpflanzen. »Weißt du etwas, das ich wissen sollte?«

»Entschuldigen Sie«, bat ich und verscheuchte die negativen Gedanken. »Hören Sie, Mr Carlyle, ich bin sicher, dass Cassie bald zurückkommt. Statistisch gesehen taucht eine vermisste Person in neunundneunzig Prozent aller Fälle innerhalb eines Tages wieder auf. Ihre Tochter ist höchstens seit ein paar Stunden weg.«

Mr Carlyle erweckte nicht den Eindruck, als würde ihn diese Tatsache beruhigen. »Das hat die Polizei auch gesagt. Deshalb dachte ich, ich suche Cassie selbst. Oder Penelope weiß etwas über ihren Verbleib.«

»Ich werde meiner Schwester ausrichten, dass sie sich nach dem Gottesdienst bei Ihnen melden soll«, versuchte ich ihn zu beruhigen. »Versprochen.«

Mr Carlyle sank in sich zusammen. »In Ordnung.«

»Haben Sie eine Handynummer?«

Er schüttelte den Kopf. »Mit diesen neumodischen Dingern kenne ich mich nicht aus.«

Ist auch besser so, dachte ich. Dann musste er sich die Profilbilder seiner Tochter nicht ansehen. Das hätte sein Weltbild erschüttert.

»Penelope wird bei Ihnen zu Hause anrufen«, tröstete ich ihn.

»Danke, Brandon, vielen Dank.« Mr Carlyle nickte mir zu und schlurfte mit einer unsichtbaren Last auf dem buckeligen Rücken durch den Garten zum Tor.

Ich blickte ihm nach. Er tat mir leid. Die Sorgen um seine Tochter standen ihm ins Gesicht geschrieben. Aber bestimmt würde Cassie bald wieder auftauchen und sich alles als falscher Alarm herausstellen.

Seufzend schloss ich die Haustür. In den letzten Minuten war mein Leben um ein Kapitel merkwürdiger geworden. Als wären ein Albtraum und eine durchgedrehte Schwester nicht genug.

In der Küche entdeckte ich die Pfanne mit dem Rührei. Bestimmt sah die Welt nach einem leckeren Frühstück schon wieder besser aus! Dummerweise fiel mir ein, dass ich mich zuerst um den Garten kümmern musste.

Eine Stunde später, nach getaner Arbeit, erfüllte der Duft von gebratenem Speck die Küche. Verschwitzt und erschöpft klatschte ich mir eine extragroße Portion auf den Teller, setzte mich an den Esstisch und schob die Zeitungen beiseite. Ich griff nach einem knusprig glänzenden Speckstreifen und prostete damit der Jesusfigur zu, die einsam an der Wand hing und mich mit ihrem gewohnt leidenden Blick beobachtete.

»Nicht neidisch sein, alter Freund«, rief ich ihm zu und schob mir den Speckstreifen genüsslich in den Mund. »Du hast bestimmt nicht nur Wein und Brot geteilt.«

Während eine gut gehäufte Gabel nach der anderen in meinen Mund wanderte, beugte ich mich über das Smartphone und las meinen aktuellen Blogeintrag auf *Creepy Chronicles*.

Der kriechende Tod

Hòigh, Creeps,

Monsterscheiße, habt ihr von den Vermissten in einem Dorf namens Little Worrington gehört? Acht Menschen sind dort spurlos verschwunden. Man erzählt sich die Legende eines uralten Monsters, das in den finsteren Wäldern haust, die den Ort umschließen. Die Behörden haben keine Anhaltspunkte, die zum Täter führen könnten. Und das wird auch so bleiben. Woher ich das weiß? Ganz einfach. Das, was da in den Wäldern lauert, ist nichts anderes als ein Basilisk.

Ein Basilisk, ihr habt richtig gelesen – wie bei Harry Potter, nur eben in echt! Wer dieser überdimensionalen Schlange mit einem Maul so groß wie ein Scheunentor im Wald begegnet, hält sich besser die Augen zu. Trifft euch ihr Blick, seid ihr nämlich tot. Zack, Lichter aus! Das Ding verschlingt seine Opfer am liebsten warm und in einem Happs. Deshalb keine Leichen. Wie man das Monster tötet? Da hilft nur ein Spiegel. Sieht sich der Basilisk selbst, fällt er tot um. Tragt zu eurem Schutz also immer einen bei euch, wenn ihr nachts durch einen einsamen Wald lauft. Hinter jeder Ecke oder jedem Baum könnte der kriechende Tod auf euch lauern!

Na, Creeps, was denkt ihr?

Lasst euch nicht erschrecken!

Euer Brandon MacHelsing

Ich stellte den Teller in die Spüle, schenkte mir ein Glas Orangensaft ein und schlurfte ins Wohnzimmer. Dort setzte ich mich in den Sessel und betrachtete das Bücherregal: unzählige Romane aller Art, Bibeln in den verschiedensten Sprachen, vergilbte Reiseführer von Ländern, die Dad besuchen wollte und Mum für zu gefährlich hielt, und Bildbände von Bergen, die Dad besteigen wollte und Mum für zu gefährlich hielt.

Ich lehnte mich zurück und klickte mich durch die neuesten Kommentare zu meiner Basilisken-Theorie.

»Es könnte auch ein Cockatrice sein, eine Mischung aus Hahn und Riesenschlange! Die können fliegen und ihre Opfer einfach mit ihren Krallen packen und wegtragen!«

tinfoil_hat211212

»Möge Gott uns in das Licht führen und uns vor dem Bösen bewahren, das draußen lauert.«

TheHolyGrail76

»Wenn du so cool bist wie Harry Potter, könntest du das Ding töten und aus dem giftigen Zahn eine Waffe bauen! Oder es meinem Dad verkaufen, der leitet ein Museum!«

Ultra_Metalhead_0302

»Mann, langsam glaube ich tatsächlich auch, dass in unserer Welt nicht alles mit rechten Dingen zugeht – dieser Blog hat mir die Augen geöffnet! Creeps4life!

RedHotChiliGhoster

»Der größte Blödsinn, den ich je gelesen habe. Ein Basilisk, hahahaha xD«

SportyGirlNr1

Die Haustür schwang auf. »Wo ist denn mein kleiner Schisser, Nerdon BigMac?«

Genervt senkte ich das Handy. Penelope betrat die Küche. Sie trug ein weißes Kleid. Über ihrer Schulter hing eine altrosafarbene Handtasche, die so klein war, dass ich mich fragte, ob darin überhaupt irgendetwas Platz fand. Das Haar trug sie zu einem Zopf geflochten.

»Nenn mich nicht so!«, ärgerte ich mich.

Penelope warf die Handtasche in eine Ecke und öffnete den Kühlschrank. »Ich nenne dich, wie ich will.« Sie klaubte einen fettarmen Joghurt hervor und wedelte mir damit zu. »Ein paar hiervon würden dir guttun, Speckdon.«

»Ich rechne es dir gerne noch mal vor«, sagte ich gelassen. »Dieser Joghurt mag zwar ein Drittel weniger Milchfett haben, aber ich müsste schon über fünfhundert Stück verputzen, um ein Kilo weniger Fett zu mir zu nehmen.«

»Halt die Klappe«, zischte Penelope. Unbeeindruckt zog sie den Deckel ab und nahm einen Löffel aus der Schublade.

»Wie war der Gottesdienst?«, versuchte ich, ein normales Gespräch mit ihr zu führen.

»Mhhh«, Penelope zog den Löffel aus dem Mund, »langweilig wie immer.«

Dass sie trotzdem hinging, hatte damit zu tun, dass sie ihre Rolle als Unschuldslamm perfekt spielte.

»Es war Besuch für dich da«, sagte ich.

»Wer?«

»Mr Carlyle.« Ich setzte mich gerade in den Sessel. »Weißt du, wo Cassie steckt? Sie war heute Morgen nicht in ihrem Zimmer. Ihre Eltern machen sich Sorgen.«

»Die steckt bestimmt bei irgendeinem Kerl«, meinte Penelope, ohne zu zögern. Sie warf den leeren Joghurtbecher in den Müll und den Löffel achtlos in die Spüle.

Ich ging in die Küche. »Du warst gestern bei ihr, oder?«

»Das weißt du doch«, herrschte sie mich an. »Bis elf Uhr. Danach bin ich verduftet, weil ich ja pünktlich zu Hause sein musste.«

Ich lehnte mich gegen den Kühlschrank und hoffte, es sah lässig aus. »Was du aber nicht warst.«

Penelope grinste hämisch. »Das kannst du nicht beweisen.«

»Und Cassies Verschwinden hängt ganz sicher nicht mit deinem Verhalten gestern Nacht zusammen?«

Penelope schaute mich irritiert an. »Was hat Cassie damit zu tun, wie ich meinen kleinen Nerdon verarscht habe?«

»Lass das!«, fuhr ich sie an. »Ich heiße nicht Nerdon! Dad hat es dir verboten, mich so zu nennen!«

»Dad hat es dir verboten«, äffte sie mich nach. »Er ist aber nicht hier, kapiert? Oder nein, warte.« Sie duckte sich und drehte sich suchend um die eigene Achse. »Vielleicht ist er unsichtbar. So wie deine dämlichen Monster und Geister, Nerdon MacLoser.«

Meine Hand verkrampfte sich zu einer Faust. »Na schön, du hast es nicht anders gewollt.« Ich griff nach dem Handy und öffnete die gespeicherte Sprachaufnahme. »Dann war das hier also ein Scherz?«

Die Aufnahme rauschte, aber die summende Melodie war

eindeutig zu erkennen. Jetzt, bei Tageslicht, klang sie nicht mehr unheimlich, sondern beinahe fröhlich.

Penelope sah mich belustigt an. »Hast du das mit einem Toaster aufgenommen?«

Ich stoppte die Aufnahme. »Was war das für eine Melodie?«

Penelope lächelte überlegen und hob beschwichtigend die Hände. »Ganz ruhig, Herr Ghostbuster. Ich habe gesummt, um dir Angst einzujagen – was ja bestens geklappt hat. Du hast dir fast in die Hosen gemacht.« Sie formte ein Kreuz mit den Zeigefingern. »Weiche, Dämon!«

»Ich habe Mr Carlyle versprochen, dass du ihn anrufst«, ignorierte ich ihre Geste. »Er und Cassies Mum machen sich wirklich Sorgen. Kannst du das nicht einfach machen?«

Den ausgestreckten Mittelfinger empfand ich als schwer zu deutende Antwort.

6

Padraig

Der Wächter

Ein gekiester Weg schlängelte sich vom Friedhof zwischen grünen Hügeln durch die zerklüftete Landschaft nach Norden. In den Pfützen spiegelten sich die Wolken und die Sonne. Diese Idylle ließ mich die Geschehnisse der letzten Nacht beinahe vergessen – wären da nicht die pochende Wunde an meiner Wange und die Platzwunde am Hinterkopf gewesen. In einer Hand führte ich den Gehstock der Familie O'Sullivan, den ich aus unserem Mietwagen unweit des Friedhofs geholt hatte. In der anderen hielt ich das Bestiarium. Es war das Einzige, was von Dad übrig geblieben war…

Das laute Klappern eines herannahenden Autos riss mich aus den Gedanken. Schon von Weitem konnte ich die Staubwolke sehen, die der Wagen aufwirbelte. Auf meiner Höhe bremste der uralte gelbe Käfer ab.

»So jung und bereits 'n Krückstock?«

Ein alter Mann mit Strohhut lehnte den gebräunten Arm aus dem heruntergekurbelten Fenster. Im Mundwinkel steckte ein Zahnstocher. Mit dem karierten Hemd und der blauen Latzhose sah er aus wie ein Farmer.

»Ist ein Familienerbstück«, erwiderte ich.

Der Käfer fuhr im Schritttempo neben mir und zog eine Rauchwolke hinter sich her. »Familienerbstück«, brummte der Farmer. »Was hast ’n da für eine Wunde an deiner Backe? Lass mich raten«, er nahm den Zahnstocher aus dem Mund und zeigte damit auf mich. »Kneipenschlägerei?«

»So ähnlich.« Der Alte wollte wahrscheinlich bloß höflich sein, aber er ging mir auf die Nerven. »Ich muss jetzt weiter, tut mir leid.«

»Hauptsache, raus aus Little Worrington. Hier würde ich auch nicht bleiben wollen, aber meine Frau kettet mich nachts an«, gluckste der Fahrer und schlug lachend mit der Hand gegen die Fahrertür. »In unserem Dorf verschwinden Menschen, weißt du? Schon acht an der Zahl werden vermisst.«

Ein Kloß bildete sich in meinem Hals. »Ja, davon habe gehört. Das wird sich bestimmt bald aufklären.«

»Darauf würde ich nicht wetten«, gab der Mann zu bedenken. »Gibt Gerüchte, dass da ’n Monster im Wald herumschleicht. Soll Appetit auf Menschen haben, wenn du verstehst …«

»Ich kenne die Geschichten«, sagte ich knapp.

»Ammenmärchen, wie es sie in jedem verschrobenen Dorf gibt.« Der Farmer fuchtelte jetzt mit dem Zahnstocher herum, als wäre er ein kleiner Degen. »Sobald unerklärliche Dinge geschehen, werden die alten Geistergeschichten wieder ausgegraben. Erstaunlich, dass wir Menschen immer dann dem Aberglauben verfallen, wenn logisches Denken angebracht wäre.«

Ich umrundete eine Wasserlache. »Aberglaube ist einfacher als die Suche nach der Wahrheit«, zitierte ich Dad.

Der Farmer lachte. »Du gefällst mir, Junge. Wo musst du hin? Ich kann dich bestimmt ein Stück mitnehmen.«

Ich blieb stehen und musterte ihn. Der Mann schien weder gefährlich noch die hellste Kerze auf der Torte zu sein. Zudem war ich bewaffnet und mit seinem Wagen würde es definitiv schneller vorwärtsgehen.

»Zu einer Ruine, die sich in einem Fjord befindet«, sagte ich. »Keine Ahnung, wie die heißt.«

»Louvest Castle.«

»Wenn Sie es sagen.«

»Da gehst du in die falsche Richtung!« Er brachte den Wagen neben mir zum Stehen, beugte sich über den Beifahrersitz und stieß beherzt die Tür auf. »Komm, steig ein. Die Fahrt dauert keine zehn Minuten. Diesen Umweg nehme ich in Kauf, um einer armen Seele zu helfen.«

Ich zögerte. Als BEAST-Agent war man vorsichtig – eine Art Berufskrankheit. Irgendwie traurig, dass ich selbst hinter der harmlosen Geste eines Opas Gefahr witterte.

»Willst du Wurzeln schlagen? Ich tue dir nichts«, drängte der Mann mit einem Lächeln.

Kaum hatte ich mich und meine wenigen Habseligkeiten im Wageninneren verstaut, ließ der Alte den gebeutelten Motor des gelben Käfers aufheulen. Der Wagen rumpelte ein Stück die Straße entlang, ehe der Farmer das Lenkrad einschlug und in einem weiten Bogen über die unebene Wiese fuhr. Er drückte das Gaspedal durch und die Schrottkiste gab eine Auswahl bedenklicher Geräusche von sich.

»Mit meiner Rennkarre schaffen wir die Strecke sogar in sportlichen fünf Minuten.«

Wir schafften es *nicht* in fünf Minuten.

Und auch nicht in zehn.

Der alte Käfer ruckelte auf der Schotterstraße auf und ab wie ein Gummiball. Nach wenigen Sekunden schmerzte mein Hinterteil und ich wünschte mir, ich wäre gelaufen. Den verzierten Gehstock hielt ich griffbereit zwischen meinen Beinen. Was der alte Mann nicht wusste: In dem Stock versteckte sich ein feiner Degen.

Der Fahrer stellte sich als Archibald Schwartz vor. Er schien in Ordnung zu sein. Ziemlich redselig, aber vielleicht tat mir ein wenig Unterhaltung nach der letzten Nacht ganz gut.

Mr Schwartz besaß tatsächlich eine kleine Rinderfarm in der Nähe des alten Friedhofs.

»Wirft kaum Geld ab, aber es reicht, um durchzukommen«, erzählte er. »Was treibt dich in diese Gegend?«

Aus dem Radio tönte hibbelige Musik, in der sich eine Violine und ein Dudelsack ein erbittertes Duell lieferten. Dazu mischte sich das Rattern des Käfers, der kurz davor war, in seine rostigen Einzelteile zu zerfallen.

»Arbeit«, antwortete ich knapp.

Mr Schwartz wippte im Takt des Gedudels. »Arbeit? In deinem Alter hatte ich ganz andere Sachen im Kopf!«

»Es ist … ein Familienunternehmen«, bog ich die Wahrheit zurecht. »Ich bin damit aufgewachsen und kenne es nicht anders.«

»Was für ein Job ist es denn?«

Ich kratzte mich am Hinterkopf. »Es ist ein kompliziertes Geschäft«, drückte ich mich um eine Antwort und hoffte, der Farmer würde sich damit zufriedengeben.

Mr Schwartz drehte die Musik leiser und richtete den Rückspiegel. »Die Monsterjagd ist in der Tat ein kompliziertes Geschäft.«

Überrascht fuhr ich zusammen. »Sie … Wie meinen Sie das?«

Die wachen Augen in dem wettergegerbten Gesicht sahen mich besorgt an. »Ich weiß, wer du bist, Padraig O'Sullivan.«

Ich umklammerte den Griff des Gehstocks. »Woher kennen Sie meinen Namen?«

»Du musst weder aus dem fahrenden Wagen springen noch den Degen zücken, der in deinem Stock versteckt ist«, las der Mann meine Gedanken. »Ich halte jederzeit an und lasse dich gehen, wenn du willst.«

Zu meiner Linken grasten ein paar Schafe. Ein Hund bellte aufgeregt, als wir an seiner Herde vorbeifuhren.

»Wer sind Sie, Mr Schwartz?«, fragte ich eindringlich. »Und was wollen Sie von mir?«

»Mein Name ist und bleibt Archibald Schwartz«, erklärte er gelassen. »Du und dein Vater, ihr habt in Little Worrington die Vermisstenfälle untersucht.« Er stülpte den Ärmel seines Holzfällerhemds zurück. Auf der ledernen Haut darunter kam ein Tattoo zum Vorschein – vier ausgebreitete Flügel.

»Sie sind ein BEAST-Agent?«

»*War*«, korrigierte Mr Schwartz. »Fast fünf Jahrzehnte lang. Ich habe unter anderem das Waldmonster von Little Worrington getötet. Jetzt gehe ich es gemächlicher an und bin der Wächter der Pforte.«

Meine Anspannung löste sich plötzlich in Luft auf und ich ließ die Hand vom Degen gleiten. »Warum diese Maskerade?«, fragte ich leicht genervt. »Sie hätten mir gleich sagen können, dass Sie einer von uns sind.«

Mr Schwartz kurbelte die Autoscheibe runter und schnippte den Zahnstocher hinaus. »Ein kleiner Test, ob du dich auch nicht verplapperst.«

»Was wissen Sie alles, Mr Schwartz?«, wollte ich wissen. »Und wer hat Sie geschickt?«

»Du heißt Padraig O'Sullivan«, begann Mr Schwartz, »Sohn von James O'Sullivan. In der letzten Nacht seid ihr nach Little Worrington gekommen. Da sich James nicht innerhalb der Frist gemeldet hat, musste BEAST von einem Zwischenfall ausgehen.«

Geknickt schaute ich auf meine Füße und fuhr mir über den Hinterkopf – über die Stelle, mit der ich gegen den Stein geknallt war, bevor ich das Bewusstsein verloren hatte.

»Padraig.« Mr Schwartz suchte meinen Blick. »Was ist letzte Nacht auf dem Friedhof passiert?«

Ich atmete tief durch. Dann erzählte ich ihm alles, vom Gestaltwandler über die geheime Höhle unter der Eiche bis zur Explosion.

»Und als du wieder zu dir gekommen bist?«

Ich spielte unruhig mit meinen Fingern. »Ich habe mich in den Keller geschleppt.« Der Kloß im Hals ließ meine Stimme gebrechlich klingen. »Von den Holzkisten, die den Weg versperrt hatten, waren nur noch Splitter übrig.«

Mr Schwartz wich einem Schlagloch aus. »Was war in dem Keller?«

»Alles war komplett verwüstet.« Mein Hals fühlte sich trocken an. »Durch die Wucht der Explosion hat es die Leichen der Vermissten in Stücke gerissen. Von meinem Vater und den Schlurfern hingegen fehlte jede Spur.«

Mr Schwartz erwiderte nichts.

»Ich wühlte wie ein Besessener unter den Holzsplittern«, fuhr ich fort. »Gerade als ich aufgeben wollte, zwischen all den zerfetzten Körperteilen ein Lebenszeichen zu finden, entdeckte ich das hier.« Ich zeigte ihm das Bestiarium.

Der Blick von Mr Schwartz huschte zwischen Straße und Buch hin und her. Tiefe Falten gruben sich in seine Stirn. »Das war alles, was du gefunden hast?«

»Nicht ganz«, sagte ich und steckte das Buch ein. »Direkt neben dem Bestiarium entdeckte ich eine Blutspur. Auf dem Kellerboden, inmitten der Holzsplitter und Leichenfetzen, formten die blutigen Striche eine Sigille. Dad hat sie gezeichnet, ich habe es gesehen.«

»Dein Vater hat ein Symbol mit Blut gezogen?«, fragte Mr Schwartz überrascht. »War es sein eigenes?«

»Ja.«

»Wie sah die Sigille aus?«

»Wie ein Kreis, aus dem sich acht Linien sonnenstrahlartig ausbreiten«, beschrieb ich die Sigille, die sich in mein Hirn eingebrannt hatte. »Jede der Linien wird in der Mitte von drei Strichen gekreuzt und gabelt sich am Ende in drei Spitzen.«

Der Alte fuhr sich über den stoppeligen Kiefer, holte einen frischen Zahnstocher aus der Latzhose und steckte ihn in den Mund.

»Kennen Sie diese Sigille?«

»Nein«, antwortete er. »Aber bist du sicher, dass es das Blut von James war? Könnte es nicht auch das eines Schlurfers gewesen sein?«

»Ich habe gesehen, wie er das Symbol mit seiner blutenden Hand gezeichnet hat«, wiederholte ich entschieden. »Glauben Sie, dass die Sigille mächtig genug war, um ihn zu retten?«

Es verstrichen einige Sekunden, in denen nur das Knirschen der Steine unter den Rädern zu hören war.

»Es gibt Symbole, die ungeheure Mächte entfesseln können«, meinte Archibald Schwartz. »Aber wenn ein BEAST-Agent eine Sigille mit seinem eigenen Blut zieht, ist das kein gutes Zeichen. Oftmals ist es … der letzte Ausweg.«

»Sie sprechen vom Tod?« Meine Finger krampften sich fest um den Stockdegen.

»Normalerweise ja«, antwortete Mr Schwartz bedrückt. »Hör zu, Padraig. Ich weiß nicht, was mit James passiert ist. Am besten schicken wir dich nach Edinburgh. Im Hauptquartier wissen sie bestimmt, was die Sigille bewirkt.«

Die restliche Fahrt verlief schweigend. Ich lehnte mich zurück und kurbelte das Fenster nach unten. Frische Luft strömte in das Innere des Wagens, weiche Hügel und hohes Gras zogen am Wagen vorbei.

»Wir sind gleich da«, brach Mr Schwartz die Stille nach ein paar Minuten. »Da vorne sind der Firth of Doomberry und Louvest Castle.«

Vor uns breitete sich die malerische Schönheit der Natur aus. Mitten durch die Landschaft zog sich ein schmaler Fjord. Kantige Felsvorsprünge rahmten den glatten Spiegel aus dunklem Wasser ein. Mitten im Fjord erhob sich ein grüner Fleck. Auf dem Stück Land thronten die Überreste von Louvest Castle. Vier Steinwände ragten senkrecht in die Höhe und bildeten einen Quader. Schießscharten taten sich wie Augen in den verwitterten Mauern auf, die den Fjord seit Jahrhunderten stumm beobachteten.

»Lass uns keine Zeit verlieren.« Mr Schwartz parkte den Käfer und stieg aus.

Hastig holte ich meine Sachen von der Rückbank. Darunter befand sich auch mein Trenchcoat, den ich bei der zweistämmigen Eiche als Seil benutzt hatte.

Eine ebenerdige Steinbrücke verband das Festland mit der

Insel. Die steilen Mauern von Louvest Castle boten keine Möglichkeit, daran hochzuklettern. Wir umrundeten die Ruine und blieben vor der Wand an der Rückseite stehen. Ein steinerner Rahmen fasste eine schlichte Holztür ein, an der ein Eisenschloss hing.

Archibald Schwartz kramte einen Schlüssel aus seiner Tasche und steckte ihn in die kleine Öffnung. Als er ihn umdrehte, glommen im Türrahmen blaue Symbole auf, die zuvor unsichtbar gewesen waren.

»Padraig?« Archibald Schwartz streckte mir seine runzlige Hand entgegen. »Ich hoffe, du findest deinen Vater. Der Höllenbalken ist einer unserer Besten. Er wusste bestimmt, was er tat.«

Ich schüttelte die Hand. »Ich danke Ihnen, Mr Schwartz. Sie haben mir sehr geholfen.«

Ein amüsiertes Lächeln umspielte die Lippen des älteren Mannes. »Pass gut auf dich auf.«

»Das werde ich, versprochen.«

Dann trat ich durch die Tür.

7

Padraig

Kreisender Geier

Schwärze umgab mich. Trotzdem war es nicht dunkel. Auf dem Boden breitete sich ein Wasserfilm aus. Kaum mehr als ein Rinnsal, aber genug, um meine Schritte zu schlucken. Stille beherrschte den Raum. Keine angespannte wie vor der Monsterjagd, sondern eine angenehme, als stünde ich allein auf einem einsamen Gletscher.

Und dann waren da die Türen. Es gab Hunderte von ihnen. Sie standen einfach da. Kein Rahmen, der sie festhielt. Keine Mauer, die sie stützte.

Wir BEAST-Agenten nannten die Welt zwischen den Pforten den *Raum der tausend Türen.* Es gab gläserne, hölzerne, steinerne und metallene Türen, solche mit Klopfern, Klinken oder Knäufen, bei einigen blätterte die Farbe ab, andere waren frisch gestrichen. Hier entdeckte ich einen verwelkten Weihnachtskranz, dort einen Warnaufkleber. Eine Tür sah aus wie der Eingang zu einem Atombunker, eine andere war mit vier antik aussehenden Schlössern gesichert und die nächste wirkte wie das Gitter zu einem Geisterhaus.

Zielstrebig schritt ich die Gänge entlang, die sich zwischen den Türreihen auftaten. Ein System gab es nicht. Entweder kannte man den Standort der gesuchten Pforte – oder nicht.

Bei dem Bunkerexemplar bog ich rechts ab. In diesem Gang reihten sich acht Türen aneinander. Vor der letzten blieb ich stehen. Sie bestand aus uraltem Eichenholz und wurde von drei Streben aus angelaufenem Eisen zusammengehalten. Ein rostiger Türklopfer ragte hervor. Ich polterte den Ring dreimal gegen das Eichenholz, dann schwang die Tür wie von Geisterhand auf.

Während hinter mir die Schwärze des *Raums der tausend Türen* lag, breitete sich vor mir ein runder, lichtdurchfluteter Innenhof aus. Eine Konstruktion aus Metallstreben und Glas bildete eine kuppelförmige Decke, die mich an ein riesiges Zirkuszelt erinnerte. Warmes Sonnenlicht brach hindurch und beschien einen Springbrunnen aus weißem Marmor, der in der Mitte des Hofes stand. Er zeigte ein geflügeltes Pferd, das die Vorderbeine in die Luft riss. Aus allen vier Flügeln schoss ein Wasserstrahl, der sich in hohem Bogen in das Becken ergoss. Es gab vier Stockwerke, alle von schweren Stahlträgern gestützt, die wie Metallarme in die Höhe wuchsen. Jede Etage war von einer Balustrade umgeben. Auf den Galerien huschten Agenten in langen Mänteln umher.

Über die vier Etagen verteilten sich Dutzende kleiner Geschäfte und Läden. Von Degen und Eisenketten bei *Lockwood Chains & Co* bis zu frisch verkorktem Weihwasser bei *Holy Hollow's Holy Water* fand man hier alles für die Monsterjagd.

Ich steuerte achtlos an den Läden vorbei und ignorierte die Begrüßungen ihrer Besitzer. Kurz dachte ich darüber nach, im Krankenflügel im obersten Stock vorbeizuschauen.

Die Wunde, die mir der Friedhofsschlurfer verpasst hatte, schmerzte und auch mein Hinterkopf hatte was abbekommen. Aber das musste warten.

Zwei Wochen waren seit meinem letzten Besuch vergangen. Dad und mir war es gelungen, einen Zweihäuptigen Dornenflügler einzufangen – ein vogelartiges Monster mit zwei Köpfen und stacheligen Flügeln, das sich von Schafen ernährte. Die Kreaturen lebten hauptsächlich in Irland, aber hin und wieder verirrte sich mal eins nach Schottland.

Wie alle eingefangenen Monster hatten wir auch den Flügler in die weitverzweigten Untergeschosse von BEAST geschleppt. Das Atrium mit der gläsernen Kuppel mochte beeindruckend sein, das Herzstück des Hauptquartiers aber war das Sammelsurium an Räumen und Gängen, das tief unter die Erde reichte. Neben Kerkern, in denen die gefährlichsten Monster gefangen gehalten und untersucht wurden, gab es eine Bibliothek zur Aufbewahrung wertvoller Schriften und Bücher, Labore zur Erforschung der Monster, ein Entwicklungszentrum für Waffen und ein Archiv. Dort legte Mrs Love-Wobbley, eine sehr gesprächige alte Dame mit Dauerwelle, mehreren Lesebrillen und einer Vorliebe für Pfefferminztee, alle Fallakten ab und verwaltete sie.

Ich eilte an dem geflügelten Springbrunnen vorbei und ging auf die metallene Wendeltreppe zu, die in die oberen Etagen führte. Im vierten Stockwerk umrundete ich die Galerie und bog in einen breiten Gang ab, dessen Wände dunkle, in schweren Ölfarben gemalte Porträts zierten. Unter jedem Gemälde war ein Messingschild mit eingraviertem Namen angebracht. Die Bilder zeigten die bisherigen Leiter von BEAST.

Am Ende des Flurs lag eine Doppeltür. Ein angespanntes

Kribbeln breitete sich in meiner Magengrube aus. Endlich konnte ich Hilfe holen. Ich war Glynnes Hazle-Finch, der ersten weiblichen Leiterin, erst ein paarmal begegnet. Sie hatte einen Hang zu klaren Ansagen, anders wäre es ihr wohl nicht gelungen, sich in dem Männerschuppen den nötigen Respekt zu verschaffen.

»Padraig O'Sullivan«, erklang ihre Stimme, nachdem ich an die Eichentür geklopft hatte und hereingebeten wurde. »Ich habe dich erwartet.«

Von der Decke hing ein Kronleuchter, den die Putzkraft offenbar verabscheute, denn das Glas war von einer dicken Staubschicht bedeckt und ließ kaum Licht durch. Vor einer unverputzten Backsteinwand, die mit orientalischen Tellern, afrikanischen Masken und asiatischen Fächern geschmückt war, standen ein Schreibtisch aus Mahagoni und zwei abgewetzte Sessel. Es roch nach altem Leder.

Glynnes Hazle-Finch war eine grazile Frau in den Fünfzigern mit vogelartigem Gesicht, dazu passender Adlernase und streng zu einem Knoten zusammengebundenem Haar. Sie saß kerzengerade auf ihrem Stuhl, den Kopf leicht in den Nacken gelegt, was ihr eine gebieterische Aura verlieh.

»Bitte setz dich«, empfing sie mich und wies auf die Stühle vor ihrem Schreibtisch. Sie lehnte sich zurück, den Blick beobachtend auf mir ruhend. Ihre Fingerspitzen berührten sich vor der Brust, sodass ihre Hände einen Pfeil bildeten. Auf dem Tisch lag eine Aktenmappe. »Ich wurde über das Verschwinden deines Vaters unterrichtet«, begann sie. »Dürfte ich dich bitten, mir die Einzelheiten der vergangenen Nacht zu schildern?«

Meine Finger gruben sich in die ledernen Armstützen. Die Kälte und Gleichgültigkeit, mit der sie redete, trieben mich zur Weißglut. Diese Frau hatte nicht den Hauch einer Ahnung, was ich in den letzten Stunden durchleben musste.

Und dann, als hätte jemand ein Ventil geöffnet, platzte alles aus mir heraus. Die Wut, die Angst, die Verzweiflung – einfach alles. Ich schaffte es mit Mühe, die Tränen im Angesicht der alten Hazle-Finch zurückzuhalten, aber meine angestaute Wut entlud sich auf einen Knall. BEAST sollte erfahren, dass mein Vater verschwunden, vielleicht sogar tot war. Und warum? Weil es *mir* nicht gelungen war, den Schlurfer schnell genug zu töten. Weil wir leichtfertig übersehen hatten, dass es Gestaltwandler waren. Und weil Dad diese verdammte Sigille gezogen hatte, die ich noch nie zuvor gesehen hatte.

Ich wusste nicht, wie lange ich geredet hatte. Alles kam mir vor wie in einem Traum. Als ich zum Ende kam, fühlte ich mich erleichtert. Erschöpft sank ich im Sessel zusammen und wischte mir den Schweiß von der Stirn. Meine Finger krampften sich noch immer in die Lehnen. Als ich losließ, zogen sich die Schmerzen bis in meinen Oberarm.

Mrs Hazle-Finch hatte während meines Berichts kein Wort gesprochen, keine Fragen gestellt und keine Miene verzogen. Sie sah mich mit demselben desinteressierten Blick an wie zu Beginn unserer Unterredung. Ihre Fingerspitzen lösten sich voneinander und glitten zu einer Schublade des Schreibtischs. »Es sind mehrere Truppen von Shepards unterwegs, um nach James zu suchen.«

Die Shepards waren eine BEAST-Spezialeinheit. Wortkarge und suspekte Gestalten in bodenlangen grauen Mänteln. Sie trugen Helme voller Sigillen und waren mit dreizackigen Speeren bewaffnet. Sie bewachten das Hauptquartier und waren für die Sicherheit zuständig. Ich kannte niemanden, der mit ihnen ein Bier nach Feierabend trinken würde.

»Die Shepards waren im Keller der Kapelle, als du mit Mr Schwartz auf dem Weg zur Pforte im Firth of Doomsberry warst«, fuhr die Leiterin fort. Mit einer anmutigen Bewegung holte sie ein schmales Etui aus der Schublade hervor. Sie entnahm eine silberne Lesebrille, setzte sie auf die Spitze ihrer Adlernase und schlug die Aktenmappe auf. »Bislang haben wir keine brauchbaren Spuren. Außer der Sigille, die du ebenfalls erwähnt hast.«

»Was bewirkt das Symbol?«, fragte ich ungehalten. »Ich habe es noch nie zuvor gesehen. Kann es sein, dass die Sigille meinen Vater gerettet hat?«

»Um deine letzte Frage zu beantworten: Das entzieht sich unseren Kenntnissen. Dafür werden längere Auswertungen nötig sein.« Mit unverändertem Gesichtsausdruck griff Mrs Hazle-Finch in die Mappe, holte ein einzelnes Blatt hervor und schob es über den glänzenden Holztisch. »Kannst du bestätigen, dass es sich um dieses Symbol handelte?«

Ich nahm das Blatt entgegen und blickte auf die schwarzweiße Kopie eines Fotos, das den Ausschnitt eines Felsens oder einer Höhlenwand zeigte. In der unteren linken Ecke standen eine Uhrzeit und ein Datum. Demnach wurde das Foto vor ungefähr sechzehn Jahren kurz nach Mitternacht aufgenommen.

Auf dem rauen Stein prangte eine Sigille. Der rötliche Glanz verriet meinem geübten Auge sofort, dass es sich um Blut handelte. In feinen Rinnsalen lief es wie Tränen am Gestein herab.

»Das ist sie!«, bestätigte ich aufgeregt. »Genau dieses Zeichen hat Dad mit seinem Blut gemalt.«

Mrs Hazle-Finch beugte sich über den Tisch und riss mir den Ausdruck aus der Hand. »Vielen Dank für deine Bestätigung. Wir werden sehen, was wir für James tun können.«

»Moment, was soll das?« Ich richtete mich auf. »Was ist das für ein Foto und was hat es mit Dads Verschwinden zu tun? Wer hat die Sigille damals gezogen? Und warum?«

Die Leiterin ließ den Ausdruck in der Mappe verschwinden, die sie wieder in der Schublade verstaute. »Ich befürchte, diese Informationen übersteigen deine Befugnisse. Du darfst jetzt gehen. Wir werden dich über die Entwicklungen bei der Suche nach deinem Vater in Kenntnis setzen.«

Ich schlug so kräftig auf den Tisch, dass Mrs Hazle-Finch für einen Sekundenbruchteil die Kontrolle über ihre Mimik entglitt.

»Was ist das für eine Sigille?«, presste ich hervor.

Die Leiterin musterte mich finster über den Rand ihrer Brille. Das diffuse Licht des Kronleuchters tauchte ihr Gesicht in bedrohliche Schatten. Mit der Hakennase sah sie aus wie ein Geier, der über seiner Beute kreiste und sich erst dann an dem Fleisch ergötzte, wenn es von den Knochen fiel.

»Du bist nicht befugt, das zu erfahren«, zischte sie mit Nachdruck. »Und lass dir noch eines sagen: Bis wir wissen, was mit deinem Vater geschehen ist, lässt du die Finger vom Jagen, verstanden?«

»Ja«, brummte ich widerwillig.

»Und jetzt verlass bitte augenblicklich mein Büro.« Die alte Hexe stand auf, verschränkte die Hände hinter dem Rücken und wandte sich ab. »Ich habe zu tun.«

8

Brandon

Das Monster unter dem Bett

Penelope ließ mir keine andere Wahl. Wenn sie nicht mit der Sprache rausrücken wollte, musste ich ihrem Geheimnis eben selbst auf die Schliche kommen.

Nachdem sie mir den Mittelfinger gezeigt hatte, war ich genervt unter die Dusche gesprungen. Kurz darauf kehrten Mum und Dad aus der Kirche zurück, deshalb hatte ich mich im Zimmer verkrochen und mir die letzten Stunden durch den Kopf gehen lassen.

Penelope war vergangene Nacht bei Cassie gewesen und hätte um dreiundzwanzig Uhr zu Hause sein müssen. Ich traf sie aber erst kurz nach vier in einem Zustand der Besessenheit an, auch wenn sie das vehement abstritt. Dummerweise hatte ich nicht den kleinsten Anhaltspunkt, was sie in der Zwischenzeit getan haben könnte.

Da kam mir eine Idee. Ich beschloss kurzerhand, in Penelopes Zimmer auf Spurensuche zu gehen und einen Blick auf ihren Laptop zu werfen. Zuerst wollte ich ihr das Smartphone abluchsen, aber das umklammerte sie wie ein Affenbaby seine Mutter. Der Laptop hingegen lag unbewacht in ihrem Zimmer. Ich musste nur den richtigen Moment abwarten …

Meine Chance kam am frühen Abend, als die Sonne langsam dem Horizont entgegensank. Ich saß im unkrautfreien Garten und zeichnete einen Comic. Ein sprechender Hut klärte gerade einen spektakulären Mord im viktorianischen London auf, als Penelope aus dem Haus trat.

»Nerdon, Nerdon«, sagte sie und stemmte eine Hand in ihre Hüfte, wobei die zahlreichen Kettchen an ihrem Arm um die Wette klimperten. Sie trug gelbe Ballerinas, einen weißen Sonnenhut mit breiter Krempe und eine dieser modernen Sonnenbrillen mit runden Gläsern. »Wie wär's, wenn ich dir einen Sport-BH leihe und du eine Runde joggen gehst, statt zu malen?«

Ich ließ den Stift sinken. »Ich male nicht, ich *zeichne* einen Comic«, korrigierte ich. »Und in deinen Mini-BH passe ich bestimmt nicht rein.«

Penelope stemmte die zweite Hand in die Hüfte und baute sich vor mir auf. »Halt deine bescheuerte Klappe. Sonst sage ich Mum, dass du mich dumm angemacht hast.«

Ich zog die Augenbraue hoch. »Vergiss nicht, vorher deine Bluse anständig zuzuknöpfen.«

Penelope rückte die Sonnenbrille zurecht und winkte ab. »Ach, vergiss es.«

»Wohin gehst du?«

»Ins Schlaraffenland.«

Ich spähte vom Comic auf und musterte ihre dünnen Beine. »Ein Besuch dort würde dir nicht schaden.«

»Ich helfe dort beim Wiederaufbau«, erklärte Penelope. »Es heißt, ein gewisser Bacon MacNuggets hat alles wegefuttert.« Mit diesen Worten stolzierte sie davon.

Ich zeichnete die Seite fertig. Danach las ich die Kommentare auf *Creepy Chronicles*. Als Penelope nach zehn Minuten nicht wieder auftauchte, stand ich auf, warf meinen Zeichenblock auf den Stuhl und ging ins Haus.

In der Küche hackte Mum Zwiebeln für das Abendessen, Dad war in ein Buch vertieft. Sie beachteten mich nicht, als ich nach oben ging.

Penelopes Tür war nicht verschlossen. Im Inneren ihres Zimmers empfingen mich sanfte Farben und die Reste einer blumigen Parfümwolke. Die Wände waren altrosa gestrichen. Auf dem Himmelbett lagen unzählige Kissen. In der Ecke gegenüber stand ein Schminktisch mit Spiegel. Fläschchen, Kettchen, Haarreifen, Ringe und weiterer Plunder quollen aus den Schubladen. Über dem Spiegel stand in verschnörkelten Buchstaben *LIVE YOUR DREAMS*.

Obwohl kaum noch Tageslicht durch die Fenster drang, ließ ich das Licht ausgeschaltet. Lautlos schloss ich die Tür und trat im Halbdunkel zum Bett. Auf den ersten Blick war der Laptop nicht zu sehen. Ich durchwühlte die Kissen und die Decke.

»Tada«, machte ich leise, als ich das Gerät entdeckte. Ein Krönchen-Aufkleber identifizierte es zweifelsfrei als das Objekt meiner Begierde.

Ich setzte mich im Schneidersitz auf das Bett und klappte den Laptop auf. Die Passwortabfrage leuchtete auf.

Monsterscheiße, daran hatte ich nicht gedacht! Spontan tippte ich Penelopes Geburtsdatum ein.

Ein dumpfer Ton verriet, dass ich falschlag.

Ich versuchte ein paar andere Geburtstage – erfolglos. Nervös kaute ich an den Fingernägeln. Meistens wählten Menschen viel zu leichtsinnige Passwörter. Es waren naheliegende Sachen wie Geburtstage, Urlaubsziele, der Name der besten Freundin …

Nachdenklich starrte ich an die Wand mit dem *LIVE-YOUR-DREAMS*-Schriftzug.

Ich stutzte.

Hastig tippte ich die drei Worte in das Fenster auf dem Bildschirm. Kleingeschrieben und ohne Abstände dazwischen.

Falsch.

Dann eben alles in Großbuchstaben.

Ein *Ping!* verriet, dass ich das Passwort geknackt hatte. Der Startbildschirm leuchtete auf und warf ein fahles Licht in den Raum. Das kitschige Bild eines Sonnenuntergangs vor einer traumhaften Strandkulisse empfing mich.

»Dann wollen wir mal sehen, was du zu verbergen hast, Schwesterherz«, flüsterte ich.

Zuerst überprüfte ich das Postfach. Außer einem Newsletter für Schuhe, der Bestellbestätigung eines Online-Versands und Benachrichtigungen über Kommentare auf sozialen Netzwerken fand ich nichts. Als Nächstes checkte ich den Browserverlauf, gefolgt von ein paar wild durcheinandergewürfelten Ordnern, die keinem erkennbaren System folgten.

Mit jeder Sekunde schwand meine Hoffnung auf nützliche Hinweise. Ich durchforstete Schulaufsätze, überflog eine Arbeit über einheimische Vogelarten und korrigierte Fehler in einer Excel-Tabelle.

Blieb nur noch der Ordner mit den Fotos. Eigentlich hatte ich keine Lust, mich durch Selfies zu klicken. Aber es war der letzte Strohhalm – und daran klammerte ich mich. Auch hier gab es zahlreiche Ordner. Immerhin waren alle benannt:

Bootsfahrt, Schulreise, Familienurlaub, Kirchenwochenende, Mutprobe, Vogelarten …

Einer Vorahnung folgend öffnete ich den Mutproben-Ordner. Nur drei Bilder befanden sich darin. Alle stammten von vorgestern Abend. Das erste Foto war – welch Überraschung – ein Selfie. Penelope und Cassie posierten Wange an Wange und mit spitzen Entenschnabelmündern. Die Sonne ging hinter den beiden unter. Das Licht verlieh dem Waldrand im Hintergrund einen goldenen Glanz.

Mein Herz pochte so laut, dass man es im ganzen Haus hören musste. Ich atmete tief durch und öffnete das nächste Bild.

Es zeigte ein heruntergekommenes Holzhaus mit zwei spitzen Türmen, das wie ein Ungetüm zwischen krummen Baumstämmen aufragte. Ich erkannte das windschiefe Gebäude sofort. Es war das alte Waisenhaus von Port Willow, das dem Orphan Forest einst seinen Namen gegeben hat.

»Interessant«, raunte ich. Penelope war vor zwei Tagen mit Cassie im Orphan Forest gewesen. Und dem Namen des Ordners nach zu urteilen, ging es um eine Mutprobe. Ich schüttelte den Kopf. Wenn Mum und Dad ahnen würden, was ihre Tochter alles trieb.

Ich wollte das Foto gerade schließen, als mir am äußerten Bildrand, im Schutz der Baumstämme, etwas ins Auge fiel. Ich vergrößerte auf Kosten der Auflösung den Ausschnitt. Zwischen den Bäumen hob sich ein Schatten ab. Täuschte ich mich oder stand da eine Gestalt im Wald, die Penelope und Cassie beobachtete?

Ich hellte das Foto über die Regler der Bildbearbeitung auf. In US-Krimiserien schien es nie ein Problem zu sein, einen Mörder in der Spiegelung einer Sonnenbrille zu erkennen. Im echten Leben sah das anders aus. Ich musste einsehen, dass der Schatten ein solcher bleiben würde. Allerdings glaubte ich, einen schwarzen Schuh mit pinken Streifen auszumachen.

Ich öffnete das letzte Bild. Es war pechschwarz. Zuerst dachte ich, Penelope habe versehentlich einen Schnappschuss aus dem Inneren ihrer Hosentasche gemacht. Ich hellte auch dieses Bild auf und ein dunkler Raum schälte sich aus der Schwärze. Ein Keller?

Ich rückte meine Brille zurecht. Warum trieb sich Penelope im Keller des Waisenhauses herum? War das überhaupt ein Bild aus dem kruden Gebäude mitten im Wald?

Ein Blick in die Bildinformationen verriet, dass Penelope die Fotos innerhalb von einer halben Stunde gemacht hatte. Zwischen dem zweiten und dem letzten Bild lagen sieben Minuten. Also musste es zwangsläufig der Keller des Waisenhauses sein.

Vor der Tür knarzte es. Jemand kam die Treppe hoch!

Sofort schloss ich das Bildprogramm, klappte den Laptop zu und steckte ihn zurück unter die Bettdecke. Unter dem Türrahmen flammte Licht auf.

Ich brauchte ein Versteck!

Panisch sah ich mich um. Wie ein gestrandeter Fisch warf ich mich auf den Boden und rollte lautlos unter das Bett. Mein Bauch drückte gegen den durchhängenden Lattenrost. Ich kam mir vor wie das Monster unter meinem Bett.

In der nächsten Sekunde ging das Licht im Zimmer an. Ich legte den Kopf auf den Boden, schielte unter dem Bett hervor und erblickte gelbe Ballerinas – Penelope!

Sie trat ans Bett. Ein leises Summen drang an meine Ohren. Das Blut gefror mir in den Adern. Da war sie wieder – die

Melodie! Wenn Penelope jetzt unter das Bett sah, würde sie mich ertappen. Ich presste mir die Hand auf den Mund.

Die Ballerinas bewegten sich an das Fußende des Bettes und blieben vor dem Schminktischchen stehen. Ein schleifendes Geräusch, gefolgt von einem energischen Klimpern, verriet, dass Penelope die Schubladen des Schminktischs durchsuchte.

»Endlich!«, seufzte sie nach zwei Minuten, in denen ich kaum geamtet hatte. Sie schloss die Schubladen und blieb noch kurz stehen, wahrscheinlich, um sich im Spiegel zu bewundern. Dann eilte sie durch das Zimmer und schaltete das Licht wieder aus.

Erleichtert atmete ich aus. Kalter Schweiß sammelte sich in meinem Nacken. Nach ein paar kräftigen Atemzügen schob ich mich unter dem Bett hervor. Als ich halb hervorgerobbt war, blieb mein Pullover an einer abstehenden Schraube des Lattenrosts hängen.

»Monsterscheiße«, fluchte ich. Mit zitternden Händen wollte ich mich befreien.

Erschrocken stellte ich fest, dass die Tür gähnend weit offen stand. In anderen Worten: Ich lag da wie auf dem Präsentierteller! Zu allem Überfluss brannte auch noch Licht im Badezimmer – bei meinem Glück war es Penelope, die sich noch kurz frisch machte und gleich aus dem Bad gelatscht kommen würde.

»Komm schon«, zischte ich und zerrte an dem verhakten Pullover. Das hässliche Geräusch von reißendem Stoff verkündete, dass ich frei war.

Gleichzeitig erklang die Spülung im Bad und jagte mir das Adrenalin durch die Venen. Mit einem Satz stand ich auf den Beinen und hetzte zur Tür.

9

Padraig

Die Hand des Hoia-Wisperers

»Und dann hat sie mich rausgeworfen«, beendete ich meine Erzählung. »Die alte Hexe Hazle-Finch verheimlicht doch was! Warum zeigt sie mir ein sechzehn Jahre altes Foto, auf dem exakt *das* Symbol zu sehen ist, das Dad gezogen hat? Und überhaupt«, wütend ballte ich die Hände zu Fäusten, »was war das für eine Akte?«

Emmerett, der ältere Bruder meines Vaters, starrte mich durch die zwei Flaschenböden an, die er auf der Nase trug. Die Brillengläser verwandelten seine Augen in gedörrte Weintrauben. Er raufte sich mit den schwieligen Händen das schüttere Haar.

»Ich habe leider keine Ahnung – weder von dem Foto noch von der Akte«, sagte er zerknirscht.

In seinem Büro sah es aus wie nach einem Bombeneinschlag in einer Druckerei. Papiere, Zeitungen und aufgerissene Briefumschläge begruben den Boden wie die Ausläufer einer Lawine unter sich. Emmerett saß hinter seinem Schreibtisch, halb verborgen zwischen schiefen Aktentürmen, die bis kurz unter die Decke reichten. Hinter ihm standen zwei

Aktenschränke, aus deren Ritzen sich vergilbte Akten ans Tageslicht kämpften.

»Was soll ich jetzt machen?«, fragte ich ratlos und ließ die Hände neben den Stuhl sinken. »Niemand kann mir sagen, was mit Dad passiert ist, wo er steckt und ob er überhaupt noch am Leben ist.«

Emmerett sah mitgenommen aus, zumindest der Teil von ihm, den ich zwischen den Papierstapeln erkennen konnte. »Ich schätze, uns bleibt nichts anderes übrig, als zu hoffen, dass ihn die Shepards finden«, nuschelte er.

Nach dem unschönen Ende meines Gesprächs mit Mrs Hazle-Finch hatte ich mich in einer ungesunden Mischung aus Wut, Müdigkeit und Verzweiflung in den Krankenflügel begeben. Eine junge Ärztin hatte meine Wunden behandelt und mich zu einer Runde Schlaf verdonnert. Als ich drei Stunden später aufgewacht war, hatte ich mich hastig in das weitverzweigte Kellersystem verzogen. Obwohl Dad und Emmerett seit Jahren kaum miteinander sprachen, hatte ich das dringende Bedürfnis, mit jemandem zu reden, der Dad zumindest vor einigen Jahren mal sehr nahe gewesen war.

»Und er hat die Sigille wirklich nie erwähnt?«, hakte ich nach. Ich verzichtete auf wilde Gesten, um keine Papierberge umzuschmeißen.

Emmerett senkte bedröppelt den Kopf. »Wie du weißt, hatten dein Vater und ich in letzter Zeit nicht viel Kontakt.«

»Was ist mit früher?«, versuchte ich es. »Vielleicht hat er sie dir als Kind mal gezeigt.«

Emmerett nahm die Brille ab, wodurch seine Augen auf

die doppelte Größe anschwollen, und legte sie auf einen Stapel Notizzettel. Mit Daumen und Zeigefinger massierte er seine Schläfen. »Daran würde ich mich bestimmt erinnern.«

Das bezweifelte ich nicht. Während sich Dad früh für die Jagd interessiert hatte und in den Monstern ein leidiges Übel sah, fühlte sich Emmerett in seiner Neugier zu den Wesen hingezogen. Er hatte so lange gejagt, bis er alt genug war, um sich nichts mehr vorschreiben zu lassen. Dann hatte er sich vom Agentendasein abgewandt und Tiermedizin studiert, weil Tiere den Monstern am nächsten kamen. Dad hat es nie so ganz verkraftet, dass sich sein Bruder vom Familiengeschäft abgewandt hatte. Mit der Zeit lebten sie sich immer weiter auseinander. Aus Brüdern, die sich blind vertrauten und sich gegenseitig am Leben hielten, wurden erwachsene Männer, die sich auf dem Gang mit einem Kopfnicken begrüßten.

Seit ich meinen Onkel kannte, arbeitete er als Forscher bei BEAST. Er hatte einen hohen Posten in der AMoK inne, der *Abteilung für Monster und Kreaturen*. Emmerett leitete ein Team, das die angeschleppten Monster untersuchte und ihr Verhalten studierte, um daraus neue Erkenntnisse für die Jagd zu gewinnen. Gerüchten zufolge hatte er eine Vorliebe für das Sezieren der Kreaturen. Ein konserviertes Monsterhirn hier, eine Ampulle voller grünlichem Blut da, verkorkte Verdauungsgase dort. Wahrscheinlich war das der Grund, weshalb ihm der Ruf eines verschrobenen Wissenschaftlers anhaftete.

»Warum hat Dad die Sigille nie erwähnt?« Ich gestikulierte schließlich doch vor lauter Aufregung und streifte einen Papierstapel, der schwer und träge umkippte.

»Das Bestiarium!« Emmerett erwachte schlagartig aus seiner Lethargie. Hektisch tastete er nach seiner Brille. »Ist es mit James verschwunden?«

Mein Onkel stierte mich an. Er war eine ältere, eingefallene und schnauzerlose Version von Dad, aber in seinen Augen blitzte dieselbe Wachsamkeit.

»Nein, ich habe das Buch bei mir.« Ich nestelte in der Tasche meines Mantels herum. »Es lag in der Nähe der Sigille. Hier, bitte schön.«

Emmerett nahm das Bestiarium ehrfürchtig entgegen. Er strich über den Einband. »Wusstest du, dass die meisten Informationen hier drin von mir sind?«

Ich schüttelte den Kopf.

»Einiges stammt von unserem Vater, aber vieles habe ich im Rahmen meiner Forschungen ergründet«, erklärte er. »Monster sind faszinierende Wesen. Es gibt eine schier unglaubliche Artenvielfalt, jede mit ihren ganz speziellen Eigenheiten – ähnlich wie bei Tieren. Wir würden größere Fortschritte in ihrer Bekämpfung erzielen, wenn wir sie nicht rücksichtslos niedermetzeln würden.«

Ich zuckte mit den Schultern. »Mir gefällt niedermetzeln.«

Emmerett schlug das Bestiarium auf und blätterte durch die Seiten. »Das wundert mich nicht. Der Apfel fällt eben nicht weit vom Stamm.«

Ich grinste und lehnte mich nach vorne. »Glaubst du, das Bestiarium kann uns dabei helfen, Dad aufzuspüren?«

»James betonte oft, wie wichtig ihm dieses Buch ist. Nach dem Tod deiner Mutter …« Emmerett verstummte und schob seine obere Gesichtshälfte über den Buchrand. Seine wachen Augen röntgten mich wie Dad vor einer Jagd. »Dianas Unfall hat aus ihm einen anderen Menschen gemacht. In den Monaten nach ihrem Tod warst du oft bei mir oder deinem Großvater, weil James tagelang verschwunden war. Niemand wusste, wo er sich herumtrieb.«

»Ich … ich wusste gar nicht, dass du auf mich aufgepasst hast«, gestand ich. »Das hat Dad nie erzählt.«

Emmerett ließ das Buch sinken. Der Anflug eines Lächelns huschte über sein Gesicht, aber es verschwand, bevor es richtig da gewesen war.

»Es war keine einfache Zeit für meinen Bruder und unsere Familie«, sagte er leise. »James hat immer angedeutet, dass das Bestiarium«, Emmerett gab mir das Buch zurück, »ein Geheimnis in sich trägt. Aber auf den ersten Blick kann ich erst mal nichts Außergewöhnliches entdecken. Aber vielleicht findest du ja etwas heraus, wenn du es dir nochmal in Ruhe ansiehst.«

Ich nahm das Buch und betrachtete den rissigen Einband. »Was für ein Geheimnis kann er denn in diesem alten Buch versteckt haben?«

Emmerett legte den Kopf schief. »Das weiß ich nicht. Tut mir leid.«

»Dann gehe ich wohl nach Hause. Ich könnte ein bisschen Ruhe vertragen.«

»Warte noch kurz«, bat Emmerett. Er stand auf und band sich eine Lederschürze um, die über der Stuhllehne hing. »Ich habe etwas für dich. Es dauert keine fünf Minuten, versprochen.«

Mit diesen Worten bahnte er sich gekonnt einen Weg zwischen den Papiertürmen hindurch und verschwand. Als er kurze Zeit später zurückkam, glänzten schwarze Flecken auf der Schürze. Ein Spritzer klebte an seiner linken Wange.

Emmerett drückte mir ein silbernes Metallkästchen in die Hand.

»Frisch aus dem Labor.« Er lächelte merkwürdig und nickte zu dem Kästchen. »Sie ist sogar noch warm!«

Ich nahm die Schatulle und klappte vorsichtig den Deckel auf. Angeekelt verzog ich das Gesicht. »Was ist das denn?«

Auf einem kleinen Samtkissen lag eine Hand, pechschwarz und ledrig wie die einer Mumie. Auf der ausgestreckten Handfläche wuchs ein winziges, spitzes Ohr. Um das abgetrennte Gelenk schnürte sich eine silberne Kette.

»Das ist die Hand eines Hoia-Wisperers«, erklärte Emmerett. »Oder besser gesagt, dessen Ohr. Da sind sich selbst die BEAST-Agenten in den rumänischen Wäldern uneins. Von dort stammt diese seltene Monstergattung nämlich.« Er strich sich die Finger an der Schürze ab. »War gar nicht so leicht, an diese Hände zu kommen. Sind sehr scheu, diese Hoia-Wisperer, sehr scheu! Bin tagelang allein in einem Wald herumgeirrt, bis ich endlich einen erwischt hatte! Der Schlüssel war, sich in einer Höhle voller Fledermäuse auf die Lauer zu legen. Die Biester sind die Leibspeise des Hoia-Wisperers!«

»Was für ein Wisperer?«, fragte ich und hielt mir die Kette vors Gesicht. Die verschrumpelte Hand schwankte hin und her wie das Pendel eines Hypnotiseurs. Ich stupste das verwachsene Ohr an. Die Hand war tatsächlich noch warm – frisch abgehackt. Das erklärte die Blutflecken auf Emmeretts Schürze und bewies, dass ihm sein Ruf als Monsterzerschnippler völlig zurecht vorauseilte.

»Der Hoia-Wisperer lebt in den Tiefen des Hoia-Baciu, einem dichten Waldgebiet im Zentrum von Rumänien«, erklärte Emmerett. »Aber wozu besitzt du ein Bestiarium? Lies selbst!«

Hoja-Wisperer

Art: animalisches Monster

Vorkommen:

lebt im Hoia-Bacu, einem Waldgebiet in Rumnänien; mittlerweile auch in anderen Wäldern in Ost- und Nordeuropa anzutreffen

Nahrung:

nachtaktive Kleintiere wie Fledermäuse, Igel oder Mäuse; jagen in Gruppen von 3 bis 5 Monstern; kommunizieren untereinander mit Flüsterlauten (Wanderer halten Flüstern häufig für ein paranormales Phänomen)

!!!

Besonderheiten:

wird ohne Augen geboren, da er bei Nacht jagt und es im Wald stockfinster ist; verkümmerte Augenhöhlen werden nach der Geburt zugenäht; hervorragendes Gehör → hört angeblich den Flügelschlag eines Schmetterlings über mehrere Kilometer entfernt

Töten:

gängige Waffen wirken zuverlässig, allerdings aufgrund ihres guten Gehörs schwierig zu finden und einzufangen

»Die Hoia-Wisperer nähen ihren Neugeborenen die leeren Augenhöhlen zu?«, fragte ich angewidert. »Das ist schon ziemlich makaber.« Ich legte das aufgeschlagene Buch in meinen Schoß und beäugte die schwarze Hand.

Emmerett wischte die Blutspritzer mit einem Stofftuch von der Schürze. »Na ja, was sollen sie mit zwei Löchern im Kopf?«

»Was weiß ich«, rief ich. »Sie könnten Gänseblümchen reinstecken. Oder einen Happen …«, ich warf einen Blick ins Buch, »… Fledermaus, falls sie Hunger bekommen. Such dir was aus. Und was soll ich überhaupt damit?« Ich nahm die Kette und betrachtete die abgehackte Hand.

»Ich dachte schon, du fragt nie.« Emmerett holte eine zweite Kette hervor und legte sie sich um den Hals. »Die Hände eines Hoia-Wisperers sind auf eine uns noch unbekannte Weise miteinander verbunden. Was in ein Ohr gesprochen wird, kommt als Flüstern aus dem anderen heraus.«

Fragend sah ich ihn an. »Die Hände sind ein Monstertelefon?!«

»Könnte man so sagen«, bestätigte Emmerett.

»Jetzt mal ernsthaft.« Fassungslos schob ich mich im Stuhl nach vorne. »Sieht so dein Alltag aus? Du hackst Monstern die Hände ab und schaust, ob sie als Telefon dienen?«

Emmerett zuckte unschuldig mit den Schultern. So viel zum monsterliebenden Onkel, der dem Jagen abgeschworen hat, weil es ihm zu brachial war.

Wir testeten die Hände. Emmerett ging ins Labor, ich blieb im Büro. Zu meinem Erstaunen drang kurz darauf tatsächlich ein Wispern aus dem Ohr.

»Wunderbar«, frohlockte Emmerett , als er aus dem Labor

kam. »Dank der Hand kannst du dich jederzeit bei mir melden. Und da war noch was.« Er öffnete einen der beiden Aktenschränke. Nach kurzer Suche – er riss alles heraus und warf es über seine Schulter – reichte er mir eine dünne Holzschachtel in der Länge eines Bleistifts. »Das ist ein Blasrohr mit fünf Pfeilen. Jeder davon ist mit dem Gift des Peruanischen Todesspeiers benetzt.« Emmerett sah mich erwartungsfroh an. »Das Toxin wirkt schnell. Ein Tropfen und selbst größere Monster kippen binnen Sekunden tot um.«

Überrascht bedankte ich mich bei ihm und versprach, dass wir über das Ohr in Kontakt bleiben würden. Ich steckte alles ein, schnappte mir den Stock und verabschiedete mich.

Es gibt zwei Möglichkeiten, in das BEAST-Hauptquartier zu gelangen: der *Raum der tausend Türen* und das Eingangstor. Letzteres ist eine Stahltür, die zu einem unscheinbaren Vorhof führt. Das Gebäude befindet sich im alten Industriegebiet von Edinburgh. Von außen wirkt es heruntergekommen, weshalb es für Nichtagenten keinen Grund gibt, sich darin umzusehen. Und da die massive Stahltür der einzige Weg hinein ist, können sich Unbefugte ohnehin keinen Zutritt verschaffen.

Ich verließ das Hauptquartier über das besagte Tor. Davor breitete sich ein verstaubter Hof aus. Ein rostiges, auf vier Ziegelsteinen aufgebocktes Auto stand da. Aus seinem Inneren wucherte dichtes Gestrüpp. Der Boden war an vielen Stellen aufgeplatzt. Grasbüschel drückten durch die Ritzen und wuchsen gegen den dämmrigen Himmel.

Hinter dem verlotterten Wagen war ein Loch in den Zaun geschnitten, der das Grundstück umgab. Ich zwängte mich hindurch und schlenderte durch das verlassene Industriegebiet, in dem schon seit einer Ewigkeit kein Arbeiterschweiß mehr floss. In regelmäßigen Abständen ragten Schornsteine empor, die wie erloschene Leuchttürme über die trostlose Gegend wachten. Überall entdeckte ich kaputte Fensterscheiben, aus den Angeln gehobene Türen und eingefallene Mauern. Ein Plastiksack wehte über die Straße, irgendwo bellte ein Hund.

Plötzlich sprang eine Katze aus einer Garage und hetzte der Plastiktüte hinterher. Der Vierbeiner hatte schwarzes Fell. Nur ein Fleck am Kopf war weiß. Ein kräftiger Windstoß erfasste die Tüte. Flink wie ein schwarzer Panther auf der Jagd nach einer Gazelle huschte die Katze hinterher und verschwand um die Ecke eines Hangars. Dessen angelaufene Blechwände sahen aus, als litten sie an einer ansteckenden Hautkrankheit.

Neugierig und belustigt folgte ich der Katze in den Hangar, der sich zu meinem Erstaunen als riesige Halle herausstellte. Er war so groß, dass problemlos eine ganze Flugzeugflotte darin Platz gefunden hätte.

»Hallo, Kätzchen?«

Ich entdeckte keine Spur des schwarzen Fellknäuels. Als ich wieder umkehren wollte, hörte ich ein Miauen aus dem hinteren Teil des Hangars.

»Kleiner Panther, wo steckst du?«

Ich umrundete eine Pfütze, in der ein feiner Ölfilm an der Oberfläche schwamm, und blickte hinter ein verrostetes Fass. Das Miauen schwoll an. Das Wellblech warf das kinderartige Schreien merkwürdig verzogen zurück.

»Ah, da bist du ja.«

Die Katze saß in der Mitte des Hangars und miaute.

»Willst du mir was zeigen?«, fragte ich.

Die Sonne ging unter und lange Schatten legten sich über das Industriegebiet. Trotz des schwindenden Tageslichts erkannte ich die dunklen Tropfen auf dem Boden vor der Katze.

»Was ist das denn?«

Ich ging in die Knie, tunkte vorsichtig einen Finger in den Spritzer und verrieb die zähe Flüssigkeit zwischen Zeigefinger und Daumen. Mit der Zungenspitze berührte ich die Fingerkuppe. Der rostige Geschmack war unverwechselbar.

»Blut«, murmelte ich. »Kaum älter als vier Stunden.«

Das Kätzchen schienen meine Fertigkeiten im Spurenlesen nicht zu kümmern. Es legte sich hin, drehte sich auf den Rücken und streckte die Pfoten von sich.

»Warum entdecke ich in einem verlassenen Hangar frisches Blut auf dem Boden?«

Ich folgte der blutigen Spur. Sie führte weiter in den Hangar. Die Katze huschte an mir vorbei, verschwand hinter einer Reihe Fässern an der Wellblechwand und miaute aufgeregt.

»Hast du eine Leiche gefunden?«, scherzte ich und folgte ihr.

Doch das Lachen blieb mir im Hals stecken: Auf dem kahlen Steinboden lag ein Mädchen in einem blutverschmierten Nachthemd.

10

Padraig

Verhüllte Gesichter

Die Blutspritzer sprenkelten das zerschlissene Nachthemd. Ich schätzte das Mädchen auf mein Alter, vielleicht ein Jahr jünger. Sie lag bewusstlos auf der Seite, den Kopf auf den Arm gelegt. Ihre Haare waren schwarz wie das Federkleid einer Krähe und standen in dichten Locken ab und sahen aus wie ein dunkles Knäuel Zuckerwatte. Ihre Handgelenke waren aufgescheuert, rote Striemen zeugten von Fesseln oder Ketten. Blutergüsse verteilten sich wie die Vorboten der Pest über ihre schwarze Haut.

Die Katze flanierte neugierig um den regungslosen Körper, schnupperte mal hier, mal da und miaute protestierend.

Ich ging neben dem Kopf des Mädchens in die Knie. Den Stock der Familie O'Sullivan legte ich ab, um beide Hände frei zu haben. Die eingerollte Eisenkette an meinem Gurt klirrte. Das Mädchen atmete flach, aber es zuckte nicht einmal mit dem kleinen Finger.

»Hallo? Kannst du mich hören?« Unbeholfen tippte ich ihre nackte Schulter an, die durch einen Riss im Nachthemd schimmerte.

Vorsichtig legte ich ihre Arme an den Körper und drehte sie auf den Rücken. Ihr Kopf kippte zur Seite. Ich blickte in ein Gesicht mit weichen Zügen und leicht geöffneten Lippen. Eine schmale Lücke tat sich zwischen den mittleren Schneidezähnen auf.

Der kleine Panther miaute erneut. Offensichtlich bekam er seiner Meinung nach zu wenig Zuneigung. Aber dafür hatte ich im Moment keine Zeit.

Vor mir lag eine junge, verwundete Frau. Was sollte ich tun? Die Polizei rufen? Einen Krankenwagen alarmieren? Sie zum Hauptquartier schleppen? Nein, das kam nicht infrage. BEAST war eine geheime Organisation, dessen Existenz vor Unwissenden verborgen bleiben musste.

»Autsch!«

Ein stechender Schmerz riss mich aus den Gedanken. Eine Kralle hatte meine Haut aufgekratzt und eine blutende Wunde auf dem Handrücken hinterlassen.

»Was soll das?«, fuhr ich die Katze an. Sie wandte mir den Rücken zu und hob angriffslustig den Schwanz. »Ist das der Dank für die Streicheleinheiten?«

Die Katze machte einen Buckel und sprang um die Fässer. Sie fauchte in die gähnenden Schatten, die sich bis zur offenen Vorderseite des Hangars ausbreiteten.

Ich wollte gerade nachsehen, was die Raubkatze aufgeschreckt hatte, da berührte mich etwas Eiskaltes: die Hand des Mädchens! Ihre Augenlider öffneten sich schwach und ihre Lippen bebten.

Ich beugte mich über sie. »Hey, kannst du mich hören? Was ist passiert?«

»Jemand ist hier«, flüsterte sie schwach.

»Wer?«, fragte ich ungehalten. Ihre Augen drehten sich zur

Decke, die Lider fielen wieder zu. »Komm schon, sprich mit mir!« Ich schüttelte sie vorsichtig, aber sie reagierte nicht mehr.

Das Miauen der Katze klang nun wie das Schreien eines kleinen Kindes. Ich spürte, wie sich die Atmosphäre im Hangar veränderte. Eine dunkle Vorahnung ergriff Besitz von mir.

Instinktiv tastete ich nach dem Stockdegen. Eine Gänsehaut breitete sich über meine Unterarme aus. Etwas Böses war im Anmarsch. Dafür besaß ich einen sechsten Sinn, den man sich als BEAST-Agent irgendwann zwangsläufig aneignete, wenn man erhöhtes Interesse daran besaß, längerfristig am Leben zu bleiben. Hinter den Fässern horchte ich angestrengt in das tiefe Atmen des Hangars. Es roch nach feuchtem Teer und altem Öl. Geduckt schlich ich mich zum letzten Fass der Reihe und linste um die Ecke. Mitten in der Halle entdeckte ich die schwarze Katze. Aber da war noch was – und das war verdammt noch mal nicht gut!

Um das Tier schwebten zwei Wesen, groß wie Bäume, bleich und dürr wie ein Gerippe. Alles an ihnen war unnatürlich verzogen. Die Arme glichen den Tentakeln eines Oktopusses. Sie endeten in verkümmerten Stummeln, als wären sie mit einer Axt abgetrennt worden. Die Schultern gingen fließend in einen Hals über. Weiße Bandagen verhüllten die Gesichter wie bei einer Mumie. Am gruseligsten war jedoch, dass die Monster weder Augen noch Mund oder Nase besaßen. Ein verstörender Anblick, der einem das unbehagliche Gefühl gab, dass unter den Bandagen etwas Grässliches lauerte.

Ich kannte die Wesen aus Dads Erzählungen. Man nannte sie Hautsammler. Ihren Namen trugen sie, weil sie ihre Opfer mit den Tentakeln erwürgten und ihnen das Gesicht vom

Leib zogen. Wahrscheinlich taten sie das, weil sie selbst von Kopf bis Fuß verhüllt waren und kein eigenes Gesicht besaßen. Angeblich sammelten sie die abgezogenen Fratzen in ihren Höhlen. Diese Theorie konnte bisher aber nicht bewiesen werden, da es noch keinem BEAST-Agenten gelungen war, das Versteck eines Hautsammlers zu finden und lebendig zu verlassen – allein diese Tatsache stimmte mich nur vorsichtig optimistisch für das, was mir gleich bevorstand. Aber hey, wann standen die Karten für uns Agenten schon mal gut?

Ich wich zurück und drückte mich mit dem Rücken gegen ein Fass. Hastig zog ich das Bestiarium aus der Manteltasche. Dad hatte bestimmt irgendwo notiert, wie man die Viecher am besten beseitigen konnte. Ich blätterte so schnell durch die Seiten, wie ich es noch nie zuvor in meinem Leben getan hatte. »Komm schon, komm schon! Wo bist du, mein lieber kleiner Hautsammler?«, presste ich hervor. »Wie töte ich dich?« Auf einer der hintersten Seiten (mpf, war ja klar) machte mein Herz einen Sprung der Erleichterung.

Hautsammler

Art: humanoides Monster

Vorkommen:

an verlassenen Orten in der Nähe von Menschen und der Zivilisation (z.B. verfallene Gebäude oder stillgelegte Fabriken)

Nahrung:

unbekannt

Besonderheiten:

ist blind, spürt aber negative Gefühle wie Eitelkeit, Selbstsucht oder Wut; erdrosselt seine Opfer mit den Tentakeln und häutet sie (sammelt die Gesichter, weil er selbst keines hat); Hautsammlern niemals auf den bandagierten Kopf starren → löst hypnotischen Zustand aus. ←

Töten:

Weihwasser macht Glieder spröde und zerbrechlich (dann am besten mit einer Eisenkette zerschlagen oder mit Klinge abtrennen); Gefühle unter Kontrolle halten!

»Weihwasser«, las ich.

An meinem Gurt hingen zwei Fläschchen davon.

»Und Eisen.«

Die Eisenkette spannte sich über meinen Oberkörper. Ich löste sie so leise wie möglich und wickelte sie um mein Handgelenk. Schweiß trat mir auf die Stirn. Das Mädchen lag noch immer bewegungslos auf dem Boden.

Ich spähte über das Fass hinweg. Die Monster umkreisten die Katze träge und geräuschlos. Solange ich meine Gefühle im Griff hatte, musste ich mir keine Sorgen machen, von den blinden Wesen entdeckt zu werden.

Ihre bleichen Tentakel tasteten über den Boden zur Katze, die fauchend und mit ausgefahrenen Krallen danach schlug. Einer der dürren Arme griff nach ihrem Bein.

Die Katze fuhr herum und verbiss sich mit ihren Zähnen darin.

Ich trat hinter den Fässern hervor und schlich mich an. Die Kette umfasste ich mit der linken Hand, in der rechten hielt ich den Degen. Das verkorkte Weihwasser gluckste kaum hörbar bei jedem Schritt.

In dieser Sekunde entdeckte mich die Katze. Geschickt wich sie einem Tentakel aus und sprang auf mich zu. Sie miaute überschwänglich – und bohrte verängstigt ihre Krallen in mein Bein.

Dummerweise lassen sich Emotionen – und darauf reagierten die Hautsammler ziemlich empfindlich – nicht immer kontrollieren. Als die Katze mein Bein zerkratzte, mischten sich Wut und Schmerz zu einem Gefühl, das die finstere Welt der blinden Monster wie ein Leuchtturm erhellte. Noch während ich fluchend die Katze abschüttelte, reckten sie ihre leeren Gesichter in meine Richtung.

»Vielen Dank auch«, schnauzte ich die Katze an, als die Wesen auf mich zuglitten. Sie hatten mich gewittert.

Der Vierbeiner fauchte laut und verzog sich hinter die Fässer.

Ohne Vorwarnung schleuderte einer der Hautsammler einen dürren Tentakel auf mich. Mit einem Satz hechtete ich zur Seite und rollte mich ab. Der Arm verfehlte mich und schlug auf dem Boden auf. Ich sah meine Chance und ließ den Degen herabsausen. Der Tentakel zuckte blitzschnell zurück wie eine knallende Peitsche. Die Klinge durchschnitt nichts als Luft und schlug klirrend auf dem Boden auf.

Noch bevor ich den Degen wieder richtig in der Hand hielt, schoss ein weiterer Tentakel auf mich zu und umklammerte meinen Oberkörper. Der eiserne Griff zerquetschte meine Eingeweide und drückte mir die Luft aus der Lunge. Mühelos hob mich der Hautsammler hoch und schleuderte mich quer durch die Halle.

Ich prallte mit voller Wucht gegen ein Ölfass. Der Degen und die Eisenkette fielen mir aus den Händen. Vor meinen Augen tanzten Sternchen und die Ohnmacht zerrte mich in ein tiefes Loch. Ich sackte zusammen und kämpfte gegen den pochenden Schmerz in meinem Schädel an, der mich in den schwarzen Strudel ziehen wollte.

Vor mir schlängelte sich der Tentakel wie eine Wasserschlange über den Betonboden, die Gesichtslosen folgten geräuschlos. Mit dem Instinkt eines BEAST-Agenten griff ich nach dem Dolch an meinem Gürtel – gerade noch rechtzeitig. Mit einem sauberen Hieb schnitt ich den Tentakel durch, der gierig nach meinem Unterschenkel züngelte. Ein weißes Stück Monsterfleisch fiel zu Boden.

Das Adrenalin verdrängte die Ohnmacht und hievte mich

auf die Beine. Ich schüttelte den Schmerz ab, steckte den Dolch ein und hob meine Waffen auf. Neben der Eisenkette lag das abgehackte Stück des Monsterarms, das noch ein letztes Mal zuckte.

Der Gesichtslose mit dem abgetrennten Arm zog sich zurück und überließ mich seinem bleichen Freund. Der verlor keine Zeit und schickte seine Tentakel auf die Jagd nach mir. Ich duckte mich, parierte Schläge und Hiebe mit dem Degen und trat mit den Füßen auf die Fangarme ein. Die Eisenkette ließ ich wie die Rotorblätter eines Helikopters herumwirbeln, um die Angriffe abzuwehren.

Hinter mir miaute die Katze. Das Geräusch lenkte mich für den Bruchteil einer Sekunde ab – genug Zeit für das Monster, einen Tentakel um mein Fußgelenk zu schlingen. Mit der Kraft eines eingespannten Kutschenpferds zog mir der Hautsammler das Standbein weg. Ich fiel seitlich auf die Rippen, die sich bis zum Anschlag bogen, aber nicht brachen. Es verschlug mir den Atem. Gierig röchelte ich nach der ölgeschwängerten Luft und suchte verzweifelt nach dem Degen, der mir beim Sturz erneut aus der Hand gefallen war. Bevor ich ihn fand, schlang sich ein Fangarm um mein anderes Bein und zerrte mich mit den Füßen voran über den Boden – direkt auf den Gesichtslosen zu.

Mit verbissenen Zähnen löste ich ein Weihwasserglas von meinem Gürtel. Die Tentakel hoben mich mühelos in die Luft. Mein Trenchcoat sackte nach unten, das Tagebuch und alles andere fielen in die Tiefe. Ich baumelte wie eine Spinne am seidenen Faden und drehte mich um die eigene Achse.

Ich musste den richtigen Moment abwarten. Regel Nummer vierzehn lautete nämlich: *Immer erst dann Salzkugel,*

Weihwasser oder Feuer werfen, wenn die Chance auf ein akzeptables Minimum gesunken ist, dass du danebenwirfst.

Das Monster hob mich vor sein leeres Gesicht. Ich schloss die Augen, um mich seiner hypnotischen Wirkung zu entziehen.

»Hallo, Freundchen«, sagte ich, als ich sicher war, direkt vor der weißen Scheibe zu schweben. »Na, Lust auf das hier?«

Blind schleuderte ich das Glas auf den Kopf des Hautsammlers. Es gab keinen Aufschrei, kein Stöhnen, das mir verriet, ob ich getroffen hatte. Trotzdem schien das Weihwasser gewirkt zu haben – denn es ging abwärts.

Zum dritten Mal an diesem Abend landete ich unsanft auf dem Boden und rappelte mich hoch. Meine Knie zitterten, trugen mich aber noch. Die schwarze Narbe, die mir der Schlurfer in der letzten Nacht verpasst hatte, pulsierte.

Aber auch den Gesichtslosen hatte es voll erwischt. Er taumelte mit zuckendem Kopf rückwärts. Das Weihwasser fraß sich wie ein hungriges Feuer in die Bandagen, der Kopf des Hautsammlers verfärbte sich schwarz und wurde rissig und spröde wie glühende Kohle.

Das war meine Chance!

Ich hastete zur Eisenkette, die ein paar Meter vor mir neben dem Degen und dem Tagebuch auf dem Boden lag.

Der zweite Hautsammler glitt heran und jagte seine weißen Tentakel hinter mir her. Ich wich den peitschenden Hieben im Zickzackkurs aus. Im Sprint hob ich die Kette auf und schwang sie kreisförmig über dem Kopf. Nach drei Umdrehungen hatte sie genug Schwung. Mit aller Kraft schleuderte ich sie von mir.

Die Kette rotierte durch die Luft und durchschlug den spröden Kopf des Hautsammlers. Der Schädel zerbarst in tausend Stücke, die Kette fiel hinter dem Monster rasselnd zu Boden.

Für einen Augenblick hielt der Hangar den Atem an. Wie in Zeitlupe sackte das Wesen auf die Knie. Sein lang gezogener Oberkörper drehte sich ein und kippte vornüber. Ein letztes Zucken fuhr durch die Tentakel, dann zerfiel der Körper zu weißem Staub, den die Brise abtrug. Nur Sekunden später zeugte nichts mehr davon, dass hier gerade ein grausames Monster umgekommen war.

Leider hatte sich der andere Hautsammler mittlerweile von seiner Verletzung erholt. Er schien nicht gerade erfreut zu sein, dass ich seinen besten Kumpel getötet hatte …

Bedrohlich glitt er auf mich zu. Die Tentakel reckte er in die Höhe wie zwei Lanzen – bereit, mich wie ein nasses Badetuch bis auf den letzten Blutstropfen auszuwringen.

Ich schnappte den Degen. Daneben befand sich das schmale Holzkästchen, das mir Emmerett gegeben hatte. Als ich es bemerkte, breitete sich ein selbstgefälliges Lächeln auf meinen Lippen aus.

Noch während ich mich unter einem heranschnellenden Tentakel hindurchduckte und den zweiten mit einem gezielten Hieb um die Länge eines stattlichen Sandwichs reduzierte, öffnete ich das Holzkästchen. Das Blasrohr hatte den Sturz überlebt. Ein paar der Federn an den Pfeilschäften waren zerknittert, aber für eine gerade Flugbahn würde es reichen – hoffte ich zumindest.

Ich rannte hinter einen Turm aus Paletten. Mit einem Sprung brachte ich mich vor den Tentakeln in Sicherheit. Sie prallten am morschen Holz ab, einzelne Bretter brachen knackend entzwei. Darauf bedacht, die in Gift getränkte Spitze nicht zu berühren, steckte ich einen Pfeil in das Rohr.

Der Gesichtslose stand keine drei Wagenlängen entfernt. Ich holte tief Luft und schickte den Pfeil mit einem kräftigen Stoß aus dem Rohr. Die Federn gaben während des Flugs ein pfeifendes Geräusch von sich. Der Pfeil bohrte sich ein Stück oberhalb des Halses durch die bleiche Haut des Monsters.

Der fahle Riese zuckte zusammen. Mit einem Arm riss er den Pfeil aus dem Hals. Blanker Zorn brachte die Luft zum Vibrieren. Die Fangarme des Monsters peitschten noch kraftvoller und wütender in meine Richtung als zuvor. Die Paletten zerbrachen ohrenbetäubend laut in ein unlösbares Puzzle aus groben Stücken und feinsten Splittern.

Ich hielt die Hände über dem Kopf zusammen und warf mich flach auf den Boden, um nicht aufgespießt oder durchbohrt zu werden. Ich erwischte mich dabei, wie ich Emmerett und sein ach so tödliches Gift des Peruanischen Was-weiß-der-Kuckuck-wie-das-Ding-hieß innerlich verfluchte. Doch plötzlich hörten die Angriffe schlagartig auf.

Stöhnend kroch ich zwischen den Trümmern hervor. Der Hautsammler stand wie versteinert mitten im Hangar, die Tentakel kraftlos zu Boden gesenkt. Der Anblick erinnerte mich an eine Gipsbüste im herrschaftlichen Garten einer Adelsfamilie.

Langsam trat ich näher, den Degen zum Schutz vor mein Gesicht gehoben. Meine freie Hand schloss sich um das letzte Glas Weihwasser. Ich verharrte vor dem Hautsammler und streckte die Klinge nach einem der Arme aus. Kaum berührte ihn das Metall, breitete sich ein Riss aus. Ein Netz aus kantigen Verzweigungen zog sich über den Körper, bis die Haut aussah wie der vertrocknete Boden einer Steppenlandschaft.

Ich streckte meinen Zeigefinger aus und berührte die Kreatur. Dieser sanfte Stoß genügte und der Hautsammler zerfiel zu Staub.

Schweißgebadet und hustend stützte ich mich mit den Händen auf den Knien ab. Der Hangar sah wieder so einsam und verlassen aus wie zuvor. Nur der Mond stand mittlerweile am Nachthimmel und schenkte mir mit seiner Sichelform ein schiefes Lächeln.

Ein Miauen ertönte. Die Katze schlich hinter den Fässern hervor und trabte auf mich zu. Unbeeindruckt huschte sie am kleinen Staubhaufen vorbei, der mal ein Hautsammler gewesen war.

»Jetzt kommst du wieder angekrochen, was?«, fragte ich gespielt beleidigt. »Dabei hast du mir das Ganze doch erst eingebrockt!«

»Nein«, hallte eine schwache Stimme durch den Hangar. »Das war ich.«

Bei den Fässern stand das Mädchen im zerschlissenen Nachthemd.

»Ich bin Hannah.«

11

Brandon

Das lebende Gewölbe

Wie eine Welle aus Dunkelheit und Sternenlicht brach die Nacht über Port Willow herein. Und wie ein leicht übergewichtiges Eichhörnchen ohne Klettertalent plumpste ich von dem Ast der knorrigen Buche, die praktischerweise neben meinem Zimmerfenster in die Höhe ragte.

Vor zwei Stunden hatte mich Penelope erwischt, wie ich mit hochrotem Kopf aus ihrem Zimmer gestürmt kam. Sie war stinksauer gewesen und hatte nach Mum gerufen, die mich als Strafe ohne Abendessen auf mein Zimmer beordert hatte. Zum Glück hatte ich schon vor geraumer Zeit für genau solche Fälle ein Geheimversteck mit Schokoriegeln und anderen Süßigkeiten angelegt.

Ein paar davon hatte ich mir als Proviant für meinen nächtlichen Ausflug eingepackt. Ich kramte mein altes Fahrrad aus der Garage, schwang mich auf den Sattel und trat motiviert in die Pedale – ganze zehn Sekunden lang. Dann lief mir mein eigener Schweiß in die Augen und ich keuchte schwer. Allein die Neugier trieb mich an. Penelope war in dem Waisenhaus gewesen, das stand nach der Entdeckung der Fotos außer Frage. Was hatte sie dort mit Cassie gemacht? Hatte es etwas mit ihrer Besessenheit zu tun?

Der Weg in den Orphan Forest führte zwischen unzähligen Hügeln hindurch, die das Küstenstädtchen vor bösen Blicken schützten. Die karge Landschaft sah aus, als wäre sie vor Jahrtausenden erhitzt und schlagartig abgekühlt worden. Aus den erstarrten Blasen hatten sich im Lauf der Zeit Höcker gebildet, die von moosbewachsenen Felsbrocken und verwelktem Gestrüpp durchzogen waren.

Ein ausgetretener Pfad führte zu einem Plateau. Tagsüber hatte man von dort einen atemberaubenden Ausblick über die Bucht von Port Willow. Farbige Hausfassaden, klein wie Puppenhäuser und bunt wie eine unsortierte Stiftesammlung, säumten die gepflasterte Hafenpromenade.

Jetzt, um zehn Uhr nachts, blieb mir dieser traumhafte Anblick verwehrt. An seiner Stelle breitete sich eine finstere Fläche aus. Felsen trieben wie die Knochen einer riesigen, halb verscharrten Wirbelsäule aus dem Boden. Tief unter mir drückte das Wasser mit ungeheurer Kraft gegen die Steinwände. Trotzdem gönnte ich mir eine Schokoriegelpause, weil ich den beschwerlichsten Teil des Weges geschafft hatte.

Von dem Plateau führte der Trampelpfad noch ein Stück geradeaus, dann begann der Wald. Ich tastete nach dem Handy in meiner Hosentasche. Dummerweise war mir keine Zeit geblieben, den Akku aufzuladen. Aber die halbe Batterieleistung sollte ausreichen.

Ich schob mein Rad den Rest des Weges und stellte es an einem Baumstamm ab.

»Dann wollen wir mal«, sprach ich mir Mut zu. Unbeholfen tätschelte ich den Fahrradlenker, als wäre er der Kopf eines Kätzchens. »Ich bin gleich wieder da.«

Die hohen Blätterdächer schluckten das schwache Mondlicht. Ich zückte das Handy und aktivierte die Taschenlampe. Das Licht erleuchtete den mit feuchtem Laub bedeckten Waldboden.

Ein Spaziergang durch den Wald bei Tageslicht hatte etwas Beruhigendes – zumindest behauptete das mein Dad. Ich würde es eher als verdammt langweilig bezeichnen. Aber ich musste zugeben, dass ich mir in diesem Moment sehnlichst Sonnenschein und munteres Vogelgezwitscher herbeiwünschte. Jetzt, bei Nacht, kesselte mich der Wald mit seinen vielarmigen Schemen und krummen Baumstämmen ein. Das ständige Rascheln und die flinken Schatten in den Augenwinkeln erledigten den Rest.

Mit jedem Schritt verstärkte sich der modrige Geruch nach feuchtem Moos und aufgewühlter Erde. Der Wind verfing sich in den unzähligen Birken und Kiefern und verlor langsam an Stärke. Das Licht meines Smartphones riss bucklige Greise aus der Schwärze, die sich auf den zweiten Blick als knorrige Eichen enttarnten.

Nach zehn endlosen Minuten tat sich eine Lichtung in den Bäumen auf. Ein Ungetüm aus Holz nahm ihre Mitte ein: das Waisenhaus. Bei seinem Anblick überkam mich das Gefühl, als baute sich eine von Frankensteins Schöpfungen vor mir auf. Nur war diese nicht aus Leichenteilen zusammengeschustert, sondern aus Bruchstücken verfluchter Geisterhäuser.

Im Schutz der Baumreihen betrachtete ich das seltsame Gebäude. Es war im viktorianischen Stil erbaut und ragte drei Stockwerke hoch in den Nachthimmel. Eine wirre Ansammlung von Erkern, Giebeln, Türmchen, Kuppeln, Zinnen und Balustraden bildete ein zusammengeflicktes Etwas.

Das Haus wirkte, als wäre es von mehreren, im Streit liegenden Architekten erbaut worden. Zu allem Überfluss neigte es sich ein wenig zur Seite, als versuchte der Wind, den Schandfleck ins nächste Dorf zu schieben. Zu beiden Seiten des Waisenhauses wuchsen zwei Türme, die das Gebäude wie ein Schraubstock einspannten. Überall glotzten mich eingeschlagene Fenster wie leere Augenhöhlen an.

Mit weichen Knien trat ich auf das holzige Monstrum zu. Je näher ich ihm kam, desto mehr Details fielen mir im Mondlicht auf. Ein Dachgiebel und ein Erker waren zusammengefallen, im ersten Stock fehlte ein ganzes Stück der Außenwand. Das Loch klaffte wie ein schiefes Grinsen in der Fassade. Das garstige Wetter hatte die rötlichen Ziegel im Laufe der Jahrzehnte vom Dach gefegt.

Ich stieg die verrottete Treppe hoch und rüttelte an der Tür. Sie war verkeilt und bewegte sich keinen Millimeter. Ich stieß einen leisen Fluch aus und warf mich mit der Schulter gegen das Holz. Nach drei schmerzhaften Versuchen gab ich auf. Unweit der Tür entdeckte ich ein Fenster, das scheibenlos in die Nacht stierte. Die Scherben knirschten unter meinen Schuhsohlen.

»Dann mal hinein in die gute Stube«, flüsterte ich und hievte mich mühsam durch die eckige Öffnung.

Das weißliche Mondlicht fiel durch die vielen Ritzen, Löcher und Risse ins Innere des Hauses. Der abgestandene Geruch von modrigem Holz und Schimmel lag in der Luft. Auf dem Boden vor der Eingangstür kroch der Lichtkegel über einen angelaufenen Kronleuchter, der den Boden halb durchschlagen hatte und sich mit letzter Kraft dagegen wehrte, noch weiter in die Tiefe gezerrt zu werden. Aus den holzvertäfelten Wänden ragten rostige Nägel, an denen früher bestimmt einmal dunkle Ölgemälde gehangen hatten. Durch die Spalten in der Hausfassade rankten sich Pflanzentriebe, die bis zur Decke kletterten. Moos bedeckte Boden und Wände wie grünlicher Pelz. Hinter dem Kronleuchter führte eine breite Treppe in die oberen Stockwerke.

In einem weiten Bogen umrundete ich den vielarmigen Leuchter. Auf den Treppenstufen zeichneten sich die zerfledderten Reste eines roten Läufers ab. Es gab keine Möbel, keine Bilder, keine Lampen und erst recht kein elektrisches Licht. Seit das Waisenhaus aufgegeben worden war, gammelte das Gebäude vor sich hin.

Rechts von der Treppe tat sich ein Korridor auf, der zu einem der Türme führen musste. Alle paar Meter war eine Tür in die Wand eingelassen. Auf der Suche nach einer Kellertreppe warf ich einen kurzen Blick in die Zimmer. In den meisten Räumen entdeckte ich zerbrochene Bierflaschen, Zigarettenstummel und verdorbene Essensreste. Vermutlich die Überbleibsel von irgendwelchen Partys.

Am Ende des Flurs taten sich zwei Durchgänge auf. Im rechten schlängelte sich eine enge Wendeltreppe empor zur Turmspitze, links führten Stufen nach unten. Ich entschied mich für den Gang unter die Erde. Ein paar Spinnen flohen vor dem Schein des Handys. Vorsichtig trat ich auf die erste Stufe. Das Holz knarrte und ächzte, hielt meinem Gewicht aber stand. Immerhin gab es hinter mir keine Tür, die hätte zufallen können.

Schritt für Schritt wagte ich mich hinunter, eine Hand Halt suchend an die Wand gepresst. Zu meiner Erleichterung glitt das Licht schon nach wenigen Stufen über lehmigen Boden. Ich fand mich in einem niedrigen Gewölbe aus Ziegelsteinen wieder. Der weiße Putz bröckelte überall ab und gab den Blick auf das rohe Gestein frei. Das Gewölbe erinnerte mich an einen alten Weinkeller – nur noch staubiger und muffiger.

Meine Nackenhaare stellten sich auf und eine prächtige Gänsehaut zierte meine Unterarme. Es beschlich mich das ungute Gefühl, nicht allein zu sein …

Meine Schritte hallten in der kuppelförmigen Decke nach. Alle paar Sekunden warf ich einen Blick über die Schulter zur Treppe. Je tiefer ich in den Keller vordrang, desto niedriger kam mir der Raum vor. An der hinteren Wand stand ein schiefes Regal, das meine Aufmerksamkeit auf sich zog. Auf dem Boden davor lagen Dutzende brauner Fläschchen, an denen eine dicke Staubschicht haftete. Ein weißer Schleier bedeckte das hölzerne Gebilde. Zuerst dachte ich, es sei aus Stoff. Als ich näher trat, verzog ich mein Gesicht zu einer angewiderten Grimasse. Es war kein Stoff, der sich wie ein Totenschleier über das Regal legte, sondern Spinnweben.

Die seidenen Fäden waren zu kunstvollen Netzen geflochten, viele davon so dicht, dass ich kaum hindurchsehen konnte. Hunderte kleiner Körper mit dürren Beinchen krabbelten geschickt über die fragilen Konstruktionen.

Ein angespanntes Kribbeln breitete sich in meinem Bauch aus. Das hier war zweifellos der Raum von Penelopes Foto. Aber was hatte sie hier gewollt? War in diesem Keller ein Dämon in sie gefahren?

Obwohl mich die Spinnweben anekelten und das Regal bestimmt kein Leichtgewicht war, wollte ich es zur Seite schieben und einen Blick dahinterwerfen. Ich nahm eines der braunen Fläschchen und lehnte mein Smartphone dagegen, um das Regal zu beleuchten.

Kaum berührte meine Hand die ersten Spinnweben, veränderte sich die Atmosphäre in dem Gewölbe. Ein eisiger Hauch zog wie ein lang gezogenes Wehklagen durch den Raum. Der kalte Windzug genügte, um meine Lampenkonstruktion zu Fall zu bringen. Ehe ich bemerkte, was geschah, kippte mein Handy um und die einzige Lichtquelle im Raum erlosch. Ich versank in der Dunkelheit.

»Monsterscheiße!«, fluchte ich. »Was soll das?«

Blind und regungslos verharrte ich vor dem Regal. Ein paar Schritte vor mir warf der Bildschirm ein bläuliches Glimmen an die kuppelförmige Decke. Als ich loslaufen wollte, um den improvisierten Scheinwerfer wieder aufzubauen, krabbelte etwas über meine Hand. Im nächsten Atemzug erlosch der Bildschirm.

Jetzt sah ich die Hand vor Augen nicht mehr. Etwas Flinkes tippelte über meinen Hals und ich klatschte die Handfläche in den Nacken.

Ein leises Rascheln, das ich zuerst für Einbildung hielt, schwoll langsam an. Ich fühlte, wie eine von Boshaftigkeit getränkte Woge über das Kellergewölbe hineinbrach.

Und dann erwachte die Dunkelheit zum Leben. Ein stechender Schmerz zwischen Brust und Bauch zwang mich in die Knie. Die blanke Panik hämmerte gegen meinen Schädel. Kaum berührte ich den Boden, wuselte etwas über meine Handrücken. Ich schrie auf, wand mich wie ein gestrandeter Aal und rannte zu der Stelle, an der ich mein Handy vermutete. Unter meinen Füßen platzte etwas wie gefüllte Farbkugeln. Ein Schaudern erfasste mich.

Zitternd tastete ich den Boden ab. Mein eigener angsterfüllter Schrei hallte von den Kuppeln wider, als ich das nervöse Krabbeln winziger Beine auf meiner Haut spürte.

Da erst dämmerte es mir.

»Spinnen!«, rief ich erschrocken.

Ich schüttelte den Arm, um die Biester loszuwerden. Aber sie waren schnell – verflucht schnell. Sie kamen aus jeder Richtung, wuselten über Brust und Schultern, wollten mir in den Mund kriechen. Im letzten Moment wischte ich mir die Spinnen aus dem Gesicht. Angewidert spuckte ich auf den Boden, als schon die nächsten Krabbeltiere an meinen Beinen hochkletterten.

Ich schüttelte mich, zerzauste mein Haar, stampfte auf, aber sie überspülten mich in endlosen Wellen.

Die Spinnen waren überall!

Nach wenigen Sekunden bedeckten sie meine Schuhe und reichten mir bis zu den Hüften, einige krochen unter meine Jacke. Ihre feinen Beine kitzelten mich, doch das Lachen blieb mir im Halse stecken. Auch von der Decke regnete es schwarze Tropfen. Sie fielen mir auf die Schultern, verhedderten sich in meinen Haaren. Ich presste die Lippen zusammen und gab erstickte Laute von mir. Sie krabbelten über meine Augen, drückten sich in die Ohren und in die Nase. Überall juckte es, Tausende kleiner Beinchen stumpften meine Sinne ab. Jeder Millimeter meines Körpers schrie um Hilfe.

In einem letzten Versuch der Verzweiflung warf ich mich auf den Boden und rollte hin und her. Die aufgedunsenen Körper zerplatzten unter meinem Gewicht wie haarige Bonbons mit Fruchtfüllung.

Ein Gegenstand drückte gegen mein linkes Schulterblatt. Ich tastete danach. Im nächsten Moment riss das Licht meines Handys ein Bild aus der Schwärze, das sich in mein Gehirn einbrannte. Das ganze Kellergewölbe war in Bewegung, als wäre es ein lebender Organismus. Boden, Decke, Wände –

alles mit haarigen Spinnenkörpern bedeckt. Die Krabbeltiere drückten sich durch kleinste Spalten in den Ziegelsteinen, schwebten wie von Geisterhand in der Luft und verwandelten den Boden in einen brodelnden Strom aus dickflüssiger schwarzer Lava.

Es war unmöglich, die Orientierung zu bewahren – bis ich am anderen Ende des Kellers einen Lichtstreifen entdeckte, der auf eine Treppe fiel. Ohne Rücksicht auf die platzenden Spinnenkörper unter meinen Füßen rannte ich durch das Gewölbe. Doch die dunkle Kraft im Keller des Waisenhauses schien meine Fluchtgedanken zu spüren – und wollte mich nicht gehen lassen. Immer mehr Spinnen drückten sich aus den Wänden, hingen von der Decke und überschwemmten den Boden. Eine nicht versiegende Quelle aus behaarten Beinen und Leibern.

Die Panik trieb mich an. Ich erreichte schnaubend die Treppe. Die Spinnen hafteten wie Kletten an meinen Beinen, als ich die Stufen hochjagte. Ich hetzte durch den Korridor mit den vielen Türen und umrundete den Kronleuchter. In vollem Tempo und ohne einen Blick zurück sprintete ich auf die klemmende Eingangstür zu.

Ich schickte ein kurzes Stoßgebet in den Himmel – meine Eltern wären stolz auf mich gewesen – und warf mich mit voller Kraft gegen die Tür. Ein gewaltiger Ruck fuhr durch meinen Körper und ließ jeden einzelnen Knochen knacken. Es gab ein Geräusch, das entweder das Bersten der Holztür oder das Entzweibrechen meiner Schulter war.

12

Padraig

Hannah und der Monsterbutler

Leith war Hafenviertel und ehemaliger Schandfleck zugleich. Über Jahrzehnte hatten die Menschen in dieser Gegend von Edinburgh vom Schiffbau gelebt. Mit der Zeit verlor die Seefahrt an Bedeutung und das Viertel versank in einem Strudel aus Armut, Alkohol und leicht bekleideten Frauen.

Heute verschmolzen zwischen den Docks und dem Stadtkern zwei Welten miteinander, die unterschiedlicher nicht sein konnten. Auf der einen Seite die fluchenden Hafenarbeiter, die in den Werften jahrzehntelang ihre Knochen hingehalten hatten. Auf der anderen Seite die Künstler, die fast alle Hafenkneipen in großzügige Galerien verwandelt hatten und so bunt und schrill aussahen, als wäre ihnen ein Papagei ins Gesicht geknallt.

Irgendwo in diesem Viertel zweigte eine Sackgasse ab, die niemand beachtete: Paloma Street. Am Ende der Straße stand ein altes Kutscherhaus, das sich wie ein schwächlicher Jüngling zwischen die hoch aufragenden Häuser zu beiden Seiten zwängte: mein Zuhause.

Es war kurz nach Mitternacht, als ich mit Hannah vor der

Haustür stand. Sie war bei Bewusstsein, sprach aber kein Wort. Ich hatte sie in ein Krankenhaus bringen wollen. Aber bei dem Vorschlag hatte sie ihre Fingernägel in meine Haut gegraben und energisch den Kopf geschüttelt. Da ich sie nicht in dem Hangar zurücklassen wollte, nahm ich sie mit in die Paloma Street. Zum Glück begegnete uns auf dem Weg durch die Stadt keine Menschenseele.

»Wundere dich nicht«, flüsterte ich und sperrte die Tür zum Haus auf. »Mein Zuhause ist ein wenig … *speziell.*«

Mein Herz klopfte, als ich die Tür aufstieß. Es war das erste Mal, dass ich eine Fremde hineinließ. Mit einem Satz huschte die Katze, die uns den ganzen Weg gefolgt war, an mir vorbei ins Innere.

Hinter der Tür empfing uns Dunkelheit. In der Luft hing der Geruch von Räumen, in denen tagelang niemand gelüftet hatte. Ich stellte den Stockdegen in einen Schirmständer und tastete nach dem Lichtschalter. Wir standen in einem lang gestreckten, schmalen Flur. Arbeiterschuhe und Sneakers verteilten sich über den Boden. Jacken, Mäntel und Schals hingen an eisernen Haken, die wie gekrümmte Finger aus den Wänden ragten.

Ich führte Hannah nach oben. Im ersten Stock tat sich ein Flur voller Holzregale auf. Darin stapelten sich die kruden Erinnerungsstücke einer Familie von BEAST-Agenten. Es gab Halsketten aus Reißzähnen, kunstvoll geschnitzte Monsterknochen, mit grünlicher Flüssigkeit gefüllte Gläser und ausgehöhlte Flaschenkürbisse, in denen wir die eingeäscherten Überreste eines Australischen Heulers aufbewahrten. Der Flur mit seinen Kuriositäten führte in Küche und Wohnzimmer.

In der zweiten Etage befanden sich ein Lesezimmer mit

Kamin und das Bad. Darüber schlief Dad in seiner kleinen Bleibe. In meinem Zimmer im vierten Stock stand alles an seinem angestammten Platz. Im Dachgeschoss wartete zwischen Dachschrägen und Spinnweben ein Feldbett auf rare Besucher. Durch ein Kippfenster fiel Mondlicht. Die Katze sprang mit einem Satz auf die Pritsche und rollte sich ein.

Hannah setzte sich ebenfalls auf das Bett und sah sich um. Ihr Blick war ebenso wenig zu deuten wie ihr beharrliches Schweigen. Ich suchte im ganzen Haus nach einer Decke und einem Kissen. Als ich damit zurückkam, schlief Hannah bereits, den Kopf auf den verschrammten Händen abgelegt. Ich deckte sie behutsam zu, streichelte die schnurrende Katze und schlich nach unten.

Als ich in meinem Zimmer stand, kroch die Müdigkeit unbarmherzig durch meine Glieder. Es kostete mich größte Mühe, den Waffengurt und die Kleidung auszuziehen. Das Bestiarium legte ich auf den Nachttisch. Das Blasrohr und Emmeretts Kette mit der schrumpeligen Hand verstaute ich in der obersten Schublade. Kaum berührte mein Kopf das Kissen, schlief ich erschöpft ein.

Der neue Tag gab sich alle Mühe, das schottische Klischee zu erfüllen: Regen, Wolken und Nebel tauchten die Welt in Grautöne. Ich fühlte mich noch schlechter als gestern. Es gab kein Körperteil, das nicht brannte, pochte, schmerzte oder alles zusammen. Eine unruhige Nacht voller Albträume lag hinter mir: Dad in einer Blutlache. Dad in einem Lichtblitz. Dad unter Schlurfern begraben.

Ich lag eine Weile kerzengerade auf der Matratze, starrte zur Decke und sortierte die Bilder in meinem Kopf. Als die

Albträume verblassten, raffte ich mich auf und ging auf den Dachboden.

Hannah war wach. Sie saß mit dem Rücken zu mir auf dem Bett, blickte aus dem Dachfenster und streichelte die Katze.

»Guten Morgen«, sagte ich.

Hannah drehte sich um. Sie sah furchtbar aus. Blutflecken überzogen ihre Unterarme, die Abdrücke der Fesseln an ihren Handgelenken waren unübersehbar. Immerhin wirkte sie ein wenig kräftiger und lebendiger als noch vor ein paar Stunden.

»Wie ich sehe, hast du einen neuen Freund.« Ich nickte lächelnd zur Katze. »Hast du gut geschlafen?«

»Nein.« Hannah überkreuzte die mit Dreck und Erde verschmierten Beine.

»Oh«, machte ich und fuhr mir verlegen durch das Haar. »Albträume?«

Sie schüttelte den Kopf. »Es war ungewohnt.«

»Was war ungewohnt? Das Feldbett?« Ich stand mit geneigtem Oberkörper da, um den Kopf nicht an den Dachkanten zu stoßen. »Tut mir leid, wir sind nicht gut auf Gäste vorbereitet. Weil wir nie welche haben, weißt du.«

»Nicht das Bett war ungewohnt«, Hannah strich über die Decke, »sondern die Wärme.«

»Die Wärme?«, wiederholte ich.

»Dort, wo ich früher geschlafen habe, war es kälter«, erklärte Hannah. Sie zuckte zusammen, als sie die Beine bewegte. Ihr Gesicht verzog sich vor Schmerz.

»Willst du wirklich nicht ins Krankenhaus?«, fragte ich besorgt. »Deine Verletzungen sehen übel aus.«

»Nein.« Hannah zog die Decke über die Schultern. »Sonst findet er mich.«

Ich runzelte die Stirn. »Wer findet dich?«

Sie fuhr sich über die Striemen am Handgelenk. »Der Mann mit der weißen Maske.«

»Ein Mann mit einer weißen Maske?« Meine Augenbrauen wanderten nach oben. »Hat er dich so zugerichtet?«

Hannah nickte.

»Hat er dich gefangen gehalten?«

Sie zögerte. »Ja, mich und die anderen. Aber ich habe sie nie gesehen.«

Ein ungutes Gefühl beschlich mich. Ich trat zu Hannah und ging vor ihr in die Hocke. »Wo hat er dich eingesperrt? Und wer waren die anderen, die mit dir dort waren?«

Hannah drehte den Kopf weg.

»Hat er euch in der Nähe des Hangars festgehalten, in dem ich dich gefunden habe?«, hakte ich nach.

»Ich weiß es nicht.« Hannah spähte aus dem Fenster. »Ich weiß nicht einmal, wo ich bin.«

Ich nahm die Wasserflasche neben dem Bett und drehte den Deckel ab. »Du bist in Edinburgh. Hier, trink ein wenig Wasser, dann geht es dir bestimmt gleich besser.«

Hannah trank vorsichtig. Sie wischte sich den Mund ab, blieb aber stumm.

»Wer waren die anderen Menschen, die bei dir waren?«, fragte ich erneut. »Hat der Mann ihnen auch etwas angetan?«

Hannah streichelte die Katze, die leise schnurrte. »Ich habe nie mit ihnen gesprochen. Ich habe sie nur gehört – und gespürt.«

»Gespürt? Wie meinst du das?«

Statt mir eine Antwort zu geben, schloss Hannah die Augen. Falten zerfurchten ihre Stirn, als horchte sie angestrengt auf ein Geräusch.

»Wie lange hat man dich dort festgehalten?«

Sie öffnete die Augen wieder. Dunkelbraune, fast schwarze Pupillen schauten mich emotionslos an. »Ich habe irgendwann aufgehört, die Tage zu zählen.«

»Und wie bist du entkommen?« Ungeduld schwang in meiner Stimme. Mit jeder Frage taten sich zwei weitere auf, ohne dass ich eine Antwort auf die vorherige bekommen hatte.

Hannah klaubte an den schmutzigen Fingernägeln herum.

»Wenn du nicht darüber reden möchtest, ist das okay«, gab ich ihr zu verstehen, auch wenn ich ungern im Dunkeln tappte. »Was ist mit deinen Eltern?«, wechselte ich das Thema. »Kannst du zu ihnen gehen? Oder zu irgendwelchen Verwandten?«

»Meine Eltern sind tot«, antwortete Hannah. Sie zuckte mit den Schultern. »Ich habe niemanden mehr.«

»Das tut mir leid«, sagte ich leise. Die Bilder von Dad kamen wieder hoch. Erst jetzt bemerkte ich, wie leer sich das Haus ohne ihn anfühlte.

»Ich war noch klein, als sie starben«, ergänzte Hannah, als würde diese Tatsache ihren Verlust weniger schlimm machen. »Ich kann mich kaum an sie erinnern.«

Die Kälte und Gleichgültigkeit, mit der sie diese Worte aussprach, ließen mich frösteln.

»Du kannst ein paar Tage hierbleiben, wenn du möchtest«, schlug ich ihr vor. »In diesem Haus bist du sicher. Du kannst dich ausruhen, und wir überlegen gemeinsam, wie wir weiter vorgehen.« Ich versuchte, ihr ein optimistisches Lächeln zu schenken. »Hier findet dich kein Maskenmann. Das verspreche ich dir.«

Die schwarzen Augen blickten mich an. »Und die Monster aus der Halle?«

Mir wurde heiß und kalt zugleich. Es kam selten vor, dass Agenten auf Nichtwissende trafen. Normalerweise kümmerten sich Spezialisten von BEAST darum, unliebsamen Zeugen die Erinnerungen an die Vorfälle zu nehmen. Wobei das oftmals gar nicht nötig war, weil jeder normale Mensch nicht an die abstrusen Geschichten der Zeugen glaubte.

»Du hast die Monster also gesehen?«, fragte ich.

»Ja.« Mit der Decke über den Schultern sah Hannah aus wie eine rastende Nomadin. »Ich weiß schon lange, dass diese Kreaturen existieren.«

Ich setzte mich auf den Boden und zog die Beine an die Brust. »Woher weißt du von den Monstern?«

Außer Agenten und irgendwelchen Spinnern war mir bisher niemand untergekommen, der von Monstern wusste oder an ihre Existenz glaubte. Wobei ich noch nicht ausschließen konnte, dass Hannah zu den Spinnern gehörte.

»Der Maskenmann hat von Monstern erzählt.« Hannah beobachtete, wie sich die Katze auf den Rücken drehte und ihre Pfoten ausstreckte. »Er hat diese bleichen Wesen geschickt, um mich zu finden.«

Mir entfuhr ein Lacher, den ich sofort bereute. Ich täuschte ein Husten vor. »Das halte ich für ziemlich unwahrscheinlich. Schwache Monster lassen sich wie Haustiere halten, aber Wesen wie Hautsammler nehmen keine Befehle von Menschen entgegen.«

Die Tatzen der Katze reckten sich nach Hannahs Fingern. »Für den Maskenmann ist nichts unmöglich.«

»Er hat dir also von den Monstern erzählt?«

»Ja.« Hannahs Hand zuckte zurück, als sie eine Kralle erwischte. »Und von solchen wie dir.«

»Von solchen wie *mir*?«

Sie sah interessiert den blutenden Finger an. »Du bist ein Monstertöter.«

Von BEAST-Agenten wusste sie also auch – na toll.

»Wir nennen uns nicht *Monstertöter*«, erwiderte ich. »Das klingt wie aus einem billigen Horrorfilm. Warum hat er dir überhaupt von Monstern erzählt?«

»Weil ich sie spüre.«

Die Katze sprang vom Feldbett und miaute. Sie ließ keine Zweifel offen, dass sie Hunger hatte. Sie schlich um meine angewinkelten Beine und beschnupperte mich.

»Wie meinst du das, *du spürst sie*?« Ich brachte meine Finger vor den Katzenkrallen in Sicherheit.

Hannah schloss die Augen. »Kann ich dir vertrauen?«

»Nun ja«, ich fuhr mir durchs Haar, »ich habe dir das Leben gerettet. Wem willst du sonst vertrauen?«

Hannah setzte sich gerade hin und streifte die Decke ab. Nach ein paar tiefen Atemzügen senkte sie den Kopf und schob mit den Händen ihre Locken zur Seite.

Mir klappte der Mund auf. Verborgen zwischen dem dichten Haar wuchsen zwei kleine Hörner. Sie waren schwarz, kaum länger als mein Zeigefinger und in sich verdreht. Für ein paar Sekunden schaltete sich mein Hirn aus.

Hannah wuschelte ihre Locken durch und die Hörner verschwanden.

Die Verkrampfung meiner Zunge löste sich nur langsam. Erst jetzt merkte ich, dass ich aufgestanden war und die Hände zu Fäusten geballt hatte.

»Was bist du?«

Hannah sah mich gelassen an, als hätte sie mir gerade etwas Langweiliges wie einen Schulaufsatz über Kröten vorgelesen. »Du hast gesagt, ich kann dir vertrauen.«

»Was bist du?«, wiederholte ich die Frage und wich einen Schritt zurück. »Und warum, verflucht, hast du Hörner?«

»Sie funktionieren wie Antennen«, erklärte Hannah. »Dank ihnen nehme ich Gefühle wie Signale wahr. Es funktioniert bei Lebewesen, aber auch bei alten Objekten, an denen starke Emotionen haften.«

»Und diese Spuren kannst du mit deinen Hörnern …«, ich zeigte auf ihren Kopf, »… lesen?«

»Ja.«

»Aha.«

Die Sache mit den Hörnern hatte mich auf dem falschen Fuß erwischt. Aber hey, wenn jemand wusste, dass es nichts gab, was es nicht gab, dann ich.

»Und seit wann hast du sie?«

Hannah verzog den Mund. »Seit meiner Geburt.«

»Du hast mir immer noch nicht die Frage beantwortet, was du bist«, sagte ich mit Nachdruck. »Bist du ein Mutant oder so?«

Hannahs Augen glitzerten. Ein Zittern erfasste ihren Körper, aber ihre Stimme klang fest. »Ich weiß es nicht. Der Mann mit der Maske darf mich nicht finden. Ich will nicht wieder zurück.«

Die ganze Geschichte hörte sich völlig verrückt an. Da entdeckte ich ein übel zugerichtetes Mädchen in einem Hangar, in dem zwei Hautsammler hausten, nur um es zu retten und herauszufinden, dass ihm Hörner aus dem Kopf wuchsen.

»Ich habe deine Spur gefühlt«, unterbrach Hannah meine Gedanken und wischte sich die Tränen aus den Augen.

Ich horchte auf. »Und?«

»Du bist voller Schmerz und Verlust.«

Die Ruhe und Gewissheit, mit der sie das sagte, versetzte mir einen Stich.

»Zuerst dachte ich, du hättest eine Person verloren, die dir sehr nahestand«, fuhr Hannah fort. »Aber dann habe ich noch etwas gespürt, das mich verunsichert hat.«

Ich unterdrückte die Bilder von Dad, wie er blutüberströmt in dem Keller unter der Kapelle lag und mich ansah. »Und was hast du gespürt?«

»Hoffnung«, sagte Hannah. »Padraig, ich stehe in deiner Schuld. Du hast mich von einem schlimmen Ort weggebracht, den ich vergessen will. Vielleicht kann ich dir helfen, diese Person wiederzufinden.«

Ich trat zu dem Dachfenster und blickte auf die schmale Gasse hinunter. »Ich weiß nicht, ob du mir helfen kannst. Es ist … kompliziert.«

»Wen hast du verloren?«

»Meinen Vater.«

»Was ist passiert?«

Ich wägte ab, ob ich es ihr erzählen sollte. Aber sie hatte sich mir anvertraut. Nun verdiente sie meine Wahrheit.

»Dad und ich jagen Monster«, begann ich. »Wir nennen uns aber nicht Monstertöter, sondern BEAST-Agenten. Gestern Nacht haben wir Kreaturen auf einem Friedhof gejagt. Sie haben uns in eine Falle gelockt.«

Der Regen verwandelte die unebenen Stellen in der Gasse in kleine Pfützen. Ein Mann trat aus einem der Häuser, spannte einen Schirm auf und umrundete eine der Wasserlachen.

»Als letzten Ausweg zog Dad ein magisches Symbol«, fuhr ich fort. »Wir nennen sie *Sigillen*. Wir nutzen sie, um uns zu verteidigen oder Monstern zu schaden.« Vor meinen Augen sah ich Dad mit blutverschmierten Händen. »Aber *dieses* Zeichen habe ich zum ersten Mal gesehen. Es gab einen Lichtblitz und eine Explosion. Mein Vater und drei Bestien haben sich in Luft aufgelöst. Und ich habe keine Ahnung, wo er jetzt ist. Oder ob er überhaupt noch lebt …«

Das Bett quietschte. Hannah trat neben mich. »Wir werden ihn finden.«

Eine Weile blickten wir gemeinsam auf die Welt vor dem Fenster. Obwohl ich das schottische Wetter verabscheute, musste ich eingestehen, dass der Regen mit seiner Regelmäßigkeit eine beruhigende Wirkung entfaltete.

»Ich zeige dir die Dusche«, sagte ich und drehte mich vom Fenster weg. »Und ich gebe dir frische Klamotten. Meine Sachen sind dir zu groß, aber ich hoffe, das stört dich nicht.«

»Tut es nicht«, meinte Hannah.

Wortlos gingen wir nach unten. Die Katze flitzte voraus. Ich führte Hannah in das Badezimmer und suchte ihr Jeans und einen Kapuzenpullover heraus.

»Padraig?«, fragte Hannah, als ich die Tür zum Badezimmer hinter mir zuziehen wollte.

»Ja?«

»Wer ist noch in diesem Haus?« Hannah sah an mir vorbei in den Flur. »Da ist noch eine andere Spur neben deiner und der der Katze.«

Ich grinste. »Das siehst du gleich, wenn du geduscht hast.«

Ich folgte dem hungrigen Miauen der Katze nach unten. Das Geräusch führte mich in die Küche. Ich trat über die Schwelle – und lachte laut heraus.

Vor dem Esstisch stand die Katze, machte einen Buckel und fauchte. Auf dem Tisch hatte sich eine klein gewachsene und ziemlich hässliche Gestalt vor ihr in Sicherheit gebracht. Die bemitleidenswerte Kreatur humpelte auf einem Bein herum. Zu allem Überfluss ragte aus ihrem buckeligen Oberkörper auch nur ein einzelner Arm. Über den Rücken spannte sich eine mit Warzen versehene Haut, die jede Kröte vor Neid hätte erblassen lassen. Borstige Haare wuchsen aus den Hubbeln. Aus dem runzligen Gesicht stierte ein Zyklopenauge, das mitten auf der Stirn prangte. Das Monster sah aus, als hätte man eine Kröte, eine Kartoffel und ein Weinglas in einem verunglückten Experiment gepaart.

»Junger Meister O'Sullivan«, krächzte das Wesen heiser. Sein knochiger Zeigefinger war auf die Katze gerichtet. »Diese Bestie will mich auffressen! Ihr wollt mir doch schon ewig an den Kragen und aus meiner zarten Haut eine Picknickdecke machen lassen!«

»Morgen, Farchie«, grüßte ich lächelnd. »Ich verspreche dir, niemals eine Decke aus dir zu machen. Einen deiner Sorte zu töten, wäre ohnehin ein Kinderspiel und kein Grund zum Angeben.«

»Pah!« Farchie humpelte an Ort und Stelle auf und ab und reckte die Faust. »Wenn wir wollten, würden wir Warzentreiber längst über die Welt herrschen. Ihr Menschen würdet auf Knien um Vergebung winseln.«

»Du meinst die Knie, von denen wir doppelt so viele haben wie ihr Warzentreiber?«, fragte ich gelassen.

»Dafür habt ihr Menschen nur halb so viel Hirn«, spuckte Farchie verärgert aus.

»Bist du dir sicher?« Ich hob die Katze hoch und trat auf den Warzentreiber zu. Der Vierbeiner fauchte und fuhr die Krallen aus.

Farchie schrie entsetzt auf und sprang zur Küchenzeile.

Er bewaffnete sich mit einem Kochlöffel. »Haltet mir dieses Ding vom Hals, junger Meister!«

»Komm schon, Farchie.« Ich trat einen Schritt näher. »Wer ist schlauer? Mensch oder Warzentreiber?«

Das nächste Wort kostete ihn sichtbar Überwindung, aber in Angesicht des Todes durch Katzenpfötchen presste Farchie mit abgewandtem Gesicht ein beleidigtes »Mensch!« heraus.

Ich setzte die Katze ab und scheuchte sie ins Wohnzimmer. Sie sprang auf das Sofa und leckte zufrieden ihre tödlichen Waffen.

»Dreckiger Mensch«, zischte Farchie und warf den Kochlöffel zur Seite.

»Was hast du gesagt?«

»Gar nichts, junger Meister«, säuselte er. Das Monster verbeugte sich so tief, dass ich die eitrigen Warzen auf seinem Rücken erkennen konnte. »Möge Euch Eure Durchtriebenheit vor einem scheußlichen Tod bewahren, der mich für den Rest meines bescheidenen Daseins zur Trauer zwingen würde.«

»Natürlich würde er das«, sagte ich ironisch. »Bestimmt veranstaltest du im Falle meines vorzeitigen Ablebens ein großes Trauerfest.«

»Das wäre das Mindeste, junger Meister.« Farchie hüpfte über die Küchenzeile. »Eine ausgelassene Party zu Euren Ehren! Mit Tischbomben, bunten Hütchen und Kuchen. Sehr viel Kuchen.«

»Gut zu wissen.«

Ich kramte eine angerissene Packung Schinken aus dem Kühlschrank und verfütterte sie der Katze auf dem Sofa. Dann setzte ich mich an den Tisch.

Farchie holte einen Teller aus einem Küchenschrank. Lieblos warf er eine Toastscheibe darauf und öffnete ein Glas Erdbeermarmelade mit dem Mund. Er bestrich das Brot und stieß dabei wüste Flüche aus – gerade so laut, dass ich sie nicht verstehen konnte.

»Ihr Frühstück, junger Meister O'Sullivan«, sagte er und reichte mir den Teller mit einer angedeuteten Verbeugung.

»Danke, Farchie«, ich schob den Teller weg, »aber ich habe keinen Hunger.«

»Elender Ba–« Farchie hielt inne und räusperte sich. »Ich meine, vorzügliche Wahl.« Er zog den Teller mit dem kargen Mahl zurück. »Ich bin ohnehin längst der Meinung, dass sich Marmelade und Fertignudeln mit Hühnchengeschmack negativ auf Euren Körperbau auswirken.«

»Was soll das heißen?«

»Ist das nicht offensichtlich?«

»Nein.«

»Natürlich nicht«, sagte Farchie und seufzte. Er warf den Teller samt Toastbrot in die Spüle und setzte sich an den Tisch. Er reichte kaum bis an die Kante. So unterhielt ich mich mit einer kahlen Stirn und einem halben Zyklopenauge. »Wo ist der große Meister?«

Obwohl ich den Warzentreiber nicht ausstehen konnte, sollte er die Wahrheit erfahren. Ich holte tief Luft und berichtete ihm, was geschehen war.

»Meister O'Sullivan ist … tot?«

Ich zögerte. »Das weiß ich nicht.«

Farchie glitt vom Stuhl und humpelte um den Tisch herum. Vor mir blieb er stehen. Sein Lid zuckte nervös, als er mich anstierte. Von einem Wimpernschlag auf den nächsten stürzte er sich wie ein Wahnsinniger auf mich. Ich krachte mit dem Stuhl auf den Boden. Farchie warf sich auf meine Brust und packte mich am Kragen.

»Warum habt Ihr dem Meister nicht geholfen?«, schrie er wutentbrannt.

Ich schlang meine Arme um den Rücken des Warzentreibers, um ihn von mir zu zerren – ein Fehler. Warze für Warze platzte ploppend auf und sonderte einen eitrigen Schleim ab. Das grünliche Zeug lief mir über die Hand und verätzte meine Finger. Ich schrie auf, während Farchie meinen Hinterkopf gegen den Boden schlug.

Jetzt reichte es! Ich ignorierte den höllischen Schmerz und verpasste Farchie eine Kopfnuss mitten aufs Auge. Er kreischte und ließ von mir ab. Fluchend rollte er über den Boden.

»Das hast du davon«, sagte ich trotzig. Ich stemmte mich auf die Beine und überhörte die ausgespienen Flüche. Mit schnellen Schritten war ich beim Spülbecken und wusch den Eiter ab. Wartete man damit zu lange, fielen einem die betroffenen Körperteile ab.

»Was ist *das* denn?«

Hannah stand in der Tür. Sie hatte die Kapuze auf und die Hände in der Bauchtasche vergraben. Sie beobachtete Farchie argwöhnisch. Der Warzentreiber beendete die Fluchtirade und stemmte sich auf – was mit einer Hand und einem Bein gar keine leichte Sache war. Als er aufrecht stand, verengte sich sein Auge zu einem Schlitz.

»Wer ist *die* denn?«

Ich machte sie miteinander bekannt und erzählte Hannah in knappen Worten, wie mein Vater dem Warzentreiber das Leben gerettet hatte. Aus Dankbarkeit hatte Farchie ihm ewige Treue geschworen. Leider wurden diese Viecher, die normalerweise unter der Erde lebten, verdammt alt!

Farchie hüpfte misstrauisch um den Tisch. »Kaum ist der Meister weg, schleppt Ihr ein Mädchen an!«

»Vielleicht kann sie mir helfen, Dad zu finden«, klärte ich ihn auf. »Denn ob du es glaubst oder nicht, genau das habe ich vor – ihn zu finden!«

Farchie schnaubte. Feine Blutäderchen durchzogen sein Auge wie ein Spinnennetz. Die riesengroße Pupille wanderte zwischen Hannah und mir hin und her.

»Und wie will sie helfen?«, blaffte er mich an. »Wenn Ihr sie als Tauschware anbieten wollt, sag ich Euch gleich, junger Meister, dass sich niemand auf diesen Handel einlassen wird.« Er plusterte sich auf und nickte zu Hannah. »Sie besteht nur aus Haut und Knochen, dafür bekommt Ihr nicht einmal den kleinen Zehennagel Eures Vaters!«

Ich wandte mich Hannah zu. »Kannst du sie meinem Hauselfen zeigen? Du weißt schon.« Ich tippte mir verschwörerisch auf den Kopf. »Sonst hält er seine Klappe nie.«

»Ich bin kein Hauself, sondern ein ergebener Diener«, fuhr Farchie auf. »Ich diene dem großen Meister schon länger, als Ihr auf dieser nach Abschaum stinkenden Menschenwelt wandelt.«

Hannah blieb im Türrahmen stehen. »Höflich ist er nicht gerade.«

»Ich weiß, tut mir leid«, entschuldigte ich mich. »Zeig ihm einfach, was du kannst.«

»Okay.«

Sie nahm die Kapuze ab und schob ihre Locken zur Seite. Als die Hörner zum Vorschein kamen, klappte der Kiefer des Warzentreibers zu meiner Belustigung nach unten.

»Verflucht!«, zischte er. »Reicht es ihr nicht, schon zwei Augen, Beine und Arme zu haben? Nein, warum nicht auch noch zwei Hörner?«

»Jeder bekommt das, was er verdient«, kommentierte ich knapp.

Farchie fuchtelte mit dem Zeigefinger in Richtung Hannah. »Glaub bloß nicht, dass du etwas Besseres bist! Ich mag vielleicht nur ein Auge besitzen, ab–«

»Und auch nur ein Bein.«

»Ein Auge und ein Bein, ab–«

»Und einen Arm.«

Farchie hielt genervt inne und drehte den Kopf zu mir. »Vielen Dank, junger Meister O'Sullivan, für Eure äußerst wertvollen Ergänzungen.«

»Dafür bin ich da.«

Das Monster humpelte auf Hannah zu, die nicht zurückwich. Der Warzentreiber reichte ihr kaum bis zur Hüfte.

»Dieses Auge sieht alles«, sagte Farchie und zeigte auf seinen Glupscher. »Wenn du es wagst, das Haus des großen Meisters zu beschmutzen, werfe ich dich eigenhändig hier raus.«

»Du meinst wohl *einhändig*.«

Farchies Blick hätte mich eigentlich auf der Stelle töten sollen, aber zu seiner Enttäuschung blieb ich gesund und munter stehen. Mit einem letzten Grunzen, das verdächtig nach einer Beschimpfung in seiner Sprache klang, trottete er aus der Küche. Das Knarzen der Treppe verriet, dass er sich nach unten verzog. Kurz darauf knallte eine Tür zu.

13

Brandon

Creepy Chronicles

Eine Vermisste in Port Willow – Wer (oder was) steckt dahinter?

Hòigh, liebe Creeps,

Monsterscheiße, es ist so weit: Das Übernatürliche hat mein Heimatdorf erreicht. In Port Willow, an der Nordküste von Schottland, wird nach aktuellem Ermittlungsstand eine junge Frau vermisst. Laut polizeilichen Angaben gibt es keine Spuren einer gewaltsamen Entführung. Ist die Verschwundene einfach weggelaufen? Oder hat sie den Täter gekannt und ist ihm nichts ahnend in die Falle getappt?

Ich sage: weder noch! Nach meinen Recherchen hielt sich die junge Frau wenige Tage vor ihrem Verschwinden im Orphan Forest auf. Brandaktuelle Bilder des alten Waisenhauses findet ihr in der Slideshow! Wie der Zufall es will, befindet sich der Wohnort der Vermissten ganz in der Nähe des Waldes. Und so viel sei euch verraten: In den beiden letzten Nächten sind auch mir übernatürliche Dinge widerfahren. Die Details erspare ich euch aus ermittlungstechnischen Gründen, aber glaubt mir, wenn ich euch sage: Es riecht förmlich nach Monstern, Geistern und anderen paranormalen Erscheinungen! Und jetzt kommt's:

Creeps, ich brauche eure Hilfe!

1. Wer erkennt die gesummte Melodie in dem angehängten Audiofile? Es stammt aus einer der Nächte, in denen mir ein grausames Wesen begegnet ist.

2. Besteht die Möglichkeit, dass Millionen von Spinnen an einem Ort nisten und Menschen angreifen?

Ab in die Comments mit euren Antworten, und zwar schnell! Denn vielleicht zählt jede Sekunde. Ich halte euch natürlich auf dem Laufenden.

Lasst euch nicht erschrecken!

Euer Brandon MacHelsing

»Das ist ein Kinderlied! Das mussten wir früher in der Schule jeden Tag singen – das kennt doch jeder!«

MusicLover<3

»OMG, MusicLover hat recht! Ich liebe dieses Lied! Was die Spinnen angeht: Ich habe mal eine Doku über Spinnen im TV gesehen. In einer Kläranlage in Baltimore haben sich Millionen von Spinnen eingenistet – war echt eklig! Aber sie haben gesagt, Spinnen tun den Menschen nichts.«

Animalicus_Grandus

»Hey, MacHelsing, ich habe zum Orphan Forest recherchiert. Wusstest du, dass da früher irgendwo ein Scheiterhaufen stand? Dort wurden Hexen verbrannt, bis es im achtzehnten Jahrhundert verboten wurde. Vielleicht hängt das mit den merkwürdigen Dingen zusammen?«

MonSTAR123

»Es gab auch mal einen Brand in dem Waisenhaus. Kurz danach wurde es geschlossen. Hat mein Opa immer erzählt!«

CatyBlingBling

14

Padraig

Ein Gefallen für Farchie

Am späten Nachmittag verspürte ich den Drang, mich mit einem Spaziergang an der frischen Luft abzulenken. Ich hatte mir stundenlang den Kopf zerbrochen, wie wir Dad retten konnten – ohne Ergebnis.

Hannah begleitete mich.

Wir erwischten ein Zeitfenster, in dem sich die Sonne zwischen den Wolken hervorkämpfte. Wir bogen vom Leith Walk in die Duke Street ein, an deren Ende sich die St Andrew's Church erhob. In der Nähe der Kirche stand der Imbiss von Mrs und Mr Rasantararampan, einem indischen Ehepaar mit einer Vorliebe für großzügig gefüllte Styroporboxen.

»Wieso hast du drei Portionen genommen?«, fragte Hannah nach der vielsprachigen Verabschiedung, bei der niemand den anderen verstand und letztlich höflich gewunken wurde.

»Die dritte ist für Farchie«, antwortete ich.

Der Warzentreiber hatte sich seit dem Streit in seinem Kellerverschlag verkrochen. Aber dem leckeren Kottu Roti –

einer Art gehacktem Fladenbrot mit Eiern, Fleisch und Gemüse – konnte er nicht widerstehen.

»Ist bestimmt nicht leicht für Farchie, so ohne deinen Dad«, sinnierte Hannah. Sie beobachtete die Menschen um uns herum aus ihrer Kapuze heraus.

»Genau deswegen möchte ich mich mit ihm unterhalten«, erklärte ich. »Vielleicht weiß er etwas.«

Hannah trank einen Schluck aus der Coladose, die uns Mrs Rasantararampan in die Hand gedrückt hatte. »Warum spricht Farchie so gut Englisch?«

Ich führte Hannah in eine Seitengasse, die von der stark befahrenen Hauptstraße abzweigte. »Er hat eine Schwäche für Soaps.«

Hannah sah mich fragend an. Ich versuchte, ihr das Konzept zu erklären, aber sie schien nicht mal zu wissen, was ein Fernseher war, also gab ich auf halbem Weg auf.

Zu Hause angekommen, fummelte ich eine der drei Boxen aus der Plastiktüte. Die anderen reichte ich Hannah. Entschlossen trat ich zur Kellertür.

»Was hast du vor?«

Ich öffnete die Box und verteilte den leckeren Duft mit einer wedelnden Handbewegung.

»Farchie?« rief ich. »Komm raus, ich habe etwas Leckeres für dich.«

Hinter der Tür blies alles ruhig.

»Schade«, bedauerte ich mit gespielter Enttäschung. »Dann esse ich diese riesige Portion Kottu Roti eben alleine. Wie ärgerlich!«

Zunächst geschah nichts. Mein selbstsicheres Lächeln war fast erloschen, als ein humpelndes Geräusch hinter der Tür erklang. Mit einem leisen Knarren schwang sie auf.

»Nur um das klarzustellen«, Farchie stemmte die Hand in die kaum vorhandene Hüfte, »ich habe Euch das Verschwinden des Meisters nicht verziehen! Es ist einzig meiner Größe zu verdanken, dass ich Euer Angebot nicht ausschlage.«

»Weißt du, Farchie«, sagte ich in versöhnlichem Ton und reichte ihm das Essen, »glaub mir einfach, wenn ich sage, dass ich mir selbst die größten Vorwürfe mache. Vielleicht hätte ich Dad retten können, wenn ich den Friedhofsschlurfer schneller getötet hätte.«

Noch tiefere Falten bildeten sich über dem einsamen Zyklopenauge.

»Aber ich habe die Hoffnung nicht aufgegeben, Dad lebend zu finden«, ergänzte ich. »Und ich werde alles tun, um ihn da, wo auch immer, rauszuholen. Dazu benötige ich jede Hilfe, die ich bekommen kann.«

Farchie öffnete prüfend die Box. Vom Essen stieg eine heiße Dampfwolke auf. »Was ist mit dem gehörnten Mädchen?«

»Sie heißt Hannah«, stellte ich klar. »So nennst du sie auch, okay?«

Ein tiefes Grummeln drückte Farchies Missfallen aus.

»Sind wir uns einig?«, hakte ich nach.

»Ja, junger Meister O'Sullivan.«

»Sehr schön«, freute ich mich. »Hannah wird mir bei der Suche helfen. Ihre Fähigkeiten könnten nützlich sein.«

»Unsere Spurenleserin.« Farchie grinste hämisch und zeigte seine fauligen Zähne. »Keine sehr menschliche Gabe.«

»Aber eine nützliche«, wiederholte ich. »Was ist mit dir? Hilfst du uns oder nicht?«

Die Zähne des Warzentreibers knirschten. Ein sicheres Zeichen, dass er nachdachte. Er stieß einen Seufzer aus, legte die Box auf den Boden und verschwand im Keller.

»Wohin geht er?«

»Keine Ahnung.« Ich fuhr mir über den Hinterkopf. Die Wunde verheilte langsam. »Offen gestanden weiß ich gar nicht, wie groß der Keller ist. War noch nie da unten.«

»Warum?«

Ich zuckte mit den Schultern. »Ist nun mal sein Reich. Es würde mich nicht wundern, wenn Farchie ein illegales Casino betreibt. Oder eine alles zerstörende Waffe baut, um den Warzentreibern zur Weltherrschaft zu verhelfen.«

»Weder noch.« Farchie erschien im Türrahmen. »Wobei ich die Vorschläge überdenken sollte. Eure Bezahlung ist ziemlich lausig.«

Ich überhörte sein Wehklagen. Meines Wissens bezahlten wir ihn überhaupt nicht. »Was hast du da in der Hand?«

Farchie trug einen zylinderförmigen Gegenstand aus Metall bei sich. »Es wird Euch vielleicht helfen, meinen Meister zu finden. Aber zuerst schlage ich mir die Wampe voll! Ich habe seit zwei Tagen nichts gegessen außer toten Ratten.« Er tippte mit dem großen Zeh das Kottu Roti auf dem Boden an. »Jemand muss es tragen. Ich habe leider alle Hände voll.«

Nachdem die Küche katzenfrei war, legte Farchie den Metallzylinder auf den Tisch und stürzte sich kopfüber in die Styroporbox.

»Also«, begann ich ungeduldig, nachdem er auch die üppigen Reste unserer Portionen verschlungen hatte, »was ist das für ein Gegenstand?«

Farchie rollte den Metallzylinder behutsam über den Tisch. »Etwas, das ich Euch geben soll, wenn der große Meister nicht mehr da ist.«

Ich hob eine Augenbraue und betrachtete den Zylinder. »Wer hat dir das aufgetragen?«

»Der Weihnachtsmann«, gackerte Farchie. »Natürlich der große Meister höchstpersönlich, wer denn sonst?«

Mein Puls schnellte nach oben. »Das Ding ist von Dad?«

»Ja, und er hat es seinem treusten Diener, besten Freund und einzigen Kameraden anvertraut.«

Der goldene Zylinder schimmerte im Licht der Deckenlampe. Er war so groß wie eine ausgestreckte Hand und bestand aus sieben metallenen Ringen, die sich drehen ließen. Auf die Ringe waren Plättchen aus einem weißen Gestein gesetzt. In die Plättchen der ersten fünf Ringe waren Buchstaben graviert, in die letzten zwei die Zahlen von null bis neun.

Hannah rückte interessiert näher. »Was ist das?«

Ich drehte die Ringe und verstellte die Buchstaben und Zahlen. Eine Reihe war eingerahmt, als müsste darin eine Art Passwort aus fünf Buchstaben und zwei Zahlen eingegeben werden.

Der Warzentreiber bohrte sich im Ohr. »Dieses Ding birgt ein Geheimnis. So hat es der Meister gesagt.« Farchie zog seinen Finger heraus. Ein Gemisch aus Ohrenschmalz und verklebten Haaren haftete daran. »Nachtisch«, kicherte er und leckte das Knäuel vom Finger.

»Was für ein Geheimnis? Hat Dad noch mehr gesagt?«, drängte ich angewidert.

»Nein, nur dass es für Euch bestimmt ist«, antwortete Farchie. »Als der große Meister mir den Gegenstand anvertraut hat, wart Ihr noch ein sabbernder Haufen.« Er beäugte mich aus dem Zyklopenauge. »Weit gebracht habt Ihr's seither nicht.«

Ich drehte an den Rädchen, die mit klickenden Geräuschen einrasteten. »Und warum, lieber Farchie, gibst du mir den Zylinder erst *jetzt*?«

Während ich vor Wut schäumte, nagte Farchie gelangweilt an seinen Fingernägeln. »Ich musste sichergehen, dass Meister James wirklich weg ist. Er hätte ja wieder auftauchen können.«

»Weißt du, was wir damit anstellen müssen?«, wandte sich Hannah an Farchie, als sie merkte, wie sich meine Hand um den Zylinder krampfte.

Farchies Finger wanderte zum anderen Ohr – davon besaß er erstaunlicherweise zwei. »Nein. Das hat der große Meister nicht erzählt.«

»Wir brauchen einen Code«, murmelte ich und streckte Hannah den Zylinder hin. »Siehst du die Rädchen mit den Buchstaben und Zahlen? Nur mit der richtigen Kombination lässt er sich öffnen.«

Hannah nahm den Zylinder und drehte an den Rädchen. Sie schloss die Augen, um sich zu konzentrieren. »Es haften keine Spuren daran«, sagte sie knapp. »Hast du eine Idee, was der Code sein könnte?«

»Nein.« Ich streckte die Hand aus. »Aber lass mich mal ein wenig ausprobieren.«

Eine Stunde lang stellte ich alle möglichen Wörter ein. Die Hoffnung schwand mit jedem Versuch. Während ich es zu Beginn noch mit offensichtlichen Wörtern wie LEITH oder JAMES in Kombination mit unseren Geburtsdaten versuchte, verkam es mehr und mehr zu einem frustrierenden Ratespiel.

Der Tag neigte sich dem Ende zu, Farchie hatte sich in sein Loch im Keller verkrochen und Hannah war vor wenigen Minuten nach oben gegangen, um nach der Katze zu sehen.

Als das Knarzen der Stufen ihre Rückkehr ankündigte, lag mein Kopf auf der Tischplatte.

»Kein Erfolg?«

»Doch«, brabbelte ich in den Tisch hinein. »Wir können jetzt zwei Millionen Möglichkeiten ausschließen.«

»Padraig … ich habe nachgedacht«, meinte Hannah. Sie setzte sich auf den Stuhl neben mir.

»Schön«, ich raufte mir das Haar am Hinterkopf, »das wird heutzutage viel zu wenig gemacht.«

»Gibt es etwas, in dem wir einen Hinweis auf das Passwort finden könnten?«, überging Hannah meinen Kommentar. »Ich dachte an Dokumente, Akten, Papiere, Bücher …«

Mein Kopf schoss hoch. »Das Bestiarium! Das ist gar keine schlechte Idee!«

Ich eilte nach oben, schnappte mir das zerfledderte Buch vom Nachttisch und kehrte damit in die Küche zurück.

»In diesem Buch«, ich klatschte es auf den Küchentisch, »hat Dad *alles* notiert, was er über die Monster weiß. Wenn sich irgendwo ein Hinweis findet, dann hier drin.«

Die nächste halbe Stunde verbrachten wir damit, jede einzelne Seite zu untersuchen. Beim einen oder anderen Monster wirkte Hannah leicht irritiert. Aber wir entdeckten nichts. Kein Geheimnis. Keinen Hinweis.

»Verdammt!«, polterte ich und schlug mit der Faust auf den Tisch. »Da trägt Dad seinem durchtriebenen Monsterbutler auf, mir dieses Ding anzudrehen, nur um dann zu vergessen, einen Hinweis auf sein bescheuertes Rätsel zu hinterlassen!«

Während ich fluchte, nahm Hannah das Tagebuch und schloss die Augen. Ich verstummte und sah zu, wie sie durch die Seiten blätterte.

»Lass mich raten«, bat ich, als sie die Augen aufschlug. »Du hast absolut *nichts* wahrgenommen?«

Hannah blickte mich eindringlich an und schob mir wortlos das Buch entgegen. Die aufgeschlagene Seite war voller unsinniger Kritzeleien. Sie rahmten ein unbeschriebenes Viereck ein.

»Was ist damit?«, fragte ich. »Ich sehe nur merkwürdige Zeichen, die aussehen wie Sigillen, die ich noch nie in meinem Leben gesehen habe.«

»Diese Seite«, Hannah tippte sie an, »unterscheidet sich von den anderen. An den meisten haftet eine sanfte Spur. Meistens Aufregung, Anspannung oder Ungewissheit.«

Ich nahm das Buch in die Hand. »Und warum ist diese Seite anders?«

»Es ist schwierig, diese Spur in Worte zu fassen.« Hannah kniff die Augen zusammen, als horchte sie in das Buch hinein. »Es fühlt sich an wie ... Freude.«

»Freude?« Ich schaute von der Seite mit den vielen Zeichen hoch. »Eine ungewöhnliche Emotion für einen BEAST-Agenten, der jeden Tag mit dem Tod konfrontiert ist.«

»Es ist der einzige Hauch einer positiven Emotion, die an diesem Buch haftet«, versicherte Hannah. »Das macht die Seite zu etwas Besonderem.«

»Aber warum?«, fragte ich ratlos. »Warum sollte Dad bei diesen hingekritzelten Zeichen so etwas wie Freude verspüren?«

Farchie kam in die Küche gehumpelt. »Ist der junge Meister dem Geheimnis des Zylinders auf die Schliche gekommen?«

Der Zylinder lag an der gegenüberliegenden Tischkante. Ich hatte ihn schon beinahe vergessen.

»Wenn du hier bist, um uns zu verhöhnen«, warnte ich den

Warzentreiber, »kannst du gleich wieder in dein Kellerloch verschwinden.«

»Ihr denkt zu schlecht über mich, junger Meister.« Farchie sprang auf einen Stuhl und von dort auf den Tisch. »Dabei will ich doch mehr als jeder andere hier, dass Ihr Erfolg habt und mir meinen wahren Meister zurückbringt.«

Ich schob den Zylinder aus Farchies Reichweite. »Aber nur, damit du dich nicht länger als nötig mit mir herumschlagen musst.«

Der Warzentreiber glotzte mich an. »Meine Beweggründe tun nichts zur Sache, solange die Absicht ehrbar ist.« Farchie zeigte auf das Bestiarium. Ein schwer zu deutendes Lächeln zeichnete sich in seinem kartoffelartigen Gesicht ab. »Das Monsterbuch des großen Meisters. Eine interessante Stelle haben die Zweibeiner da entdeckt.«

Ich musterte Farchie skeptisch. »Sag bloß, du kannst die Symbole entziffern?«

Der Warzentreiber leckte sich genüsslich über die Lippen und kicherte in einem hohen Ton. »Diese Zeichen sagen mir nichts. Sie dienen wahrscheinlich der Ablenkung.« Er zeigte auf die unbeschriebene Fläche. »Aber *die* hier, die kann ich in der Tat lesen.«

Wütend zog ich das Buch heran. »Du willst mich veralbern, schon klar. Diese Stelle kann ich genauso gut entziffern wie du, weil da nichts steht.«

Farchie wandte sich Hannah zu und strich sich die wenigen Haarsträhnen aus dem Auge. »Es gibt Dinge, die selbst ein gehörnter Zweibeiner nicht sieht. Sie sind jenen Kreaturen vorbehalten, in deren Adern reines Monsterblut fließt.«

Hannahs Gesichtsausdruck veränderte sich nicht. Sie sah

ein wenig gelangweilt und nicht sonderlich beeindruckt aus. »Du siehst etwas auf dieser Seite?«

»Natürlich. Sagt bloß, ihr nicht?«, fragte Farchie mit gespielter Verblüffung. Es genoss es sichtlich, mit uns zu spielen.

In meinem Kopf staute sich das Blut. Am liebsten hätte ich den elenden Warzentreiber in hohem Bogen aus dem Fenster geworfen oder mit einem Degen aufgespießt. Aber weder tot noch mit gebrochenem Kiefer würde er besonders gut sprechen können. Also schluckte ich die Wut herunter, unterdrückte meinen Stolz und legte ihm das Bestiarium hin.

»Farchie, wir sehen Kritzeleien und eine unbeschriftete Stelle«, gestand ich. »Wenn sich deinem Auge tatsächlich mehr zeigen sollte, brauchen wir deine Hilfe!«

Farchie gähnte und klaubte mit seinen gelben Fingernägeln an einer prallen Warze an seinem Augenrand herum. »Die Hilfe eines Warzentreibers hat ihren Preis.« Mit einem hässlichen Geräusch platzte die Warze auf und grünlicher Eiter ergoss sich daraus.

»Bevor wir über Preise sprechen«, ich beugte mich über den Tisch, »brauchen wir die Gewissheit, dass du uns nicht ins Gesicht lügst.«

Farchie drückte die Warze genüsslich aus. Eiter tropfte auf den Tisch und fraß ein dampfendes Loch in das Holz. »Ihr müsst mir vertrauen. Was anderes bleibt Euch, junger Meister, nicht übrig.«

Ich ballte die Hände zu Fäusten. In dem Moment wünschte ich mir, Dad hätte damals ein Monster gerettet, das unsere Sprache nicht verstand und sich mit Grunzen und Sabbern ausdrückte.

»Was forderst du?«

Glänzende Speichelfäden hingen zwischen Farchies gelben Zähnen. Er lächelte sein bestes Bösewichtlächeln. »Einen Gefallen, nichts weiter.«

»Was für einen Gefallen?«, hakte ich nach.

Farchie humpelte über den Tisch auf mich zu. Er roch nach verdorbenem Fleisch und muffigem Keller. »Es wird ein Tag kommen, junger Meister«, wisperte er mit schneidender Stimme, »an dem ich Euch um etwas bitten werde. Diesem Wunsch werdet Ihr nachkommen, ohne Fragen zu stellen.« Er humpelte einen Schritt zurück. »Das ist meine Bedingung.«

Ich lehnte mich zurück und verschränkte die Arme. »Warum sollte ich das tun?«

Farchie fletschte die Zähne. »Kennt Ihr zufällig ein anderes Monster, das Euch für einen kleinen Gefallen das Geheimnis dieser Seite verrät?«

Ich schlug auf den Tisch. »Warum hilfst du mir nicht? Ich will Dad retten, deinen über alles geliebten Meister!«

Farchie verzog keine Miene. »Ihr Zweibeiner seid dumm. Sollte der große Meister noch leben, besteht eine kleine Chance, dass Ihr ihn rettet. Sollte er tot sein, habe ich einen Gefallen sicher. Ich gewinne, so oder so.«

»Also gut«, willigte ich ein, obwohl sich alles in mir dagegen sträubte. Ich streckte Farchie die Hand hin. »Du hast einen Gefallen bei mir gut.«

Farchie packte meine Hand. Sein Griff war kräftig, seine Haut fühlte sich rau und uneben an. »Es ist mir eine Ehre, mit Euch Geschäfte zu machen.«

»Überspringen wir die Höflichkeiten«, forderte ich. »Was hat es mit dieser Seite auf sich?«

Der Warzentreiber hob sich das aufgeschlagene Buch

unter die Nase. »Der große Meister beherrscht die *Schrift der Schatten*, wie die Agenten sie nennen. Sie ist eigentlich uns Monstern vorbehalten. Unsichtbar für Zweibeiner, die nicht gelernt haben, die Schrift zu lesen.«

»Es gibt eine Monsterschrift, die wir Menschen nicht sehen können?«, fragte ich überrascht. Gleichzeitig machte sich Enttäuschung breit, weil mir Dad nie davon erzählt hatte.

»So ist es«, bestätigte Farchie. »Und auf dieser Seite steht etwas in dieser Schrift geschrieben.«

»Und was?«, fragte Hannah. Sie war mit dem Stuhl näher an den Tisch gerückt.

»Es ist der Name einer Ortschaft, gefolgt von Zahlen«, behauptete Farchie. »Ich lese beides nur einmal vor, verstanden?«

»Einen Moment«, bat ich. Aus dem Wohnzimmer holte ich einen Notizblock. »Ich bin bereit.«

Farchie räusperte sich. Eine Minute später blickten Hannah und ich auf meine krakelige Handschrift.

Port Willow

14.11.1784	23.05.1803
07.10.1783	31.05.1803
17.02.1861	18.10.1876
29.04.1859	24.10.1876
12.10.1932	11.12.1950
12.10.1932	13.12.1950

15

Brandon

Schreckliche Weihnachten

Was geschah im Dezember 1950 im Orphan Forest?

Hòigh, Creeps,

ich bin gerade aufgewacht und möchte euch ein kurzes Update melden. Heute Mittag habe ich – nach euren sehr hilfreichen Kommentaren unter meinem letzten Post – Nachforschungen zu dem Brand im Waisenhaus angestellt. Das Feuer brach 1950 kurz vor Weihnachten aus. Monsterscheiße, zwei junge Frauen sind dabei ums Leben gekommen! Der Tod der Zwillinge Sarah und Serena Parker war wohl der Grund dafür, warum das Waisenhaus vom einen auf den anderen Tag seine Tore geschlossen hat.

Heimleiter Ronald C. Swan wurde damals verhört. Die Polizei hat den Brand danach als Unglück eingestuft und zu den Akten gelegt. Nach der Schließung des Waisenhauses war

Mr Swan ein gebrochener Mann und lebte in Port Willow. Zeitzeugen berichten, dass sich der langjährige Leiter des Waisenhauses immer weiter zurückzog, bis er sich kaum mehr blicken ließ. Seine Tochter Brunhilde wohnt noch heute hier, hat aber wohl nicht mehr alle Tassen im Schrank.

So viel zu meinen Nachforschungen.

Lasst euch nicht erschrecken.

Euer Brandon MacHelsing

16

Padraig

Keksdose? Monsterfalle!

Ich sah Hannah die Verwirrung an. Eben noch im verlotterten Hinterzimmer eines Jazzclubs, schritten wir jetzt hastig über einen Boden, der von einer feinen Wasserschicht überzogen war und schwarz schimmerte.

»Wo sind wir?«, fragte sie, die Hände in der Bauchtasche des Pullovers vergraben. »Warum stehen hier so viele Türen?«

»Weil das hier der Raum der tausend Türen ist und sein Name hält, was er verspricht«, antwortete ich. Wir bogen nach links ab.

»Wir BEAST-Agenten nutzen diesen Raum, um uns schneller zwischen zwei Orten hin- und herzubewegen.«

Vor unserem Aufbruch hatte ich mich mit der Hand des Hoia-Wisperers bei Emmerett gemeldet. Er war zum Glück wach gewesen und hatte natürlich direkt gewusst, welche Tür uns nach Port Willow brachte. Ganz in der Nähe der Ortschaft befand sich eine Pforte in einer stillgelegten Fischkonservenfabrik.

Wir bogen in einen Gang mit acht Türen ab. Die zweite bestand aus angelaufenem Metall. Ein verwittertes Schild hing daran. Der Name der Fabrik war nur noch halb zu entziffern.

Nach mehreren Anläufen gelang es mir, die verkeilte Tür aufzutreten. Eine Wand aus Fischgeruch schlug uns wie fauliger Atem entgegen.

Hannah zögerte. »Ich soll da durch?«

»Das ist eine ganz zahme Tür«, versicherte ich. »Die beißt nicht, versprochen.«

Wir traten hindurch und fanden uns in einer riesigen Halle wieder. Es roch, als wären hier bis vor zehn Minuten noch munter Gedärme aus toten Fischleibern geschnitten worden. Die frische Nachtluft kam mir kurz darauf wie ein Geschenk des Himmels vor.

Hannah stützte die Hände auf den Knien ab und stieß würgende Huster aus.

»Alles klar?«

Sie hob den Daumen und wischte sich den Mund ab. »Und nun?«

Ich schaute mich um. »Am besten folgen wir der Straße«, schlug ich vor und zerrte den Waffengurt fest. Von der alten Fabrik führte eine Schotterpiste landeinwärts. »Laut Emmerett sind es ungefähr drei Kilometer bis zum Ziel.«

Der Pfad endete an einer unbeleuchteten Landstraße. Ein schief hängendes Schild an einem noch schieferen Pfosten wies nach Norden.

In den Stunden zuvor war es in der Paloma Street drunter und drüber gegangen. Uns war sofort klar gewesen, dass es sich bei den Zahlen im Bestiarium um Daten handelte. Die linke Spalte listete wahrscheinlich Geburtstage auf, die rechte Todesdaten oder etwas ganz anderes.

Als ich unseren steinalten Computer hochgefahren hatte

und in eine Suchmaschine die Begriffe *Port Willow* und *Todesfälle* tippte, ergab es keine nennenswerten Treffer. Ich wollte schon aufgeben, als ich auf einen Blog namens *Creepy Chronicles* stieß. Ein gewisser Brandon MacHelsing berichtete neben völlig albernem Gelaber über Kinderlieder und Spinnen von einer vermissten jungen Frau in Port Willow. Im neuesten Eintrag erwähnte er außerdem einen Brand in einem alten Waisenhaus, bei dem im Dezember 1950 Zwillinge umgekommen waren.

»Wenn in der linken Spalte wirklich Geburtstage stehen«, hatte Hannah kombiniert, »gehören die letzten beiden eindeutig zu den Zwillingen. Die rechte Spalte steht dann vielleicht für den Tag, an dem die Frauen verschwunden sind.«

»Aber warum ist das zweite Datum bei den Zwillingen nicht dasselbe?«, hatte ich erwidert. »Wenn sie bei dem Brand umgekommen sind, müsste es identisch sein.«

»Das finden wir wohl nur vor Ort heraus.«

Danach hatte ich Hannah meinen Dolch zugeworfen, eilig alles zusammengepackt und mich von Farchie verabschiedet, der uns »Hals- und Beinbruch« wünschte. Ich war überzeugt, dass er es ernst meinte.

Jetzt liefen wir mitten in der Nacht eine Landstraße entlang – auf der Suche nach einem gewissen Brandon MacLean, den wir im Telefonbuch ausfindig gemacht hatten. Hoffentlich war er es, der sich hinter dem Pseudonym Brandon MacHelsing versteckte.

»Bist du nervös?« Hannah ging hinter mir. Wir wollten es nicht riskieren, von einem betrunkenen Landei überfahren zu werden.

»Nein«, antwortete ich. In der Ferne tauchten zwei Lichter auf, die immer größer wurden und schnell näher kamen. »Hast du meine Spur gelesen?«

Die Lampen stellten sich als Scheinwerfer eines klapprigen Wagens heraus, der zügig an uns vorbeifuhr.

Hannah schloss zu mir auf. »Wenn ich deine Spur gelesen hätte, gäbe es keinen Grund, dich zu fragen.«

»Nein, ich bin nicht nervös«, sagte ich entschieden. Im Hintergrund verklang der röchelnde Motor. »Nur gespannt, was uns erwartet. Dad muss geahnt haben, dass in Port Willow etwas nicht mit rechten Dingen zugeht.«

Die Straße stieg leicht an. Der salzige Geschmack und das Rauschen in der Luft verrieten, dass hinter der Steigung das Meer brandete. Als wir die oberste Stelle des Hügels erklommen hatten, breitete sich unter uns eine Bucht aus. In die steil abfallende Landschaft zwängte sich ein Städtchen. Trotzig nahm es seinen Platz zwischen den kargen Felswänden ein. Ich erkannte einen kleinen Hafen, von dem sich die Häuser in einem Halbkreis ausbreiteten. Im dicht besiedelten Dorfkern besaß lediglich die Kirche das Anrecht auf ein wenig Ellenbogenfreiheit.

Bald erreichten wir die ersten Häuser von Port Willow. Eine weißliche Kruste überzog die Fassaden. Wahrscheinlich das Salz, das sich an den Holzschindeln absetzte.

Hannah blieb vor einem Friseursalon stehen, über dessen Tür eine überdimensionale Schere hing. Sie schloss die Augen.

»Und?«

»Nichts«, erwiderte sie. »Nur die Spuren von schlafenden Menschen und Tieren.«

Port Willow war eine wirre Ansammlung aus schmalen

Gassen und gewundenen Straßen. Zum Glück tauchte der Kirchturm immer wieder zwischen den schiefen Dachgiebeln auf, was praktisch war, weil Brandon im Pfarrhaus wohnte. Eine niedrige Mauer aus grauem Stein umgab das Gotteshaus und den Friedhof, der sich dahinter anschloss. Schlichte Holzkreuze wuchsen wie kleine Vogelscheuchen aus dem Boden.

Die Kirche war ein steinerner Bau mit spitzem Glockenturm. Über der Tür prangte ein buntes Bleiglasfenster und auf dem spitz zulaufenden Dach wachte ein Steinkreuz.

»Da hinten, das muss es sein.« Hannah zeigte zu einem stattlichen Gebäude schräg hinter dem Turm. Neben der massiven Kirche wirkte es zwar einladend, aber auch ein wenig verloren.

Wir kletterten kurzerhand über die Mauer und liefen auf das Pfarrhaus zu. Die Form des Gebäudes erinnerte mich an einen aufgerichteten Schiffsbug. Neben dem Haus trieb eine Buche aus dem Boden. Einer ihrer Äste reckte sich nach dem runden Fenster im obersten Stock.

»Padraig?«

»Ja?«

Hannah hielt mich an der Schulter zurück. »Da drin«, sie nickte zu dem Haus, »ist etwas, das kein Mensch ist.«

Ich stierte durch die Nacht zum Baum, der sanft im Wind schwankte, als würde er sich selbst in den Schlaf wiegen. »Was hast du wahrgenommen?«

Hannah kam näher. »Es sind fünf Spuren. Vier schlafende Menschen, einer mit Albträumen.«

»Du erkennst Albträume?«

»Wenn jemand schläft, verändert sich die Spur«, erklärte sie. »Mit der Atmung verlangsamen sich auch die Gefühlsströme. Bei Albträumen stören Angst, Panik und Unruhe diesen Fluss.«

»Und was ist mit der fünften Spur?«

Hannah trat an mir vorbei. »Die muss ich mir aus der Nähe anschauen.« Sie umrundete das Haus und blieb unter der Buche stehen. Ich machte einen Abstecher zum Briefkasten, der neben der Eingangstür an der Wand hing. Auf einem blank polierten Metallschildchen stand *MACLEAN*.

»Eindeutig ein Monster«, sagte Hannah kaum hörbar, als ich neben ihr auftauchte. »Es ist dort oben, bei der Person mit den Albträumen.«

»Was hast du gespürt?«

Sie sah mich aus der Kapuze an. »Hunger.«

Ich seufzte. »Bei Monstern selten ein gutes Zeichen.«

»Es ist kein normaler Hunger, wie ihn Menschen oder Tiere haben«, fügte Hannah hinzu. »Ich kann es nicht beschreiben, aber ich glaube nicht, dass das Monster ein Menschenfresser ist. Ich würde starke Schmerzen erfühlen, wenn es jemanden bei lebendigem Leib verspeist. Aber sein Opfer schläft tief und durchleidet schlimme Albträume.«

»Albträume … Ängste …«, brummte ich nachdenklich.

»Du überlegst besser schneller«, mahnte Hannah.

Da durchfuhr mich ein Geistesblitz! Aufgeregt zückte ich das Bestiarium und blätterte durch die Seiten, bis ich endlich fand, wonach ich suchte.

»Hier!«, sagte ich aufgeregt und drückte Hannah das Buch in die Hände.

Angstzehrer

Art: animalisches Monster

Vorkommen:

primär dort, wo Dunkelheit vorherrscht und die Tage kurz sind (Emmerett vermutet, sie stammen aus Nordeuropa)

Nahrung:

lösen Albträume aus; Opfer durchleben panische Angst; setzen sich den schlafenden Opfern auf die Brust und saugen die Emotionen mit einem hauchdünnen Stachel aus

Besonderheiten:

kann sprechen (selten bei animalischen Monstern); äußerst dehnbarer Körper → kann sich durch Schlüssellöcher quetschen; nistet sich unter dem Bett ein, bis sein Opfer tief schläft; Haut wird bei Tageslicht unverwundbar (Sigillen wirken ebenfalls nur beschränkt); hat eine Schwäche für gezuckertes Wasser echt merkwürdig, diese Monster!

Töten:

mit Zuckerwasser in ein Gefäß ohne Ritzen oder Löcher locken (ansonsten kaum einzufangen); einfach im Gefäß verhungern lassen oder auf den Grund eines Sees werfen

Hannah schaute auf. »Es gibt Monster, die Albträume hervorrufen und sich von der Angst ernähren, die dadurch ausgelöst wird?«

»Das Fiese ist«, ich nahm das Buch zurück und verstaute es in meinem Trenchcoat, »dass Angstzehrer für die Schlafenden unsichtbar sind. Und sie können sich so klein machen, dass sie durch Schlüssellöcher passen.« Ich tätschelte die Tasche zärtlich. »Aber immerhin wusste Dad, wie man sie einfängt.«

»Indem man sie in ein kleines Gefäß ohne Löcher lockt, das mit Zuckerwasser gefüllt ist.« Hannah klang nicht überzeugt. »Das funktioniert?«

»Offenbar.«

»Hast du so ein Gefäß dabei?«

»Klar.«

»Echt?«

»Nein. Aber wir steigen einfach durch das offene Fenster ein und suchen dann in der Küche eine Dose. Sollte ein Kinderspiel sein.«

»Welches offene Fenster?«

»Das zweite rechts neben der Eingangstür.«

Sie sah mich erstaunt an.

»Irgendwann lernst du, mit einem Blick möglichst viele Informationen zu sammeln«, sagte ich und schlich vorsichtig um die Ecke. »Als BEAST-Agent hängt dein Leben im schlimmsten Fall von Details wie möglichen Wegen hinein oder hinaus ab.«

Tatsächlich war eines der alten Schiebefenster nicht ganz geschlossen. Hannahs schmale Hände passten durch den Spalt. Nach einigen Verrenkungen gelang es ihr, das Fenster aufzuschieben, und wir zwängten uns in das Haus.

Wir fanden uns in einer Gästetoilette wieder. Auf leisen Sohlen betraten wir einen penibel aufgeräumten Flur. Alles lag in kompletter Stille. Rechts von uns führte eine Treppe nach oben. Ich hielt den Zeigefinger an die Lippen und wies zu einer Tür, die vermutlich in die Küche und das Wohnzimmer führte.

In der Küche steuerte ich zielstrebig die Schubladen neben dem Kühlschrank an. Hannah durchsuchte die Schränke über Herd und Spüle.

Im Dunkeln nach einem passenden Gefäß zu suchen, erwies sich als schwierig – zumal fast alles, was in einer Küche rumsteht, bei der kleinsten Bewegung einen Höllenlärm verursacht.

»Ich habe was«, raunte Hannah nach zwei langen Minuten. In der Hand hielt sie eine faustgroße Keksdose. Darin befanden sich steinharte Zimtsterne.

Ich hatte neben der Kaffeemaschine mehrere Packungen mit Zucker gefunden. Wir kippten die Zimtsterne aus und lösten ein wenig Zucker in der Dose auf. Mit einem wasserfesten Stift, den ich zum Ziehen der Sigillen immer dabeihatte, malte ich ein magisches Symbol auf den Deckel. Vier Dreiecke, die ein großes bildeten und von einem Kreis umrundet wurden.

»Was ist das?«

»Eine Bannsigille«, erklärte ich. »Sie sorgt dafür, dass unser Angstzehrer brav in der Dose bleibt, wenn wir ihn erst mal gefangen haben.«

Mit der improvisierten Monsterfalle schlichen wir die Stufen hinauf. Die Holzdielen knarzten jämmerlich unter meinem Gewicht. Bei Hannah hingegen gaben sie keine verräterischen Geräusche von sich.

»Die Luft ist rein«, sagte Hannah. »Alle schlafen, aber die Albträume werden intensiver. Wir müssen uns beeilen.« Sie wies zu einer Tür, an der ein Poster mit einem Vampir hing. »Die Spuren kommen aus diesem Zimmer. Der Dekoration nach zu urteilen, ist es vermutlich das von unserem Monsterfan.«

»Das finden wir gleich heraus.« Ich drückte Hannah die Dose in die Hand. »Halt mal kurz.«

Durch die Finsternis erahnte ich, wie sie meine Monsterfalle argwöhnisch musterte.

»Hoffen wir mal, dass sie funktioniert«, flüsterte ich und schlüpfte aus dem Trenchcoat.

»Eben hast du noch gesagt, dass sie funktioniert!«, raunte Hannah.

»Ich habe gesagt, *offenbar* funktioniert sie«, korrigierte ich sie und legte den Trenchcoat auf den Boden. »Das ist nicht dasselbe. Beim einen weiß man es, beim anderen vermutet man es.« Ich lächelte sie durch die Dunkelheit an. »Also, bist du bereit?«

»Arbeiten Agenten immer so?«

Ich zuckte mit den Schultern. »Die meisten.«

Hannah gab mir die Monsterfalle zurück. »Was soll ich tun?«

»Du öffnest die Tür. Sobald ich im Zimmer bin, schließt du sie und drückst den Daumen auf das Schlüsselloch. So schneidest du unserem monströsen Freund den Fluchtweg ab.«

»Und was machen wir, wenn jemand aufwacht? Nur damit ich mich schon mal vorbereiten kann.«

»Ach, da fällt dir bestimmt was ein.«

»Na toll.«

Ich postierte mich vor der Tür, in der einen Hand die Dose, in der anderen den Knauf des Stockdegens.

Hannahs umschloss die Klinke. »Bereit?«

17

Brandon

Das Flüstern aus den Schatten

»Verdammte Dose, geh schon auf!«

Die Stimme eines fremden Jungen übertönte das Keuchen der formlosen Gestalt, die sich gerade im Traum über mich gebeugt hatte. Von einer Sekunde auf die andere war ich hellwach. Das bleierne Gewicht löste sich von meiner Brust. Mit ihm verschwand das Gefühl, von einem unsichtbaren Strohhalm ausgesaugt zu werden. Ich spürte, wie bekrallte Füße über meinen Bauch huschten – und absprangen.

»Das würde dir wohl so passen«, flüsterte der Fremde mit einem Hauch Schadenfreude. »Aber durch diese Tür kommst du nicht mehr raus.«

»Jäger!«

Die wispernde Stimme drang so schneidend kalt an meine Ohren, dass es mich fröstelte. Ein Adrenalinstoß jagte meinen Puls in die Höhe. Das Herz schlug mir bis zum Hals. Ich ließ die Augen geschlossen und hielt die Luft an, um mich nicht zu verraten. Was auch immer in meinem Zimmer vorging – es war kein Traum!

»Ich werde nur ungern beim Fressen unterbrochen«, zischte das Wispern.

»Ich muss zugeben, mein Mitleid hält sich in Grenzen.« Die Dielen knarzten, als sich die Person bewegte. »Wenigstens bist du von Brandon runter, den brauchen wir noch.«

Den brauchen wir noch? Das Blut rauschte durch meine Ohren. Hatte das dieser Junge wirklich gesagt?

»Ich bin runter von ihm, weil der Nachtisch vor mir steht«, schmatzte das Flüstern. »Ich werde dich aussaugen, bis du nur noch eine Hülle aus Fleisch und Knochen bist!«

»Du und mich aussaugen?« Der Junge lachte leise auf. »Mein eigentlicher Plan hat vielleicht aufgrund unvorhergesehener Probleme nicht funktioniert«, etwas klapperte metallisch, »aber mir bleiben immer noch die traditionellen Methoden. Ich finde ja, dass sich dein Kopf gut in meiner Trophäensammlung machen würde.«

Ein Sirren durchschnitt die Luft, als würde ein Schwert gezogen werden. Krallen schabten angriffslustig über den Fußboden.

»Deine Klinge mag fein und dein Mundwerk groß sein, Monsterjäger. Aber ich werde meinen Stachel durch deinen Schädel bohren, bevor du um Gnade winseln kannst.«

Monsterjäger? Ich unterdrückte einen Aufschrei, schlug die Augen auf und starrte durch das Dachfenster. Hatte die Stimme gerade *Monsterjäger* gesagt?

»Weil ich heute gut drauf bin, gebe dir noch eine letzte Chance, Ausgeburt der Schattenwelt«, bot der Junge höflich an. »Du steigst schön brav in die Dose, dann geschieht dir nichts.« Ein kurzes Zögern. »Sobald ich sie aufbekommen habe, versteht sich.«

In der Luft lag eine greifbare Spannung, die ein elektrisierendes Gefühl in mir auslöste. Es breitete sich vom Kopf bis zu den Fingerspitzen aus. In meinem Kopf ratterte es. Konnte es wahrhaftig sein, dass in dieser Sekunde ein Monster in meinem Zimmer stand? Und ihm ein Junge den Kopf abschlagen wollte? Wie war er überhaupt ins Haus gekommen?

Ein lang gezogenes Geräusch, unheimlich wie das Kichern eines kleinen Kindes in einem Horrorfilm, holte mich in die Gegenwart zurück.

»Sprich dein letztes Gebet, Monsterjäger«, wisperte das Wesen. »In wenigen Sekunden bist du tot!«

In dieser Sekunde flammte das Deckenlicht auf und beide Gestalten stöhnten auf. Die bekrallten Füße rutschten über den Boden. Ich drehte geblendet den Kopf zur Seite.

»Angstzehrer«, sprach ein Mädchen leise, aber bestimmt. Die Tür fiel ins Schloss. »Schau mal, was ich hier habe.«

Ich konnte der Versuchung nicht mehr widerstehen. Mit zusammengekniffenen Augen drehte ich mich zur Bettkante, tastete blind nach meiner Brille, setzte sie im Liegen mit zitternden Händen auf – und erstarrte.

Zwischen Comics, schmutziger Wäsche und weggeworfenen Süßigkeitenpapierchen standen ein Junge und ein Mädchen. Er hielt einen langen Degen in der einen und eine Keksdose in der anderen Hand. Sie trug einen Kapuzenpullover, der ihr Gesicht im Schatten verbarg. Sie stand mit einer blauen Vase voller verschnörkelter Symbole da. Zu meinem Leidwesen erkannte ich das Lieblingsstück meiner Mum. Die Porzellanvase hatte Grandpa Duncan gehört. Nach seinem Tod hatte sich meine Mutter das Teil unter den Nagel gerissen.

»Hannah, was soll das?«, flüsterte der schlaksige Junge im

Rollkragenpullover. Sein längeres Haar fiel ihm lässig in die Stirn.

»Ich habe das mit deinem kleinen Problem mitbekommen«, sagte seine Komplizin. »Also habe ich das Schlüsselloch mit einem Taschentuch zugestopft, bin hinuntergeschlichen und habe ein anderes Gefäß gesucht.« Sie schüttelte die Vase von Grandpa, in der eine Flüssigkeit schwappte.

»Ich hätte den Angstzehrer auch so erledigt«, hielt der Junge dagegen und zeigte mit der Klinge zum Schreibtisch. »Aber diese Vase«, er senkte seine Stimme. »Die Symbole sehen aus wie Sig–«

»Monsterscheiße!«, rutschte es mir heraus, als ich dem ausgestreckten Degen zum Schreibtisch folgte. Zwischen Boden und Tischplatte entdeckte ich ein tierähnliches Wesen, das zusammengekauert in den Schatten lauerte.

Hannah wirbelte herum. Beinahe wäre ihr die Vase aus der Hand geglitten. Ihr Mund stand offen und gab den Blick auf eine Zahnlücke frei. Hastig zog sie die Kapuze wieder ins Gesicht.

»Na toll«, schnaubte der Junge. Er ließ den Degen sinken und atmete seufzend aus. »Jetzt hast du Brandon geweckt. Bestimmt ist mittlerweile das ganze Haus wach.«

»Was das angeht, kann ich dich beruhigen«, versicherte Hannah. »Ihre Spuren sind die von Schlafenden.«

Ihre geflüsterten Gesprächsfetzen nahm ich nur gedämpft wahr. Zu sehr war ich damit beschäftigt, den Tisch nicht aus den Augen zu verlieren. Das dunkle Etwas bewegte sich in der Finsternis. Leises Schnauben und Flüstern drangen an meine Ohren.

»W-was ist das?«, fragte ich stotternd und zog mir die Decke bis unter das Kinn.

»Das erklären wir dir, wenn wir es gefangen haben«, sagte der Junge mit dem Degen. Eine Aura der Selbstgefälligkeit und Arroganz umgab ihn, wie ich sie von den Trotteln aus der Schule kannte. »Sofern du bis dahin nicht mit der Decke verschmolzen bist. Übrigens, coole Poster!« Er nickte zur volltapezierten Wand. Dann nahm er Hannah die blaue Vase ab und fuhr die Kreise, Dreiecke und Linien nach. Er hob den Kopf und sah mich prüfend an. »Woher hast du diese Vase?«

»Sie gehörte Grandpa, Grandpa Duncan«, sagte ich rasch. »Aber seit er gestorben ist, steht sie unten im Wohnzimmer.«

»Interessant«, murmelte der angebliche Monsterjäger. Er wog die Vase in der Hand. »Wie hieß dein Großvater?«

»Duncan. Duncan MacLean.«

Als ich den Namen nannte, zuckten die Augenbrauen des Jungen kurz nach oben. Für den Bruchteil einer Sekunde schien er irritiert zu sein, ehe die Selbstgefälligkeit ihren Platz wieder einnahm und er sein arrogantes Lächeln lächelte.

»Es wird höchste Zeit, dass wir unseren ungebetenen Gast einfangen«, meinte er. »Eigentlich wollte ich ihn aufspießen, aber das wird nicht mehr nötig sein.« Er klopfte mit dem Fingerknöchel gegen das Porzellan und zwinkerte uns vielsagend zu.

»Was hast du vor, Padraig?«, fragte Hannah.

Padraig. Was für ein altmodischer Name! Und so klischeehaft schottisch.

»Vertrau mir«, bat Padraig, der für meinen Geschmack zu gut gelaunt war – vor allem in Anbetracht der Tatsache, dass ein verdammtes Monster unter meinem Schreibtisch saß! »Ich weiß, das klingt vielleicht verrückt, aber wir müssen das Licht wieder ausmachen. Sonst kommt der Angstzehrer nicht aus seinem Versteck hervor.«

»Was ist ein Angstzehrer?« Wieder kniff ich die Augen zusammen und versuchte, die Umrisse der Kreatur unter dem Schreibtisch zu erkennen. Da ihre Haut pechschwarz zu sein schien, nahm ich kaum mehr als die Ahnung von einzelnen Bewegungen wahr.

»Hast du den Dolch, den ich dir in der Paloma Street gegeben habe?«, ignorierte mich Padraig und wandte sich an Hannah.

Ihre rechte Hand verschwand in der Bauchtasche ihres Hoodies. Sie zog ein Messer hervor. »Ja, aber ich benutze ihn nur im äußersten Notfall.«

»Sehr schön«, meinte Padraig. Dann trat er zu mir und gab mir seinen Degen. »Wenn etwas schiefgeht, fuchtelst du damit herum. Vielleicht hast du Glück und stichst dem Angstzehrer versehentlich ein Auge aus.«

Mir klappte der Kiefer auf. Ich streckte den Degen ehrfürchtig (und nur dezent mit der Situation überfordert) von mir.

Padraig trat zum Lichtschalter neben der Tür. »Brandon, knipst du bitte das Licht der Nachttischlampe an?«

Ich löste mich aus meiner Starre und tastete mit der freien Hand nach der Lampe.

»Vielen Dank. Alle bereit?«

»Ja.«

»N-nein.«

»Wunderbar.«

Das Deckenlicht ging aus. Sofort zog sich die Helligkeit auf den rundlichen Schein der Nachttischlampe zurück. Der

Lichtkegel breitete eine dämmrige Stimmung aus, die kaum bis in die Ecken reichte. Die Monstermäuler an den Wänden rissen hämische Grimassen. Ich würgte den Kloß im Hals herunter und meine Hand krampfte sich um den Griff des Degens.

Padraig trat auf den Schreibtisch zu. Die Vase hielt er in beiden Händen, als transportierte er etwas Wertvolles aus filigranstem Glas. Aber da drei Leben davon abhingen, darunter mein eigenes, war mir das eigentlich ganz recht.

In der angespannten Stille unter den Dachschrägen kam mir jedes Geräusch unnatürlich laut vor. Das Knarzen der Diele unter Padraigs Schuhen, das Rauschen des Windes, der gegen das Haus drückte, und das Schleichen des Angstzehrers in den Schatten. Ich bildete mir sogar ein, das leise Surren der Glühbirne zu hören.

»Das Monster«, murmelte Hannah, die nur noch eine Silhouette zu meiner Linken war. »Es hat keine Angst.«

Das kindliche Kichern hallte aus den Schatten. »Angst ist mein Freund«, zischte das Wispern. »Nicht wahr, Brandon? Deine Angst, ich sehne mich nach ihr.«

Bisher hatte das Wesen geschwiegen. Aber in der dämmrigen Welt zwischen Licht und Finsternis kehrte seine Lebenskraft zurück. Kalter Schweiß legte sich wie ein Film über meinen Nacken, während ein Schmerz in meiner Brust aufkeimte. Ich musste mich konzentrieren, das Atmen nicht zu vergessen und die Panik zu unterdrücken.

»Ich werde euch alle töten.«

Padraig lachte leise auf. »Ohne dir zu nahe treten zu wollen, aber wie die meisten Monster wirkst auch du unter einem Schreibtisch nicht gerade Furcht einflößend.«

»Dich und deine vorlaute Klappe werde ich zuletzt töten,

Jäger. Ich lasse dein Herz gerade lange genug schlagen, damit du mitansehen kannst, wie deine Freunde qualvoll durch meinen Stachel sterben!«

Na toll.

Und dann sah ich zum ersten Mal in meinem Leben ein echtes Monster. Unter dem Schreibtisch kam ein gedrungenes Wesen hervor. Es kroch auf allen vieren und schob sich wie ein schwarzer Fleck vor meine Linse. Eine Haut, finsterer als die Nacht, umspannte seinen Körper. Vom missgebildeten Kopf, der aussah, als wäre er in einen Schraubstock gespannt und zusammengedrückt worden, standen zwei katzenartige Ohren ab. Der Rücken ging in einen langen Schwanz mit hauchdünnem Stachel über. Der Angstzehrer glich einem verunstalteten Lemuren, den jemand so lange in einer Kiste eingesperrt hatte, bis das Tier mit der Dunkelheit verschmolzen war. Das Unheimlichste waren seine tennisballgroßen Augen. Sie leuchteten gelb wie Bernstein und schwebten wie Glühbirnen über dem Boden.

Beim Anblick des Stachels fuhr ich mir über die Stelle zwischen Brustkorb und Bauch. Ob er dünn genug war, um keinen Einstich zu hinterlassen?

»Du wirst gar niemanden töten«, sagte Padraig gelassen. Er stand dem Angstzehrer gegenüber – »bewaffnet« mit der Vase meines Großvaters. Entweder war er verrückt oder er wusste genau, was er da tat.

Ich bevorzugte Variante zwei.

Der Angstzehrer hob den Stachel, machte einen Buckel und gab ein flüsterndes Kreischen wie das Lachen einer Hyäne von sich. Die gelben Augen fixierten Padraig, der nach wie vor seelenruhig dastand.

»Dummer Junge«, säuselte die Stimme aus dem Dämmerlicht. »Du willst mich mit einer Vase einfangen. Du glaubst, sie besäße Kräfte, die mich einzuschließen vermögen. Aber ich werde euch allen den Hals aufschlitzen, bevor du mir damit zu nahe kommst.«

Ehe Padraig eine überhebliche Antwort geben konnte, wickelte sich der Schwanz des Angstzehrers um seine Füße und riss ihn ruckartig nach vorne. Padraig verlor den Stand und knallte der Länge nach auf die Dielen. Er stöhnte auf, die Vase entglitt ihm und rollte unters Bett.

Hannah reagierte blitzschnell. Sie sprang über Padraig und warf sich auf den Angstzehrer. Das Monster wich ihrem Dolch geschmeidig wie eine Katze aus und sprang auf einen der schiefen Berge aus Comics. Bernsteinfarbene Augen leuchteten am Fußende meines Bettes auf.

»Monsterscheiße!«

Bevor ich mich überhaupt fragen konnte, auf wen es der Angstzehrer nun abgesehen hatte, rasten zwei gelbe Punkte auf mich zu. Instinktiv warf ich mich flach auf das Bett und streckte die Hand mit dem Degen nach oben. Die Klinge verfehlte den Angstzehrer, der hinter mir gegen die Wand prallte.

Erschrocken wirbelte ich herum. Die Kreatur klebte an der Wand wie eine Eidechse. Mit flinken Schritten wuselte sie an die Decke und griff mich kopfüber mit dem Stachel an. Ich rollte zur Seite und wich den Attacken aus. Der Stachel schoss dicht neben meinem Kopf in die Matratze und glitt hindurch wie ein heißes Messer durch Butter. Bei dem Ausweichmanöver fiel mir der Degen aus der Hand und die Brille rutschte von meiner Nase. Blind und der puren Verzweiflung nahe, bekam ich das Kissen zu fassen und schleuderte es an die Decke. Wie durch ein Wunder traf ich den

Angstzehrer. Der Jubel blieb mir im Hals stecken, als das Monster herabfiel und mit voller Wucht auf meinem Bauch landete.

»Jetzt stirbst du!«, wisperte die Stimme.

Panisch strampelte ich mit Armen und Beinen wie ein auf dem Rücken liegender Käfer. Plötzlich bekam ich die ledrige Haut des Monsters zu fassen. Ich nahm all meine Kräfte zusammen und schleuderte den haarlosen Körper von mir. Als ich mich aufrichtete, sah ich gerade noch, wie ein Schatten von der Bettkante rutschte.

Mit zittrigen Händen setzte ich die Brille auf, die zum Glück heil geblieben war, und suchte den Degen. Er hatte sich in der Decke verheddert. Ich rechnete mit einem weiteren Angriff und verfluchte Padraig für seinen bescheuerten Plan, mit einer alten Vase von Grandpa ein lebendiges Monster einzufangen!

Plötzlich glomm unter dem Bett ein bläuliches Licht auf. Es erhellte das Zimmer wie eine blaue Sonne. Irgendwo unter mir kreischte der Angstzehrer. Dann verstummte er und das Licht verschwand ebenso schnell, wie es gekommen war.

»Ich habe ihn!«, sagte Padraig triumphierend. »Wusste ich doch, dass diese Vase eine Falle ist!« Er rappelte sich auf. »Die Sigillen sind eindeutig, auch wenn ich nicht jede einzelne kenne. Gut gemacht, Hannah.« Er half ihr unter dem Bett hervor. »Du hast mir die Vase genau in der richtigen Sekunde zugerollt. Zum Glück hat sie den Sturz überlebt, sonst wäre das Ganze ins Auge gegangen.«

Gerade als ich meinem Ärger Luft verschaffen und Padraig zahlreiche Beleidigungen an den Kopf werfen wollte, krachte die Tür auf.

»Heilige Maria!«, überschlug sich eine Stimme, die ich zu

gut kannte. Mum hatte das Licht angemacht und starrte mit aufgeklapptem Mund auf Padraig, Hannah und mich. Drei Personen waren ihrer Auffassung nach mindestens zwei zu viel in diesem Raum. Da half es nicht gerade, dass zwei davon auf dem Boden lagen und eine ihr Heiligtum aus Porzellan in den Händen hielt.

Mum stand die Wut ins Gesicht geschrieben, was ich daran erkannte, dass ihre Unterlippe bebte. »Was im Namen des Vaters geht hier vor? Wer seid ihr? Und ist das ein Schwert in deinem Bett?«

»Das ist ein Degen«, korrigierte Padraig. Er betonte es so beiläufig, dass ich mich am liebsten bei Mum dafür entschuldigt hätte.

Die Ader auf ihrer Stirn schwoll weiter an und drohte zu platzen. Sie rang sichtlich nach Worten.

»Ich kann das erklären«, begann ich zaghaft. Was gelogen war, denn ich hatte weder eine Ahnung, was hier gespielt wurde, noch wie ich mich aus diesem Schlamassel befreien konnte.

Zu allem Überfluss schob sich ausgerechnet *das* Gesicht durch die Tür, auf das ich in dieser Situation gerne verzichtet hätte.

»Habe ich was verpasst?« Penelope gähnte. »Klang, als würde unser Brandon MacNuggets eine Party feiern.« Die Müdigkeit wich schlagartig aus ihrer Visage, als sie sah, dass ich nicht allein war. »Ist das nicht die Vase von Grandpa Duncan?«

Bisher war es Mum entgangen, dass Padraig ihr liebstes Stück in den Händen hielt. Aber einmal mehr nahm Penelope ihre Aufgabe, mein Leben zur Hölle auf Erden zu machen, pflichtbewusst wahr.

»Habe ich schon gesagt, dass dir diese neue Kette wirklich

ausgezeichnet steht?«, versuchte ich es mit einer plumpen Ablenkung. Um Mums Hals legte sich eine goldene Kette und unter ihrem Nachthemd zeichnete sich ein Anhänger ab. Ehrlich gesagt hatte ich keine Ahnung, was das für eine Kette war. Mum trug äußerst selten Schmuck und dieses gute Stück hatte ich noch nie gesehen.

»Ach du meine Güte!« Mum schlug entrüstet die Hände vor dem Mund zusammen. Dann verfinsterte sich ihr Ausdruck und sie verschränkte die Arme – mein Ablenkungsmanöver war grandios gescheitert. »Ich verlange auf der Stelle eine Erklärung! Brandon?!«

»Die schulden wir Ihnen selbstverständlich, Mrs MacLean«, ergriff Padraig das Wort. Die Deckenlampe beschien ihn wie den Star auf einer Theaterbühne. Die Vase stellte er auf den Schreibtisch und platzierte sich geschickt davor. »Mein Name ist Padraig O'Sullivan. Und das«, er wies zu seiner Rechten, »ist Hannah.«

Das Mädchen nickte meiner Mutter knapp zu.

Mir fiel auf, dass Penelope mit den Wimpern klimperte, als Padraig sprach. Mit den kantigen Wangen, seinem nervigen Gehabe, den zu engen Jeans und seinem selbstgefälligen Lächeln kam er offenbar gut bei ihr an. Leider war Mum nicht so leicht zu beeindrucken. Mit den Fingern tippelte sie einen Galopp auf ihrem Oberarm. »Auf diese Erklärung bin ich gespannt, junger Mann!«

»Ich auch«, murmelte ich.

»Was hast du gesagt?«

»Nichts, nichts.«

Padraig räusperte sich. »Die Sache verhält sich so. Hannah und ich sind Freunde von Brandon. Zumindest sind wir große Fans seines Blogs. Sie wissen schon …«

»*Creepy Chronicles*«, warf Hannah ein.

»Richtig«, bestätigte Padraig. »Leider haben wir Ihren Sohn noch nie im echten Leben getroffen. Wir stammen aus Edinburgh, müssen Sie wissen. Aber heute haben wir uns verabredet. Stimmt doch, Brandon?«

Acht Augen richteten sich auf mich – die Monster auf den Postern nicht mitgezählt.

»Das … ähm …«, rang ich nach Worten. »J-ja, das sind zwei Freunde aus dem Internet. Und sie wollten mich heute mit einem Besuch überraschen, aber dann … Wie war das noch gleich, Padraig?«

Padraig schenkte uns ein Zahnpasta-Lächeln und strich sich die Strähnen aus der Stirn. »Wir haben den Zug verpasst und uns als Krönung auch noch in Port Willow verlaufen. Ist ziemlich ländlich hier für Menschen aus der Stadt.«

Hannah stand neben Padraig und sah sich gelangweilt im Zimmer um. Ich beobachtete, wie sie die Plakate skeptisch betrachtete.

»Und weil wir so spät in Port Willow angekommen sind, hat uns Brandon heimlich in das Haus gelassen«, führte Padraig seine Lügengeschichte fort. »Was sehr umsichtig war, sonst hätten wir bestimmt alle geweckt.«

»Genauso war es«, fügte ich hastig an. Vorsichtig zog ich die Decke über den Degen. »Sie haben angerufen, als sie vor der Haustür standen, um nicht klingeln zu müssen.«

Mum sah mich mit eiserner Miene an. »Warum hast du nichts davon erzählt?«

»Habe ich vergessen«, improvisierte ich. »Tut mir leid.«

»Aha«, machte sie. »Und warum liegt ein Schwert in deinem Bett?

Ich zuckte zusammen.

»Das ist ein Degen«, korrigierte Padraig erneut.

»Es ist mir ehrlich gesagt völlig egal, was das ist«, brauste Mum auf. »Weder das eine noch das andere hat etwas in meinen vier Wänden verloren!«

»Der Degen ist eine Attrappe«, erklärte Padraig kleinlaut. »Er dient als Abschreckung, falls uns Monster begegnen. Es ist ein alter Gehstock meines Vaters, nichts weiter.«

»Gott, noch mehr Spinner.« Penelope seufzte. Die Tatsache, dass Padraig von der Existenz der Wesen überzeugt war, wog wohl schwerer als seine gemeißelten Wangenknochen.

»Penelope«, fuhr Mum herum, »geh sofort auf dein Zimmer! Es genügt, wenn mich dein Bruder und seine Freunde um den Schlaf bringen.«

»Aber Mum, i–«

»Keine Widerrede!«

Penelope brummte beleidigt, machte auf dem Absatz kehrt und stolzierte mit wehendem Haar davon.

Mum schloss die Augen und massierte ihre Schläfen. »Warum habe ich bloß einen derart leichten Schlaf, während dein Vater nicht einmal aufwachen würde, wenn Noah mitsamt der beladenen Arche in unser Haus krachte.«

»Es tut uns aufrichtig leid, Mrs MacLean«, entschuldigte sich Padraig. Er kratzte sich mit gespielter Verlegenheit am Hinterkopf. »Irgendwie ging alles schief. Vom verpassten Zug bis jetzt.«

Mum atmete schwer aus und schüttelte den Kopf. Sie wirkte erschöpft. Trotzdem strahlte sie nach wie vor diese Strenge aus, die sie fast nie ablegte.

»Ich möchte den Rest der Nacht keinen Mucks von euch hören, verstanden?«, zischte sie streng.

Wir nickten bedächtig.

»Im Schrank müsste eine zweite Bettdecke sein, dazu ein Schlafsack und Isoliermatten vom letzten Campingausflug.« Mum klaubte ihre Schlafmaske aus dem Haar. In ihrem Gesicht traten dunkle Augenringe hervor. »In fünf Minuten ist das Licht aus und ihr liegt im Bett.«

»In Ordnung.« Ich versuchte es mit einem versöhnlichen Lächeln, war mir aber fast sicher, dass es mir nicht so gut gelang wie Padraig.

»Und du«, Mum wandte sich Hannah zu, »wie war noch gleich dein Name?«

»Hannah.«

»Du schläfst unten im Wohnzimmer, nur dass das klar ist. Das Sofa ist breit genug. Brandon gibt dir den Schlafsack. Und du stellst die Vase meines Schwiegervaters wieder dorthin, wo ihr sie herhabt.«

»In Ordnung.«

Vom Türrahmen aus musterte Mum uns noch ein letztes Mal. Gemeinsam mussten wir ein eigenartiges Bild abgeben. Ein hagerer Junge, ein Mädchen im Kapuzenpullover und meine Wenigkeit im Pyjama.

Mum seufzte erneut. »Warum habe ich bloß das ungute Gefühl, dass ihr drei mir den einen oder anderen Nerv kosten werdet?«

18

Brandon

Parasit der Finsternis

Das Buch mit dem schwarzen Ledereinband sah ziemlich mitgenommen aus. Eine Ecke war mit Tinte vollgesogen, Flecken und Risse zierten die vergilbten Seiten. Aber es beinhaltete genau das, was ich immer suchte – Monster!

»Und was ist das da?« Ich zeigte auf die Zeichnung eines Wesens, die wie alle anderen mit feinem Bleistift gezogen war. Die Kreatur sah aus wie ein Maulwurf mit unzähligen Augen und zwei riesigen Händen, von denen sich gebogene Krallen abspreizten.

»Steht doch da«, meinte Padraig, der am nächsten Morgen zwischen Hannah und mir durch die Gassen vor Port Willow schlenderte. »Das ist ein Walisischer Erdkriecher. Dad und ich haben kürzlich einen in der Kanalisation von Edinburgh entdeckt. Hat sich eine hübsche kleine Höhle gebuddelt, in der er Hunde, Katzen und andere herumstreunende Kleintiere aufgehängt hat und ausbluten ließ.«

Es ging leicht bergab. Wir waren unterwegs zum Hafen. Ich war in das Buch vertieft und konnte meine Aufregung kaum verbergen.

Das Mädchen und der Junge liefen mit dampfenden Bechern in den Händen neben mir her. Padraig trank Schwarztee mit Milch und viel Zucker, Hannah einen Ingwertee ohne Zucker.

Ich verzog das Gesicht und blätterte aufgeregt weiter. »Und was ist das da? Mit den verdrehten Hörnern kommt es mir vor wie ein Widder, der auf zwei Beinen geht.«

Der Gehstock von Padraig setzte regelmäßig auf den Boden auf. Er blickte mir seitlich über die Schulter. »Das ist ein Gehörnter Waldpirscher. Die gibt es in jedem Wald. Für den Menschen sind die ungefährlich. Sie jagen Rehe, Hirsche und Hasen.«

»Monsterscheiße! Einfach unfassbar!«

So ging das, seit Padraig vom Verschwinden seines Vaters erzählt und mir das Buch in die Hand gedrückt hatte. Zuerst wollte er nicht so recht mit der Sprache rausrücken, aber Hannah hatte ihn überredet. Also erzählte er mir alles. Im Gegenzug berichtete ich ausführlich von den Geschehnissen in Port Willow.

»Noch mal zu dem Angstzehrer«, sagte ich, ohne den Blick vom Bestiarium zu lösen. »Diese Kreatur hat sich durch das Schlüsselloch gequetscht und mich ausgesaugt?«

Padraig blies mit spitzen Lippen über den Tee. »Glaubst du es, wenn du es dir oft genug selber erzählst?«

»Nein«, gab ich zu. Ich fuhr mir über die Stelle unter dem Brustkorb, wo sich mein Bauchansatz unter der Regenjacke wölbte. »Und der Stachel ist so dünn, dass er keine Einstiche hinterlässt?«

»Hast du welche gefunden?«

»Nein.«

»Also.«

»Und weshalb konnten wir das Monster nur bei Dunkelheit einfangen?«

Padraig holte zur Erklärung aus. »Weil es diese spezielle Haut hat. Sie reagiert auf Lichteinstrahlung und verhärtet sich. Die Bannkraft der Sigillen reicht in diesem Zustand nicht aus, um den Zehrer zu bannen.«

»Und warum besaß mein Grandpa eine solche Vase?«

Padraig nahm einen Schluck Tee. »Keine Ahnung. Aber wir können von Glück reden, dass deine Mum sie sich unter den Nagel gerissen hat.«

»Ich bedanke mich später bei ihr«, merkte ich ironisch an. »Aber warum mich die Spinnen im Orphan Forest angegriffen haben, weißt du nicht?«

»Nein.« Padraig nippte am Schwarztee. »Ein solches Verhalten ist mir bei normalen Tieren bisher nicht begegnet.«

Die Schleier über unseren Köpfen versprühten Nieselregen, der sich als feine Schicht auf die Kleidung legte. Wir bogen links ab, vorbei an einem Spielzeugladen, einem winzigen Museum, das sich mit der Historie von Port Willow befasste, und einer Metzgerei mit ihren fleischigen Ausdünstungen. Die Farbe an den Fassaden blätterte ab. Aber an solchen Tagen führte sie ohnehin einen aussichtslosen Kampf gegen das Grau.

Ich schüttelte ungläubig den Kopf. »Monsterscheiße, da begegne ich im Schlaf einem echten Monster. Ich hatte die ganze Zeit über recht!«

Padraig trug einen Trenchcoat, mit dem er in jedem Krimi als alkoholsüchtiger Ermittler durchgegangen wäre. »Jetzt mach mal halblang«, sagte er barsch. »Du hast geglaubt, es gäbe Vampire, Basilisken und diesen Kram.«

»Womit ich zugegebenermaßen nicht weit danebenlag.«

Ich wedelte mit dem Bestiarium. »Ich habe immer geahnt, dass es sie gibt! Davon war ich überzeugt, seit mir Grandpa Duncan seine Geschichten erzählt hat. Ob Werwolf oder Nachtlemur, das spielt keine Rolle.«

Padraig verschluckte sich am Tee. »Dein Großvater hat von Monstern erzählt?«

»Ja, ständig. Wieso?«

»Nur so. Und übrigens heißt es Angstzehrer«, verbesserte Padraig. »Kein BEAST-Agent nennt es Nachtlemur.«

Ich winkte ab. »Nachtlemur passt besser. Was meinst du, Hannah? Übrigens, was fühl ich gerade? Versuch's mal herauszufinden!«

Der Wind frischte auf und heulte durch die Häuserreihen. Hannah zog die Kapuze ihres Pullovers enger. Sie schwieg die meiste Zeit. Etwas Geheimnisvolles umgab sie. Aber es bestand die Chance, dass ich mir das nur einbildete, weil ich von ihrer Kraft wusste – auch wenn sie sich geweigert hatte, mir die Hörner zu zeigen.

»Mich interessiert nicht, was du gerade fühlst«, gab sie kühl zurück. »Und was den Namen dieser Kreatur angeht, ist mir egal, wie sie heißt. Hauptsache, niemand öffnet dieses Glas.« Sie holte ein mit Symbolen versehenes Einmachglas aus der Tasche des Pullovers.

»Das mit dem Glas war eine gute Idee, Brandon«, lobte Padraig. »Du scheinst ein Naturtalent zu sein, was das Ziehen von Sigillen angeht.«

Verlegen nahm ich die Brille ab, um die Regentropfen von den Gläsern zu wischen. »Vielen Dank«

Meine Familie war früh auf eine Kirchenveranstaltung gegangen. Als Padraig und Hannah noch schliefen, war ich mit der Vase in die Werkstatt meines Vaters geschlichen, um sie zu untersuchen. Ich entdeckte sieben verschiedene Symbole, die Padraig als Sigillen bezeichnete. Kurzerhand zeichnete ich die runenartigen Zeichen auf ein Stück Papier. Die meisten Sigillen bestanden aus Linien, die kubische Muster bildeten. Es gab aber auch ein paar, die komplexer und verschnörkelter waren.

Danach stahl ich ein Einmachglas aus der Küche und trug die Symbole mit einem wasserfesten Stift auf die Außenfläche des Glases auf. Kaum war das letzte Zeichen gemalt, leuchteten sie kurz blau auf – ich hatte meine erste Monsterfalle gebaut!

Die nächste Stunde hatte ich damit verbracht, weitere Fallen herzustellen. Nun war ich der stolze Besitzer von acht Stück, die ich unter meinem Bett versteckte.

Padraig war skeptisch gewesen, als ich von den Gläsern erzählt hatte. Er wollte sich selbst überzeugen, ob die Monsterfallen funktionierten. Im Geräteschuppen im Garten hatte er sich mit gezücktem Degen hinter mich gestellt, während Hannah die Vase geöffnet und den Nachtlemuren freigelassen hatte. Noch bevor das Monster verstanden hatte, was wir vorhatten, schraubte ich den Deckel meines Glases auf. Es gab einen blauen Lichtblitz – und das Wesen war verschwunden. Dafür waberte schwarzer Dunst in der Monsterfalle.

Die Gasse machte einen Bogen und wir traten hinaus auf einen kleinen Platz. Vor uns lag der Fischerhafen mit seiner bunten Häuserpromenade. Die Häuser waren das Wahrzeichen und der ganze Stolz von Port Willow, weil sie sich hervorragend auf Ansichtskarten machten. Im Gegensatz zu den Häusern im Dorfkern strich man die Fassaden hier jeden Sommer neu, um der Abnutzung durch die Gezeiten entgegenzuwirken. Der Hafen bestand aus einem steinernen Pier, an dem höchstens zwei Dutzend Boote vertäut lagen. Sie trieben auf den Wellen wie Nussschalen, die sanft in den Schlaf gewiegt wurden.

Der Wind schlug Padraig den Trenchcoat um die Beine. »Ich hätte die Vase gerne Emmerett gezeigt«, meinte er. »Aber deine Mum hätte uns den Kopf abgerissen, wenn wir sie nicht wieder in die Vitrine gestellt hätten.« Er warf den Becher in einen Abfalleimer. »Aber ein lebender Angstzehrer freut ihn bestimmt auch.«

»Emmerett ist der Bruder deines Vaters, richtig?«

Padraig nickte. »Wäre es nach mir gegangen, hätten wir das Glas samt Monster im Meer versenkt.« Er schielte zu Hannah. »Aber damit waren nicht alle einverstanden.«

»Wie dem auch sei«, sagte ich und zeigte auf ein Gebäude, das wie eine Zahnlücke in der bunten Häuserreihe klaffte. »Lasst uns das *Shrunken Heads* besuchen.«

Das Hafenpub war nicht zu übersehen, denn im Gegensatz zu den anderen Häusern nagte der Zahn der Zeit offensichtlich und unbarmherzig daran. Die dunkelgrüne Fassade häutete sich wie eine Schlange. Sie war von einer salzigen Kruste überzogen. Die Fenster hatten seit der Stadtgründung keinen Putzlappen gesehen, die Läden hingen schief in den Angeln. Über der Eingangstür waren zwei Schrumpfköpfe aus Metall befestigt, die quietschend im Wind schaukelten. Sie sahen nicht besonders einladend aus, verliehen dem Pub aber nun mal seinen Namen.

»Hier wohnt Brunhilde Swan?«, fragte Padraig. »Die Tochter von Ronald C. Swan, dem Leiter des Waisenhauses im Orphan Forest?«

»Sie *wohnt* nicht hier«, korrigierte ich. »Sie treibt sich lediglich den ganzen Tag im Pub herum. Jeder im Dorf kennt die alte Brunhilde.«

»Weil sie verrückt ist?«

»Nicht nur das«, sagte ich geheimnisvoll. »Aber das seht ihr ja gleich.«

»Kommen wir hier überhaupt rein?« Padraig musterte das Haus. »Keiner von uns ist achtzehn, oder?«

Ich schüttelte den Kopf. »Nein, aber Penelope meint, dass Skeleton Stan die Sache mit dem Alter nicht so genau nimmt, solange du deine Getränke bezahlen kannst.«

»Wer ist Skeleton Stan?«

»Der Wirt. Du wirst ihn mögen.«

Wir traten unter die metallenen Schrumpfköpfe, die ihre ausgefransten Mäuler zu einem stummen Schrei aufsperrten. Ich nickte meinen Begleitern zu, umfasste den Stoßgriff aus angelaufenem Messing und drückte die Tür auf. Nacheinander drängten wir uns in die Gaststube, die uns mit dämmrigem Zwielicht empfing. Als die Tür zuschwang, schlug uns der Geruch von Bier, Rauch und Frittierfett entgegen.

Das *Shrunken Heads* bestand aus einem einzigen niedrigen Raum. Tische aus dunklem Eichenholz gruben ihre Beine in die ausgebeulten Dielen. Eine klebrige Schicht aus Öl und Staub bedeckte jeden Zentimeter. Unter einer Pendellampe stand ein Billardtisch. Rechts von der Eingangstür schloss sich der Tresen an. Die Wand dahinter war verspiegelt, das Glas allerdings längst erblindet. In krakeliger Handschrift hatte jemand die ganze Auswahl alkoholischer Getränke aufgelistet. Vor der Wand wiederum standen unzählige Flaschen in den Farben eines matschigen Regenbogens.

»Was wollt ihr? Solches Gesindel wie ihr hat nichts in meinem Pub verloren!«, krächzte eine heisere Stimme, die eine Vorliebe für Zigaretten erahnen ließ.

Hinter dem Tresen schob sich der Wirt unter den Lichtkegel einer weiteren Deckenlampe. Er trug eine fleckige Schürze, die in einem anderen Jahrhundert vielleicht mal blütenweiß gewesen war. Skeleton Stan war hager wie ein Skelett und ging gebückt. Seine Arme hingen knapp über dem Fußboden. Er sah aus wie die zusammengesackte Marionette eines Puppenspielers, deren Fäden man durchtrennt hatte. Das unrasierte Gesicht spiegelte ein Leben voller falscher Entscheidungen wider und von seinem Schädel hingen gelbliche Fäden, die mit viel Fantasie als Haare durchgingen.

»Du da, Speckie«, raunte er und zeigte auf mich. »Bist du nicht das Söhnchen des Pfarrers?«

»Ihren Kommentar zu meinem Körpergewicht überhöre ich jetzt großzügig«, sagte ich angesäuert. »Aber ja, ich bin der Sohn von Barnabas MacLean.«

»Was hast du gesagt?«, krächzte der Wirt.

Padraig schob mich zur Seite. »Du sprichst manchmal echt merkwürdig, hat dir das schon mal jemand gesagt?«

»Gelegentlich«, murrte ich.

»Ich kümmere mich darum«, flüsterte Padraig. Er schritt lächelnd auf den Tresen zu. »Guten Tag, Sir.«

Skeleton Stan musterte Padraig aus tief in den Höhlen liegenden Augen. Als er den Gehstock erblickte, brach er in schallendes Gelächter aus. Seine Kiefer klapperten bedenklich. »Hast wohl kräftig auf die Schnauze bekommen, Bürschchen, was?«, fragte er mit heiserer Stimme. »Oder warum läufst du mit dieser Krücke durch die Gegend?«

Hannah entfernte sich von mir. Neugierig trat sie an den Billardtisch und fuhr mit der Hand über den grünen Filzbelag.

»Wir suchen Brunhilde Swan«, überhörte Padraig den Hohn. Er drehte sich um die eigene Achse. »Außer uns scheinen Sie derzeit allerdings keine weiteren Gäste zu bewirten.«

»Es ist noch jemand hier«, sagte Hannah. Sie stieß mit dem Finger eine der Kugeln an. Die prallte gegen eine andere und fiel in eine Tasche. »Sie sitzt hinter dem Pfeiler an einem Tisch. Man sieht ihn vom Eingang aus nicht. Aber die Spur der Person ist … wirr.«

Der Wirt beobachtete Hannah. Dann bückte er sich über den Tresen zu Padraig, damit sie ihn nicht hören konnte. Hinter vorgehaltener Hand flüsterte er: »Ist das auch so eine Verrückte?«

»Da bin ich mir noch nicht sicher«, gestand Padraig. »Wir kennen uns erst seit gestern. Sagen Sie, Sir, was trinkt die alte Brunhilde am liebsten?«

Der Wirt grinste schief und bleckte die gelben Zähne. Er drehte sich um, griff eine der Flaschen, entkorkte sie und goss den bräunlichen Inhalt in ein Schnapsglas. Dann tauchte er einen Strohhalm in die Flüssigkeit und schob das Glas über den Tresen. Es kam direkt vor Padraig zum Stehen.

»Wofür ist der Strohhalm?«

»Du bist nicht von hier, was?«

Padraig schüttelte den Kopf und schnippte eine säuberlich gefaltete Note auf die Theke. »Der Rest ist für Sie.«

Mit dem Getränk näherten wir uns dem Tisch in der Ecke.

»Das ist sie«, flüsterte ich.

Wir blieben vor dem Tisch stehen.

»Brunhilde Swan?«, fragte Padraig. »Dürfen wir uns zu Ihnen setzen?«

Spärliches Tageslicht drückte durch den Fensterladen. Es beschien die vordere Tischhälfte. Die hintere lag in den Schatten. In ihnen zeichnete sich eine Silhouette ab. Sie schwankte vor und zurück, als säße sie in einem Schaukelstuhl.

»Wir interessieren uns für das Waisenhaus, das Ihr Vater geleitet hat«, nannte ich den Grund unseres Kommens. »Ich bin Brandon, der Sohn von Pfarrer Barnabas MacLean. Sie kennen ihn bestimmt, nicht wahr?«

Ein Gemisch aus unverständlichen Wortfetzen und Schmatzern drang über die speckige Tischplatte. Dazu gesellte sich ein regelmäßiges, kaum hörbares Pfeifen.

»Ich weiß nicht, ob sie uns überhaupt wahrnimmt«, sagte Hannah leise. »Es ist schwierig, ihre Spur zu lesen. Als wäre eine verschlossene Kiste in ihrem Kopf, aus der nur hin und wieder eine flüchtige Regung entweicht.«

»Vielleicht klappt es mit dem Gesöff«, schlug ich vor.

Padraig stellte es auf Tisch. »Wir würden Sie gerne auf einen Drink einladen«, sagte er freundlich und schob das Glas in die Mitte – dorthin, wo das Licht endete und die Schatten begannen. »Die Empfehlung des Hauses.«

Eine Weile geschah nichts. Das Glas stand unberührt da, das unverständliche Wispern drang als Singsang zu uns, immer wieder unterbrochen von dem pfeifenden Geräusch.

»Ich glaube, da passier–«

Das Flüstern verstummte. Eine rötliche Hand schob sich aus dem Zwielicht. Die Haut warf Blasen und war von Narben überzogen. Sie sah aus, als wäre sie unter großer Hitze geschmolzen. Dürre Finger mit den dreckigsten Fingernägeln, die mir je untergekommen waren, schlossen sich um das Glas. Sie schleiften es über den Tisch in die Schatten. Das Schlürfen des Strohhalms erklang. Nach wenigen Zügen kullerte das leere Glas über den Tisch.

»Der Teufel hortet das Böse«, schmatzte Brunhilde Swan. Ihre Stimme klang krächzend wie eine aufschwingende Tür. »Er schart es um sich.«

»Dürfen wir uns setzen?« Padraig knipste sein Lächeln an. Ich bezweifelte, dass es ihm etwas nutzen würde.

»Der Teufel hortet das Böse. Es existiert unter uns«, fuhr Brunhilde fort. »Besitzt weder Körper noch Gestalt. Schwebt rastlos über dem lodernden Fegefeuer und zieht unbarmherzig in die Flammen, wessen Seele zu schwach ist.« Ein Husten durchfuhr sie. »Die manifestierte Gestalt des Bösen befiehlt dem Parasiten der Finsternis, der sich in den Köpfen der Wehrlosen einnistet.«

»Ich habe euch gewarnt«, raunte ich. »Die ist vollkommen ver-rüh-hüückt.« Beim letzten Wort ließ ich den Zeigefinger um die Schläfe kreisen.

Die vernarbte Hand schnellte aus der Dunkelheit hervor und schloss sich um meinen Kragen. Bevor ich reagieren konnte, zog sie mich über den Tisch.

»Monsterscheiße! Was soll das?«

Dicht vor mir erschien das völlig entstellte Gesicht der Brunhilde Swan. In meinem Rücken vernahm ich ein knappes und erstaunlich emotionsloses »*Oh*«, das ich sofort Padraig zuordnete.

Ich wandte mich ab, als ich das Gesicht aus der Nähe sah. Es schien, als hätte jemand Brunhilde die Haut abgezogen, sie eingeschmolzen und fahrlässig wieder über den Schädel geschüttet. An manchen Stellen bildete sie Wulste, an anderen wiederum war sie dünn wie Papier. Die Nase fehlte komplett. Bei jedem Atemzug stieß Brunhilde ein Pfeifen durch das Loch über ihrem Mund aus. Die hohe Stirn ging in ein verwachsenes Gemisch aus Haut und Haar über, das sich entlang der Brandnarben über den Schädel spannte. Ein Auge kam einer milchigen Fläche gleich, das andere war zu meiner Überraschung intakt. Die Iris war dunkelblau wie das Meer vor der Küste von Port Willow. Das Auge war das Einzige, das an ein normales Gesicht erinnerte.

»Der Parasit der Finsternis ist zurück. Er wandelt unter uns, versteckt und gierig«, presste Brunhilde Swan durch die aufgeplatzten Lippen. Dabei schmatzte sie, als würden ihr alle Zähne fehlen.

Ich drehte mich angewidert zur Seite. Die alte Frau stank nach Alkohol, Schweiß und etwas anderem, das ich lieber nicht genauer wissen wollte.

»Sohn des Pfarrers.« Das pfeifende Geräusch füllte die Leere zwischen ihren Worten. »Dein Vater ist ein Mann des Lichts, doch er ist davon geblendet. Er vermag die Wahrheit nicht zu sehen. Der Tod lauert vor seiner Tür. Zwei seiner Schäfchen werden sterben.«

»Lassen Sie mich sofort los!«, presste ich mit abgewandtem Gesicht hervor. Zu meiner Überraschung lockerte Brunhilde Swan den Griff und ich befreite mich aus ihrer Umklammerung. Mit schlotternden Knien wich ich nach hinten und richtete den Kragen meiner Jacke.

Brunhilde Swan kippte zurück in den Stuhl und verschmolz wieder mit der Dunkelheit.

Ich wandte mich Padraig und Hannah zu und wollte sie lautstark darüber in Kenntnis setzen, dass ein wenig Hilfe nicht verkehrt gewesen wäre. Ich war mir sicher, in geschockte Gesichter zu blicken. Aber während Padraig höchstens leicht irritiert aussah, zuckte Hannah nicht mit der Wimper.

»Wenn Sie uns kurz entschuldigen, Mrs Swan«, sagte Padraig höflich (ich hielt diese Höflichkeit für unnötig, weil ich arg bezweifelte, dass die Alte sie zu schätzen wusste) und zog uns aus ihrer Hörweite. »Nur so aus reiner Neugier«, er zeigte mit dem Daumen über die Schulter, »was ist mit ihr passiert?«

Ich zuckte mit den Achseln. »Sie hat einen furchtbaren Kleidergeschmack, nicht wahr? Ich habe ihr schon oft gesagt, dass ihr diese drei Schichten aus verfilzten Strickjacken nicht stehen.«

Padraig hob eine Augenbraue. »Und du wunderst dich, warum du keine Freunde hast?«

»Ich *habe* Freunde!«

Padraig verschränkte die Arme, Hannah interessierte sich plötzlich für die zerfurchte Holzdecke.

»Na gut«, gab ich nach. »Kein Grund, gleich beleidigend zu werden. Also …«, ich holte Luft, »… niemand weiß genau, warum Brunhilde Swan entstellt ist. Die Alten sagen, sie sei ein hübsches Mädchen gewesen. Aber etwa zur gleichen Zeit, als das Waisenhaus schließen musste, hat sie monatelang keiner gesehen. Und als sie wieder auftauchte, sah sie so aus, wie ihr sie da seht.« Ich machte eine Pause. »Aber Brunhilde hatte sich nicht nur äußerlich verändert. Sie war plötzlich schweigsam und redete wirres Zeugs. Sie und ihr Vater schotteten sich ab.«

»Warum erzählst du das erst jetzt?« Padraig stützte sich mit den Händen auf den Degenknauf. »Diese Information hätte sich als nützlich erweisen können.«

Ich sah ihn überrascht an. »Warum sollte uns das helfen?«

Padraig seufzte. »Hältst du es nicht für verdächtig, dass sich zwei Ereignisse – die Entstellung der jungen Brunhilde Swan und die Schließung des Waisenhauses – in demselben Zeitrahmen abgespielt haben?«

»Nein«, gab ich kleinlaut zu und ärgerte mich, dass ich diesen möglichen Zusammenhang nicht erkannt hatte.

»Wir sollten versuchen, mehr von ihr zu erfahren«, schlug Hannah vor. Sie stand mit geschlossenen Augen da. »Etwas Schlimmes ist mit Brunhilde Swan geschehen, das spüre ich. Es ist, als würden all ihre Emotionen dieses eine Gefühl überlagern.«

Padraig nickte und trat an den Tisch.

»Der Teufel hortet das Böse«, murmelte Brunhilde Swan vor sich hin.

Padraig lehnte den Stockdegen an den Tisch und setzte sich auf einen der Stühle. »Miss Swan«, begann er. »Sie sagten, der Parasit der Finsternis lebt unter uns. Wie meinen Sie das?«

»Genug Zeit ist verstrichen, seine Herrin labt sich nach frischen Körpern«, murmelte die Verrückte. »Die Narren haben mir nicht geglaubt.«

Padraig schob sich näher an die Tischkante. »Was haben sie Ihnen nicht geglaubt?«

Brunhilde Swan beugte sich vor. Das rötlich schimmernde Gesicht, in dem nichts so war, wie es sein sollte, glitt aus den Schatten.

»Blut wurde vergossen, geopfert lange vor unserer Zeit.« Sie legte den Kopf auf ihre Schulter und strich sich mit dem Handrücken über die Wange. »Das Böse lauert im Wald.«

»Sie sprechen vom Orphan Forest?«, fragte ich.

Der Kopf fuhr hoch und drehte sich langsam zu mir. »Wo Blut vergossen wird, entsteht Verlangen. Ein quälender Hunger, der die Kreatur aus ihrem Schlaf reißt. Doch das Wesen aus der Welt der Schatten jagt nicht mehr, oh nein. Der Parasit bringt, wonach es ihr trachtet.«

Ich schüttelte den Kopf und winkte ab. »Wir verschwenden unsere Zeit. Das ist alles blanker Unsinn.«

»Dieses Wesen«, Padraig lehnte sich über den Tisch, »hat schon einmal gejagt, nicht wahr? Als Sie ein Mädchen waren und Ihr Vater das Waisenhaus führte.«

Die Frau hielt in ihren zuckenden Bewegungen inne. Ihr Mund verzog sich zu einer bleckenden Fratze. Drückende Stille breitete sich aus. Im Hintergrund pfiff Skeleton Stan ein altes Seemannslied.

»Es verlangte nach den strahlenden Mädchen, die sich das Gesicht teilten«, keuchte Brunhilde Swan. »Die Kreatur aus dem Wald versteckte den Parasiten der Finsternis in einem Gefäß. Die Seele, die dessen Ruf erlag, war zu schwach. Der Parasit nistete sich in dem unschuldigen Kopf ein. Er trieb die Mädchen mit demselben Gesicht in die Arme der Kreatur, zuerst die eine, dann die andere.«

»Die Mädchen mit demselben Gesicht!«, rief ich aufgeregt. »Sie spricht von den Zwillingen Sarah und Serena Parker!« Ich putzte die Brille an der Jacke. »Scheinbar versteckt sich in dem Geschwafel doch ein wahrer Kern.«

Padraig bedeutete mir mit der Hand, dass ich meine Klappe halten sollte. »Ihr Vater glaubte, dass eine böse Kreatur im Wald hauste?«

Brunhilde Swan kicherte. »Die Tochter der Hölle ist älter als der Wald. Hat sich einst an den verkohlten Leichen derer gespeist, die sie über ihrem Hort bei lebendigem Leib verbrannten. Doch die ältesten aller Familien sperrten die Kreatur ein und schlossen sie weg. Man baute das Haus, die Höllentochter geriet in Vergessenheit. Aber sie war nie weg – und sie frisst noch immer.«

Die nächste Frage blieb Padraig im Hals stecken, als der Kopf von Brunhilde Swan auf die Tischplatte knallte.

19

Padraig

Einbrechen auf Monsterart

»Ich dachte echt, sie wäre gestorben.«

Die Schwärze des Raums der tausend Türen hüllte uns ein. Hannah und ich liefen über den Wasserfilm, der den Boden bedeckte.

»Ja, ich auch«, gab ich zu. Bei einer Tür aus Gusseisen, die mit einem schweren Vorhängeschloss gesichert war, bogen wir links ab. »Wahrscheinlich hat ihr der Drink den Rest gegeben. Die war so betrunken, dass sie kaum noch bei Bewusstsein war.«

Tatsächlich hatten wir nichts mehr aus der besoffenen Brunhilde Swan herausbekommen. Stattdessen war der aufgebrachte Skeleton Stan hinter seinem Tresen hervorgeklappert und hatte uns aus dem *Shrunken Heads* geworfen.

»Was hältst du von Brandon?«, fragte Hannah. Nicht einmal hier, wo sie niemand sah, streifte sie die Kapuze ab.

Ich überlegte kurz. »Ein paar Kilo weniger auf den Rippen täten ihm ganz gut. Und diese Poster überall an den Wänden in seinem Zimmer …« Wir passierten eine Reihe antiker Türen aus verbogenen Holzdielen. »Über die herumliegenden

Socken und Unterhosen verlieren wir besser kein Wort. Und was soll dieses *Monsterscheiße*? Er sagt es ständig!«

»Aber die Sache mit dem Glas und den Sigillen war nicht ohne«, hielt ihm Hannah zugute. »Du hast gesagt, er besitzt Talent.«

Ich lief zwischen zwei Türen mit milchigen Glaselementen hindurch. »Ja, das hat er«, gab ich zähneknirschend zu. »Es verlangt sehr viel Präzision und eigentlich jahrelanges Üben, solche komplizierten Sigillen zu ziehen.« Ich führte Hannah in einen Gang. »Aber er ist trotzdem ein komischer Vogel.«

Nach dem abrupten Ende unserer Begegnung mit Brunhilde Swan hatten wir uns in ein gemütliches Café am Hafen zurückgezogen, um das weitere Vorgehen zu besprechen. Bei einer heißen Schokolade (für Brandon mit Extra-extra-extra-Schlagsahne) einigten wir uns darauf, herauszufinden, ob im Orphan Forest ein Monster lebte. Diese Aufgabe übernahmen Hannah und ich. Wir waren auf dem Weg zum Hauptquartier von BEAST. In den unterirdischen Archiven wollten wir mehr über Port Willow erfahren.

Brandon war nach wie vor überzeugt, dass seine Schwester etwas mit der Sache zu tun hatte. Er hielt es für möglich, dass Penelope von dem »voll krassen Monsterparasiten«, wie er es nannte, befallen war. Er nahm sich vor, Penelope am Nachmittag zu beschatten. Ich hielt das für Unsinn und war dafür gewesen, dass er sich erneut in dem Waisenhaus umsah. Aber Brandon meinte, er würde selbst bei Tageslicht und vier Zentner Pommes frites als Belohnung keinen Fuß mehr in das Gebäude setzen. Dafür laberte er etwas von seinem Blog und einem Plan, an Informationen über die Familie Swan zu kommen.

Nach dem Gespräch hatten wir uns aufgeteilt und für den frühen Abend bei den McLeans verabredet, um die Ergebnisse unserer Nachforschungen zusammenzutragen.

Was Hannah nicht wusste: Ich verfolgte einen anderen Plan, als das Archiv zu durchstöbern. Das würde ich ihr überlassen.

In einem unbeobachteten Moment vor unserem Aufbruch hatte ich mich abgesetzt und die Kette mit der abgehackten Hand des Hoia-Wisperers hervorgekramt.

Zu behaupten, dass Emmerett meinen Plan für idiotisch, dumm und zum Scheitern verurteilt hielt, wäre einer maßlosen Untertreibung gleichgekommen. Er hatte mir eine ziemlich beeindruckende Liste von Dingen aufgezählt, die ihm blühten, sollte er erwischt werden. Aber als ich ihm einen lebenden Angstzehrer angeboten hatte, hatte er schließlich doch eingewilligt.

»Da sind wir.«

Wir standen vor der Holztür mit drei Eisenstreben und einem Klopfer aus rostigem Metall. Ich hämmerte dreimal gegen das Holz. Die Tür schwang knarrend auf.

»Und denk dran«, sagte ich über die Schulter. »Tu einfach so, als wärst du eine von uns. Wir gehen ins Archiv, kramen die Informationen zusammen und machen uns aus dem Staub.«

»Verstanden«, gab Hannah zurück. Sie zog die Kapuze tief ins Gesicht.

Wir traten durch die Tür. Die gläserne Kuppel an der Decke der Lagerhalle gab den Blick auf den wolkenverhangenen Himmel frei. Darunter huschten Agenten mit gesenkten Häuptern und dem typisch mies gelaunten Gesichtsausdruck durch die Vorhalle. Mittendrin stand der Brunnen aus weißem Marmor in Form eines Pferdes mit vier ausgebreiteten Flügeln.

Hannah schaute nach oben zu den Galerien, die sich bis unter die Decke ausbreiteten und von metallenen Stützen getragen wurden.

Wir passierten das Waffengeschäft des alten Lockwood und steuerten einen Durchgang an der Ostseite an. Von den Wänden ragten Fackeln aus rostigen Halterungen. Die Flammen warfen zuckende Schatten und tauchten den Schlund dahinter in dämmriges Licht. Eine Treppe führte tiefer ins Erdreich hinein. Hintereinander stiegen wir in den unterirdischen Teil der BEAST-Zentrale hinab.

»Es gibt vier dieser Treppen«, erklärte ich auf dem Weg nach unten. »Eine an jeder Seite der Halle. Sie führen zu den verschiedenen Abteilungen.«

Hannahs Stimme hallte von den Wänden wider. »Und welche Abteilungen gibt es?«

»Im Westen stellen Emmerett und die *AMoK*, die *Abteilung für Monster und Kreaturen*, ihre Nachforschungen an. Im Süden, gleich hinter dem Brunnen, führt eine Treppe in die Alte Bibliothek. Dort lagern wertvolle Artefakte und Bücher.« Ich zählte die Bereiche an den Fingern ab. »Im Norden liegen die Kerker. Sie sind über einen Trakt mit den Laboren verbunden. So können die Forscher die Monster sicher transportieren, ohne den Umweg über die Vorhalle zu nehmen.«

»Kling unnötig kompliziert.«

»Ist ziemlich unmodern, der Schuppen hier«, gestand ich. »Es gab mal die Debatte, Lifte einzubauen, damit wir nicht immer Treppen steigen müssen.«

»Und?«

»Fahren wir gerade mit einem Lift?«

Hannah sparte sich die Antwort.

»Wir sind da.« Ich übersprang die letzten drei Stufen. Vor uns breitete sich ein Tunnel aus. Wie im Treppenabgang gab es auch hier kein elektrisches Licht. »Das Archiv befindet sich ganz hinten.«

Tief unter der Erde war die Luft feucht und roch nach dem Rauch der Flammen. Von der Decke rieselten Steinchen und Erdklümpchen, die sich im Haar verfingen und unter den Sohlen knirschten.

Der Tunnel endete an einer Tür, an der ein Schild aus Messing prangte. Ein einzelnes Wort war in Großbuchstaben eingeritzt: ARCHIV.

»Herzlich willkommen im Gedächtnis von BEAST«, sagte ich und stieß die Tür auf.

Wir traten hindurch und standen auf einer Empore. Sie führte auf halber Höhe einmal um einen großzügigen Saal. Stuckaturen zierten die Decke und umrahmten prunkvolle Gewölbebilder, die historische Kämpfe zwischen Agenten und Monstern zeigten. Sechsundzwanzig Schränke aus schwerem Holz ragten wie Pfeiler aus dem Boden und stützten die Galerie. Jeder Schrank war einem Buchstaben des Alphabets zugeordnet und bis oben mit Akten gefüllt. Dazwischen taten sich kleine Nischen auf, in die sich einfache Tische mit Leselampen quetschten. In der Mitte des Saals befand sich der Empfangstresen unter einem tief hängenden Kristallkronleuchter. Dort saß Mrs Love-Wobbley kerzengerade auf einem Stuhl und blätterte in einer Akte. Die Leiterin des Archivs schaute auf und blickte über den Rand ihrer goldenen Lesebrille, als wir die Wendeltreppe hinabstiegen.

»Padraig O'Sullivan«, piepste die Dame erstaunt. Sie trug eine violette Strickjacke und darunter eine Bluse im selben

Farbton. Ihr graues Haar saß dank zwei Dosen Haarspray bombenfest. Um ihren Hals hingen drei Kettchen. Eine führte zu dem Gestell, das sie auf der Nase trug. An einem zweiten war eine weitere Brille befestigt, am dritten klimperte ein Schlüsselbund. »*Sie* hätte ich hier unten als Letzten erwartet«, gestand sie.

Ich trat an den Tresen und verschränkte die Hände auf dem Stockknauf. »Guten Tag, Mrs Love-Wobbley. Mein letzter Besuch liegt in der Tat schon eine Weile zurück. Aber Sie sahen damals genauso lebendig aus wie heute.«

»Charmant wie eh und je.« Der Blick der Archivarin fiel auf Hannah. »Wer ist Ihre Begleiterin mit der Vorliebe für Kapuzenpullover?«

»Das ist Hannah. Eine entfernte Cousine«, improvisierte ich.

Mrs Love-Wobbley nahm die Lesebrille ab und setzte sich die zweite Brille auf die Nase. Sie runzelte die Stirn. »Das muss in der Tat sehr weit entfernt sein.«

Ich schenkte der Leiterin ein Lächeln. »Das ist eine lange Geschichte, die ich Ihnen gerne bei meinem nächsten Besuch erzähle.«

Die alte Dame stemmte die Hände in die Hüfte. »Wenn wieder so viel Zeit zwischen Ihren Besuchen vergeht, bin ich tot, Padraig!«

»Ach was«, ich zwinkerte ihr zu, »Dad meinte immer, Sie besäßen einen Jungbrunnen.«

Die Archivarin blinzelte verlegen, dann legte sich ein nachdenklicher Ausdruck auf das rundliche Gesicht. »Wenn wir gerade von Ihrem Vater sprechen«, begann sie zögerlich. »Ich habe von seinem Verschwinden gehört. Ihr Verlust tut mir leid.«

Ich würgte den Kloß im Hals hinunter. »Er ist der Grund, weshalb ich hier bin. Dad hat mir einen Hinweis auf einen Ort namens Port Willow hinterlassen. In den vergangenen Jahrzehnten sind junge Mädchen und Frauen aus dem Dorf verschwunden, zuletzt vor über siebzig Jahren die Zwillinge Sarah und Serena Parker. Jetzt wird seit wenigen Tagen eine junge Frau vermisst.«

»Wir vermuten, dass ein Monster in dem Wald ganz in der Nähe lauert«, ergänzte Hannah.

Der Anflug eines Lächelns straffte das Gesicht der Dame und vertrieb die trauernden Falten. »Sie sprechen bestimmt vom Orphan Forest, nicht wahr, meine Teuerste?« Mrs Love-Wobbley tippelte um den Tresen und forderte uns gestenreich auf, ihr zu folgen. Sie steuerte zielstrebig den hinteren Bereich des Saals an. Im Gehen nestelte sie am Kettchen mit dem Schlüsselbund.

Mrs Love-Wobbley blieb vor einem Schrank stehen. In einer Metallleiste war der Buchstabe *P* eingeritzt. Sie steckte einen der Schlüssel in das Schloss der gläsernen Vitrine und zog die Tür auf. Dann schob sie eine Leiter, die sich über im Boden verankerte Schienen ziehen ließ, vor den Schrank und kletterte nach oben.

»Port Willow und der Orphan Forest haben eine sehr bewegte, wenn auch beinahe vergessene Geschichte.« Die Archivarin fuhr mit dem Finger über die beschrifteten Rückseiten der Akten. »Schon vor geraumer Zeit erzählten sich die Menschen unheimliche Schauergeschichten über eine böse Macht, die tief verborgen im Wald lebt.«

»Wurde der Orphan Forest von BEAST-Agenten durchsucht?«, rief ich nach oben.

»Ich glaube, ja«, bestätigte die Archivarin. »Aber das ist

lange her, da war noch nicht einmal die Mutter meiner Großmutter, Gott habe sie selig, auf der Welt. Ah, hier haben wir es ja!« Sie zog eine Akte hervor und kletterte nach unten. »Hier finden Sie alle Informationen über den Wald.«

Ich warf einen Blick auf die Pendeluhr, die unweit von uns am nördlichsten Punkt des Raumes stand und bis hoch zur Galerie ragte.

»Könntest du die Akte übernehmen?«, fragte ich Hannah. »Dann bringe ich Emmerett unser Geschenk vorbei.« Ich zeigte auf ihre Bauchtasche. »Du weißt schon.«

Hannah sah mich verdutzt an. »Ich dachte, das wollten wir nach den Nachforschungen erledigen?«

»Das wollten wir auch«, bestätigte ich. »Aber ich muss meinen Onkel ohnehin noch etwas fragen«, fügte ich an. »In einer Viertelstunde bin ich wieder zurück, okay?« Ich streckte ihr die Akte hin und lächelte.

»Wenn es sein muss«, meinte Hannah und holte das Glas mit dem schwarzen Rauch aus ihrer Hoodie-Tasche. Wir tauschten die Waren und sie schlurfte ohne ein weiteres Wort zu einem der Tische in den Nischen.

Ich steckte das Glas ein und sah die Leiterin des Archivs an. »Vielen Dank, Mrs Love-Wobbley. Auf Ihre Dienste kann man sich verlassen.«

Die Dame ließ die Schlüssel zwischen Strickjacke und Bluse verschwinden. »Ich hoffe, Sie finden Ihren Vater, Padraig. Sie sind ein guter Junge. Passen Sie auf sich auf.« Sie zögerte kurz, dann siegte ihre Neugier. »Ich nehme nicht an, dass Sie mir verraten, was in dem Glas ist?«

Ich grinste. »Nein.«

Mit hastigen Schritten durchquerte ich das Archiv, stieg die Wendeltreppe und anschließend den Gang in die Vorhalle hoch. Schon von Weitem entdeckte ich Emmerett. Er tigerte unruhig vor dem Springbrunnen umher.

»Endlich«, sagte er. Wie bei meinem letzten Besuch trug er eine Lederschürze voller Blutspritzer. »Ich setze meinen Job für deine hirnrissige Idee aufs Spiel, ist dir das klar?«

»Hallo, Onkel Emmerett«, sagte ich. »Kann sein, dass du es während unseres Hoia-Gesprächs beiläufig erwähnt hast.« Ich vergewisserte mich, dass uns niemand belauschte. »Hast du das, worum ich dich gebeten habe?«

Er kratzte seine kantigen Wangen. »Nein, ich bin schließlich kein Taschendieb. Wie hast du dir das vorgestellt? Ich kann Glynnes nicht einfach den Büroschlüssel stehlen!«

»Aber ich muss in ihr Büro!«

Emmerett beugte sich vor. »Was willst du überhaupt in dem Büro der BEAST-Leiterin? Das ist mir vorhin bei unserem Telefonat entgangen.«

»Die Akte«, murmelte ich. »Du weißt schon, die mit dem Foto der Sigille, die Dad gezogen hat.«

Emmerett sog die Luft ein. »Wenn du erwischt wirst, werfen sie dich raus.«

»Ich muss herausfinden, was es mit dieser Sigille auf sich hat«, erwiderte ich. »Ich kann Dad nicht im Stich lassen, solange es Hoffnung gibt. Entweder hilfst du mir – oder ich ziehe das Ding allein durch.«

Emmerett verzog die Mundwinkel.

Meine Hand krampfte sich um den Stockknauf. »Ich muss los«, zischte ich und wandte mich zum Gehen ab.

»Padraig, warte!«

Emmerett, der Dad wie aus dem Gesicht geschnitten war, sah sich um. Dann zückte er etwas aus der Bauchtasche seiner Schürze.

»Man braucht nicht zwingend einen Schlüssel, um Türen zu öffnen.« Er drückte mir ein versilbertes Reagenzglas in die Hand. »Das geht mit anderen Mitteln genauso gut.«

»Was ist das?«

Onkel Emmerett grinste wie ein Kleinkind, das heimlich den Süßigkeitenvorrat geplündert hatte. »Schraub den Verschluss auf und halte die Öffnung an das Schlüsselloch. *Es* kümmert sich um den Rest.«

»Es?«

»Nach getaner Arbeit sammelst du es wieder ein«, forderte Emmerett. »Fass es hinten am Kopf an. Aber halte es nicht zu lange, sonst fällt dir der Arm ab. Ich habe einige davon auf dem oberen Stockwerk ausgesetzt. Es wird also wie ein Unfall aussehen.«

Mir lag die eine oder andere Frage auf den Lippen, aber ich wollte mich beeilen. Also nickte ich Emmerett dankend zu und steckte das Glas ein. Im Tausch reichte ich ihm das Glas mit dem schwarzen Rauch.

Emmerett musterte es. »Das sieht mir nach einem sehr alten Bannzauber aus. Woher hast du es?«

»Von einem … Bekannten.«

Emmerett hob die buschige Augenbraue. »Nicht jeder ist imstande, solche Bannsigillen mit der notwendigen Sorgfalt zu ziehen – vor allem nicht auf einem … Einmachglas.«

Beim Gedanken an Brandon schoss mir eine Frage in den Kopf: »Sag mal, kennst du einen gewissen Duncan MacLean?«

»Nein, wer sollte das sein?« Emmerett stierte in das Glas. »Den einzigen Duncan, der mir bekannt ist, dürftest auch du kennen.«

»Duncan Dunkirk«, sagte ich und nickte dabei. »Der größte Sigillist der vergangenen fünfhundert Jahre.«

»Und obendrein ein komischer Kauz«, ergänzte Emmerett. Die Rauschschwaden im Glas quollen auf und er gluckste vergnügt. »Vor einigen Jahren verschwand Dunkirk vom einen auf den anderen Tag spurlos. Es wurde gemunkelt, er habe sich in den Ruhestand begeben. Keiner hat ihn je wieder gesehen oder herausbekommen, wo er steckt.«

»Ich kenne die Geschichten«, bestätigte ich. »Auch wenn Dunkirk vor meiner Zeit als BEAST-Agent verschwunden ist.«

»Der gute alte Dunkirk.« Emmerett schüttelte amüsiert den Kopf und löste sich von dem wabernden Rauch. »Aber von einem Duncan MacLean habe ich noch nie gehört. Warum meinst du? Wer ist das?«

»Der Großvater meines Bekannten«, erklärte ich. »Ist aber nicht so wichtig. Ich muss jetzt los, mir läuft die Zeit davon!«

Auf dem Weg zum Büro der Leiterin drehte ich mich mehrmals um. Doch niemand schien sich für mich zu interessieren. Ich stieg die Treppe hoch und umrundete die Galerie. Dort ließ ich zwei patrouillierende Shepards mit ihren langen Speeren und grauen Mänteln passieren und bog in den Trakt mit dem Büro von Mrs Hazle-Finch ein. Die dunklen Ölporträts der ehemaligen Leiter warfen mir enttäuschte Blicke zu. Aber für ein schlechtes Gewissen fehlte mir die Zeit. Vor der Tür blieb ich stehen und klopfte.

»Mrs Hazle-Finch?«

Ich hämmerte erneut gegen das Holz.

»Hallo?«

Niemand da.

Ich holte das Glas aus der Seitentasche des Trenchcoats und lehnte den Degen an die Tür. Vorsichtig schraubte ich den Verschluss auf und hielt das Glas an das Schloss. Ich hörte das Tippeln vieler kleiner Beinchen.

Als ich das Reagenzglas wegzog, schreckte ich zurück. Aus dem Schlüsselloch baumelte eine Art Tausendfüßer. Während sein Kopf im Loch steckte, hing dahinter ein pulsierender Körper, der eine zähe Flüssigkeit absonderte. Der Glibber tropfte zu Boden, fraß sich durch den Teppich und ließ übel riechende Dampfwölkchen aufsteigen. Der sich windende Leib leuchtete gelb wie einer dieser Frösche aus dem Regenwald und wurde von unzähligen Beinchen mit feinen Haaren und Krallen getragen. Stück für Stück fraß die Kreatur sich durch das Schloss. Das Metall schmolz zischend, bis der Tausendfüßer im dampfenden Schlüsselloch verschwand.

Angewidert verzog ich das Gesicht und drückte vorsichtig die Klinke. Die Tür schwang geräuschlos auf. Mein Onkel hatte definitiv einen Knall. Offenbar hatte der Monsterwurm (jetzt hörte ich mich schon wie Brandon an) das Schloss samt Schließmechanismus weggeätzt. Nicht ganz so unauffällig wie ein Schlüssel, dachte ich mir, aber das Ergebnis war dasselbe. Und eine offene Tür kam mir gerade sehr entgegen.

Ich schnappte den Degen, huschte ins Büro und zog die Tür zu. Das Zimmer mit dem massiven Schreibtisch aus Mahagoni war verlassen – mit Ausnahme des gelben Tausendfüßers. Er schob sich über den Boden wie ein Akkordeon, das sich abwechselnd zusammenzog und ausdehnte. Eine dampfende Schleimspur zog sich hinter ihm über den Teppich.

»Hiergeblieben!«

Ich hastete zum Schreibtisch, bevor sich das Wurmmonster darunter verkriechen konnte. Ich schob beide Stühle beiseite und packte das Monster am Kopf. Meine Zeigefinger und mein Daumen wurden schlagartig taub, als hätte sie jemand in eiskaltes Gletscherwasser getunkt. Ein nervöses Kribbeln breitete sich über den Ellenbogen bis zur Achsel aus. Mein Arm erschlaffte, noch bevor ich das Ding hochgehoben hatte. Das erschwerte meine Aufgabe, den Wurm zurück in das Glas zu befördern. Sein verstümmeltes und augenloses Kopfende bestand aus einem fingernagelgroßen Maul mit kreisförmig angelegten Zähnen, die nach meiner Hand schnappten.

Mit Mühe gelang es mir, den sich windenden Körper in das versilberte Reagenzglas zu manövrieren. Zum Glück verpuffte die betäubende Wirkung schnell. Nach einer Minute konnte ich den Arm wieder frei bewegen.

»Du mieses kleines Ding.« Ich klopfte an das Glas und steckte es zurück in die Tasche. »Aber immerhin hast du mich reingebracht.«

Das geräumige Büro verströmte mit seinem überfüllten Bücherregal auf der einen und der Backsteinwand voller Artefakte aus fremden Ländern auf der anderen Seite das Flair eines Museums. Ich umrundete den Mahagonitisch und setzte mich auf den Stuhl. Auf der linken Seite des Tischs waren kunstvoll verzierte Schubladen eingearbeitet. Nacheinander öffnete ich sie. Zum Vorschein kamen Blöcke und Kugelschreiber, Hefter und Klarsichtmappen, Kekse und Schweizer Schokolade – also nichts Spannendes. Zu guter Letzt blieben zwei Schubladen mit Griffen aus goldenem Metall, die unter der Tischplatte angebracht waren. Im Gegensatz zu den anderen waren sie jedoch abgeschlossen.

Als BEAST-Agent suchte man oft nach Schlüsseln, die einem Zugang zu Gruften, Leichenhallen, leer stehenden Häusern, Krematorien, Geheimgängen oder Kerkern verschafften. Wenn mich diese Erfahrungen eines gelehrt hatten, dann, dass Menschen ziemlich bequem und leichtsinnig waren, was die Qualität ihrer Verstecke anging. Meistens befanden sich die Schlüssel innerhalb einer Armlänge von dem zu öffnenden Objekt.

In diesem Fall wurde ich unter der ledernen Tischunterlage fündig. Ich grinste. Wahrscheinlich versteckte die Leiterin ihre Haustürschlüssel unter einem Blumentopf gleich neben der Tür. Manchen Leuten war einfach nicht zu helfen …

Ich sperrte die linke Schublade auf. Darin fand sich ein Haufen beschrifteter Aktenmappen. Hastig überflog ich die Namen, die von Hand in ein Feld eingetragen waren. Nach jeder Akte sah ich auf und starrte zur Tür. Plötzlich kam ich mir schutzlos vor, wie ich hinter dem Schreibtisch von Mrs Hazle-Finch saß und in ihren Unterlagen wühlte.

Gerade als die Panik in mir aufstieg, durchfuhr mich ein Adrenalinstoß. Auf der siebten Akte stand in geschwungener Handschrift:

James O'Sullivan

20

Brandon

Brandon, der Baumninja

Der sterbende Swan

Hòigh, Creeps!

Monsterscheiße, wisst ihr noch, was ich euch im letzten Blogeintrag über die verschwundenen Parker-Zwillinge und den Heimleiter namens Ronald C. Swan berichtet habe? Wenn nicht, dann lest das verdammt noch mal, denn ich benötige eure Hilfe! Ich würde mich ja selber darum kümmern, aber ich bin in einer geheimen Mission unterwegs.

CRAAAAZY SHIT IS HAPPENING!

Ihr könnt mir helfen, die mysteriösen Vorfälle in Port Willow aufzuklären. Euer Auftrag ist ganz einfach: Findet mehr über die Hintergründe heraus, warum das Waisenhaus von Port Willow im Orphan Forest seine Tore schließen musste. Besonders interessiert mich das Schicksal von Ronald C.

Swan und seiner Tochter Brunhilde. Vielleicht stoßt ihr auf alte Zeitungsberichte, Fotos oder anderen Kram. Postet einfach alles in den Kommentaren, auch wenn es auf den ersten Blick noch so nebensächlich erscheint.

Lasst euch nicht erschrecken!

Euer Brandon MacHelsing

Es war verdammt unbequem in dem Gestrüpp unter dem Küchenfenster der Carlyles. Ein Stein drückte gegen mein Hinterteil, ein mit Dornen versehener Ast pikste mich in den Bauch und die grünen Flecken auf meiner Hose zeugten von dem Sturz, den ich kurz zuvor auf einem rutschigen Hang hingelegt hatte. Außerdem waren meine Beine eingeschlafen, mir war kalt, und es schien nur eine Frage der Zeit zu sein, bis ein Vogelpaar auf meinem Kopf landen und meine verwilderte Haarpracht als Brutstätte nutzen würde.

»Und du weißt wirklich nicht, wo Cassie ist?«, drang das Schluchzen von Mrs Carlyle durch das geöffnete Fenster.

»Penelope, du kannst uns sagen, wenn Cassie bei einem … nun ja«, Mr Carlyle räusperte sich, »einem … Liebhaber oder etwas in der Art untergetaucht ist.«

Die Vorstellung, seine Tochter könnte seit drei Tagen bei einem der unzähligen Idioten herumlungern, die in Port Willow überproportional stark vertreten waren, missfiel Mr Carlyle zweifellos. Damit erging es ihm wie vielen Vätern, die sämtliches Vertrauen in die Menschenkenntnis ihrer Töchter verloren, sobald sie ihren ersten BH gekauft hatten.

»Es tut mir leid, Mr Carlyle.« Penelope klang besorgt und traurig (weder die eine noch die andere Emotion war mir persönlich bei ihr je begegnet). »Aber ich habe keine Ahnung, wo Cassie steckt. Ich würde mich sofort bei Ihnen und der Polizei melden, wenn ich etwas von ihr höre. Versprochen!«

Ich belauschte das Gespräch seit einer halben Stunde. Und nein, es half meiner Laune nicht, dass Mrs Carlyle bei Penelopes Eintreffen einen frisch gebackenen Schokokuchen serviert hatte, dessen Duft mich ernsthaft in Versuchung brachte, einen Wurm zu essen, der sich seit geraumer Zeit um meine Schuhe schlängelte und verfluchte Ähnlichkeit mit einer Lakritzstange hatte.

Außer der Erkenntnis, dass ich im äußersten Notfall gewillt war, einen Wurm zu vertilgen, konnte ich keine Neuigkeiten in Erfahrung bringen. Cassie war immer noch verschwunden und Penelope wusste nichts oder spielte ihre Rolle sehr überzeugend.

Dem Verlauf des Gesprächs vernahm ich, dass Penelope bald aufbrechen würde. Als die Verabschiedungsfloskeln ihren Lauf nahmen, drifteten meine Gedanken ab.

Die letzten Stunden und Tage kamen mir wie ein Traum vor. Es existierten tatsächlich Monster! Es gab zwar keine Vampire oder Basilisken und selbst das Monster von Loch Ness war wahrscheinlich nur ein Hirngespinst, aber das waren vernachlässigbare Details. Monsterscheiße, eines dieser Wesen hatte mich in den letzten Nächten heimgesucht und im Schlaf bei lebendigem Leib ausgesaugt!

Was wohl passiert wäre, wenn mich Hannah und Padraig nicht gefunden und den Nachtlemuren gefangen hätten? Warum hatte er ausgerechnet *mich* als Opfer ausgesucht? Ich nahm mir vor, demnächst bei Padraig nachzuhaken. Nicht, dass ich ihn sonderlich mochte, aber ich hatte die Frage gegoogelt und keine zufriedenstellende Antwort erhalten.

Seit ich Gewissheit hatte, dass Monster unter uns lebten, beschäftigte mich die Sache mit Cassie noch mehr. Ich war mir sicher, dass ihr Verschwinden mit den Geschehnissen im Orphan Forest, dem Waisenhaus, den Swans und den Parker-Zwillingen zusammenhing. Spätestens nach dem Gefasel der verrückten Brunhilde stand für mich fest, dass in dem Wald ein Monster hauste. Ich hielt es für wahrscheinlich, dass meine eigene Schwester von einem krassen Parasiten befallen war, der die Opfer für das Monster anlockte.

Warum ich das als plausibel erachtete?

a) Penelopes Verhalten in der Nacht, als ich zuerst dachte, sie sei eine Sirene. Ich hatte sie sofort für besessen gehalten – und war der erste Eindruck nicht oft der richtige?
b) Sie war in der Nacht von Cassies Verschwinden bei ihrer Freundin gewesen. Laut Mr Carlyle hatte es nochmals geklingelt, nachdem Penelope gegangen war. Vielleicht war es meine Schwester, die, gesteuert von dem krassen Monsterparasiten, Cassie in den Wald locken wollte?
c) Die Fotos auf dem Laptop bewiesen, dass sich Penelope in dem Kellergewölbe des Waisenhauses herumgetrieben hatte – dem Ort, an dem ich von Spinnen attackiert wurde! Ob das Zufall war?
d) Ich mochte Penelope nicht.

Die Haustür wurde geöffnet. Penelope trat heraus, blickte hektisch auf ihre Armbanduhr und steuerte im Stechschritt über das überwucherte Grundstück auf den schmalen Feldweg zu, der vom Anwesen hinunter zur Landstraße führte.

Ich wartete, bis sie genügend Vorsprung hatte. Als die Luft rein war, warf ich der lebendigen Lakritzstange mit knurrendem Magen einen letzten gierigen Blick zu und befreite mich aus dem Gebüsch, was mit tauben Beinen und schmerzendem Hinterteil leichter gesagt als getan war. Steif wie eine Vogelscheuche und innerlich fluchend trabte ich den Weg entlang.

Am Ende des Feldwegs boten sich Penelope zwei Optionen: über die Landstraße zurück zum Küstenstädtchen oder nach Osten in den Wald.

Sie nahm den Weg zum Orphan Forest.

Wuhu!

Ich folgte ihr mit gebührendem Sicherheitsabstand. Selbst wenn Penelope über ihre Schulter geblickt hätte, hätte sie mich kaum erkannt. Ich war clever genug gewesen, für die Beschattung ein paar alte Klamotten anzuziehen. In einer Mottenkiste im Keller bewahrte Dad die Anziehsachen seines Vaters auf. Grandpa Duncan war zwar höchstens halb so breit wie ich gewesen, dafür drei Köpfe größer. Dadurch passten mir die Kleider, auch wenn sie um den Bauch herum ein wenig spannten. Praktischerweise besaß Grandpa, seines Zeichens ein passionierter Gänsejäger, eine Jacke in Tarnfarben und eine dieser hässlichen Hosen mit tausend Taschen, wie sie ausschließlich Menschen mit einer Vorliebe für das Sezieren von Fröschen trugen. Die Kombination aus erdigen Grün- und Brauntönen verlieh mir das Aussehen eines wandelnden Baumes aus *Der Herr der Ringe*.

Selbst aus sicherer Entfernung entging mir nicht, dass Penelope immer wieder auf ihre Armbanduhr blickte. Ob sie sich mit jemandem verabredet hatte?

Wir erreichten die Baumreihen. Die Blätter rauschten im Wind, der vom Meer über die Küste zog. Die Sonne zeichnete sich hinter den Wolkenschleiern als heller, diffuser Kreis ab. In der Luft lag der erdige Geruch von Holz und feuchtem Moos.

Penelope betrat einen Gehweg aus aufgeschüttetem Kies und Holzspänen, der sich durch den Wald schlängelte und bei Hundebesitzern, übermotivierten Joggern und älteren Damen mit Walking-Stöcken zu Begeisterungsstürmen führte. Oder um es in meinen Worten auszudrücken: Ich konnte diesen Weg nicht ausstehen.

In bester Ninja-Manier huschte ich von Stamm zu Stamm und verschmolz dank meiner Tarnkleidung mit der Umgebung. Zu meiner Erleichterung machte der Weg einen weiten Bogen um das Waisenhaus.

Er führte zu einer beliebten Feuerstelle mit kleiner Waldhütte. Und mit beliebt meine ich, dass sich meine Mitschülerinnen und Mitschüler hier regelmäßig ohne mich zum Grillen trafen. Und mit Grillen meine ich, dass sie heimlich rauchten und/oder Alkohol konsumierten. Die Waldhütte war ein schlichtes Blockhaus aus Kiefernstämmen.

Ich versteckte mich hinter einem Baumstamm. Penelope blieb vor der Waldhüttentür stehen, warf ihr langes blondes Haar über die Schulter, zupfte die Jacke zurecht und kramte eine Dose mit Pfefferminzpastillen aus der Handtasche, von denen sie sich eine in den Mund warf. Dann öffnete sie die Tür und verschwand in der Hütte.

In der Waldhütte gab es nicht mehr als ein paar Tische

und eine Wand voller Holzscheite, um sie vor Nässe geschützt aufzubewahren. Ich hegte den Verdacht, dass Penelope nicht hineingegangen war, um die Holzscheitstapelkünste des Försters zu bewundern.

Aber mit wem traf sie sich?

Bevor ich analytisch alle Optionen durchging, fasste ich ausnahmsweise einen pragmatischen Entschluss: Ich würde nachsehen.

Ich umrundete die Hütte im Schutz der Bäume und näherte mich von der fensterlosen Rückseite. Geduckt schlich ich über den weichen Waldboden, der mit Kiefernnadeln, Tannenzapfen und Laub bedeckt war. Gerade als ich mit ein paar schnellen Schritten zur Waldhütte eilen wollte, knackte hinter mir ein Ast.

Ich drehte mich ruckartig um.

Niemand war zu sehen.

Ob ich mir den Schatten nur eingebildet hatte, den ich im Augenwinkel wahrgenommen hatte?

»Hallo?«, flüsterte ich, damit mich niemand in der Hütte hörte. »Ist da jemand?«

Das konstante Rascheln und Pfeifen des Waldes machte es unmöglich, verräterische Geräusche wie das flache Atmen eines potenziellen Verfolgers zu hören. Ich blickte zur Hütte und biss mir auf die Lippen.

Penelope musste warten.

Vorsichtig und darauf bedacht, keinen Mucks von mir zu geben, tappte ich auf den Baum zu, hinter dem sich der Schatten in Sicherheit gebracht hatte – sofern mir meine Sinne keinen Streich gespielt hatten.

Ob sich einer dieser Waldpirscher vor mir versteckte? Zum Glück hatte Padraig erwähnt, dass diese Kreaturen nur

Rehe und Kleintiere fraßen. Einen menschlichen Verfolger schloss ich kategorisch aus. Warum hätte ausgerechnet *mir* jemand folgen sollen? Da fiel mir ein, dass ich davon ausging, dass sich Penelope in derselben falschen Sicherheit wiegte – und trotzdem beschattet wurde.

Meinen eigenen Scharfsinn verfluchend, schlich ich auf den Baum zu. Unterwegs hob ich einen abgebrochenen Ast in der Größe meines Unterarms auf. Nicht, dass ich gewusst hätte, wie ich mich im Zweifelsfall damit zur Wehr setzen könnte, aber mit dem Ding fühlte ich mich sicherer.

Vor dem Baum blieb ich stehen. Meine Finger krampften sich um den improvisierten Schlagstock. Dann wirbelte ich um den Stamm und holte mit voller Kraft aus. Der Ast knallte mit einem dumpfen *Pflock!* gegen die Rinde.

Kein Verfolger.

Kein Monster.

Ich rückte die verrutschte Brille zurecht und schnaufte erleichtert aus. Bestimmt war es der Schatten irgendeines Tieres gewesen, das das knackende Geräusch verursacht hatte. Ich warf den Ast zur Seite, schüttelte den Kopf und wandte mich wieder meiner Mission zu.

Ich drückte mich an die Rückseite der Hütte und bewegte mich seitlich wie eine Krabbe an der Wand entlang. An der Ecke stieg ich über eine Axt und verharrte dann unter einem der zwei Seitenfenster. Vorsichtig zog ich mich hoch und riskierte einen Blick in die Hütte.

Sie sah genauso aus, wie ich sie in Erinnerung hatte – wenn man von meiner knutschenden Schwester absah, natürlich. Was nicht einfach war, weil sie a) meine Schwester war, auch wenn mich nie jemand gefragt hatte, ob ich damit einverstanden war, und b) sich Penelope und der Unbekannte nicht einmal die Mühe gemacht hatten, sich ein uneinsehbares Eckchen auszusuchen. Stattdessen hockte sie auf einem der Tische und hatte die Arme wie ein Tintenfisch um den Hals ihres Verehrers geschlungen. Der Kerl saß mit dem Rücken zu mir auf der Bank und trug eine schwarz-weiße Collegejacke.

Meine Augen folgten dem Schauspiel unfreiwillig. Es war wie bei einem Verkehrsunfall, bei dem man nicht hinsehen will, es aber dennoch tut. Mit verzogenen Mundwinkeln löste sich mein Blick von der Szene und verlor sich in der Leere des Raums.

Ich war enttäuscht. Insgeheim hatte ich mir mehr von der Beschattung erhofft. Vielleicht einen Beweis, dass Penelope von dem Parasiten besessen war. Oder dass sie etwas über Cassies Aufenthaltsort wusste. Einfach etwas Besseres als die wenig überraschende Tatsache, dass sie sich heimlich mit Collegejacke traf.

Ich war so in Gedanken vertieft, dass meinem Gehirn nur langsam auffiel, dass sich ein Detail in meinem Blickfeld verändert hatte. Es war wie bei diesen Wimmelbildern, in denen ein Fehler versteckt ist. Man spürt, dass sich das eine von dem anderen Bild unterscheidet, und dennoch dauert es eine gewisse Zeit, den Fehler auszumachen. Hat man ihn einmal gefunden, kommt es einem merkwürdig vor, ihn nicht sofort bemerkt zu haben.

In diesem Fall war der Fehler eine Gestalt in einer schwarzen Kutte, die Kapuze tief über das Gesicht gezogen. Sie glotzte durch eines der gegenüberliegenden Fenster in die Hütte.

Die Gestalt hob den Kopf. Hatte ihre volle Aufmerksamkeit bislang Penelope und Collegejacke gegolten, wurde diese zweifelhafte Ehre nun mir zuteil. Der vermummte Kopf neigte sich zur Seite und stierte in meine Richtung.

Ich kniff die Augen zusammen. Täuschte ich mich oder bewegte sich die Kutte? Der Stoff wirkte … nein, er *war* lebendig! Als wäre er über und über mit schwarzen, krabbelnden Ameisen oder Käfern bedeckt.

Mein Gehirn verfiel in eine Starre. Mein Überlebensinstinkt machte sich in erster Linie dadurch bemerkbar, dass ich eine übertriebene Menge Angstschweiß absonderte und aus meinem Unterbewusstsein eine Stimme aufschrie, die mich unmissverständlich dazu aufforderte, meinen Hintern in absehbarer Zeit aus diesem verfluchten Wald zu befördern.

Es war nicht so, dass ich dieser Forderung keine Folge leisten wollte. Aber zum einen gehorchten mir meine Beine nicht, zum anderen meldete sich eine zweite Stimme. Diese mahnte mich, vor dem Wegrennen zumindest die Höflichkeit aufzubringen, die ineinander verschlungenen Tintenfische zu alarmieren.

Meine Schwester und Collegejacke glichen noch immer einem dieser Knobelspiele aus verbogenen Metallringen, die man unmöglich auseinanderbrachte. Dafür war die Kuttengestalt verschwunden. Sie musste meinen Schock genutzt haben, um ungesehen davonzuschleichen. Was die Fragen aufwarf, wo sie steckte und was sie vorhatte.

Da ich keine Lust verspürte, die Antwort am eigenen Leib zu erfahren, hämmerte ich gegen die Scheibe.

»Penelope!«, schrie ich. »Haut ab, schnell!«

Meine Schwester löste sich aus der Umklammerung. Unsere Blicke trafen sich. Penelope starrte mich an wie ein Fisch: leicht dümmlich und mit geöffnetem Mund.

Dummerweise machte weder sie noch Collegejacke (kantiges Gesicht, blondes Haar und Flaum, der mal ein Bart werden wollte, wenn er groß war) den Eindruck, als kümmerten sie sich um meine Warnung.

Stattdessen zeigte mir Penelope den Mittelfinger.

Ich musste handeln – und wenn ich die beiden aus dem Wald tragen musste. Es kam mir wie ein Wunder vor, dass die Gestalt in der Kutte die Tür noch nicht eingetreten und gemischtes Hackfleisch aus ihnen gemacht hatte.

Ich brauchte eine Waffe. Panisch drehte ich mich um die eigene Achse.

Die Axt!

Sie lehnte an der Außenwand. Ich war über sie gestiegen, als ich mich dem Fenster genähert hatte. Ich rannte darauf zu und umfasste den hölzernen Griff. Sie war schwerer als gedacht. Ich musste sie mit beiden Händen führen.

Im wahrsten Sinne des Wortes *schwer* bewaffnet huschte ich zur Tür. Da ich keine Hand frei hatte, und die Axt nicht ablegen wollte, entschloss ich mich, die Tür einzutreten.

»Penelope!«, schrie ich. »Ich komm jetzt rein!«

Ich spürte, wie das Adrenalin jede Zelle meines Körpers flutete. Plötzlich hatte ich das Gefühl, einen auf dem Dach liegenden Schulbus hochheben zu können. Ich spannte jeden Muskel in meinem rechten Bein an. Ich erahnte das perfekte Zusammenspiel aus Sehnen, Bändern und Fleisch, die den Impuls, der von meinem Kleinhirn durch die Nervenbahnen gejagt wurde, gemäß des Newton'schen Gesetzes in rohe Energie verwandeln würden.

Monsterscheiße, diese Tür würde mich, Brandon MacLean, Schöpfer von *Creepy Chronicles* und Eingeweihter in das Monstergeheimnis, niemals aufhalten können!

Ich trat zu und brach mir fast den Knöchel. Hätte die Tür ein Gesicht gehabt, hätte sie mich müde angelächelt und gefragt, ob ich diesen Luftzug auch gespürt hatte.

»Hast du gerade versucht, die Tür einzutreten?«, erklang eine genervte Stimme aus der Hütte. »Die ist offen, du Blödmann! Hau einfach ab und lass uns in Ruhe, du kleiner Stalker!«

»Du kennst den Typen?«

»Das ist mein Bruder.«

»Der Comicfreak mit dem Blog?«

Mein Bein schmerzte höllisch, aber das restliche Adrenalin machte es erträglich. Mit dem Ellbogen drückte ich die Klinke. Die Tür schwang knarrend auf.

»Brandon!«, rief Penelope wütend. Sie saß unverändert auf dem Tisch. Ihre Augen weiteten sich, als sie die Axt sah. »Was soll das?«

»Habt ihr sie nicht gesehen?« Ich schaute mich hektisch um, aber in dem Raum war niemand außer Penelope und diesem Typen. »Die Gestalt in der Kutte? Sie stand am Fenster und hat euch beobachtet.«

Collegejacke stand auf und hob beschwichtigend die Hände. »Yo, alles klar bei dir, Brad?«

»Ich heiße Brandon«, erwiderte ich mit einem Anflug von Panik in der Stimme. Mit dem unverletzten Fuß knallte ich die Tür zu. »Du wirst dir meinen Namen schon einprägen, wenn ich dir das Leben gerettet habe!«

Collegejacke warf Penelope einen verwirrten Blick zu. Sie vergrub das Gesicht in den Händen.

»Bist du sicher«, fragte der Blondschopf zögernd, »dass du dir das nicht … nun ja … eingebildet hast? Ich mein ja nur, Halluzinationen und so, Bruder.«

»Halt die Klappe und hilf mir!«

Hastig lehnte ich die Axt neben die Tür. Mit zitternden Händen rollte ich einen der hockerartigen Baumstümpfe vor die Tür, um sie zu blockieren.

»Na los, schnell!«, drängte ich.

Penelope wirkte verunsichert, aber Collegejacke kümmerte meine Panik nicht. Lässig strich er sich eine Haarsträhne aus der Stirn, während ich einen zweiten Hocker auf den ersten wuchtete.

»Bist du sicher, Preston, dass du das nicht inszenierst, weil du mich mit deiner Schwester erwischt hast?«

»Scotty!«, rief Penelope entsetzt.

»Ist doch möglich, Babe!«

Ich drehte mich zu Collegejacke, der offenbar Scotty hieß. Er zuckte zusammen, als ihn der finstere Blick aus meinem verschwitzten Gesicht traf.

»Monsterscheiße, es könnte mir nicht mehr an meinem Allerwertesten vorbeigehen, was Penelope treibt und mit wem!«, herrschte ich ihn an. »Ihr werdet mir dankbar sein, wenn ich euch lebend aus diesem Wald bringe!«

In diesem Moment hämmerte jemand mit voller Wucht gegen die Tür.

Jedem von uns entfuhr ein Schrei. Aber nicht einmal Penelope schrie so hoch wie Scotty Collegejacke.

21

Padraig

Brandon will eine Ziege opfern

»Zum Glück war es nur ein Wanderer, der Holzscheite holen wollte«, kam Brandon zum Ende seiner Ausführungen. »Ihr hättet diesen Scotty Collegejacke sehen sollen! Der hat gequietscht wie ein Schwein!«

»Und die Gestalt in der lebendigen Kutte hat sich einfach in Luft aufgelöst?« Hannah saß im Schneidersitz auf Brandons Bett und lehnte sich gegen die Dachschräge.

Brandon war immer noch ganz aufgeregt von seiner Begegnung mit dem Kuttenträger. Er schlich in seinem Zimmer auf und ab wie ein eingesperrter Tiger. Hin und wieder griff er einen Comic von einem der vielen Stapel, nur um ihn drei Schritte später auf einem anderen abzulegen.

»Als ich den Wanderer fragte, ob er einen Unbekannten in einer schwarzen Kutte gesehen hat«, Brandon blätterte in einem Superman-Comic, »hielt er mir einen Vortrag über die Gefahren des Konsums von Waldpilzen.«

Hannah spielte mit den Bändern des Kapuzenpullovers. »Ob diese Gestalt mit unserer Sache zusammenhängt?« Eine Pause entstand. »Was glaubst du, Padraig?«

Ich blätterte durch das Bestiarium. Nach meinem Ausflug in das Büro von Mrs Hazle-Finch hatte ich Emmerett das Glas mit dem Tausendfüßer zurückgebracht. Ich hatte ihn nach dem Wesen gefragt, aber er meinte, ich könnte selber nachschlagen. In der Mitte des Buches fand ich, was ich suchte:

Giftgelber Toxipod

Art: animalisches Monster

Vorkommen:

in den tropischen Regenwäldern entlang des Amazons

Nahrung:

Insekten oder kleine Nagetiere; berühren sie seine Haut, bleiben sie in ätzendem Schleim kleben → sofortiger Tod oder schwere Lähmungen

Besonderheiten:

schleimige Absonderungen fressen sich durch Metall, Holz und andere Materialien; Kontakt mit Schleim löst kribbelnde Lähmungserscheinungen bei Menschen aus → Wirkung lässt schnell nach, bei zu langem Kontakt wird Gewebe zerstört (ähnlich der Verbrennungen bei einer Qualle); zieht ätzende Schleimspur hinter sich her

Töten:

mit Salz überstreuen oder – Zitat von Emmerett – »Einfach mit dem Fuß kräftig auf den Kopf stampfen wie bei allen nervigen Viechern, die kleiner sind als du!«

»Padraig?«

»Was?« Ich sah hoch und klappte das Bestiarium zu.

»Was hältst du von der Gestalt in der Kutte?«, wiederholte Hannah ihre Frage.

Ich lehnte mich im Drehstuhl zurück. »Wahrscheinlich ein Spinner, der sich einen Spaß daraus macht, knutschende Liebespaare zu erschrecken.«

Auf meinem Schoß lag die gestohlene Akte. Sie war leicht gewölbt, als würde ein flacher Gegenstand zwischen den Unterlagen stecken. Bisher hatte ich keinen Blick hineingeworfen. Es war merkwürdig. Zum einen spürte ich das Verlangen, endlich hineinzusehen und mehr zu erfahren. Gleichzeit war da diese ungute Ahnung. Ein bedrückendes Gefühl, das mir davon abriet, die Akte zu öffnen. War es nicht manchmal besser, wenn Geheimnisse ihren Zweck erfüllten und eine unbequeme Wahrheit im Verborgenen hielten?

»Der Kerl war mir trotzdem nicht geheuer«, meinte Brandon. Er schmiss den Comic achtlos zur Seite und begann, herumliegende Socken aufzuheben. »Die Kutte war echt abgefahren.«

»Es passt zumindest ins Bild, dass hier merkwürdige Dinge vorgehen«, musste ich zugeben.

»Port Willow verliert seinen Verstand«, seufzte Brandon und fischte eine Socke mit gelben Entchen von der Bettkante. »Zuerst werde ich von einem Nachtlemuren –«

»Angstzehrer.«

»– ausgesaugt, danach begegne ich meiner besessenen Schwester –«

»Sie war nicht besessen.«

»– unten in der Küche, nur um in der darauffolgenden Nacht von Spinnen durch eine alte Geisterhütte –«

»Es gibt keine Geister.«

Brandon erstarrte. Er wollte sich gerade nach einer Schäfchen-Unterhose bücken. Seine Hosen rutschten bedenklich weit nach unten. »Es gibt keine Geister?«

Ich wog die offenen Handflächen auf und ab. »Eigentlich gibt es nur eine Monsterart, die mit Geistern verwechselt wird. Diese Wesen sind meistens ungefährlich.«

»*Meistens?*«, echote Hannah.

»Na ja«, begann ich zögernd, »es kann mal vorkommen, dass ihre Opfer an einem Herzinfarkt sterben oder durchdrehen. Aber absichtlich töten sie nicht.«

»Irgendwie enttäuschend, dass keine Geister existieren.« Brandon begutachtete die Unterhose und warf sie auf das Bett, wo Hannah zurückschreckte und mit dem Kopf gegen die Dachschräge knallte. »Aber meine Auflistung der Port Willow'schen Merkwürdigkeiten ist noch nicht abgeschlossen«, fuhr er fort. »Nachdem mich die Spinnen fast aufgefressen haben, steht nachts darauf *ihr* in meinem Zimmer und fangt ein Monster. Wohlgemerkt«, er erhob den Zeigefinger, »mit einer alten Vase meines Grandpas. Dann weiht ihr mich in das Geheimnis der Existenz von Monstern ein und zum krönenden Abschluss begegne ich einem Spinner in einer schwarzen Kutte, die sich bewegt wie ein Haufen Ameisen.«

»Du hast die verschwundene Freundin von Penelope vergessen«, ergänzte Hannah. Sie rieb sich den Hinterkopf und rutschte zur Seite, um der Unterhose nicht zu nahe zu kommen.

»Natürlich!« Brandon klatschte sich die Entchen-Socke ins Gesicht. »Wie konnte mir das entgehen! Eine Entführung gab's ja auch noch. Sorry, Leute, mein Fehler.«

»Zählt Brunhilde Swan auch zu den merkwürdigen Dingen?«, fragte ich.

»Nö.« Brandon winkte ab. »Die kannte ich schon.« Er zupfte die Hose hoch und kroch unter das Bett. Seine neue Sammlung an MEGs (*Monster-Einsaug-Gläser*; der Name war seine Idee) klirrte. »Hab ich dich!« Er krabbelte hervor und hielt die zweite Entchen-Socke in die Luft. Er stülpte sie zusammen und zimmerte das Knäuel an die Decke. Von dort prallte es ab und blieb unerreichbar auf dem Schrank liegen. »Oh«, machte er. »Tja, die mochte ich sowieso nicht.«

»Viel wichtiger ist ohnehin, was Hannah in dem Archiv herausgefunden hat«, befand ich. »Das war hervorragende Recherchearbeit!«

»Zuerst verrätst du uns, was es mit dieser Akte auf sich hat«, überging Hannah mein Lob. Sie setzte sich aufrecht hin und sah mich herausfordernd an.

»Und gleich im Anschluss teile ich euch mit, wohin unser heutiger Abendspaziergang führt.« Brandon tippte aufgeregt auf seinem Smartphone herum. Das Leuchten des Bildschirms spiegelte sich in den Brillengläsern.

»Wovon sprichst du?«

Als Brandon mich ansah, grinste er triumphierend. »Auf meine *Creeps* ist Verlass!«

»Auf wen?«

»Meine Creeps.«

»Sind das deine imaginären Freunde?«

»Nein.«

»Die Monster auf den Plakaten?«

»Nein.«

»Eine Superhelden-Gurkentruppe aus deinen Comics?«

»Nein.«

»Dann sind es bestimmt d–«

»Hat dir schon mal jemand gesagt, dass du verdammt witzig bist?«, unterbrach Brandon. »Nein, echt jetzt, ich schmeiß mich gleich weg.« Sein Grinsen war erloschen. »Schon mal über Stand-up-Comedy nachgedacht?«

»Natürlich.«

»Was ist das?«, fragte Hannah.

»Das kann dir unser Witz-Master3000 erklären«, grummelte Brandon. »*Creeps* nenne ich meine Follower auf *Creepy Chronicles*. Gerade hat sich einer von ihnen gemeldet.« Er wedelte mit dem Handy. »Ein gewisser *Ultra_Metalhead_0302* behauptet, uns mehr über Brunhilde Swan und ihren Vater erzählen zu können. Und wie der Zufall es will«, Brandons Grinsen kehrte in voller Pracht zurück, »wohnt dieser Jemand in Port Willow! Er schlägt ein Treffen heute um zwanzig Uhr vor.«

»*Ultra_Metalhead_0302*«, wiederholte ich. In meinem Kopf baute sich das Bild eines bärtigen Typen in schwarzer Lederjacke und viel zu engen Jeans auf, dessen Haar wie die Rotorblätter eines Helikopters durch die Luft flog. »Klingt nicht wie jemand, der sich gut mit der Geschichte eines Waisenhauses auskennt. Oder mit Geschichte im Allgemeinen«, fügte ich an. »Bist du sicher, dass dich niemand auf den Arm nehmen will?«

»Meinen Creeps vertraue ich«, hielt Brandon dagegen. »Wir sind eine eingeschworene Community!«

»Wir sind dabei«, beendete Hannah die Diskussion. Sie las die Uhrzeit auf dem Wecker ab. »Bis dahin bleibt Zeit, uns die Akte anzusehen.«

»Es geht um meinen Dad«, gab ich nach kurzem Zögern zu. »Emmerett hat die Akte … für mich organisiert.«

»Der Monsterwissenschaftler?«

»Ja, Brandon, der *Monsterwissenschaftler*.« Ich nahm die Mappe in die Hand. »Nachdem Dad verschwunden war, hat mir die BEAST-Leiterin, Mrs Hazle-Finch, ein Foto aus diesen Unterlagen gezeigt. Darauf war die Sigille zu sehen, die Dad mit seinem Blut gezogen hat.«

Brandon ließ sich unelegant auf den Boden plumpsen und lehnte sich gegen das Bettgestell. »Wie hat dein Onkel die Akte organisiert? Steckte sie nicht in einem mit Super-Monster-Abwehrzauber geschützten Tresor, den man nur mit einem magischen Schlüssel öffnen kann?«

Ich verdrehte die Augen. »Du solltest weniger Comics lesen.«

»Uns braucht nicht zu kümmern, wie Emmerett an die Akte gekommen ist«, meinte Hannah. »Wichtig ist, was drinsteht. Und ob es hilft, deinen Dad wiederzufinden.«

Brandon klatschte übermotiviert in die Hände. »Dann wird es höchste Eisenbahn, einen Blick hineinzuwerfen und das Geheimnis des rätselhaften Symbols zu lüften!« Er runzelte die Stirn. »Oder müssen wir eine schwarzmagische Zeremonie abhalten, bevor wir die Akte öffnen? Das ist doch bestimmt so ein BEAST-Ding!«

»Wie stellst du dir das vor?«, fragte ich.

»Ich weiß nicht.« Brandon zuckte mit den Achseln. »Kerzen anzünden? Pentagramme zeichnen? Eine Ziege opfern?«

»Eine Ziege opfern?«

»Warum nicht?«

»Hast du eine?«

»Nein. Aber ich weiß, wo wir eine herbekommen. Brauchen wir eine?«

»Nein.«

»Schade.«

»Du würdest einer Ziege den Hals aufschlitzen?«

»Nö.« Brandon schaute mich schief an. »Für abstruse Sachen bist du zuständig. Ich sehe mich hauptsächlich als das Hirn unserer Truppe.«

»Als *Hirn*?!«

»Die Akte!«, unterbrach Hannah ungeduldig. »Wir wollen wissen, was in der Akte steht!«

»Stimmt, entschuldige.« Ich drehte mich im Stuhl und legte die beschriftete Mappe auf den Schreibtisch.

Hannah und Brandon rappelten sich auf und traten neben mich.

Ich atmete tief ein und klappte das bräunlich gelbe Papier zur Seite. Das erste Blatt zeigte das Foto der Sigille auf grauem Felsgestein: acht Linien, die sich vom Zentrum eines Kreises ausbreiteten und sich am Ende in drei Spitzen gabelten.

»Ist es das?«, fragte Brandon. »Das Zeichen?«

Ich nickte.

»Erinnert an eine Sonne«, meinte Hannah. »Und du hast keine Ahnung, was es bedeutet oder bewirkt?«

»Nein. Die Antworten erhoffe ich mir von der Akte. Hier«, ich deutete auf die untere Ecke des Fotos, »steht ein Datum. Das Bild ist sechzehn Jahre alt.«

Hannah beugte sich über meine Schulter. »Es scheint, als wäre die Sigille mit Blut gezogen. Darf ich die Kopie mal in die Hand nehmen?«

Ich streckte ihr das Blatt hin. Sie schloss die Augen. »Nichts«, sagte sie nach wenigen Augenblicken. »Keine Spur.«

»Du kannst das auch mit *Gegenständen*?« Brandon blinzelte sie erstaunt an.

»Ja, wenn sie starken Gefühlen ausgesetzt waren.« Hannah

gab mir den Ausdruck zurück. »Einmal hielt ich ein Hackbeil in den Händen, an dem so viel Hass und Eifersucht haftete, dass mir übel wurde. Wie sich herausstellte, hatte jemand damit einen Menschen umgebracht.«

Ich wandte mich um. »Warum drückt dir jemand eine Mordwaffe in die Hand?«

Hannah zog die Kapuze enger. »Das spielt jetzt keine Rolle. Wir sollten uns die Unterlagen ansehen.«

Ich hob eine Braue. Hannah war eine geheimnisvolle junge Frau, so viel stand fest.

Als ich die nächste Seite herausnahm – einen Steckbrief meines Vaters mit einem alten Passfoto, das mich zum Schmunzeln brachte –, rutschte ein Gegenstand in der Größe einer halben Tafel Schokolade aus der Mappe. Bevor ich die Hand danach ausstrecken konnte, schnappte Brandon ihn sich.

»Was ist das?« Hannah musterte die Plastikhülle, die Brandon zwischen Zeigefinger und Daumen in die Höhe hielt.

»Eine Kassette!«, stellte Brandon fest. Er blies verblüfft die Backen auf. »Diese Dinger gibt es noch? Das letzte Mal, dass ich so eine gesehen habe, ist ewig her. Penelope und ich haben als Kinder immer diese Detektivge–«

Ungeduldig entriss ich Brandon die Kassette. Seine Proteste überhörte ich. Es war ein handelsübliches Modell: schwarze Hülle, braunes Band, weißer Aufkleber. Auf dem Ettikett stand von Hand geschrieben:

Befragung von James P. O'Sullivan
zum Verschwinden von
Diana O'Sullivan, geb. Brooksbank

»Wer ist Diana?«, fragte Hannah.

Ihre Stimme klang merkwürdig gedämpft. Brandons Gesicht erschien in meinen Augenwinkeln. Er sagte etwas, aber ich verstand es nicht. Es kam mir vor, als hätte mir jemand Watte in die Ohren gestopft. Vor meinen Augen verschwamm alles: die Figur von Nessie, die Comics, die herumliegenden Schulbücher – alles außer der krakeligen Schrift auf dem Aufkleber. Für einen Moment herrschte gähnende Leere in mir. Dann berührte eine Hand meine Schulter und ich zuckte zusammen.

»Padraig, alles in Ordnung?«

Meine Sinne kehrten zurück. Meine Finger hatten sich so fest um die Kassette gekrampft, dass mir die Kanten in die Haut schnitten.

»Brauchst du ein Glas Wasser?« Brandon blickte mich besorgt von der Seite an.

»Es geht schon«, stammelte ich.

»Diana ist deine Mutter«, flüsterte Hannah. »Die Spur dieser Liebe ist unverkennbar. Aber da ist noch mehr. Du bist verwirrt, aufgewühlt. Warum?«

Ich rang nach Fassung. »Dad hat mir … erzählt, dass sie wenige Monate nach meiner Geburt an einer seltenen Krankheit gestorben ist.«

»Und warum steht da, dass dein Vater zu ihrem Verschwinden befragt wurde?« Brandon strich sich über das Kinn. »Das ergibt überhaupt keinen Sinn.«

»Doch«, erwiderte ich. Die folgenden Worte brachte ich kaum über die Lippen. »Mein Dad hat mich die ganze Zeit angelogen.«

Stille breitete sich unter den Dachschrägen aus. Draußen ging die Sonne unter und dunkle Wolken zogen auf.

»Wir dürfen keine voreiligen Schlüsse ziehen«, brach Brandon das Schweigen. »Zuerst sollten wir die Kassette abspielen.«

»Und wie spielt man eine Kassette ab?«, wollte Hannah wissen.

»Mit einem Kassettenrekorder«, antwortete Brandon. Er runzelte die Stirn. »Dad besitzt einen, unten in der Werkstatt. Ich bin gleich wieder da.«

Eine stille Minute später trampelten schwere Schritte die Holztreppe hinauf. Brandon erschien mit einem Ziegelstein aus Plastik in der Tür. Wahrscheinlich hätte man damit problemlos einen ausgewachsenen Sibirischen Mondschreier erschlagen können.

»Bist du bereit?«, fragte Brandon, nachdem er die Kassette eingelegt und an den Anfang gespult hatte.

»Ja«, sagte ich knapp.

Die ersten Sekunden drang ein monotones Rauschen aus den Lautsprechern. Ich bezweifelte schon, dass sich überhaupt eine Aufnahme auf dem Band befand. Doch dann knackte es und eine Stimme erklang:

»14. April, Befragung von James P. O'Sullivan zu den Geschehnissen der vergangenen Nacht und dem möglichen Verschwinden von Diana O'Sullivan. Die Befragung wird durchgeführt von Raedwulf Rhone, der gleichzeitig als einziger Zeuge anwesend ist.«

»Sagt dir dieser Name etwas?«, fragte Hannah.

Ich nickte. »Raedwulf Rhone war der Vorgänger von Glynnes Hazle-Finch. Er hat BEAST bis zu seinem Abgang vor sieben Jahren geleitet.«

»James, bestätigen Sie für das Protokoll Ihre Personalien und Anwesenheit«, schallte die Stimme von Raedwulf Rhone aus dem Kassettenrekorder.

»Mein Name ist James Processus O'Sullivan, wohnhaft in der Paloma Street in Edinburgh.«

Mir lief ein Schauer über den Rücken.

»Und wir besprechen nicht das mögliche *Verschwinden von Diana, Raedwulf, sondern ihr Verschwinden. Ich habe mit eigenen Augen gesehen, wie sie in der Höhle von einem Or–«*

»Dazu kommen wir noch«, unterbrach Raedwulf Rhone. *»Erzähl die Geschichte von Anfang an.«*

Ein lautes Gepolter wie von einem Donnerschlag drang durch den Lautsprecher. *»Verflucht, Rhone! Diana ist vor wenigen Stunden von einem ausgewachsenen Ortswechsler verschleppt worden! Wir wissen beide, was die blutige Sigille bedeutet, die wir gefunden haben!«*

»Erzähl mir einfach, was geschehen ist, James«, forderte Rhone so gelassen, dass es an Überheblichkeit grenzte.

Die drückende Stille auf der Kassette überspannte den Bogen der Zeit. Sie war heute noch genauso intensiv zu spüren wie damals.

»Ich erzähle es dir nur ein einziges *Mal, Raedwulf«*, presste Dad hervor. *»Dass wir uns klar verstehen.«*

»Und um nichts anderes habe ich dich gebeten.«

»Also gut.« Dad räusperte sich. *»Vor einigen Tagen habe ich in einem abgelegenen Dorf in den Bergen das Nest eines Ortswechslers entdeckt. Dass sich diese seltenen Wesen kaum einfangen lassen, weil sie sich über mehrere Kilometer teleportieren können, dürfte dir bekannt sein.«*

»In der Tat. Meine Zeit als Jäger mag ein Weilchen her sein, aber gelernt ist gelernt.« Mr Rhone lachte ein einsames Lachen.

»Es gab ein Muttertier«, fuhr Dad ungerührt fort. *»Es hat in den angrenzenden Dörfern drei Neugeborene entführt und sie dem eigenen Nachwuchs zum Fraß vorgeworfen. Ich bin durch*

puren Zufall auf ihr Nest gestoßen. In einer Felshöhle fand ich die abgenagten Überreste der vermissten Babys. Als das Muttertier zur nächsten Jagd ausflog, bin ich in das Nest eingedrungen. Ich fand vier junge Ortswechsler vor – schutzlos ohne ihre Mutter.«

Mr Rhone senke die Stimme. *»Was geschah dann?«*

»Ich war nicht schnell genug«, erwiderte Dad. Seine Stimme verlor plötzlich an Kraft und klang gebrechlich. Ihn so zu hören, jagte mir Angst ein.

»Das Muttertier kehrte früher von der Jagd zurück. Es muss mitangesehen haben, wie ich das letzte ihrer Kinder enthauptete. Es stürzte sich auf mich, kaum prallte der Kopf seiner Brut zu Boden. Wie durch ein Wunder bin ich aus der Höhle entkommen. Mir gelang es, das Monster mit dem Degen zu verwunden. Es blieb schreiend zurück, mir gelang die Flucht. Ich dachte, es sei zu schwach, um mich zu verfolgen. Aber –« Dad verließ die Kraft.

»Aber du hast dich geirrt«, vollendete Mr Rhone.

»Ja«, hauchte Dad nach einer langen Pause. *»Es folgte mir bis nach Edinburgh. Ich habe den Raum der tausend Türen nicht benutzt, weil ich mit einem Wagen unterwegs war. Ich bin gefahren, um ein paar ruhige Stunden zu haben. Padraig weint seit Tagen.«*

Meine Augen brannten und ich spürte die Blicke von Hannah und Brandon auf mir.

»Du hast nicht bemerkt, dass dir der weibliche Ortswechsler gefolgt ist?« Rhone stellte die Frage, ohne dass ein Vorwurf darin mitschwang.

»Nein«, würgte Dad hervor. *»Diese Kreatur meidet belebte Gegenden. Ich habe nicht damit gerechnet, dass sie mir in die Stadt folgen würde.«*

»Erzähl mir, was danach geschehen ist.«

»Es war drei Uhr nachts, als ich völlig übermüdet nach Hause

kam. Ich wollte nach Padraig sehen, aber sein Bettchen war leer. Diana kam und gab mir einen Kuss. Sie stellte keine Fragen. Das tut sie nie.«

Ich dachte an das alte Foto meiner Mum, das in unserem Wohnzimmer stand. Sie war eine hübsche Frau mit einem herausfordernden Lächeln gewesen.

»Und wo war euer Sohn?«

»Sie hatte ihn zu meinem Bruder gebracht«, offenbarte Dad. *»Emmerett hatte Diana angeboten, einen Abend auf Padraig aufzupassen. Der Kleine findet etwas an meinem Bruder. Ich habe ihn in seiner Gegenwart noch nie weinen sehen.«*

»James, darf ich dich bitten, die Sentimentalitäten auf die Seite zu schieben?« Mr Rhone sprach bedächtiger als zuvor. *»Je schneller wir wissen, was geschehen ist, desto eher können wir dich gehen lassen.«*

Hannah und Brandon blickten gebannt auf das Abspielgerät.

»Diana ging wieder ins Bett, ich nahm eine Dusche. Kaum hatte ich den Kopf auf das Kissen gelegt, schlief ich ein. Es war Dianas Schrei, der mich aus dem Schlaf riss.« Die Stimme meines Vaters bebte. *»Ich sah noch, wie der Ortswechsler sie aus dem Bett zerrte. Sie waren weg, bevor ich den Dolch aus dem Nachttisch holen konnte.«*

»War das der Zeitpunkt, als du Alarm geschlagen hast?«

»Ja. Du weißt ja, Ortswechsler sind keine Nomaden. Wenn sie sich einmal niedergelassen haben, kehren sie immer wieder zu ihrem Nest zurück«, erklärte Dad. *»Für mich stand fest, dass das Wesen Diana in die Höhle teleportiert hatte. Ich packte den Degen und nutzte die Pforte im Jazzclub.«*

»Gleichzeitig haben sich die Shepards auf den Weg gemacht. Sie sind kurz nach dir in der Höhle eingetroffen, ist das richtig?«

»Sie sind zu spät eingetroffen, das sind sie!«, brauste Dad auf. *»Die Leibgarde ist dazu geschaffen, in Notfällen auszurücken. Aber sie hat versagt! Als ich in der Höhle eintraf, war keine Spur von ihnen zu sehen. Stattdessen lag Diana mit aufgeschlitzter Handfläche bewusstlos auf dem Boden – neben menschlichen Knochen und den abgeschlagenen Köpfen der jungen Ortswechsler! Mit ihrem Blut zog das Muttertier die Sigille an die Felswand.«*

Es raschelte. Rhone räusperte sich. *»Ich habe hier ein Foto davon. Ist es diese Sigille?«*

»Du kennst das verdammte Symbol so gut wie ich, Rhone!«, rief Dad. Seine Wut brachte die Aufnahme zum Übersteuern. *»Du weißt haargenau, was geschehen ist! Es gab einen grellen Lichtblitz und eine Explosion, kaum hatte die Ortswechslerin Dianas blutende Hand auf die Sigille gepresst. Der Knall hat mich von den Füßen gerissen!«* Dad atmete schwer und presste jedes Wort einzeln heraus. *»Du bist einer der mächtigsten Sigillisten unserer Zeit, Rhone. Ich will aus deinem Mund hören, was diese Sigille zu bedeuten hat.«*

Raedwulf Rhone zögerte. *»Du denkst doch nicht ernsthaft, dass ich an dieses Hirngespinst glaube?«*

»Die Schattenwelt ist kein Hirngespinst!«, polterte Dad. *»Die Ortswechslerin hat sich und Diana in die Welt der Monster verfrachtet! Die Sigille ist der Beweis dafür!«*

22

Brandon

Die Legende der Schattenwelt

Niemand sprach ein Sterbenswörtchen. Padraig saß auf dem Stuhl und starrte ins Nichts. Hannah wickelte eine ihrer Locken um den Finger. Und ich? Ich versuchte, Ordnung in meinen Kopf zu bringen. Was in Anbetracht der Umstände kein leichtes Unterfangen war.

»Dad hat mich angelogen«, wiederholte Padraig bedrückt. Er saß zusammengesunken in dem Stuhl und raufte sich das Haar. »Mein ganzes Leben lang. Mum ist keiner Krankheit erlegen. Ein Monster hat sie verschleppt!«

Hannah ließ von ihrem Haar ab. »Dein Vater konnte die Entführung nicht verhindern.«

»Nein, aber er hätte mir die Wahrheit erzählen sollen!« Padraig ballte die Faust. »Warum hat er mich belogen?«

»Ich kenn mich ja nicht sonderlich gut aus«, brach ich die sich anbahnende Stille, weil niemand eine Antwort auf seine Frage wusste. »Aber schützen BEAST-Agenten ihre Häuser nicht mit Sigillen?«

»Doch, aber Ortswechsler sind sehr mächtige Wesen«, sagte Padraig. »Ein Haus vor ihnen zu schützen, verlangt nach Sigillen, die nur die wenigsten beherrschen. Sie zu erlernen, ist vielen Agenten zu langwierig. Wir gehören eher zu der Abteilung *Draufhauen-und-töten-statt-Kreise-malen*. Nur ein kleiner Fehler, und die Wirkung einer mächtigen Sigille kann komplett außer Kontrolle geraten. Die Agenten, die sich dieser Kunst verschreiben, nennen wir Sigillisten.«

Hannah horchte auf. »Hat dein Vater nicht diesen Raedwulf Rhone so genannt?«

Padraig nickte. »Vor seiner Wahl zum Leiter war er der zweitmächtigste Sigillist des Britischen Königreichs.«

»Ach, hatte der erstmächtigste Symbolzieher etwa keine Lust?«, wollte ich wissen.

Padraig schaute mich an. Er öffnete den Mund, schloss ihn aber wieder. Nach kurzem Nachdenken sagte er: »Er war ein komischer Kauz, über den man sich heute noch Geschichten erzählt. Es hätte keine drei Tage gedauert, bis er sich fluchend aus dem Staub gemacht und ein verwüstetes Büro zurückgelassen hätte. «

»Klingt sympathisch«, fand ich.

»Kurz gesagt: Ihr schützt eure Häuser nicht gegen starke Monster«, kam Hannah zurück zum Thema.

»Das ist nicht nötig, da sie sich selten bis in Städte vorwagen«, erklärte Padraig. »Obwohl die meisten von ihnen brutal mordende Bestien sind, gleichen sie eher scheuen Raubtieren. Oder habt ihr schon mal einen Löwen in Glasgow gesehen?«

»Ich habe überhaupt noch nie einen Löwen gesehen«, meinte Hannah. »Oder Glasgow.«

Das Beispiel von Padraig leuchtete mir ein. Dafür loderte eine andere Frage in mir. Ich schob die Brille hoch und räusperte mich. »Was ist die Schattenwelt, von der dein Vater und Rhone gesprochen haben?«

Padraig drehte sich auf dem Stuhl. Er machte einen mitgenommenen Eindruck. Die Verwirrung über das Verhör stand ihm ins Gesicht geschrieben. »Bloß ein Märchen, das Agenten ihren Kindern erzählen.«

Hannah trat zum Bett und setzte sich auf die Kante. »Und warum glaubt dein Vater dann an ihre Existenz?«

Padraig zuckte mit den Schultern. »Bestimmt hat er ein schweres Trauma erlitten und sich an jeden Strohhalm geklammert, den er finden konnte.«

Hannahs Augen blitzten auf. »So wie du dich an jeden Strohhalm klammerst, um *ihn* zu finden?«

Padraig funkelte sie finster an. Hannah hingegen verzog keine Miene und durchlöcherte ihn mit ihrem undurchdringlichen Blick. Gerade als ich dachte, Padraig könnte die Beherrschung verlieren, klappten seine Schultern ein.

»Du hast recht.« Er senkte den Kopf. »Entschuldige.«

Hannah schwang die Beine auf das Bett und setzte sich in den Schneidersitz. »Statt einer Entschuldigung würde ich lieber die Geschichte über die Schattenwelt hören.«

Padraig richtete sich auf und holte Luft. »Die Schattenwelt ist das Gegenstück zu unserer Welt. Während hier das Leben blüht, versinkt die Schattenwelt in ständiger Dunkelheit. Und mit ihr alle Kreaturen.«

Hannah lehnte sich gegen die Dachschräge. »Mit den Kreaturen meinst du die Monster?«

Padraig nickte. »Laut der Bibel schuf Gott unsere Welt in sieben Tagen.«

Ich erwischte mich dabei, wie ich die Augen rollte. Eine instinktive Reaktion, wenn dieses Thema zur Sprache kam.

»Aber damit war seine Arbeit nicht getan. Um die gelungenen Schöpfungen zu schützen, schuf er einen Ort für seine missratenen Versuche.«

»Die Schattenwelt«, kombinierte Hannah.

»Genau.« Padraig nickte. »Um sicherzugehen, dass Menschen und Tiere in Sicherheit leben können, kreierte Gott am achten Tag die Schattenwelt. Einen Ort der Dunkelheit und des Todes, an den er die Monster verbannte. Doch weil Gut *und* Böse sein Werk sind, sind die beiden Welten untrennbar miteinander verbunden.«

Hannah streckte sich, um meine skelettierte Plastikhand-Nachttischlampe anzuknipsen. Das goldene Licht verscheuchte die sich ausdehnenden Schatten und breitete sich im Zimmer aus.

Ich zog die Beine an die Brust und schlang die Arme um die Knie. »Es gibt eine Verbindung zwischen den Welten?«

Padraig lehnte sich im Stuhl nach vorne. Die Holzdielen ächzten unter seinem verlagerten Gewicht. »Die Legende erzählt von einem geheimen Tor. Angeblich versperren vier Schlösser den Durchgang, von dem niemand weiß, wo er sich befindet.«

»Das hat ein geheimes Tor so an sich.«

Padraig legte den Kopf schief. »Was?«

»Dass niemand weiß, wo es ist«, erklärte ich. »Sonst wäre es kein *geheimes* Tor, sondern einfach ein Tor.« Da mein rechtes Bein eingeschlafen war, streckte ich es aus und fuhr mit den Händen über den Oberschenkel.

»Du nervst manchmal, weißt du das?«

»Das höre ich öfter.«

»Und wo stecken die Schlüssel?«, ging Hannah dazwischen. »Wenn vier Schlösser das Tor zusperren, müssten auch vier Schlüssel existieren.«

Padraig beobachtete meine Massagetechnik. Er schüttelte den Kopf und wandte sich Hannah zu. »Laut der Legende verteilte Gott die Schlüssel über den ganzen Erdball. Aber die Sache hat einen Haken.«

»Und der wäre?«

»Ehe Gott das Tor verschließen konnte, schlüpften einige Monster hindurch. Sie strömten aus, um nach den Schlüsseln zu suchen und ihre Brüder und Schwestern zu befreien. In der Geschichte finden sich leider keine Andeutungen, wo die Schlüssel sind oder wer sie besitzt.«

»Das klingt spannend, aber auch verrückt.« Das kribbelnde Gefühl verschwand langsam aus meinem Bein. Ich testete die Beweglichkeit meiner Zehen und beendete die Massage.

»Dein Vater ist also überzeugt, dass die Sonnen-Sigille deine Mutter in die Welt der Monster gebracht hat. Demnach muss er die Legende für wahr halten«, fasste Hannah zusammen.

»Aber das ist do–« Ein Zucken durchfuhr Padraig. Er setzte sich kerzengerade hin. »Moment mal! Emmerett hat mir nach meinem Gespräch mit Mrs Hazle-Finch erzählt, dass Dad nach dem Tod meiner Mutter wochenlang unterwegs war. Niemand wusste, wo er steckte oder was er tat.«

Die unsichtbare Spannung sprang von Padraig zu mir über. Eine Erkenntnis traf mich wie ein Nackenschlag. »Ihr glaubt doch nicht etwa … ich meine …«

»Es ist zumindest eine Möglichkeit«, fiel mir Padraig ins Wort. »Dad könnte nach den Schlüsseln gesucht haben – was absolut verrückt klingt.«

»Nicht verrückter als die Existenz von Monstern«, meinte ich schulterzuckend.

»Oder Menschen mit Hörnern unter ihrem Haar«, ergänzte Hannah.

Wir tauschten Blicke. Und dann lachten wir zum ersten Mal gemeinsam. Und es fühlte sich gut an.

»Okay«, meinte Padraig, als unser Lachen verstummte. »Nur mal angenommen, an der Legende ist etwas dran. Vor sechzehn Jahren wurde meine Mum von einer Ortswechslerin mithilfe dieses sonnenähnlichen Zeichens, gemalt mit ihrem eigenen Blut, in die Schattenwelt entführt.«

»Und vor wenigen Tagen«, übernahm ich, »zeichnet dein Dad *dasselbe* Symbol mit seinem Blut. Er und die Schlurfer lösen sich daraufhin in Luft auf. Auf mich wirkt das, als sei die Sigille ein One-Way-Ticket.«

»Ein was?« Hannah sah mich fragend an.

Ich konnte nicht mehr still sitzen. »Ich gehe davon aus, dass die Sigille in die Schattenwelt hinein-, aber nicht wieder hinausführt.«

»Richtig.« Padraig strich sich über das Kinn. »Sonst wäre Dad längst zurück. Wahrscheinlich sah er nur diesen Ausweg. Er wusste, dass ich gegen eine ganze Familie blutrünstiger Friedhofsschlurfer keine Chance hatte.«

»Also tat er genau das, was die Ortswechslerin damals tat«, nahm Hannah den Faden auf. »Das Muttertier hatte keinen Grund mehr, ohne ihre Brut in unserer Welt zu bleiben. Also nahm sie James das, was er am meisten liebte: deine Mutter.«

»Und vor wenigen Tagen wollte Dad mich beschützen, indem er sich und die Schlurfer in die Schattenwelt transportierte.« Padraig atmete hörbar aus. »Jetzt steckt er in der Welt der Monster fest.«

»Ob es ein Zufall ist, dass euch das Bestiarium nach Port Willow geführt hat?«, dachte ich laut nach.

Hannah vergrub die Hände in den Seitentaschen des Pullovers. »Wie meinst du das?«

Ich straffte die Schultern. »Ich weiß auch nicht. Haltet ihr es für möglich, dass die Geschehnisse hier irgendwie mit den Schlüsseln zur Schattenwelt zusammenhängen?«

Padraig nickte. »Genau *das* müssen wir herausfinden. Was sagt das BEAST-Archiv dazu, Hannah?«

Ich zückte ungeduldig mein Smartphone. Das Monster von Frankenstein schaute mich grimmig an. »Wir haben nicht mehr viel Zeit«, sagte ich. »In einer knappen halben Stunde sind wir mit *Ultra_Metalhead_0302* verabredet. Er will uns vor dem Museum treffen.«

»Ich beeile mich.« Hannah zog einen zerknüllten Zettel aus der Bauchtasche ihres Hoodies und strich ihn glatt. »Die Geschichte von Port Willow reicht bis ins Mittelalter zurück. Spannend sind vor allem die Hexenprozesse im siebzehnten Jahrhundert. Damals befand sich der Scheiterhaufen auf einer Lichtung im Wald.«

»Hey, das hat einer meiner Follower von *Creepy Chronicles* in einem Kommentar erwähnt.« Ich schluckte schwer. »Da fällt mir auf: Das Waisenhaus steht auf einer Lichtung …«

»Das kann Zufall sein«, meinte Padraig. Er lehnte sich zurück und verschränkte Beine und Arme. Jetzt sah er aus wie ein Firmenboss, der gleich zwei Drittel seiner Belegschaft feuern würde.

»Ist es aber nicht«, widersprach Hannah. »Über die Jahrzehnte gab es mehrere Hexenprozesse. Dutzende Frauen verloren in den Flammen ihr Leben. Und jetzt wird es interessant: Der Henker vergrub die verkohlten Leichen nicht etwa. Stattdessen brachte er sie in eine unterirdische Höhle!«

Padraig und ich starteten einen Wettbewerb, wer dümmer aus der Wäsche schauen konnte: Er ging mit aufgeklapptem Mund und zusammengekniffenen Augen ins Rennen, ich mit einer Grimasse, als hätte ich einen Berg Zitronen verputzt.

Hannah genoss den Anblick. Ein rares Lächeln umspielte ihre Lippen und offenbarte die kleine Zahnlücke.

Padraig fand die Sprache als Erster wieder. »In dem Wald gibt es eine Höhle?«

Vor meinem geistigen Auge schwebte ein verunstaltetes Gesicht heran. »Hat nicht Brunhilde etwas von verkohlten Leichen erzählt?«

»Ja, hat sie«, bestätigte Hannah.

»Das passt doch alles zusammen!« Ich streifte einen Comicstapel, der den Kampf gegen die Schwerkraft verlor und sich über den Boden verteilte. »Das Monster wohnt in einer Höhle im Orphan Forest. Die Menschen erzählen sich schaurige Geschichten über dieses Wesen und reichen ihm ein paar verbrannte Hexen als Opfergabe dar.«

Padraig fügte gedankenverloren hinzu: »Dadurch ist das Monster, falls es existiert, auf den Geschmack von Frauen gekommen.«

»Die Geschichte ist noch nicht zu Ende«, mahnte Hannah. »Die Aufzeichnungen belegen, dass sich ein paar BEAST-Agenten nach einer der letzten Hexenhinrichtungen im Jahr 1720 in Port Willow umgesehen haben. Offenbar sind ihnen die Gerüchte zu Ohren gekommen.«

»Was haben sie entdeckt?«

»Das ist nicht bekannt«, meinte Hannah zu Padraig. »Es ist

merkwürdig, aber es findet sich nicht der kleinste Hinweis darüber, was die Agenten vorgefunden haben. Es gibt nur eine kurze Anmerkung, dass die Höhle unzugänglich gemacht wurde. Das war's.«

»Das ist untypisch«, murmelte Padraig. »Normalerweise sind die Berichte sehr detailliert. Das lässt nur einen Schluss zu.«

Ich stand ein wenig unbeholfen inmitten der verstreuten Comichefte. »Und der wäre?«

Ein nachdenklicher Ausdruck spiegelte sich auf Padraigs Gesicht. »Dad hat mir mal gestanden, dass hin und wieder Einsätze *vergessen* werden. Meistens sind die Monster in diesen Fällen nicht tot, aber es geht keine unmittelbare Gefahr mehr von ihnen aus. Je weniger Informationen über sie im Umlauf sind, desto geringer die Wahrscheinlichkeit, dass sich daran etwas ändert.«

»Ich übersetze das mal«, sagte ich und schob mit dem Fuß ein paar Comics aus dem Weg. »Das Ding im Wald ist so gefährlich, dass die Agenten es nicht töten konnten. Stattdessen haben sie es eingesperrt und ein Haus darauf errichtet. Seitdem hoffen sie, dass niemand über den verborgenen Eingang stolpert. Dummerweise«, ich stemmte die Hände in die Hüften, »ist das Monster aber nicht verhungert. Stattdessen verputzt es alle paar Jahrzehnte zwei junge Frauen.«

»Langsam fügt sich alles zusammen«, fand Padraig. Er erhob sich aus dem Stuhl und packte den Trenchcoat, der über der Lehne hing. »Vielleicht erfahren wir von diesem *Metalhead* tatsächlich mehr über das Waisenhaus.« Er stand bereits im Türrahmen, als er sich umdrehte. »Danke, dass ihr mir bei der Suche nach meinem Dad helft. Aber die Sache könnte gefährlich werden. Ich möchte euch da nicht mit reinziehen.

Falls ihr aussteigen wollt, würde ich es euch nicht übel nehmen.«

Hannah sprang aus dem Bett, schnürte die Kapuze fest und drängte sich an Padraig vorbei. »Du kannst Danke sagen, wenn wir den ersten Schlüssel zur Schattenwelt in den Händen halten.«

23

Brandon

Pappnase trifft Metalhead

Das Museum stand eingepfercht zwischen dem Spielzeugladen und der Metzgerei. Die unbeleuchteten Schaufenster glichen kantigen, zahnlosen Mäulern mit einer Kiefersperre. Um eine altmodische Straßenlaterne auf dem Gehweg schwirrten kleine Punkte. Mücken, Fliegen und Motten führten einen nervösen Tanz auf. Er würde zweifellos damit enden, dass sie tot zu Boden fielen, nachdem sie mit dem Kopf oft genug gegen das Glas der Laterne geprallt waren.

Bemitleidenswerte Wesen, diese Insekten. Die Einfachheit ihrer Dummheit faszinierte mich. Ob das Leben mit einem kleineren Gehirn befriedigender war? Bestimmt hielt sich die Anzahl an Motten, die sich Sorgen um ihre Altersvorsorge, das schottische Bruttoinlandsprodukt oder das Liebesleben der Bachelorette machten, in Grenzen.

»Deine Gefühle verwirren mich.«

»Hm?«

Hannah trat vom Gehsteig auf die gepflasterte Straße. »Du denkst zu viel«, sagte sie. »Deine Emotionen sind rastlos. Es ist nicht gesund, einen unruhigen Kopf zu haben.«

Ich steckte die Hände in die Taschen meiner Sommerjacke und überlegte, ob die Aussage als Kritik oder Kompliment gemeint war. Konnte man zu viel nachdenken? Und wenn ja, war das schlecht?

»Du tust es schon wieder«, seufzte Hannah.

»Hör auf, meine Spur zu lesen!«

Wir traten unter den Lichtkegel der Laterne und postierten uns mit Blick zur Straße. Das Museum war ein unauffälliges Gebäude. Zwischen den vollgestopften Schaufenstern des Spielwarengeschäfts und den ausgestellten Riesenschinken der Metzgerei wirkte es wie der schwächliche Bruder auf einem Familienfoto. Ziegelsteine türmten sich zu drei Etagen. Auf die letzte hatte der Architekt ein spitz zulaufendes Dach gepappt. Rot lackiertes Holz rahmte die Tür ein. An der Außenwand prangte ein Schild: *PORT WILLOW LOCAL HISTORY MUSEUM*.

»Wie dieser *Ultra_Metalhead_0302* wohl aussieht?«, fragte Padraig. Er lehnte lässig gegen die Laterne und ließ den Stock kreisen. Sein Haar wehte ihm in der sanften Brise angeberisch in die Stirn. »Ich tippe auf einen bulligen Typen! Zwei Meter groß, hundertzwanzig Kilo schwer, ungeschlagener Amateurboxer im Superschwergewicht.«

»Viel wichtiger ist die Frage, *wann* er kommt.« Ich blickte auf mein Smartphone. »Es ist kurz nach acht Uhr. Er sollte jeden Moment auftauchen.«

Padraig warf den Stockdegen in die Luft und fing ihn mit einer Hand wieder auf. »Falls dich keiner auf den Arm genommen hat.«

Ich steckte das Handy weg. »Vielen Dank für das Vertrauen in meine Creeps, *Paddy*!«

»Nenn mich nicht so.«

»Paddy?«

»Ja.«

»Magst du Paddy nicht?«

»Nein.«

»Und Pad?«

»Das geht.«

»Gut, dann bleibe ich bei Paddy.«

»Wie du willst.« Padraig pikste mir mit der Stockspitze in den Bauch. »Dann taufe ich dich auf den Namen Fett–«

Es quietsche. Die Tür zum Museum schwang auf. Ein kleines, vielleicht zehnjähriges Mädchen trat hinaus. Sie hüpfte über die einzelne Stufe und kam mit ihren klobigen Stiefeln auf dem Boden auf. Dann stemmte sie sich die Hände in die Hüften und streckte selbstbewusst die schmale Brust raus. »Wer von euch ist die Pappnase von diesem Blog?«

Ihre piepsige Stimme schrillte durch die Gassen wie das Kläffen eines nervigen Köters.

»Sicher du da!« Ehe wir antworten konnten, schnellte ein Zeigefinger nach vorne. Dutzende von Freundschaftsbändchen verteilten sich wie ein durcheinandergekommener Regenbogen über den Unterarm des Mädchens. »Du siehst aus wie die größte Pappnase von euch dreien.«

»Zeigst du auf mich?« Padraig richtete den Kragen seines Trenchcoats. Das Oberlicht warf Schatten auf sein Gesicht, die ihn älter und unheimlicher wirken ließen.

»Nö.« Das Mädchen schüttelte unbeeindruckt den Kopf. Die Zöpfe links und rechts über ihren Ohren flogen ihr ins Gesicht. »Aber der Stock ist echt übertrieben. Mein Opa hat auch so einen. Sogar genau den gleichen. Oder einen ganz ähnlichen. Ja, einen ähnlichen. Seiner ist kleiner. Hast du's auch im Rücken?«

»Nein, ich ha–«

»Ich meine den Typen da neben dir«, unterbrach sie Padraig und zeigte auf mich. »Du siehst so aus, als würdest du den ganzen Tag am Computer sitzen. Zockst du? Ich finde ja, du siehst aus wie ein Zocker. Natürlich keiner von den coolen, die im Internet streamen. Du weißt schon, die mit ihren hübschen Influencer-Freundinnen, die ständig Make-up-Videos machen und jeden Tag Fotos von giftgrünen Smoothies posten. Ich hoffe immer, dass da wirklich mal Gift drin ist.« Sie kicherte in sich hinein. »Liest du Comics? Ich verwette mein ganzes Taschengeld, dass du Comics liest!«

Padraig sah mich fragend an. »Kennt ihr euch?«

»Nein, ganz bestimmt nicht.«

»Merkwürdig.«

»Warum?«

»Sie hat dich so perfekt beschrieben, dass ich dachte, ihr seid beste Freunde.«

»Haha.«

Ich betrachtete das Mädchen. Da sie gerade damit beschäftigt war, eine pinke Kaugummiblase aufzublasen, hielt sie für einen Moment die Klappe. Sie trug ein viel zu großes Shirt, das sie über der Hüfte verknotet hatte. Der Schriftzug einer deutschen Metal-Band prangte auf Brusthöhe. Über dem Shirt trug sie ein kariertes Holzfällerhemd.

»Wie heißt du?«, fragte Hannah.

»Alicia. Alicia Tarnbelt«, antwortete die Kleine. »Meinem Dad gehört das Museum.« Sie wies mit dem Daumen über ihre Schulter. »Online nenne ich mich aber nicht Alicia. Wäre ja dumm, wenn ich meinen echten Namen verraten würde.«

Padraig machte ein ungläubiges Gesicht. »Moment mal, bist *du* etwa *Ultra_Metalhead_0302*?«

Alicia postierte sich hüftbreit und stemme ihre Hände erneut in die Seiten. Sie sah aus wie ein Cowboy vor einem Showdown. »Ziemlich cooler Name, oder?«

Mir entfuhr ein Seufzer. »Kommen wir zum Grund unseres Treffens. Der lautet schließlich nicht *Hacken-wir-den-halben-Abend-auf-Brandon-herum*.«

»Ich hätte den ganzen Abend Zeit«, meinte Padraig.

»Ich nur bis zehn Uhr«, seufzte Alicia. »Aber wenn ihr morgen wiederkommt, können wir weitermachen.«

»Kling vernünftig.« Padraig lächelte das Mädchen an. »Sag mal, Alicia«, er zeigte mit dem Stock auf ihr Shirt, »hörst du solche Musik gerne?«

»Metal?« Alicia strahlte über beide Ohren. »Klar! Das ist noch richtige Musik. *Handgemacht*, wie Papa immer sagt. Mit Gitarren, Bass und Schlagzeug.«

Sie fuchtelte wild mit dem Armen. Dazu schnellte ihr Kopf auf und ab. Als Krönung gab Alicia dumpfe Geräusche von sich, die wahrscheinlich ein Schlagzeug imitieren sollten.

»Und was sagt deine Mutter dazu?« Padraig verfolgte das Schauspiel grinsend.

Alicia beendete das Luftschlagzeug-Solo. Das rote Glühen ihrer Wangen war selbst in der Dunkelheit zu sehen. »Mum findet Metal auch cool! Und sie mag Bands mit Dudelsäcken. Aber die findet Dad doof.«

»Ich würde mich lieber über das Waisenhaus und die Swans statt über Dudelsäcke unterhalten«, drängte ich.

Alicia richtete die Gummibänder ihrer Zöpfe, die bei ihrer kleinen Vorführung verrutscht waren. Das Mädchen trat auf mich zu. Sie reichte mir kaum bis zur Brust. »Ich habe eine ganze Menge herausgefunden!«

»Was ist deine Definition einer ganzen Menge?«

»Du redest komisch!«, piepste sie und fischte zwei zusammengefaltete Zettel aus der Hosentasche. »Hier, schau es dir selber an.«

Ich murmelte ein halbherziges »Danke« in ihre Richtung. Hannah und Padraig traten näher.

Der erste Zettel war die Kopie eines Schwarz-Weiß-Fotos, das den Orphan Forest zeigte. Im Hintergrund der Aufnahme ragte das Waisenhaus mit seinen beiden Türmen auf. Es hatte seine besten Tage bereits hinter sich. Vor dem Gebäude reihten sich Menschen wie Raben auf einer Stromleitung auf. Einige von ihnen saßen auf einer Bank, die restlichen postierten sich um sie herum. Mir fiel auf, dass alle sitzenden Personen erwachsen waren und weiße Kleidung trugen. Um sie verteilten sich Kinder und Jugendliche in schäbig wirkenden Kleidern: die Waisen.

»Das Foto entstand ein paar Tage, bevor sie das Waisenhaus dichtgemacht haben«, erklärte Alicia. Sie tippte auf die Sitzreihe mit den Erwachsenen. »Hier sind die verrückte Brunhilde und ihr Vater. Die sucht ihr doch, oder?«

Tatsächlich entdeckte ich ein Mädchen auf dem Schoß eines Mannes. Ich betrachtete Ronald C. Swan. Auf seiner Nase prangte eine runde Brille mit winzigen Gläsern und ohne Bügel. Das kantige Kinn sah aus wie das eines Mannes, der ein Waisenhaus mit eiserner Hand führte. Das Mädchen auf seinen Knien hatte dasselbe Kinn, versprühte aber eine kindliche Unbeschwertheit. Fröhlich lächelte sie in ihrem weißen Kleidchen in die Kamera. Um ihren Hals hing ein Medaillon mit acht abstehenden Zacken.

»Schwer vorstellbar, dass das Brunhilde ist«, sprach Hannah aus, was mir durch den Kopf ging. »Sie war ein hübsches Mädchen.«

Padraig zeigte auf eine Stelle unweit von Brunhilde und ihrem Vater. Zwei Mädchen standen dort, Hand in Hand. Sie glichen sich wie ein Ei dem anderen.

»Das müssen Sarah und Serena Parker sein«, meinte er. »Es sind die einzigen Zwillinge auf dem Bild.«

Ich musterte die Mädchen. Mit ihren weichen Locken sahen sie unschuldig aus wie Engel. »Unheimlich zu wissen, dass sie kurz nach dieser Aufnahme spurlos verschwanden«, gestand ich. »Wahrscheinlich entführt von einem Mon–«

Padraig rammte mir den Ellenbogen in die Rippen. Als ich herumfuhr, fing ich seinen stechenden Blick auf. Er nickte zu Alicia, die gelangweilt eine weitere Kaugummiblase zum Platzen brachte.

Ja, ja, dachte ich, *nicht vor kleinen Mädchen von Monstern erzählen*. Entschuldigend hob ich die Hand.

»Das Foto hilft uns nicht viel weiter«, meinte Hannah. »Es beweist nur, dass Brunhilde mal jung war.«

»Können wir das behalten, Alicia?« Ich wedelte mit dem Ausdruck des Fotos.

Das Mädchen kratzte sich die Überreste des Kaugummis vom Mund. Die klebrige Masse zog lange Fäden zwischen ihren Fingern und Lippen. »Klar, ist ja nur eine Kopie.«

»Danke.«

Ich steckte die Fotokopie in die Jackentasche und faltete den zweiten Zettel auf: ein Zeitungsartikel. Er stammte von einer Tageszeitung aus Port Willow, die vor einigen Jahren pleitegegangen war. Datiert war er auf den 14. Dezember

1950. Das Bild zeigte einen Raum, bei dessen Anblick ich unweigerlich zusammenzuckte.

»Brand im Kellergewölbe entfacht Debatte um Schließung des Waisenhauses«, las Padraig die Schlagzeile vor.

Beim Gedanken an den Keller spürte ich ihre haarigen Körper wieder über meine Haut wandern.

»Bist du dort unten nicht den Spinnen begegnet?« Hannah stellte die Frage, ohne vom Artikel aufzusehen.

Ich erschauderte. »Ja, bin ich.«

»Hey, macht es euch was aus, wenn ich reingehe?« Alicia stand auf dem Treppenabsatz und gähnte theatralisch. »Ich dachte, es wäre cool, bei geheimen Ermittlungen dabei zu sein. Aber es ist voll langweilig.«

»Nein, geh ruhig rein.« Padraig knipste sein gewinnendes Lächeln an. »Danke, dass du uns die Sachen rausgesucht hast.«

»Vielen Dank«, warf Hannah hinterher. Als ich nichts sagte, trat sie mir auf den Fuß.

»Autsch! Ja, danke«, murrte ich.

Alicia knallte die Tür zu, wir widmeten uns wieder dem Artikel.

Hannah fuhr über eine Textpassage. »Hier steht, dass ein Mädchen bei dem Brand schwer verletzt wurde. Und es wird vermutet, dass zwei Kinder dem Brand zum Opfer gefallen sind. Die anderen Waisen und das Personal konnten in Sicherheit gebracht werden.«

»Vermutet?«, wiederholte Padraig. »Tote lassen sich doch leicht identifizieren. Man erkennt sie am beißenden Geruch, dem mangelnden Bewegungsdrang oder – in seltenen, dafür umso offensichtlicheren Fällen – am abgetrennten Kopf oder den heraushängenden Gedärmen.«

»Man hat keine Leichen gefunden«, erklärte Hannah. »Als

sie die Kinder draußen im Wald durchgezählt haben, fehlten zwei. Der Polizeisprecher aus dem Artikel hält es für möglich, dass sie bis zur Unkenntlichkeit verbrannt sind und nie gefunden werden.« Hannah sah auf. »Glaubt ihr, das waren die Parker-Zwillinge?«

Padraig kramte einen Notizzettel aus seiner Tasche. Darauf war die geheime Botschaft aus dem Tagebuch notiert. »Wenn wir Dads Nachforschungen vertrauen, ist einer der Zwillinge schon zwei Tage vor dem Brand verschwunden, also am 11. Dezember 1950.«

»Und Brunhilde hat gemeint, dass der krasse Monsterparasit die Zwillinge in die Falle gelockt hat«, erinnerte ich mich. »Damit dürfte sie kaum den Brand gemeint haben. Vielleicht hat Ronald Swan das verheerende Feuer genutzt, um das Verschwinden der Zwillinge zu vertuschen. Ein tragischer Unfall klingt vermutlich immer noch besser als eine mysteriöse Entführung.«

»Gar kein schlechter Gedanke!«, lobte Padraig. »Das Ganze dürfte sich in etwa so abgespielt haben: Der Parasit entführt im Abstand von zwei Tagen die Zwillinge. Aus einem unbekannten Grund bricht kurz darauf ein Feuer im Keller aus. Ronald C. Swan, der Heimleiter, nutzt den Brand, um das Verschwinden der Mädchen zu decken.«

»Richtig«, sprang ich ein. »Trotzdem erleidet der Ruf des Waisenhauses offenbar einen so schweren Schaden, dass es nur ein paar Wochen später dichtmacht.«

»Ich bin mir sicher«, übernahm Hannah, »dass die Entstellung von Brunhildes Gesicht etwas mit dem Brand zu tun hat. Es wird von einem verletzten Mädchen gesprochen. Wenn das Brunhilde war, gibt es vermutlich eine Verbindung zwischen ihr, dem Feuer und den Zwillingen.«

»Auch kein schlechter Gedanke!«, fand Padraig und wandte sich so abrupt zu mir, dass sein Mantel wie ein Sommerkleid im Wind flatterte. »Wir sollten noch mal mit ihr reden. »Weißt du, wo sie wohnt? Oder schläft sie im *Shrunken Heads* zwischen leer gesoffenen Schnapsgläsern?«

»Sie lebt außerhalb der Stadt.« Ich zog den Kopf zwischen die Schultern. Ein kühler Wind zog durch die verwinkelten Gassen. Der Geruch eines nahenden Unwetters lag in der Luft. »Kurz bevor der Küstenstreifen in die Felsen übergeht, steht ein altes Bootshaus. Es ist über einen Holzsteg mit der Küste verbunden.«

»Dann statten wir ihr gleich einen Besuch ab!«, entschied Padraig. »Allerdings schauen wir zuerst im Hafenpub vorbei. Wenn wir Glück haben, sitzt sie in ihrer dunklen Ecke. Wenn nicht, suchen wir ihr Bootshaus.«

Die Vorstellung, mitten in der Nacht in dem verlotterten und einsam gelegenen Bretterhaufen bei einer Verrückten zu sitzen, behagte mir nicht. Ich wollte Padraig gerade widersprechen und einen Termin am nächsten Morgen bei Sonnenschein und Vogelgesang vorschlagen, als Hannah ihm zustimmte.

Ich ahnte, dass Widerstand zwecklos war.

Ich würde heute Abend zum zweiten Mal an diesem Tag in das entstellte Gesicht der Brunhilde Swan schauen müssen.

»Bist du dabei, Brandon?«

»Mhh?«, machte ich.

»Ob du mit uns mitkommst?«, formulierte Hannah die Frage um. »Oder hältst du die Idee für bescheuert?«

»Bescheuert ist sie zweifellos«, gab ich zurück. »Aber da ich keine bessere habe, bin ich dabei.«

»Das ist das umständlichste Ja, das ich je gehört habe«, lachte Padraig. Seine Zähne blitzten im Licht der Laterne.

Zu diesem Zeitpunkt ahnte keiner von uns, dass wir in dem Bootshaus dem blanken Grauen begegnen würden.

24

Padraig

Das Bootshaus

Skeleton Stan warf uns aus dem *Shrunken Heads*, kaum hatten wir die Türschwelle übertreten. Immerhin rückte er nach kurzem »Nachhaken« (Brandon steckte ihm auf mein Drängen widerwillig einen Fünfpfundschein zu) damit raus, dass Brunhilde Swan vor einer knappen Stunde nach Hause gegangen war.

Bizarre Gestalten wie Skeleton Stan erwiesen sich oft als hervorragende Quelle für Informationen, Geschichten und Gerüchte aller erdenklichen Art. Neben den Wirten von schmierigen Spelunken gehörten weitere Berufsgattungen zu den inoffiziellen Mittelsmännern von BEAST. Friseurinnen beispielsweise! Ihnen schienen die Informationen nur so in den Schoß zu fliegen. Vielleicht sollten die Spezialisten bei BEAST ihre Verdächtigen während einer Kopfmassage zum Reden bringen, statt ihnen die Nägel von den Fingern zu reißen.

Solche Kontakte sollte man sich jedenfalls nicht vergraulen, wenn man sich ihr Wissen zunutze machen wollte. Dazu passte Dads Regel Nummer achtundvierzig: *Mach dir nie zum Feind, wer dir hinter dem Rücken in das Bier oder die Fish 'n' Chips spucken kann.*

Wir liefen die Hafenpromenade entlang. Der Wind hatte sich zu einem Sturm gewandelt und dicke Regentropfen klatschten uns wie eiskalte Nadelstiche in die Gesichter. Die aufgewühlte Gischt drückte mit unbändiger Kraft gegen die Mauern des Hafenbeckens und ließ die vertäuten Fischerboote tanzen.

»Monsterscheiße, kann das Wetter auch mal *einen* Tag nicht schottisch sein?«, fragte Brandon genervt. Die Gläser seiner Brille waren mit Tropfen übersät.

Hannah lehnte sich gegen die Wand aus Luft. Ihre Kapuze hatte sie so eng verschnürt, dass sie sich selbst bei einem Tsunami keinen Millimeter bewegt hätte. »Wie weit ist es bis zum Bootshaus von Brunhilde?«

Brandon stieß einen weiteren Fluch aus. »Zehn Minuten – wenn es der Wind nicht längst in seine Einzelteile zerlegt und über die Felsen verteilt hat.«

Der knielange Saum des Trenchcoats flatterte aufgeregt um meine Beine. Ich stellte den Kragen hoch und wandte den Kopf ab.

»Solange es Brunhilde nicht wegweht, spielt das keine Rolle«, rief ich gegen den Sturm.

»Ich garantiere für nichts«, kam es von Brandon. »Gleich befinden wir uns auf offenem Gelände. Macht euch also auf einen ungemütlichen Fußmarsch gefasst.«

Wir ließen die menschenleere Promenade hinter uns. Nach den letzten Ausläufern des Küstenstädtchens führte uns Brandon einen nur schlecht erkennbaren Trampelpfad entlang. Er schlängelte sich keine zehn Meter über dem tosenden Wasser durch die zerklüftete Landschaft. Wir umrundeten moosbedeckte Felsen, die wie steinerne Pilze aus dem Boden ragten. Der Wind wechselte die Richtung nach Lust und Laune, als wollte er uns ärgern. In der einen Sekunde schob er uns mit unsichtbaren Händen über den tückischen Pfad, nur um anschließend den hinterlistigen Versuch zu wagen, uns über die Felsen in die Fänge des Meeres zu werfen.

»Ich glaube, da sind Fußspuren«, meldete ich. Sie zeichneten sich vor uns in der aufgeweichten Erde ab.

»Kein Wunder!«, rief Brandon hinter mir. »Brunhilde muss ja irgendwie nach Hause gekommen sein. Obwohl ich der Hexe zutraue, den Weg auf einem Besen fliegend zurückzulegen.«

»Es gibt keine Hexen«, erwiderte ich gegen das Rauschen des Windes. Irgendetwas an den Spuren, die sich in einem braunen Gemisch aus Regen und Erde auflösten, irritierte mich. Aber ich kam nicht darauf, was es war.

Nach einer gefühlten Ewigkeit, in der Brandon mehr als einmal fast den Abhang heruntergerutscht wäre, flachte das Terrain ab.

»Da vorne ist es«, presste Brandon hervor. »Wir haben es gleich geschafft!«

Durch den dichten Vorhang aus Regen erkannte ich einen runden Lichtkegel, der wie ein festgetackertes Glühwürmchen in der Luft zu schweben schien. Es war eine einzelne Lampe, die an einem schiefen Haus hing. Die Hütte stand ein paar Meter vor der Küste auf hölzernen Beinen im Wasser. Ein Steg verband das Bootshaus mit dem Festland. Je näher wir kamen, desto verlotterter wirkte es. Die verzogenen Holzlatten kämpften ächzend gegen den Wind an. Wehklagend gruben sich die Pfeiler in den Meeresboden, um das

Gebäude an seinem Platz zu halten. Durch keines der Fenster drang Licht.

»Und in dieser Hütte lebt jemand?«, rief Hannah gegen den Wind. »Es ist ein Wunder, dass dieses Ding noch steht.«

»Merkwürdig, dass die Lampe über der Tür an ist, aber im Innern kein Licht scheint«, bemerkte ich. »Es sieht nicht so aus, als wäre Brunhilde zu Hause.«

Brandon zog murrend seinen Schuh aus einem Schlammloch. »Vielleicht schläft sie ihren Rausch aus. Bei dem Durst könnte die Welt vor ihrer Haustür untergehen, ohne dass sie es mitbekommt.«

»Im Vergleich zu diesem Sturm ist der Weltuntergang ein laues Lüftchen!«, behauptete Hannah.

Wir traten zum Holzsteg. Die Wellen donnerten kraftvoll dagegen. Gischt spritzte in unsere Gesichter. Mit dem Stockdegen klopfte ich die Planken ab.

»Wir gehen einer nach dem anderen«, schlug ich vor. »Das Holz ist verrottet, aber es sollte dem Gewicht einer Person standhalten.«

Brandon hob die Hand.

»Ja, Brandon?«

»Meinem Gewicht auch?«

»Könnte knapp werden.«

»Fischt ihr mich aus dem Wasser?«

»Dein Bauch würde dich wahrscheinlich an der Oberfläche halten«, sagte ich. »Dann könnten wir dich einfach abschöpfen wie ein frittiertes Chicken Nugget.«

Brandon rieb seinen Bauch. »Monsterscheiße! Jetzt habe ich nicht nur Angst, sondern auch Kohldampf.«

Ich wandte mich dem Steg zu. Mein Gesicht war taub vor Kälte. »Ich gehe als Erster«, bestimmte ich.

Der Sturm gab sein Bestes, um mich ins Meer zu stoßen. Mal kam er von links, dann wieder von rechts. Aber nach einer Minute stand ich unter der Lampe vor der Tür. Ich winkte die anderen beiden herüber.

»Mann, ich dachte echt, ich hebe jeden Moment ab wie ein Drachen – nur ohne Schnur.« Brandon atmete schwer, als er sich als Letzter auf die schmale Plattform quetschte. »Ich hatte ernsthaft in Erwägung gezogen, auf allen vieren zu kriechen.«

»Zum Glück blieb uns dieser Anblick erspart«, entgegnete ich.

»Abwarten«, mahnte Brandon. »Schließlich müssen wir auch wieder zurück.«

»Bevor ihr euch wieder zankt«, schaltete sich Hannah ein, »sollten wir anklopfen. Ich nehme eine Spur wahr, Brunhilde muss also zuhause sein.« Sie drängte sich an uns vorbei und hämmerte gegen das verzogene Holz.

Nichts tat sich.

»Miss Swan?«, rief sie zögernd.

Keine Antwort.

»Darf ich mal?«, fragte ich.

Auf gut Glück drückte ich die Klinke. Die Tür schwang auf.

»Nicht abgeschlossen. Merk–«

Der Wind erfasste die Tür und peitschte sie mit einem lauten Knall nach innen gegen die Wand.

»Wenn sie geschlafen hat, ist sie jetzt garantiert wach«, kommentierte Brandon. »Oder tot, weil sie vor Schreck einen Herzinfarkt erlitten hat.«

»Miss Swan, sind Sie zu Hause?«, überhörte ich Brandons Gelaber. »Entschuldigen Sie die Sache wegen der Tür, ich wollte Sie nicht erschrecken.«

Regen ergoss sich in den Eingangsbereich. Eine Duftwolke aus Mottenkugeln, Alkohol und Schweißausdünstungen schob sich uns entgegen. Dazu mischte sich der Geruch von Rauch oder Asche, fast wie bei einer Grillparty.

»Wartet.« Hannah schloss wieder die Augen. Ihr Pullover war vollkommen durchnässt und glich mittlerweile einem Schwamm. »Die Spur, die ich in dem Haus wahrnehme, ist irgendwie … merkwürdig.«

Brandon rieb seine durchgefrorenen Finger aneinander. »Geht's ein bisschen präziser?«

Hannah schlug die Augen auf. »Als wären zwei Gefühlswelten miteinander verschmolzen. Wie bei zwei Ebenen, die sich überlappen.« Sie sprach langsam und so leise, dass ich sie gegen den Wind kaum verstand. »Eine nehme ich verblasst war, die andere sehr stark.«

»Da drin sitzt Brunhilde Swan, die es in jede Top-Ten-Liste der verrücktesten Frauen Schottlands schaffen würde.« Brandon blies sich warme Luft in die Hände. »Da sind die Ebenen längst nicht mehr dort, wo sie sein sollten.«

»Brandon hat nicht ganz unrecht«, gestand ich. »Wir sollten uns zumindest mal nach der Dame des Hauses umsehen. Die Tür ist ohnehin offen.«

Wir betraten das Bootshaus und zogen die Tür hinter uns ins Schloss. Eine wohlige Wärme empfing uns. Der Geruch nach Feuer war bei geschlossener Tür deutlich stärker.

Brandon sog die Luft ein. »Brennt es irgendwo?«

»Das hätten wir gemerkt.«

»Kann mal jemand Licht machen?«, fragte Hannah.

Brandon tastete den Bereich um die Tür ab. »Ich finde keinen Schalter.«

»Kein Wunder«, meinte ich. »Oder hast du eine Stromleitung gesehen, die zu dem Haus führt?«

»Und wie funktioniert dann die Lampe draußen?«

»Bestimmt über eine Batterie.«

Plötzlich flammte ein kaltes Licht auf.

»Puh«, machte Brandon erleichtert. »Ich dachte schon, mein Handy wäre in meiner Tasche ertrunken.«

Das Bootshaus bestand aus nur einem Raum. Über den Boden verteilten sich leere Glasflaschen, die mit einer dicken Schicht Staub überzogen waren. Es gab ein ungemachtes Bett und einen Tisch. Auf der Tischplatte standen Kerzenständer mit niedergebrannten Wachsstummeln. Dazwischen stapelte sich dreckiges Geschirr mit vergammelten Essensresten. Ein schimmliger Pelz breitete sich über ihnen aus und verströmte einen beißenden Geruch. Auf einem Regal an der Wand reihten sich weitere Kerzen und Flaschen auf. Im hinteren Teil des Raumes entdeckten wir einen kleinen Ofen. Darin glommen die Überreste eines Feuers. Der rötlich glimmenden Asche war ein Schaukelstuhl zugewandt.

Brandon leuchtete mit seinem Handy zum Stuhl. Das künstliche Licht schälte ein wirres Haarbüschel aus der Schwärze. Es gehörte zu einem seitlich geneigten Kopf. In dem Schaukelstuhl saß jemand!

»Monsterscheiße!«, entfuhr es Brandon. Seinen zitternden Händen fiel es schwer, das Handy auf die Gestalt im Stuhl zu richten. »Ist das Brunhilde? Die schläft aber verdammt tief!«

Ich zog instinktiv den Degen. Behutsam näherte ich mich dem Stuhl. »Miss Swan«, ich zwang mich, meiner Stimme einen festen Klang zu verleihen, »wir haben Sie heute Morgen im *Shrunken Heads* besucht. Wir hätten noch ein paar weitere Fragen.«

»Padraig?«

Hannah klang weit entfernt. Ich fokussierte mich auf den Stuhl. Ein ungutes Gefühl breitete sich in meinem Magen aus. Warum hockte Brunhilde regungslos in dem Stuhl und antwortete nicht?

»Padraig, da stimmt etwas nicht!«, zischte Brandon im Flüsterton.

Ich trat um den Schaukelstuhl herum – und stolperte schockiert zurück. Ein Blutstrom ergoss sich aus der durchtrennten Kehle von Brunhilde Swan. Im gleißenden Licht schimmerte es schwärzlich wie Teer. Es tränkte ihr Oberteil und tropfte zähflüssig in ihren Schoß.

Pflotsch.

Pflotsch.

Pflotsch.

Ich wollte mich abwenden, zwang mich aber, hinzusehen und die Leiche zu untersuchen. Ihre Augen waren vor Schreck geweitet, als wäre Brunhilde vor ihrem Ableben dem Teufel persönlich begegnet. Die Pupillen waren bis unter die Augenhöhle gerutscht. Übrig blieb ein leeres Weiß.

Pflotsch.

Pflotsch.

Brunhildes Mund war zu einem stummen Schrei aufgerissen, der in den durchtrennten Stimmbändern verebbt war. Ich untersuchte mit zusammengepressten Lippen und pochendem Herz die Wunde am Hals. Die Haut war ausgefranst wie die wirren Enden eines durchgeschnittenen Seils und hing in unterschiedlich großen Fetzen herab. Nicht einmal ein Schnitt mit einem stumpfen Messer oder einer verrosteten Säge hätte eine solche Wunde zurückgelassen.

»Der Mörder hat ihr mit roher Gewalt und bei lebendigem Leib beinahe den Kopf abgerissen«, murmelte ich. Ein letzter Blutstropfen löste sich.

Pflotsch.

Das Geräusch verstummte.

Brandon wandte sich hustend ab und eilte zu einer Schüssel, die auf dem Regal an der Wand lag. Sein Würgen übertönte den Wind und das Prasseln des Regens.

Hannah stand unberührt da. »Jemand hat sie zum Schweigen gebracht.« Sie sprach ruhig und gefasst wie immer. »Der Mörder muss geahnt haben, dass wir mit Brunhilde sprechen wollten.« In ihrer Stimme schwang keine Angst. So redete niemand, der zum ersten Mal in seinem Leben eine Leiche sah. Brandon konnte davon ein Liedchen singen – sobald er sein halb verdautes Abendessen entleert hatte, natürlich.

Als ich meinen ersten Toten gesehen hatte, konnte ich drei Nächte nicht schlafen. Dad meinte, dass ich mich für einen Siebenjährigen ganz gut geschlagen hatte. Er hätte bei seinem ersten Mal eine Woche lang kein Auge zugetan und monatelang Albträume gehabt.

»Das war kein Mensch.« Ich trat einen Schritt zurück. »Der stärkste Mann der Welt wäre nicht in der Lage, jemanden so zuzurichten.«

»Du glaubst, es war ein Monster?«

Ich dachte kurz nach. »Alles andere würde mich überraschen.«

Brandon kehrte zurück. Trotz des Grünstichs um seine Wangen sah er bleicher aus als die Leiche. Seine Beine zitterten, als er stehen blieb.

»Wisst ihr, was ich mich frage?« Brandon wischte sich mit dem Jackenärmel über den Mund. »Als wir vor der Tür standen, hat Hannah gesagt, dass sie eine Spur wahrnimmt. Wem gehört die bitte, wenn Brunhilde tot ist?«

Eine Gänsehaut breitete sich über meine Arme aus. Auch in Hannahs Gesicht veränderte sich etwas. Ein Anflug von Erstaunen und Unsicherheit lag darin. Sie schloss die Augen. Nach wenigen Sekunden riss sie sie wieder auf.

»Jemand ist hier.«

Ich richtete den Degen auf und nahm eine geduckte Haltung ein. Hannah stand mit dem Dolch in der Hand neben mir. Sie musste ihn in der Tasche des Pullovers versteckt haben.

Während wir uns zum Kampf bereit machten, verhielt sich Brandon wenig hilfreich. Die Panik zog ihn auf wie mechanisches Blechspielzeug. Er begann, nervös im Kreis herumzutigern. Der Lichtkegel seines Smartphones jagte hierhin und dorthin.

»Verflucht, wo versteckt sich dieses Ding?«

»Die Decke«, flüsterte Hannah.

Brandon hielt abrupt inne. Langsam und schlotternd richtete er der Schein nach oben.

Meine Hand schloss sich kampfbereit um den Griff des Degens. Das Letzte, was ich vor dem Ausbruch des Chaos sah, war eine Gestalt in einer schwarzen Kutte. Sie klebte wie eine Eidechse an der Decke.

Brandon schrie auf.

Sein Schrei hauchte dem Wesen Leben ein. Blitzschnell kroch es über die Decke auf die Wand zu.

Ich nahm ein mit Weihwasser gefülltes Glas von meinem Gürtel und holte aus. Es flog geräuschlos durch den Raum, verfehlte die Kreatur knapp und zerschellte an der Wand. Ein Regen aus Glassplittern ergoss sich über den Fußboden.

Das Monster glitt mühelos von der Decke an die Wand. Kopfüber kraxelte es auf eines der schiefen Fenster zu.

»Es will fliehen!«, rief ich.

Brandon folgte dem Schatten mit seiner Handytaschenlampe, als wäre sie ein Suchscheinwerfer.

Ich sprintete mit ausgestrecktem Degen zum Fenster. Das Monster hatte einen uneinholbaren Vorsprung. Es würde vor mir dort sein, das Glas einschlagen und sich aus dem Staub machen.

Etwas zischte knapp an meinem Kopf vorbei. Das Wesen stieß sich von der Wand ab – gerade noch rechtzeitig. Der Dolch durchbohrte das Holzbrett exakt an der Stelle, an der zuvor sein Kopf gewesen war. Die Gestalt krachte auf den Boden.

Ich sah meine Chance und beschleunigte. Plötzlich lag ich schräg in der Luft. Ich starrte irritiert an die Decke und spürte, wie der Boden näher kam. Während ich fiel, kapierte mein Hirn, dass ich auf eine der leeren Flaschen auf dem Boden getreten und ausgerutscht war. Im nächsten Moment schlug ich mit dem Hinterkopf auf die Holzdielen. Meine Rippen drückten schmerzhaft gegen die Eisenkette über meiner Brust (Regel Nummer 32: *Eine Eisenkette ist wie eine Hose: Es geht auch ohne, aber man fühlt sich irgendwie nackt*).

»Padraig, es entkommt!«

Hannahs Aufschrei verdrängte die drohende Ohnmacht. Ich schüttelte stöhnend den Kopf, verscheuchte die Sterne und tastete nach dem Degen. Ächzend richtete ich mich auf. Noch bevor ich stand, rempelte mich Brandon an. Er rannte brüllend wie eine Furie und mit zerfurchtem Gesicht an mir vorbei. In der Hand hielt er eines seiner magischen Einsauggläser.

»Jetzt ist es aus mit dir!«, schrie Brandon. Er postierte sich schwer atmend vor dem zusammengesackten Monster. »Auf dass du ewig in diesem Einmachglas schmorst, du Bestie!«

Er schraubte den Deckel auf, streckte das Glas von sich und wandte den Kopf ab.

Nichts geschah.

Brandon blinzelte das Glas an. »Na los, komm schon!« Er schüttelte es, schloss den Deckel und öffnete ihn erneut. »Ich glaube, das Ding klemmt irgendwie.«

Das Wesen rappelte sich auf.

Brandon schrie panisch. Im Schreck vergaß er den Sinn seines Glases und zimmerte es auf das schwarze Bündel. Wäre er einer dieser sportlichen Typen gewesen, hätte er es wahrscheinlich mit voller Wucht am Kopf erwischt.

Aber Brandon war kein sportlicher Typ.

Das Glas knallte zwei Meter rechts von der Gestalt an die Wand, kullerte über den Boden und blieb bei den Bierflaschen liegen.

»Monsterscheiße!«

Das Wesen richtete sich wieder auf. Es hatte die Größe eines ausgewachsenen Menschen. Sein Gesicht verbarg sich in den tiefen Schatten der Kapuze.

»Dich k-kenn ich d-doch«, stotterte Brandon. »Du w-warst heute Nachmittag i-im Orphan Forest!«

Für einen Moment standen sie sich reglos gegenüber. Es war ein groteskes Bild. Hier ein Mörder in schwarzer Kutte, der an Wänden hochlief und Köpfe abriss. Dort ein dicklicher Junge mit Brille und Vorliebe für Comics, dem der Mut aus allen möglichen (und unmöglichen) Körperöffnungen entwichen war.

Ich nutzte die Gelegenheit. Mit einem Satz stand ich neben Brandon, schubste ihn zur Seite und ging fließend in den Überraschungsangriff über. Aber das Monster war schnell – zu schnell. Es warf sich flach auf den Boden, die Klinge sirrte über seinen Kopf hinweg ins Leere. Auf allen vieren glitt die Kreatur in spinnenartigen Bewegungen auf mich zu. Bevor ich den Degen zurückgezogen hatte, umfasste es mein Fußgelenk. Mit der Kraft eines Pferdegespanns riss es mich nach vorne. Erneut landete ich unsanft auf dem Rücken. Ich röchelte gierig nach Luft. Der Griff um meinen Fuß verstärkte sich. Mit einer Drehung aus dem Handgelenk stieß mich das Monster wie einen Curlingstein durch die Hütte. Ich knallte gegen das Regal, das splitternd zerbarst.

Hannah riss den Dolch aus der Wand und warf sich auf den Schatten. Mit einer Richtungsänderung ließ er die Klinge nichts als leeren Raum zerteilen. Noch bevor Hannah sich aufgerichtet hatte, sprang das Monster mit einem Satz auf die Beine. Ein Fußtritt landete in Hannahs Magen. Sie flog nach hinten und krachte gegen den Schaukelstuhl. Die Leiche von Brunhilde Swan kippte vornüber und fiel zu Boden. Bei dem Aufprall riss es ihr den Kopf endgültig vom Rumpf. Er kullerte wie ein alter Lederfußball vor den Kamin. Dort blieb er mit offenem Mund liegen, als würde er sich wundern, wie er in diese unschöne Lage gekommen war.

Ich stemmte mich ächzend auf die Füße. Den Degen hatte ich irgendwo zwischen Gestalt und Regal verloren. Schnaufend zog ich die eiserne Kette hervor. Dummerweise verriet ihr Klirren meinen Plan.

Die Gestalt schreckte hoch. Sie starrte erst in meine Richtung, dann zum Fenster.

»Ich werfe besser als mein werter Kollege!«, drohte ich

und entrollte die Kette. Die Glieder fielen rasselnd zu Boden. Ich wickelte sie einmal um meinen Unterarm.

Dann geschah etwas Merkwürdiges. Das Kuttenwesen sank auf die Knie. Es sah aus, als wollte es beten.

»Du ergibst dich?« Ich umschloss die Kette fester. »So clever hätte ich dich gar nicht eingeschätzt.«

Ich trat auf das erstarrte Wesen zu. Die Kette schleifte hinter mir über die Dielen. Als ich kaum einen Meter von der Kutte entfernt war, schnellte ihr Kopf nach oben. Ein kehliges Würgen erklang und ein Strahl schwarzer Flüssigkeit ergoss sich aus der Kapuze. Er klatschte vor meine Füße, ich wich zur Seite aus. Blasen bildeten sich wie bei kochendem Wasser.

»Was soll das?«, rief ich. »Ist das Säure?«

Die Fragen beantworteten sich, als Tausende von Spinnen aus den aufplatzenden Blasen krabbelten. Der schwarze Glibber verwandelte sich in einen Strom aus haarigen Körpern, die wie ein lebendiger Teppich auf mich zurollten. Das Wesen spie immer mehr der Galle aus, die sich über den Boden verteilte und weitere Blasen bildete.

»Was geschieht hier?«, fragte ich beunruhigt. Die ersten Spinnen krabbelten um meinen Fuß. Ich spürte, wie die vielbeinigen Leiber unter meinem Gewicht platzten.

»Spinnen!«, entfuhr es Brandon unter dem Tisch.

»Ach, was du nicht sagst!«

Wellen aus aufgedunsenen Körpern schwappten auf mich zu. Der ganze Boden erwachte zum Leben. Die leeren Glasflaschen verschwanden unter den vielen Beinen. Ich rollte die Kette aus und wischte die Spinnen weg wie mit einem Scheibenwischer.

Brandon floh kreischend auf den Tisch. Die Tischbeine

färbten sich schwarz, als die achtbeinigen Viecher daran hochkrabbelten, um ihm zu folgen.

»Das ist wie in dem Waisenhaus!«, schrie Brandon. Seine Stimme überschlug sich. »Die Spinnen werden uns mit Haut und Haaren auffressen!«

Das Würgen verklang, die Kuttengestalt richtete sich auf. Um sie herum bildete sich ein spinnenloser Kreis. Als sie sich in Bewegung setzte, teilte sich das Meer aus Spinnen, sodass ein Weg bis zur Tür frei wurde. Seelenruhig spazierte die Gestalt darauf zu.

Ich schäumte vor Wut. Natürlich hätte ich die Eisenkette werfen können, aber dann wäre ich den Spinnen schutzlos aufgeliefert gewesen. Ich musste tatenlos zusehen, wie ein Monster den unüblichen Weg durch die Tür nahm.

»Dich kriege ich schon!«, brüllte ich wütend durch den Raum. »Das schwöre ich bei meiner Ehre als BEAST-Agent!« Ich drehte mich im Kreis, die Eisenkette glitt über die Holzdielen. »Dein Kopf wird sich hervorragend in meiner Sammlung machen!«

Die Gestalt öffnete die Tür und blieb im Rahmen stehen. Sie legte den Kopf schief, als müsste sie erst mal über meine Drohung nachdenken. Dann drehte sie sich um und verschwand in der stürmischen Nacht.

Ich biss mir auf die Lippen und verdrängte die Wut. Ohne Rücksicht auf die platzenden Körper unter meinen Sohlen hob ich den Degen auf und rannte zu Hannah. Sie stand auf dem Schaukelstuhl und schüttelte sich energisch, um die Spinnen loszuwerden. Einige hatten sich unter der Kapuze in ihrem Haar verheddert.

Die Leiche von Brunhilde versank unter einem zum Leben erwachten Leichentuch. Noch schlimmer stand es um ihren Schädel vor dem Kamin. Ein Strom aus Spinnen bahnte sich einen Weg in den aufgerissenen Mund, während weiter oben die ersten Beine durch die Augenhöhlen krabbelten.

»Hannah!! Schnell, zur Tür!«

Ich fing ihren Blick auf. Zum ersten Mal seit der Nacht, in der wir den Hautsammlern begegnet waren, sah ich pure Angst in ihren Augen. Ich packte sie am Handgelenk und zerrte sie von dem Stuhl. Die Spinnen wichen zurück, als sie stampfend auf dem Boden aufkam.

»So ist gut«, sprach ich ihr Mut zu. Ich ließ ihre Hand los, ging in die Hocke und streckte den Arm aus, um mehr Spinnen mit der Kette aus dem Weg zu wischen.

Hannah bückte sich nach dem Dolch, der von einer schwarzen Schicht überzogen aus einer Diele ragte. Sie zerdrückte die Spinnen am Griff und steckte ihn ein.

»Brandon!«

Der Tisch unter seinen Füßen war zum Leben erwacht. Er schien vor meinen Augen zu vibrieren wie ein verschwommenes Foto, dessen Pixel sich um den richtigen Platz stritten.

»Renn zur Tür!«, rief ich ihm zu.

»Du hast leicht reden!«, fluchte er. Von der Decke ergoss sich ein Schwarm von Spinnen über ihn. Er jaulte und gab würgende Geräusche von sich. Aber schließlich fasste er sich ein Herz und sprang mitten in die Wellen aus haarigen Leibern.

Ich riss die Tür auf, schob Brandon und Hannah hindurch und löste ein kleines Fläschchen von meinem Gurt. Darin brannte eine bläuliche Flamme.

»Ihr rennt besser schon mal los!«, befahl ich den beiden. »Ich gebe euch einen kleinen Vorsprung.«

Brandon musterte das Glas, verzichtete aber auf weitere

Fragen. Er packte Hannah und rannte, wie er es wahrscheinlich noch nie in seinem Leben getan hatte.

Ich wartete, bis sie den Steg überquert hatten. Die ersten Spinnen krabbelten ins Freie und über meine Jeans. Meine Finger schlossen sich um das Glas. Ich holte aus und warf es durch die offene Tür. Die kleine Flamme verschwand in der Dunkelheit. Mir fehlte die Zeit, um wegzurennen. Ich füllte meine Lungen mit Luft und sprang. Regen peitschte mir ins Gesicht und der Wind schrie in meine Ohren, als ich durch die salzige Luft segelte. Ich hörte einen Knall und spürte die Wärme züngelnder Flammen.

Dann brach ich durch die eiskalte Oberfläche des Wassers und sank in die Tiefe.

25

Brandon

Der Sherlock-Holmes-Moment

Padraig beklagte sich lautstark darüber, wie nass er war, als er sich aus dem Wasser schleppte. Ich wusste nicht, was er nach einem Sprung ins Meer erwartet hatte. Aber wahrscheinlich hatte die Kälte seine Fähigkeit beeinträchtigt, logische Schlüsse zu ziehen. Immerhin war er unverletzt geblieben.

Wir hätten uns an dem brennenden Bootshaus aufwärmen können, das am Ende des Stegs lichterloh in Flammen stand und von einer Raumstation aus zu sehen sein musste. Wenigstens hatte die Aktion den Vorteil, dass neben der Hütte auch die Spinnen zu Asche zerfielen – und die Leiche von Brunhilde Swan.

Bei diesem Gedanken übergab ich mich. Da mir die Zeit fehlte, einen hübschen Strauch oder passenden Stein zu suchen, erbrach ich mich im Stehen vor meine Füße. Padraig hechtete zur Seite und warf mir ein Best-of schottischer Flüche an den Kopf. Die meisten überhörte ich, weil sie in Wind und Würgelauten untergingen.

Hannah legte mir eine Hand auf die Schulter und erkundigte sich nach meinem Wohlbefinden.

Ich wischte mir die letzten Reste vom Mund. »Danach geht's einem immer besser, nicht wahr?«

»Ich weiß nicht«, antwortete sie und vergrub die Hand wieder in der Seitentasche ihres Hoodies. »Man sieht als Durchschnitts-Brandon nicht unbedingt jeden Tag eine Leiche mit abgerissenem Haupt, oder?«

Ich schenkte ihr ein Lächeln, schüttelte den Kopf und übergab mich spontan ein zweites Mal.

»Monsterscheiße, was ist da drin passiert?«, keuchte ich mit tränenden Augen und vollständig entleertem Magen. Erst jetzt dämmerte mir, dass ich dem Tod im Bootshaus nur knapp von der Schippe gesprungen war. »Was war das für ein Wesen? Und warum hat mein MEG nicht funktioniert? Wir könnten tot sein! Nein, wir *müssten* tot sein!«

Padraig betrachtete die Flammen. Er schlang schweigend die Eisenkette um die Brust und überprüfte den Waffengurt. Sein Stock lehnte an einem Stein.

»Ich habe keine Ahnung«, gestand er nach einer nachdenklichen Pause. »Das Glas hätte ein normal starkes Wesen problemlos einsaugen sollen.« Das Feuer im Hintergrund verlieh seinen Umrissen ein leuchtendes Orange, als würde er selbst in Flammen stehen. »War es dasselbe Ding, dem du im Wald begegnet bist?«

Ich überlegte kurz, was mit flauem Magen nicht einfach war. »Ja, ich bin mir sicher. Soweit ich informiert bin, gibt es in dieser Gegend keine Sekte, deren Mitglieder in schwarzen Roben herumlaufen. Das engt den Kreis von verhüllten Spinnern massiv ein.«

»Eine Spur wie von diesem Wesen habe ich noch nie wahrgenommen«, meldete sich Hannah. Ein Hauch Unsicherheit lag in ihrer Stimme, was allein schon ein Grund zur Sorge war. »Es waren zwei sich überlappende Gefühlsströme. Ein Teil der Emotionen fühlte sich menschlich an, auch wenn sie kaum wahrnehmbar waren.«

»Was für Emotionen waren es?«, hakte Padraig nach.

»Angst, vielleicht Verzweiflung. Schwierig zu sagen, sie waren sehr schwach.«

»Und die Emotionen des anderen Teils?«

Hannah biss sich auf die Unterlippe. »Ich habe es erst gespürt, als mich die Kreatur getreten hat. Willensstarken Wesen muss ich sehr nahe kommen, um ihre Spuren besser lesen zu können. Bei der Kuttengestalt war es eine unbändige Gier und Vorfreude – als stünde etwas Großes bevor.«

»Mhm.« Padraig legte die Stirn in Falten, sagte aber nichts weiter dazu.

Die nächste Minute standen wir schweigend da. Wind und Regen zerrten an uns, wollten uns vertreiben. Mein Hirn füllte die Stille mit Bildern der kopflosen Leiche, worauf mein Magen verzweifelt nach dem letzten halb verdauten Rest des Abendessens suchte.

»Wir sollten aufbrechen«, meinte Padraig schließlich. »Die Antworten auf die ganzen Fragen können wir genauso gut an einem warmen Ort suchen.«

Da weder Hannah noch ich widersprachen, setzten wir uns in Bewegung. Brunhilde konnte uns in ihrem jetzigen Zustand keine Antworten mehr geben und Padraig benötigte dringend trockene Klamotten. Ich war froh, so schnell wie möglich von diesem Ort zu verschwinden.

Padraig ging voraus. Eine bedrückte Stimmung begleitete uns auf dem Weg, der nur noch aus Schlamm und Sumpflöchern bestand. Jeder hing seinen eigenen Gedanken darüber nach, was im Bootshaus geschehen war.

Vor meinem geistigen Auge drehte sich ein Karussell des Grauens. Statt Holzpferden huschten eine kopflose Leiche, eine Kapuzengestalt und Wogen aus Spinnen an mir vorbei.

Als wir das gefährlichste Stück des Wegs bewältigt hatten, ließen Regen und Wind nach. Ich drehte mich um und blickte zum Bootshaus. Es war in kürzester Zeit niedergebrannt. Die Flammen im Glas waren offenbar aggressiver als gewöhnliches Feuer. Aus den zerfallenen Überresten erstreckte sich eine wabernde Rauchsäule in den Nachthimmel. Die Ausläufer des Sturms erfassten die Schwaden und verteilten sie über die offene See.

»Ob bereits jemand das Feuer bemerkt hat?«, fragte ich vom Ende unserer Truppe. Ich war bedacht darauf, in die Abdrücke zu treten, die Padraig und Hannah im aufgeweichten Boden hinterließen.

Hannah blieb stehen, hob den Kopf und ließ ihren Blick die Küstenlinie entlangschweifen. Ihr Profil erinnerte mich an das Ebenbild der Queen auf der Einpfundmünze.

»Das Bootshaus liegt versteckt hinter einer Landzunge«, stellte sie fest. »Wenn wir Glück haben, dauert es bis in die frühen Morgenstunden, bevor die ersten Fischer das Unheil entdecken.«

Padraig verharrte ein paar Meter vor uns. Selbst durch die Dunkelheit sah ich, dass er vor Kälte zitterte. Das Haar hing ihm ins Gesicht, der Trenchcoat klebte wie eine zweite Haut an seinen Beinen.

»Die Fischer werden die angebrannte Hütte kaum übersehen. Trotzdem sollten wir morgen früh die Polizei informieren – anonym natürlich«, schob er nach. Mit einer Hand strich er die Strähnen nach hinten und seufzte. »Unser Einsatz war nicht gerade von Erfolg gekrönt. Die einzige Person, die uns hätte weiterhelfen können, hat im wahrsten Sinne des Wortes den Kopf verloren.«

Hannah und ich schlossen zu ihm auf. Die Wolken wrangen ihre letzten Tropfen wie aus einem nassen Handtuch aus, der Wind bedauerte das Ende seines Schabernacks mit einem traurigen Heulen. Wir nahmen das letzte Stück des Weges in Angriff.

»Mir ist das nicht geheuer«, stieß ich zwischen pfeifenden Atemgeräuschen aus. »Ich habe ein sehr schlechtes Gefühl.«

Endlich erreichten wir die Ebene über der Küste. Die Landschaft öffnete sich und bot genug Platz, damit wir nebeneinandergehen konnten.

»Was für ein schlechtes Gefühl?«, erkundigte sich Padraig, der in der Mitte lief.

Ich umrundete einen moosbewachsenen Stein. Der angenehme Geruch nach feuchtem Grünzeug stieg mir in die Nase. Er war mir von der Gartenarbeit bestens vertraut.

»Das kann ich nicht genau sagen«, gestand ich und klickte mich wie ein magnetisches Glied wieder in unserer Kette ein. »Ich werde den Eindruck nicht los, dass wir etwas Wichtiges übersehen.«

Padraig säuberte die Klinge des Degens an seinem Jackenärmel. Die Eisenkette rasselte bei jeder Bewegung. »Wie die Fußspuren, die ich auf dem Weg zum Bootshaus gesehen habe.«

»Was für Spuren?« Während ich mich bemühte, nicht bei jedem Schritt knöcheltief einzusinken, glitt Hannah federleicht über die sumpfige Wiese.

»Als wir zur Hütte gelaufen sind, habe ich Schuhabdrücke entdeckt«, erklärte Padraig. »Aber erst jetzt habe ich die richtigen Schlüsse gezogen.« Er verstummte, weil sein Bein in ein Schlammloch absackte. Wir warteten, bis er sich lange genug über das schottische Wetter ausgelassen hatte. »Es waren zu viele Abdrücke für eine Person«, fuhr Padraig angesäuert fort. »Ich schätze, mindestens zwei. Das war ein Hinweis darauf, dass neben Brunhilde eine weitere Person den Weg zur Hütte zurückgelegt hat.«

Das Gelände fiel zur Küste hin ab. Vor uns tauchte der Hafen von Port Willow auf. Bei Nacht verkamen die bunten Häuserfassaden entlang der Promenade zu einer Ansammlung verschiedener Grautöne.

»Hätte ich nicht Regel Nummer siebzehn missachtet, wären wir besser vorbereitet gewesen«, ärgerte sich Padraig, als es abwärts ging.

Ich stöhnte auf. »Und wie lautet diese bescheuerte Regel?«

Padraig hob den Zeigefinger. »*Die Größe der Fußspuren sagt nichts über die Stärke des Monsters aus – aber achte verdammt noch mal auf die Anzahl, damit du weißt, wie viele der Bestien auf dich warten!*« Er seufzte und zerzauste sein nasses Haar. »Ich hätte erkennen müssen, dass Brunhilde nicht allein zu ihrem Haus gegangen war.«

»Ach, mach dir nichts draus«, tröstete ich Padraig. »Es macht dich ein kleines Stück sympathischer, wenn auch dir mal ein Fehler unterläuft. Aber mach bitte das nächste Mal einen, der nicht mein Leben in Gefahr bringt. Ein falscher Buchstabe im Kreuzworträtsel oder etwas in der Richtung.«

»Ich mache keine Kreuzworträtsel.«

»Eine potenzielle Fehlerquelle weniger!«

»Das Wesen in der Kutte muss unser Gespräch mit ihr im *Shrunken Heads* belauscht und den richtigen Moment abgepasst haben, um sie zum Schweigen zu bringen«, sagte Hannah.

»Immerhin ist Brunhildes Ableben der Beweis dafür«, fügte ich an, »dass wir auf der richtigen Spur sind.« Unweit vor uns reihten sich die Laternen des Hafens wie eine riesige Lichterkette auf. »Die Kapuzengestalt muss gewusst haben, dass Brunhilde uns weiterhelfen kann.«

Wir schritten die Hafenpromenade entlang. Die Rauchfahne des Bootshauses war von hier nicht mehr zu sehen.

»Bleibt die Frage, was Brunhilde wusste und ob wir es auf anderen Wegen herausfinden«, gab Padraig zu bedenken. Sein Gehstock klackte auf dem Pflasterstein. »Brandon hat recht, wir übersehen irgendein entscheidendes Detail. Aber wir dürfen nicht aufgeben und zuallererst brauche ich eine heiße Dusche und trockene Klamotten.«

Auf dem Weg durch die Gassen von Port Willow begegnete uns keine Menschenseele – und keine Monsterseele, was ja nicht selbstverständlich zu sein schien. Die Uhr am Kirchturm zeigte kurz nach elf an, als wir durch unseren Garten schlichen. In den Fenstern des Wohnzimmers brannte Licht. Ich kramte die Hausschlüssel hervor und öffnete die Tür.

»Mary?«

»Nein, ich bin's«, rief ich zurück. »Hallo, Dad. Ist Mum nicht da?«

»Oh, hallo, mein Sohn«, schallte die warme Stimme meines Vaters durch das Haus. »Nein, ist sie nicht. Und auch du kommst ziemlich spät nach Hause.«

»Was selten genug vorkommt«, erwiderte ich. »Hannah und Padraig sind bei mir.«

»Übernachten sie noch mal bei uns?«

»Wenn es für dich okay ist?«

»Natürlich. Es freut mich, wenn du Freunde gefunden hast. Du hast dir damit ja mehr als genug Zeit gelassen.«

Ich verdrehte die Augen und wies die beiden an, schon mal nach oben zu gehen.

»Du kannst die Dusche im Badezimmer benutzen«, flüsterte ich zu Padraig. »Trockene Klamotten findest du in meinem Kleiderschrank. Nimm dir einfach, was dir passt.«

»Dann müsste ich nackt herumlaufen«, höhnte Padraig.

»Bitte nicht«, sagte Hannah. »Es reicht, dass ich heute eine Leiche gesehen habe.«

Padraig brummte beleidigt, huschte dann aber mit Hannah im Schlepptau die Stufen ins obere Stockwerk hinauf.

Auf dem Flur ins Wohnzimmer ging ich an den sauber aufgeräumten und penibel nach Familienmitgliedern sortierten Garderoben vorbei. Jeder von uns hatte vier Kleiderhaken für Jacken und eine Ablage für Schuhe. Meine Mutter liebte diese Ordnung. Ich glaubte nach wie vor, dass dahinter ein effizientes System zur Überwachung steckte. Dank dieser Methode sah Mum auf den ersten Blick, ob jemand zu Hause war oder nicht. Ich erkannte sofort, dass die Schuhe und Jacken von Dad an ihrem Platz waren. Bei Penelope fehlten Mantel und Stiefel, bei meiner Mutter eine Jacke und die schwarzen Sportschuhe mit pinken Streifen.

»Wo ist Mum?«, fragte ich, als ich den Wohnbereich betrat und den Kühlschrank ansteuerte. Obwohl ich vor einer Stunde zum ersten Mal in meinem Leben eine Leiche gesehen hatte, spürte ich den Anflug einer Fressattacke.

»So genau weiß ich das nicht«, gestand Dad. Er lehnte in seinem gemütlichen Ohrensessel und starrte in den Fernseher. »Sie meinte nach dem Abendessen, sie habe sich mit einer Freundin verabredet. Die beiden wollen etwas für die Bibelgruppe besprechen. Deine Schwester hat sie gleich mitgenommen.«

Ich schaltete das Licht in der Küche an und öffnete den Kühlschrank. »Wieso das denn?«

»Keine Ahnung, aber Penelope war nicht begeistert.« Dad machte den Fernseher leiser. »Deine Mum hat euch belegte Brote gemacht. Sie liegen im obersten Fach. Vielleicht habe ich eines davon aus Versehen gegessen.«

Ich lugte um die Kühlschranktür. »Wie isst man versehentlich ein belegtes Brot?«

»Ach, du kennst das doch«, winkte Dad ab. »Da will man ein Glas Wasser holen, und ehe man sich versieht, hat man zwei Brote, einen Pudding, einen Apfel und eine halbe Tafel Schokolade gegessen.«

»Gerade eben hast du gesagt, du hättest *ein* Brot gegessen!«

»Habe ich das?«

»Ja, hast du.«

Ich wollte meinem Vater einen bösen Blick zuwerfen. Aber als ich sah, wie er da in seinem Sessel saß, verflog mein Ärger und wich einem breiten Grinsen. Ich machte mich am Kühlschrank zu schaffen. Neben den überlebenden Broten nahm ich drei Becher Vanillepudding und eine Wasserflasche. Aus der Küchenablage holte ich drei Teller und ein Tablett, um alles unfallfrei nach oben zu transportieren.

»Es sieht Mum nicht ähnlich, um diese Zeit nicht zu Hause zu sein«, dachte ich laut, als ich das Tablett belud.

Dad wechselte den Kanal. »Das ist bereits das dritte Mal in dieser Woche. Vor vier Tagen verschwand sie am Nachmittag, um Penelope nachzuspionieren. Vorgestern musste sie nach den Nachrichten etwas Dringendes erledigen. Und bevor du fragst: Ich habe vergessen, was es war.«

Ich holte drei Gläser aus der Spülmaschine. Es war nicht

ungewöhnlich für Mum, Penelope hinterherzuschleichen. Sie ahnte, dass meine große Schwester nicht wirklich das brave Kirchenmädchen war.

»So aktiv kenne ich Mum gar nicht.«

Dad lachte. »Du kennst viele Seiten deiner Mutter nicht. Der Mensch sieht nur das in anderen, was er sehen will. Eine Tatsache, die für euch beide gilt.«

Ich ignorierte die Bemerkung, legte die Gläser neben die Teller und hob das voll beladene Tablett hoch. »Kennst du diese Freundin, mit der sich Mum verabredet hat?«

»Nein, aber ich habe auch nicht nachgefragt. Das Geheimnis unserer Ehe i–«

»Ist das Vertrauen, das wir ineinander haben«, beendete ich den Satz. »Ich kann's nicht mehr hören!«

Dad grinste mich an. Er hatte ein Allerweltsgesicht mit sympathischen Lachfalten und braunen Augen, hinter denen sich nie böse Gedanken verbargen. Sein Haupthaar zog sich schon seit Jahren zurück wie eine nicht enden wollende Ebbe.

»Es muss eine gute Freundin sein, so viel steht fest«, meinte Dad. »Sonst hätte sie deiner Mutter nicht dieses Medaillon geschenkt.«

Ich trat in den Durchgang. »Ich dachte, die Kette sei von dir. Ich habe Mum gestern Nacht sogar ein Kompliment dafür gemacht!«

»Nein, die war nicht von mir.« Dad schaltete den Fernseher aus und streckte sich. »Ich hätte mich für ein anderes Modell entschieden. Aber deiner Mutter gefällt es offenbar.«

Ich hielt inne und drehte mich um. Die Gläser rollten bis an den Rand des Tabletts, aber ich balancierte es aus. »Wie sieht das Medaillon denn aus?«

Dad trat an die Regalwand voller Kitsch und knipste eine altmodische Stehlampe neben einem gerahmten Familienfoto aus.

»Nicht mein Geschmack«, sagte er. »Und auch nicht der von Mary – zumindest dachte ich das. Das Medaillon hat die Form einer Spinne.«

Mir fiel das Tablett aus der Hand. Während Brote, Gläser, Teller, Wasserflasche und Pudding auf den Boden knallten, erlebte ich das, was ich später als Sherlock-Holmes-Moment bezeichnen würde.

Plötzlich fügte sich das Puzzle zusammen. Daran änderte auch der erstickte Schrei meines Vaters nichts.

26

Padraig

Brandon hat Angst, als fleischiges Konfetti zu enden

Die ledrige Hand das Hoia-Wisperers war immer noch nass, als ich in die kleine Ohrmuschel flüsterte. Ich hatte sie zusammen mit meinen Klamotten über die Heizung in Brandons Zimmer gelegt – schön versteckt unter der Hose. Als ich sie Brandon nach dem *Sherlock-Holmes-Moment* (er bestand darauf, dass wir den Augenblick unter diesem Namen in Erinnerung behielten) gezeigt hatte, war ihm die Spucke weggeblieben. Seinen raren Moment der Sprachlosigkeit nutzte ich, um ihm zu erklären, dass es eine Möglichkeit gab, den Höhleneingang unter dem Waisenhaus zu finden.

Als Leiter der Forschungsstelle *AMoK* hatte Emmerett Zugang zu den detaillierten Fallakten in einem gesonderten Trakt des Archivs. Diese Abteilung war ranghohen Persönlichkeiten von BEAST vorbehalten. Der von Shepards bewachte Raum lag unter dem Hauptsaal und war nur über eine verborgene Treppe zu erreichen.

Auf der Veranda hinter dem Haus der MacLeans war es still. Zwei Liegestühle hielten Wache. Ein abgedeckter Grill stand neben der gläsernen Schiebetür, die ins Wohnzimmer führte.

»Emmerett?«, sprach ich in das spitze Ohr, das mit der abgetrennten Handfläche verwachsen war. Eine kühle Brise kroch mein Hosenbein hoch und ließ mich frösteln. Ich trug die engsten Jeans aus Brandons Schrank. Aber selbst die waren zu weit.

»Onkel Emmerett, bist du da?«

In dem Übergrößenpulli fühlte ich mich, als würde ich ein Zelt spazieren führen. Ein Zelt mit dem Abbild eines sabbernden Zombies, wohlgemerkt.

»Padraig?«, kam eine leise Stimme aus dem Ohr. »Kannst du mich hören?«

»Emmerett! Ja, kann ich.« Um die Lautstärke meiner Stimme zu drosseln, hielt ich eine Hand abschirmend vor den Mund. »Ich hatte schon Angst, dass du eingeschlafen bist.«

Ein Seufzen drang durch das verschrumpelte Ohr. »Ich kann mich nicht entsinnen, wann ich das letzte Mal um diese Zeit geschlafen habe. Die meisten Monster sind nachtaktiv, daher beginnt der spannendste Teil des Tages für mich nach Sonnenuntergang.«

In einem Fenster des oberen Stockwerks ging Licht an. Es war das Badezimmer. Ich hatte die anderen angewiesen, sich mit den Broten zu stärken und sich bereitzuhalten.

»Dann bist du im Hauptquartier?«, fragte ich aufgeregt.

»Ja, ich entwickle gerade eine Handgranate für den Kampf gegen lichtempfindliche Monster«, bestätigte Emmerett. Im Hintergrund erklang ein grässliches Fauchen, das eindeutig nicht von einem Menschen stammte. »Als Testobjekt benutzen wir einen Destriparoveja. Weißt du, was das ist?«

»Nein, a–«

»Das Wesen lebt in den Anden, einem Gebirge Südamerikas«, unterbrach mein Onkel. »Du musst es dir wie eine haarlose Hyäne vorstellen – nur mit Stacheln entlang des Rückgrats. Frei übersetzt bedeutet sein spanischer Name so viel wie *Schafe-Ausweidender*. Destriparovejas haben nämlich eine Schwäche für Schafe. Sie leben in Rudeln und sind sehr geschickte Jäger. Die männlichen Exemplare treiben die Schafe zusammen. Das Töten übernehmen die Weibchen, weil sie neben den Stacheln auch ein Horn an der Stirn besitzen. Damit schlitzen sie ihren Opfern den Bauch auf. Sind das nicht faszinierende Geschöpfe?«

»Aus Sicht der Schafe wohl kaum«, befand ich. Oben hörte ich die Toilettenspülung. »Hör zu, Emmerett, du hast doch Zugang zum Trakt mit den detaillierten Fallakten, oder?«

Das Zögern verriet, dass er seine Antwort abwog. »Du hast also nicht angerufen, um dich mit mir über die Faszination von Destriparovejas zu unterhalten?«

»Nein.«

»Schade.« Emmerett klang aufrichtig enttäuscht. Ein kurzes Schweigen setzte ein. »Ja, ich habe Zutritt zu den Akten. Du erwartest hoffentlich nicht wieder, dass ich etwas stehle?«

Die Spülung erklang ein weiteres Mal. Wenn das nicht Brandon war, fraß ich einen Besen.

»Du hast die Schlüssel zum Büro von Mrs Hazle-Finch ja nicht gestohlen«, erinnerte ich ihn. »Und nein, du musst keine Akte entwenden. Es genügt, wenn du mir eine Information *aus* einer Akte beschaffst.«

Ein knallendes Geräusch drang aus der Hand. Das Heulen des Destriparovejas verstummte schlagartig.

»Zu viel Sprengstoff«, murmelte Emmerett. »In was für einem Fall steckt du? Und wo bist du überhaupt?«

»An der Nordküste, in einem Städtchen namens Port Willow.« Weil die Spülung schon wieder ging, schritt ich über die Veranda auf die Blumenbeete zu. »Hier verschwinden alle paar Jahrzehnte zwei junge Frauen. Im Orphan Forest, der ganz in der Nähe steht, haust ein Monster in einer Höhle. In den öffentlichen Archivunterlagen steht, dass BEAST-Agenten den Zugang verschlossen und ein Gebäude darauf errichtet haben. Ich muss wissen, wie ich in diese Höhle komme.«

»Warum?«, fragte Emmerett. »Wenn Agenten den Zugang damals verschlossen haben, dürfte das Monster längst das Zeitliche gesegnet haben. Das Wegsperren ist ein bewährtes Vorgehen, wenn die Kreatur nicht getötet werden kann. Damit erledigt sich das Problem irgendwann von allein.«

Ich betrat einen Pfad aus Steinfliesen, der zwischen den Beeten hindurchführte. »Eben nicht«, widersprach ich. »Wir haben mit e–«

»*Wir*? Wer ist *wir*?«

Verdammt, das hatte ich vergessen. Emmerett wusste nicht, dass ich mit Brandon und Hannah zusammenarbeitete. Es war unüblich, dass BEAST-Agenten auf fremde Hilfe vertrauten.

»Ich habe die Unterstützung von Fachpersonen«, bog ich die Wahrheit zurecht. »Ich erspar dir lange Erklärungen.« Ich spähte durch die Dunkelheit. »Laut einem Hinweis in Dads Bestiarium hat das Monster nie mit dem Fressen aufgehört. Wir haben mit einer Zeugin gesprochen. Sie war noch ein junges Mädchen, als die letzten Frauen verschwunden sind. Sie hat Andeutungen gemacht, dass das Monster so etwas wie einen Parasiten besitzt, um die Opfer anzulocken.«

»Moment, Moment«, schallte es aus dem Ohr. »Das hat

James in seinem Tagebuch notiert? Ich dachte, darin befinden sich nur Einträge und Zeichnungen zu Monstern?«

»Es gab da eine Notiz.« Ich wollte das Thema nicht unnötig vertiefen. »Die alte Frau«, fuhr ich stattdessen fort, »wir halten es für möglich, dass sie als Kind von dem Parasiten besessen war. Er ist an ein Medaillon gebunden. Hast du so etwas schon mal gehört?«

Schritte drangen aus dem Ohr. Offenbar verließ Emmerett das Labor und suchte sich einen ruhigeren Ort.

»Nein«, sagte er. »Es wäre mir neu, dass sich Monster an Gegenstände binden und in den Verstand von Menschen eindringen. Warum fragt ihr nicht einfach die Frau?«

»Wollten wir, aber jemand hat sie vor zwei Stunden geköpft.«

»Oh.«

Die Steinfliesen führten am Gartenhäuschen vorbei und in einer geraden Linie zurück zum Haus. An der Seitenwand ragte die kahle Buche auf, die einen Ast nach Brandons Fenster ausstreckte.

»Fakt ist«, nahm ich meine Überlegungen wieder auf, »dass seit zwei Nächten eine junge Frau vermisst wird. Und das Medaillon mit dem Parasiten ist wieder aufgetaucht. Es könnte sein, dass der Parasit soeben das zweite Opfer in die Falle gelockt hat.«

»Das klingt abenteuerlich«, fand Emmerett. »Aber wenn dein Vater einen Hinweis hinterlassen hat, liegt wahrscheinlich etwas im Busch.« Eine Tür quietschte. »Ich bin auf dem Weg ins Archiv. Mal schauen, was sich über den Zugang zur Höhle herausfinden lässt. *Port Willow* hast du gesagt?«

»Ja, und der Wald heißt Orphan Forest«, ergänzte ich. »Wie lange benötigst du?«

»Keine Ahnung. Ich weiß nicht einmal, ob es überhaupt etwas herauszusuchen gibt«, relativierte Emmerett meine Erwartungen. »Ich melde mich in einer halben Stunde, in Ordnung?«

Ich stierte hinüber zum Kirchturm, der neben dem Haus wie der eckige Arm eines Riesen aus dem Boden ragte. »Bis dahin sollten wir beim Waisenhaus sein.«

In dem Wald war es dunkel, aber das hatten Wälder bei Nacht so an sich. Wir stapften zwischen den Bäumen hindurch, die uns stumm aus ihren Astlöchern beobachteten.

»Bin ich der Einzige, der einen Wald bei Nacht unheimlich findet?«, keuchte Brandon. Er schleppte einen Rucksack mit, über dessen Inhalt er beharrlich schwieg. An einem Strick um seine Hüfte trug er ein Küchenmesser, weil er nicht als Einziger von uns unbewaffnet sein wollte.

»Ich war ewig nicht mehr in einem Wald«, flüsterte Hannah. Sie trug einen von Brandons Pullovern – mit Kapuze, ohne Zombie. Bedächtig fuhr sie mit den Fingern über feuchte Baumrinden und griff nach Blättern. »Dieser Ort steckt voller Leben.«

»Leben, das dich plötzlich mit gewetzten Klauen anspringen und fleischiges Konfetti aus dir machen kann«, malte Brandon ein düsteres Bild. Er zog die Schnallen des Rucksacks enger.

Mit einem Ausfallschritt stieg ich über eine Wurzel. Über dem Zombie-Pullover trug ich den Gurt mit den verbliebenen Waffen: drei Salzkugeln, zwei Kanülen mit Weihwasser, ein Feuer des Prometheus. In der Tasche des Trenchcoats befand sich das Blasrohr mit den Giftpfeilen von Onkel Emmerett.

Für eine Jagd waren wir, wie ich zugeben musste, ziemlich schlecht bewaffnet. Aber dank Hannah wussten wir, wenn sich jemand mit bösen Absichten näherte.

»Ich kann dich beruhigen«, sagte Hannah zu Brandon. Sie duckte sich unter einem Ast hindurch. »Ich nehme keine blutrünstigen Spuren wahr.«

Brandon tätschelte den Griff des Küchenmessers. »Und wenn doch, bin ich vorbereitet.«

Wir bewegten uns in der Deckung der Stämme. In der freien Hand hielt ich eine Taschenlampe, die wir aus der Werkstatt von Mr MacLean entwendet hatten. Wir kamen lautlos voran. Der weiche Waldboden federte unsere Tritte ab. Die Bäume bildeten ein dichtes Gewirr aus schlaksigen Körpern.

Hin und wieder bespitzelte ich Brandon. Wenn sein Verdacht stimmte, ließ er sich keine Furcht anmerken. Er stapfte in gewohnt grobmotorischer Manier durch den Wald, schob alle paar Meter seine Brille hoch und gab dumpfe Töne von sich, die ich als Wehklagen interpretierte.

»Wie geht es dir?«, fragte ich, als er sich den Schweiß von der Stirn wischte.

Brandon zuckte mit den Achseln. »Ich hoffe, wir kommen nicht zu spät.«

»Du glaubst also wirklich, dass deine Mum hinter Cassies Verschwinden steckt?«, fragte Hannah so beiläufig, als erkundige sie sich nach dem Wetter.

»Ja.« Brandon klaubte eine Wasserflasche aus seinem Rucksack. »Es passt alles zusammen. Vor vier Tagen waren Cassie und Penelope im Wald. Auf einem der Fotos auf Penelopes Laptop habe ich schwarze Sportschuhe mit pinken Streifen erkannt. Sie ragten hinter einem Baum hervor.«

»Die Schuhe deiner Mutter«, ergänzte ich.

Brandon schraubte den Flaschendeckel ab. »Das ist mir erst aufgefallen, als dieses Paar nicht mehr in Mums Ablage im Flur stand.« Er trank und steckte die Flasche zurück. »Sie muss Penelope und Cassie beobachtet haben.«

Ich trat an Brandon vorbei und leuchtete uns den Weg mit der Taschenlampe. Auch wenn ich den Zombie-Pullover nicht mochte, musste ich ihm zugutehalten, dass er mir die Kälte vom Leib hielt.

»Du denkst, dass deine Mutter in dem Kellergewölbe war und das Medaillon gefunden hat.« Hannah drückte einen Strauch beiseite. »Woher willst du wissen, ob das Schmuckstück überhaupt dort war?«

Brandon schob die Brille zurück auf die Nase. »Dank dem Bild von Alicia. Dort war doch Brunhilde als kleines Mädchen mit einem Anhänger zu erkennen. Trotz der schlechten Auflösung glaube ich, dass es sich um das Spinnenmedaillon handelt. Die acht Zacken waren bestimmt die Beine der Spinne.«

Über unseren Köpfen flatterten kleine schwarze Körper mit hektischen Flügelbewegungen durch die Nacht.

»Brunhilde hat uns erzählt, dass sich der Parasit Seelen aussucht, die leicht zu manipulieren sind«, erinnerte ich die beiden. »Ein Mädchen ohne Geschwister und Mutter, dafür mit einem umtriebigen Vater, dürfte der ideale Wirt sein.«

Hannah hielt inne und schloss die Augen. Brandon und ich verstummten, als sie die Umgebung absuchte. In der Stille kesselte uns der Wald von allen Seiten ein. Hannah schlug die Lider auf und schüttelte entwarnend den Kopf.

»Brunhilde war der Wirt des Parasiten und hat die Zwillinge zum Monster gelockt«, fuhr ich fort. »Aber dann ging etwas schief und im Gewölbe brach ein Feuer aus.«

Brandon nickte. »Ich vermute, dass Brunhilde das Medaillon in einem klaren Moment vernichten wollte. Bei dem Versuch fackelt sie den Keller ab, das Medaillon verschwindet, sie verliert den Verstand, das Waisenhaus wird geschlossen und die Parker-Zwillinge als Brandopfer abgetan.«

»Und als sich deine Mum im Kellergewölbe umsieht, nachdem Penelope dort war, entdeckt sie das Medaillon«, schlussfolgerte Hannah.

Brandon erklomm eine Anhöhe und bahnte sich einen Weg durch das Geäst. »Wie ich Mum kenne«, schnaubte er, »hat sie das Gewölbe auf der Suche nach Alkohol oder Zigaretten auf den Kopf gestellt.«

Wir erreichten den höchsten Punkt und trampelten den Weg hinunter.

»Mum findet das Medaillon, der Parasit pflanzt sich in ihren Kopf und sucht zwei neue Opfer.« Brandon zuckte zusammen, als der Ruf einer Eule durch den Wald hallte. »Cassie ist naiv genug, um Mum unter einem Vorwand mitten in der Nacht in den Wald zu folgen.«

»Wenn deine Mutter der Entführer war, erklärt das, warum Cassie keinen Alarm geschlagen hat«, bemerkte Hannah.

»Und um den Verdacht von sich zu lenken und ein Alibi zu präsentieren, war Mum an dem Abend *angeblich* bei einer Freundin aus dem Bibelklub.«

»Diese Freundin gibt es nicht?« Ich schirmte den Lichtkegel ab, um niemanden zu blenden.

Brandon wog den Kopf auf und ab. »Vielleicht gibt es sie. Aber ich kenne die Freundinnen meiner Mutter. Keine dieser Frauen würde ihre Gäste nicht bis neun aus dem Haus gejagt haben. Der Entführer hat Cassie aber erst kurz vor dreiundzwanzig Uhr in die Falle gelockt.«

Hannah seufzte. »Aber warum entführt sie ausgerechnet die beste Freundin deiner Schwester?«

Unweit vor uns lichtete sich der Wald. Die Atmosphäre schien mit einem Mal bedrohlicher zu werden.

»Cassie passt in das Beuteschema«, sagte Brandon. »Genau wie Penelope. Es gibt kein leichteres Opfer als die eigene Tochter. Ein Kind vertraut seiner Mutter blind.«

Das Licht meiner Taschenlampe ließ die Tropfen an den Baumstämmen glitzern. »Die ganze These kommt mir gewagt vor«, sagte ich skeptisch.

»Aber nicht unmöglich«, hielt Brandon dagegen.

Hannah fuhr mit der Hand über eine Moosflechte, die wie grünes Brusthaar an einem knorrigen Stamm spross. »Und wer steckt hinter der Kapuzengestalt?«

»Das«, flüsterte Brandon, »ist die große Unbekannte. Aber zuerst schauen wir uns das Waisenhaus an. Wir sind da.«

Wir traten aus der letzten Baumreihe. Vor uns erhob sich ein windschiefes Gebäude. Das Waisenhaus stand einsam auf der Lichtung, als würden es selbst die Bäume meiden.

»Sieht aus wie aus einem Horrorfilm«, stellte ich fest.

Brandon richtete seine Brille. »Dafür fehlen die kreischenden Teenager.«

»Freu dich nicht zu früh«, mahnte Hannah.

Den nächsten Satz sprach Brandon so leise, dass ich ihn nicht verstehen konnte.

»Was hast du gesagt?«

»Ich habe nichts gesagt.«

Wieder wisperte es.

»Da flüstert doch jemand!«

»Jetzt habe ich's auch gehört.«

Mir ging ein Licht auf. Hastig warf ich Hannah meine Sachen zu und nestelte die Hoia-Hand hervor.

»Emmerett?«

Ein Flüstern drang aus der Ohrmuschel. »Padraig, kannst du mich hören?«

»Ja. Was hast du herausgefunden?«

Ich gab Hannah und Brandon mit einem Wink zu verstehen, dass wir uns hinter den Schutz der Baumlinie zurückziehen sollten.

»Also«, räusperte sich Emmerett. »In der Akte wird von der *Höhle der hängenden Hexen* gesprochen. Die Unterlagen geben leider kaum Brauchbares her. Über das Monster wird kein Wort verloren.«

»Schade«, sagte ich zähneknirschend. »Ein Hinweis, wie man das Ding töten könnte, wäre hilfreich gewesen.«

Emmerett lachte. »Es frisst junge Frauen, lebt seit Tausenden von Jahren und hat einen Angriff von BEAST-Agenten überlebt. Wie gefährlich kann es schon sein?«

Ich lachte nicht.

»Wie dem auch sei«, drang das Flüstern aus dem Ohr. »Was den Eingang zur Höhle betrifft, kann ich dir weiterhelfen. Es ist eigentlich ganz einfach.«

27

Brandon

Die Höhle der hängenden Hexen

Kaum trat ich durch die Tür der verfluchten Frankenstein-Hütte, stellten sich meine Nackenhaare auf. Die Gänsehaut an den Unterarmen gab es kostenlos dazu. Ich versuchte, mir die Angst nicht anmerken zu lassen. Was gar nicht so einfach war, weil ich verdammt viel davon hatte. Um meine Nerven zu beruhigen, schloss ich die Hand um den Griff des Messers und dachte an die Geheimwaffe in meinem Rucksack – sofern es überhaupt eine Waffe war. Aber es sah zumindest wie eine aus.

Wir standen im Eingangsbereich mit dem herabgestürzten Kronleuchter. Hannah verharrte mit geschlossenen Augen vor der Treppe zu den oberen Etagen, Padraig leuchtete mit der Taschenlampe die Wände ab.

»Wir sind allein.« Hannah schlurfte mit den Händen in der Bauchtasche des Hoodies auf uns zu. »Aber in Häusern mit vielen Wänden ist es schwierig, Spuren zu lesen.«

»Wird schon schiefgehen.« Padraig bemühte sich um einen sorglosen Ton, sprach aber leiser als sonst. »Wie kommen wir in den Keller?«

Ich unterdrückte die aufsteigende Angst, straffte den Rucksack und betrat mit aktivierter Taschenlampen-App den rechten Korridor. Padraig und Hannah folgten mir.

Im Gang roch es irgendwie nach alten Menschen, was an den herumschwirrenden Motten und der abgestandenen Luft liegen durfte. Die Dielen knarzten, in den Ecken der Türrahmen sammelten sich Laub und Dreck, und schwarze Schimmelflechten überzogen die holzvertäfelten Wände.

Padraig schloss zu mir auf. »Sieht nicht gerade einladend aus. Aber mit ein wenig Zeit und Geld ließe sich daraus ein hübsches Hotel machen – das *O'Sullivan Grand Hotel*. Was hältst du davon?«

Wir erreichten das Ende des Korridors mit seinen beiden Durchgängen. Der rechte führte über eine Wendeltreppe in den Turm, der linke hinunter zum Gewölbe. Ich blieb stehen und atmete tief durch. Es machte mich wütend, dass Padraig keine Angst eingestehen oder Schwäche zeigen konnte.

»Du könntest bei mir als Kofferträger arbeiten«, schlug er vor.

»Die heißen *Pagen*, nicht Kofferträger«, presste ich angesäuert hervor. »Und nein, vielen Dank. Ich sterbe lieber, als für dich zu arbeiten!«

Ein paar Haarsträhnen hingen Padraig viel zu lässig ins Gesicht. »Tust du mir trotzdem den Gefallen und wirfst dich nicht ins erstbeste Monstermaul?«

Mein Leben hatte sich in den letzten knapp vierundzwanzig Stunden ganz schön verändert. Zuerst wäre ich fast bei lebendigem Leib von Spinnen gefressen worden, dann hatte ich erfahren, dass Monster in unserer Welt lebten, und meine erste Leiche gesehen. Als Sahnehäubchen war meine Mutter allem Anschein nach von einem Parasiten befallen und hatte ihre eigene Tochter entführt (dieser Punkt war nicht ganz so schlimm), um sie einem Waldmonster zum Fraß vorzuwerfen (der schon).

»Brandon?«

Ich verscheuchte die Gedanken.

»Versprichst du mir, auf dich aufzupassen?«

Ich nickte. »Versprochen.«

Padraig wandte sich Hannah zu. Sie stand mit ihrem gewohnt gleichgültigen Gesichtsausdruck, den sie so gut wie nie ablegte, hinter uns.

»Das gilt auch für dich«, sagte Padraig mit Nachdruck. »Ich bin ein guter Monsterjäger. Manche würden behaupten, ein *hervorragender* Monsterjäger – wahrscheinlich der beste BEAST-Agent in meinem Alter in ganz Großbritannien.« Er grinste schelmisch, aber das flüchtige Lachen verblasste schnell und wich einer ernsten Miene. »Aber da unten wartet etwas abgrundtief Böses auf uns, das schon seit zweihundert Jahren tot sein müsste. Gemeinsam können wir es vielleicht töten. Wir müssen vorsichtig sein, zusammenhalten und einen kühlen Kopf bewahren. Habt ihr das verstanden?«

Eine angespannte Stille breitete sich aus.

»Kannst du mir kurz helfen, Hannah?«, fragte ich. »Ich bin gerade ein wenig verwirrt. Ist das jetzt die Stelle, an der wir zu Tränen gerührt applaudieren, oder die, an der wir mit wildem Kriegsgeschrei unsere Kampfbereitschaft bis in den Tod signalisieren?«

»Ich glaube«, begann Hannah, »wir müssen Padraig auf den Schultern zum Dorfplatz tragen, wo eine lebensgroße Statue aus Marmor von ihm enthüllt wird.«

»Genau!« Ich klatschte die Handfläche auf die Stirn. »Das war's! Vielen Dank.«

»Kein Problem.«

»Ach, haltet die Klappe«, murrte Padraig und schritt über die morschen Holzstufen in den Keller hinab.

Ich lächelte Hannah an, aber sie trat an mir vorbei und folgte Padraig. Mein Pullover wirkte an ihr wie ein Zelt. Immerhin saß das Zombie-Exemplar von Padraig fast perfekt.

Ich straffte die Riemen des Rucksacks mit der Geheimwaffe und dachte an meine Follower, die untätig in ihren Betten lagen und nicht mal in ihren Träumen ahnten, was hinter den Kulissen alles abging. Bei dem Gedanken fühlte ich mich wie ein echter Draufgänger. Wie jemand, der Abenteuer erlebte. Nein, noch besser – wie ein Geheimagent! Geheimagent MacLean!

Ich nahm meinen Mut zusammen und schritt entschlossen die Stufen hinunter.

Padraig und Hannah warteten am Fuß der Treppe. Der Strahl der Lampe huschte vom lehmigen Boden über die kuppelförmige Decke. Am Ende des Raumes schälte er das schiefe Regal aus der Dunkelheit. Die braunen Fläschchen lagen unberührt davor. Nichts erinnerte daran, dass das Gewölbe bei meinem letzten Besuch zum Leben erwacht war.

»Ich habe es mir anders vorgestellt.« Padraigs Stimme hallte von den Kuppeln wider. Langsam schritt er auf die Mitte des Gewölbes zu. »Irgendwie mit mehr Spinnen.«

Meine Hand mit dem Smartphone begann zu zittern. Der ach so mutige Agent MacLean hatte seinen Dienst nach wenigen Sekunden quittiert. Die Bilder der Spinnen, die über mir zusammenbrachen, bekamen mir nicht gut.

»Padraig, du machst Brandon Angst, wenn du von den Spinnen redest«, mahnte Hannah.

Ich drehte mich blitzschnell um und leuchtete ihr mitten

ins Gesicht. »Hör auf, meine Spur immer dann zu lesen, wenn ich Angst habe!«

»Angst hin oder her.« Padraig trat auf das Regal zu. Es lag unter einem gespenstischen Schleier aus Spinnweben. »Wir sollten den Zugang zur Höhle suchen.«

»Pass bloß auf«, warnte ich. »Das letzte Mal, als ich dem Regal zu nah kam, haben mich die Spinnen angegriffen.«

Padraigs Lichtkegel verharrte auf den Spinnweben. »Gemäß Emmerett befindet sich der Eingang hier unten. Der Keller war das Erste, das man nach der letzten Hexenverbrennung errichtet hat.«

»Hat dir dein Onkel keine näheren Informationen gegeben?«, erkundigte sich Hannah skeptisch.

Padraig leuchtete eine freie Wandfläche ab. »Emmerett wusste nicht, wo genau sich der Zugang befindet. Aber in den Akten fand sich ein hilfreiches Detail.« Er streckte Hannah die Lampe und den Stock hin. »Hältst du mal?«

Hannah nahm ihm die Sachen ab. Aus der Tasche des Trenchcoats holte Padraig ein Stück Kreide hervor.

»Kreide, bekanntlich das effektivste Mittel der modernen Monsterbekämpfung«, spottete ich. »Malst du eine Geheimtür an die Wand, streust Feenstaub drüber und wünschst dir ganz fest, dass sie echt wird?«

Padraig ignorierte meine Bemerkung und schlenderte zur Wand. Er untersuchte die Ziegelsteine. Nach kurzer Suche fand er eine Stelle, die nicht von verkrustetem Dreck bedeckt war.

»Als die BEAST-Agenten das Monster weggesperrt haben«, sagte er, »markierten sie den Zugang mit einer Sigille. Wenn wir dieses Symbol hier ziehen, sollte die Markierung sichtbar werden.«

Als Padraig die Kreide absetzte, zierte eine Sigille aus geometrischen Figuren die Stelle. Das Zeichen ähnelte einem stehenden Trapez mit einem Kreis in der Mitte, in den eine Art Rune gezeichnet war. Mit ein wenig Fantasie sah es aus wie ein Schlüsselloch. Die Sigille sendete ein schwaches bläuliches Leuchten aus.

Zuerst geschah nichts. Ich wollte Padraig schon anbieten, das Symbol neu und *richtig* zu zeichnen, als hinter dem Regal ebenfalls ein blaues Licht aufleuchtete.

»Es hat funktioniert!«

»Natürlich hat es das«, meinte Padraig. »Wir BEAST-Agenten machen keine halben Sachen.« Er steckte die Kreide ein und nahm Hannah den Degen ab. Dabei fiel ihr die Taschenlampe aus der Hand. Mit einem hässlichen Scheppern prallte sie auf den Boden.

»Verdammt!«, fluchte Padraig.

Das blaue Leuchten der Sigille pulsierte im Halbdunkeln.

»Tut mir leid«, entschuldigte sich Hannah.

»Hoffentlich ist sie noch heil«, meinte Padraig. »Brandon, kannst du mit dem Smartphone den Boden ableuchten?«

Padraigs Stimme hörte sich an, als wäre mein Schädel unter Wasser. Meine ganze Aufmerksamkeit gehörte dem pulsierenden Licht hinter dem Regal. Es zog mich an wie eine Motte.

»Brandon?«

Hinter dieser Wand war Penelope gefangen. In den Klauen einer Bestie, in die Falle gelockt von unserer Mutter.

»Hier!«, hörte ich von irgendwoher. »Das Batteriefach ist aufgesprungen. Einen Moment.«

Ich streckte die Hand nach den Spinnweben aus.

Helles Licht flutete den Keller. »Glück gehabt. Ich dachte schon, die Lamp–«

»Brandon, halt!«

Es ging um das Leben meiner Schwester. Auch wenn ich sie nicht besonders mochte, würde ich sie retten. Und war es nur, um es ihr den Rest ihrer Tage vorzuhalten!

»Die Spinnen!«

Der Schrei klingelte in meinem Gehirn und vertrieb das dumpfe Gefühl.

Aber es war zu spät. Meine Arme waren bereits bis zu den Ellenbogen in den Spinnennetzen verschwunden. Sofort zog ich sie zurück.

»Brandon!« Padraig zückte den Degen und eilte zu mir. Er löste eine Salzkugel von seinem Brustgurt und drückte sie mir in die Hand. »Verdammt, was ist in dich gefahren?«

»Ich nehme keine Spur wahr«, versicherte Hannah. Sie stand bei der Wand mit der Sigille, den Dolch in der einen und die Taschenlampe in der anderen Hand.

Ich schüttelte die Beklemmung ab und betrachtete ratlos die Salzkugel. »Ich wollte nur Penelope retten. Es überkam mich einfach.«

»Dein Wille ist ehrbar.« Padraig zerrte mich mit erhobenem Degen vom Regal weg. »Aber gleich sitzen wir in der Falle!«

Wir sammelten uns. Padraig umklammerte das Gläschen mit der kleinen Flamme.

»Wenn es zu viele werden«, sprach er eindringlich, »fackle ich den Keller ab. Wenn ich rufe ›Rennt!‹, dann rennt ihr. Wir haben nur einen Versuch.«

Hannah und ich nickten. Wir standen Schulter an Schulter. Sie leuchtete mit der Lampe den Boden und die Decke ab. Die Sigillen strahlten ihr schwaches, pulsierendes Licht aus. Ich lauschte auf jedes Geräusch, hörte aber nur die Atemzüge der anderen.

Ich wusste nicht, wie lange wir so dastanden. Schweiß rann mir über die Stirn. Langsam beruhigte sich mein Herzschlag.

»Du, Padraig«, flüsterte ich.

»Ja?«

»Ich glaube, da passiert nichts.«

»Das merke ich selber, Schlaumeier.«

»Warum passiert nichts?«

»Hast du dich nicht großspurig als Gehirn unserer Truppe bezeichnet? Jetzt wäre der perfekte Zeitpunkt, das unter Beweis zu stellen.«

Ich dachte angestrengt nach. »Vielleicht schlafen die Spinnen.«

»Na, das wird's sein, vielen Dank auch.« Padraig löste sich aus unserer Verteidigungsformation. »Ich schau nach. Gebt mir Deckung.«

Da ich nicht wusste, wie man Deckung gab, machte ich ein böses Gesicht. Aber dann kam ich mir irgendwie albern vor und beschloss, die Salzbombe wurfbereit im Anschlag zu halten. Wenn ich Glück hatte, traf ich versehentlich Padraig und er wurde ohnmächtig, bevor er zerfleischt wurde.

Padraig näherte sich der Sigille. Vorsichtig schob er mit der Klinge die Spinnweben beiseite. Es blieb alles ruhig, keine achtbeinigen Getiere brachen über uns herein.

Padraig senkte den Degen und löste die Hand vom Gurt. Er winkte uns herüber. »Die Luft ist rein. Vielleicht steht das Glück ausnahmsweise einmal auf unserer Seite.«

Ich gab ihm die Salzkugel zurück. Unter viel Gestöhne

und mit einiger Mühe gelang es uns, das sperrige Regal aus dem Weg zu räumen. Dahinter tat sich – oh Wunder – ein Stück Wand auf. Es unterschied sich nur dadurch von den anderen, dass ein magisches Symbol in einen Ziegelstein eingeritzt war.

»Und jetzt?«

Padraig klopfte die Steine rund um die Sigille ab. »Der Parasit bringt seine Opfer über diesen Weg in die Höhle. Hier muss es irgendwo einen versteckten Mechanismus geben, der den Zugang öffnet.«

Hannah beleuchtete die Wand. »Woher weißt du, dass der Parasit die Opfer hierhergebracht hat?«

»Weil ich Regel Nummer siebzehn beachtet habe«, erklärte Padraig. »Sind euch die Fußspuren nicht aufgefallen, die geradewegs auf die Wand zugeführt haben?«

Ich zückte mein Smartphone und schaltete die Taschenlampe an. Abdrücke zeichneten sich auf dem sandigen Untergrund ab. Einige führten geradewegs von der letzten Stufe zum Regal.

»Du hast recht«, erkannte ich. »Leider ist es unmöglich zu sagen, wie viele es sind. Die meisten der Abdrücke stammen von uns.«

»Ob es so einfach ist?«, murmelte Padraig. Er stand mit der Nase dicht vor dem blau schimmernden Ziegelstein und presste den Handballen auf das Symbol. Mit einem kratzenden Geräusch drückte er den Stein nach innen, bis er mit einem Klicken einrastete. Hinter der Tür erklang ein metallisches Rasseln, als setzten sich schwere Ketten und Riegel in Bewegung. Ein Teil der Wand sprang nach vorne und ein schmaler Spalt tat sich auf. Ein kalter Schwall modriger Luft schlug uns entgegen.

»Der Höhleneingang!«, platzte es aus mir heraus. Unter die abgestandene Luft mischte sich ein süßlich fauliger Geruch, der mir unangenehm in der Nase kitzelte.

Padraig zog die Wand wie eine Tür auf.

»Monsterscheiße!«, stöhnte ich. »Müssen wir da durch?«

Vor uns führte ein Tunnel ins Erdreich. Er kam mir vor wie das Innenleben eines Spinnenhinterns. Riesige Netze bedeckten das nackte Gestein wie herabhängende Bettwäsche, die in der Zugluft aufwogte. Es sah aus, als hätte jemand vor tausend Jahren den gesamten Tunnel in Toilettenpapier eingewickelt, das mit der Zeit zu einer ausgedünnten, klebrigen Schicht verkommen war.

Padraig trat in den Durchgang. »Uns bleibt keine andere Wahl.« Er zeigte auf den Boden. »Seht ihr die Fußabdrücke? Wir sind auf der richtigen Spur.«

Hannah reichte ihm die Taschenlampe. Padraig bildete die Vorhut. Obwohl der Tunnel breit genug für uns drei gewesen wäre, bestand er darauf, dass wir ihn hintereinander betraten.

»Falls mich etwas attackiert, bleiben euch ein paar Extrasekunden, um zu fliehen«, gab er als Erklärung ab, was mich nicht sonderlich beruhigte.

Padraig prüfte seine Waffen, Hannah schloss die Augen und ich warf einen Blick in den Rucksack. Als Hannah Entwarnung gab, betraten wir den Tunnel.

Steine und Felsbrocken bedeckten den abfallenden Weg. Die seidenen Gebilde an den Wänden warfen verzerrte Schatten. Hin und wieder durchtrennte Padraig ein Spinnennetz, das danach schlaff wie ein zerschnittenes Stofftuch von der Decke hing.

Ich war so sehr damit beschäftigt, Spinnweben aus dem

Haar zu klauben, dass ich die Angst vergaß, die in der Situation zweifelsfrei angemessen gewesen wäre.

»Es muss mühsam gewesen sein, die verkohlten Leichen der Hexen hier runterzutragen«, meinte Padraig. »Stellt euch vor, wir hätten einen Kartoffelsack auf dem Rücken.«

Mir fiel beim Wort *Kartoffel* zu meinem Leidwesen auf, dass ich nichts Essbares in den Rucksack gepackt hatte.

»Da vorne wird der Tunnel breiter«, bemerkte Padraig ein wenig später. Er verlangsamte seinen Schritt.

Mit jedem Meter spannte sich die Stimmung mehr an. Kalter Schweiß drang aus Stellen, von denen ich nicht wusste, dass sie Schweißporen besaßen.

»Wartet«, flüsterte Hannah. »Ich nehme jetzt Spuren wahr. Zwei stammen von Menschen. Aber sie sind schwach, als wären sie nicht bei Bewusstsein.« Hannah legte die Finger auf die Schläfen, um sich zu konzentrieren. »Und da ist noch eine dritte Spur.«

Padraig drehte sich um. »Die Spur eines Monsters?«

Hannah schüttelte den Kopf. »Ich kann sie nicht wirklich greifen. Es ist mehr ein Gefühl, dass da noch etwas ist. Als wäre auch diese Spur in einem tiefen Schlaf.«

»Wenn das Waldmonster schläft«, überlegte Padraig, »bleibt uns vielleicht genug Zeit, Penelope und Cassie zu befreien, bevor es aufwacht.«

»Wir sollten uns beeilen.« Tatendurstig schob ich meine Brille nach oben. »Wenn die Opfer bereitliegen, wird es sicher bald aufwachen.« Ich zog am Kragen, damit Luft an meinen Hals kam. »Ich bin zwar ein Mann, aber vielleicht schaut es nicht genau hin und hält mich für eine Frau ...«

»Das Monster ist nicht blind«, meinte Padraig. »Wenn es dich tötet, dann aus reiner Mordlust.«

Ich seufzte. »Es macht den Tod gleich viel erträglicher, wenn dein Mörder Spaß bei der Arbeit hat.«

Der Tunnel endete und öffnete sich zu einer riesigen unterirdischen Höhle. Ihre Wände waren mit Sigillen vollgekritzelt, die Decke verlor sich in tiefen Schatten. An den Wänden ragten Fackeln aus metallenen Halterungen, die alles in mattes Licht tauchten.

In der Höhle stand der größte Baum, den ich je gesehen hatte. Zugleich war er auch der knorrigste, älteste und toteste. Durch seine Rinde zog sich ein Riss wie eine unverheilte Narbe. An den abstehenden Ästen, die mich an den Schlangenkopf der Medusa erinnerten, wuchsen keine Blätter. Dafür spannte sich ein Geflecht aus Spinnweben über die toten Triebe. Es wirkte, als hätte der Baum feines silbernes Haar.

Das Unheimlichste waren die acht seidenen Kokons, die an dicken Spinnfäden von den untersten Ästen hingen. Sie waren so groß wie Menschen. Von jedem Kokon führte ein weiterer Strang aus verwobenen Spinnfäden wie ein Schlauch nach oben und verlor sich unter der Decke.

»Jetzt wissen wir wenigstens«, sagte Padraig unheilvoll, »warum dieser Ort als *Höhle der hängenden Hexen* in den BEAST-Akten vermerkt ist.«

28

Padraig

Die Verwandlung

Die bleichen Kokons schwankten hin und her wie die Leichen von Gehängten. Es war ein gespenstischer Anblick, wie sie da an dem vielarmigen Riesen mit dem grauen Haar hingen.

»Diese Sigillen«, Brandon musterte die Symbole, die an den Wänden prangten, »was bewirken sie?«

Ich kannte viele der Zeichen nicht. Trotzdem war mir ihr Zweck bewusst. »Es sind Bannsigillen«, erklärte ich. »Damit das, was in der Höhle lauert, auch drinbleibt.«

»Gut zu wissen.« Brandon wies zu den Fackeln. »Und wer hat die angezündet?«

»Die viel wichtigere Frage ist, was oder *wer* in den Kokons steckt. Haben sich die Spuren verändert, seit wir hier sind?«

Hannah schloss die Augen. Konzentrierte Falten zerfurchten ihre Stirn. »Ihr Zustand ist derselbe. Zwei Spuren stammen von Menschen, die dritte kann ich nicht einschätzen. Sie plätschert vor sich hin wie ein Bach, dessen Strömung nichts zu fassen bekommt.«

»Dann sollten wir uns beeilen, bevor die dritte Spur aus

ihrem Koma erwacht«, schlug ich vor. »Sehen wir uns die Kokons an. Ich habe den unguten Verdacht, dass wir darin keine fetten Raupen finden, die zu wunderschönen Schmetterlingen werden.«

»Wofür wohl diese schlauchartigen Fäden gedacht sind, die von den Kokons zur Decke führen?« Brandon kniff die Augen hinter den Brillengläsern zusammen.

»Die sind mir auch aufgefallen«, sagte Hannah. Sie folgte den Schläuchen in die Schatten unter der Decke. Ihr Blick blieb an der weißlichen Baumkrone haften. »Und wo sind all die Spinnen geblieben? Um Netze in dieser Größe zu spinnen, bräuchte es Millionen davon.«

Brandon trat unter den nächstgelegenen Kokon. Er kam mit ausgestreckten Händen nicht bis zum Faden, der die seidene Hülle mit den Ästen verband. Vorsichtig stupste er den Kokon an. Als kein Monster daraus hervorbrach, legte er die Hand auf die Oberfläche.

»Fühlt sich an wie die Haut meiner Oma – alt, ledrig und zäh«, beschrieb er.

»Wir schneiden den Kokon der Länge nach auf«, beschloss ich und trat mit gezücktem Degen vor. »Haltet eure Waffen bereit.«

Mit mürrischem Gesicht zückte Hannah ihren Dolch. Brandons Hand glitt zitternd zum Küchenmesser.

Die Hülle des Kokons war widerspenstig. Ein normales Messer wäre kaum hindurchgedrungen. Aber die geschärfte Klinge meines Degens war dafür geschmiedet, die Haut der stärksten Monster zu durchstoßen. Mit einem kaum spürbaren Widerstand glitt sie durch den Kokon. Ein fauliger Geruch drang durch den Schlitz.

»Meine Güte«, würgte Brandon. »Was in Teufels Namen

stinkt so bestialisch? Und diese seltsame Süße, riecht ihr die auch?«

Hannah und ich schwiegen. Wahrscheinlich ahnte auch sie, was in dem Kokon steckte.

»Hilfst du mir, ihn zu öffnen?«, fragte ich Hannah. Ich schielte kaum merklich zu Brandon. Sie verstand. Wir griffen in den Spalt und rissen den Kokon auf.

»Oh mein Gott!«, keuchte Brandon. Er hastete hinter den nächsten Felsbrocken und übergab sich einmal mehr.

Mir lag ein dummer Spruch auf den Lippen. In jeder anderen Situation hätte ich ihn rausgehauen. Aber was ich in dem Kokon sah, gehörte zu den grausamsten Dingen, die mir als Monsterjäger je untergekommen waren.

Das Innenleben der Hülle ähnelte einem halb ausgebrüteten Küken mit kaum ausgebildeten Organen und Gliedmaßen – ein matschiger Haufen aus Fleisch, Knochen und Hautresten. In den Klumpen hatten sich Stofffetzen und etwas, das aussah wie ein blondes Haarknäuel, verirrt.

»Die Kokons verdauen Menschen«, wisperte Hannah. »Wer tut jemandem so etwas an?«

»Ein Monster«, sagte ich kühl und trat zum nächsten Kokon. Ich schnitt ihn auf. Er war fast leer. Mit Betonung auf *fast*. Am Boden triefte eine schwarz glänzende Pfütze. Dieser Körper hatte sich fast vollständig aufgelöst.

»Wahrscheinlich eine der verbrannten Hexen«, mutmaßte ich. »Die schwarze Färbung dürfte vom verkohlten Körper herrühren. Dann handelt es sich beim Kokon mit dem blonden Haar um einen der Parker-Zwillinge.« Ich wandte mich ab. »Hannah, kannst du herausfinden, aus welchen Kokons die menschlichen Spuren stammen?«

Brandon kam zurück. »Was ist mit den Leichen geschehen?« Er war bleicher als jeder Hautsammler. »Warum sind sie halb zersetzt?«

»Ich weiß es nicht«, sagte ich ruhig. In Situationen wie diesen galt es, bloß nicht den Kopf zu verlieren (Regel Nummer neun: *Den Kopf verlieren wir erst, wenn ihn uns ein Monster abschlägt*). »So etwas habe ich noch nie gesehen.«

»Wie beruhigend.«

Hannah öffnete die Augen. Sie deutete auf die beiden Kokons ganz rechts. »Sie sind da drin. Die Hüllen sehen auch frischer aus als die anderen.«

Ich war mit erhobener Klinge schon auf halbem Weg zu den Kokons, als Hannah weitersprach.

»Aber wir haben ein Problem«, sagte sie und streckte den Arm aus. »Da kommt Besuch.«

Ich verharrte und folgte ihrem Zeigefinger zum Eingang der Höhle. Aus den Tiefen des Tunnels drang das Geräusch von Schritten. Eine Gestalt erschien im Durchgang.

»Mum?« Brandon klappte der Kiefer auf.

Vor uns stand Mary MacLean. Sie blickte uns ausdruckslos an und trug eine bis zum letzten Loch zugeknöpfte Bluse, eine dünne Jacke und die Sportschuhe mit pinken Streifen. Der Anhänger in Spinnenform hing auf Brusthöhe. In der Mitte war ein ovaler Stein eingefasst, der tiefschwarz schimmerte.

»Mum!« Brandon rannte schreiend auf sie zu. »Nimm dieses Medaillon ab! Darin lebt ein Monsterparasit!«

»Brandon, nicht!«

Aber es war zu spät. Aus dem Stein des Anhängers und aus Marys Mund tropfte eine schwarze Flüssigkeit. Sie war zäh wie Teer und sammelte sich am Boden in einer Pfütze. Wie ein Schwamm saugte Marys Körper die Flüssigkeit auf, die über ihre Beine nach oben wanderte. Sie bedeckte ihre Hüften, die angelegten Arme und den Hals. Kurz darauf umschloss die klebende Flüssigkeit auch ihren Kopf.

Brandon blieb wie angewurzelt stehen.

Hannah löste sich und rannte auf ihn zu. Sie packte ihn am Arm und zerrte ihn zurück. Brandon ließ alles willenlos mit sich geschehen.

Die Flüssigkeit überzog Mary wie schwarze Lava. Am ganzen Körper bildeten sich Blasen, die geräuschvoll aufplatzten. Spinnen kamen daraus hervor und krabbelten mit haarigen Beinen wild durcheinander. Sie bildeten eine lebendige und bodenlange Kutte, die Mrs MacLean von Kopf bis Fuß bedeckte. Rot leuchtende Augen stierten wie glühende Kohlestücke unter einer Kapuze hervor. Die Verwandlung war vollzogen.

»Mum …«, hauchte Brandon. Hannah und ich stützten ihn, damit er nicht auf die Knie sackte. »Du bist die Kapuzengestalt? Was hat der Parasit mit dir gemacht?«

»Von ihr gehen dieselben überlappenden Gefühlsebenen aus wie im Bootshaus«, sagte Hannah. »Der Parasit kontrolliert ihre Gedanken. Aber Mary steckt irgendwo da drin. Tief in ihr spüre ich Angst.«

Der Parasit stand vor uns. Die Spinnen zogen sich aus dem Gesicht zurück und gaben den Mund frei.

»Ihr«, hallte eine verzerrte Stimme aus Marys Kehle, »habt das Verlies meiner Meisterin gefunden. Ich beobachte euch, seit ihr in das Haus meiner menschlichen Hülle eingedrungen seid.«

Ich umklammerte den Degen. »Du hast Cassie und Penelope entführt und vor vielen Jahren die Parker-Zwillinge in Gestalt von Brunhilde Swan hierhergelockt, nicht wahr?«

Ein Lachen schallte durch die Höhle. »Brunhilde war jung und schwach. Das perfekte Gefäß für mich, um die Meisterin am Leben zu erhalten. Die blonden Mädchen haben Brunhilde vertraut. Es war ein Leichtes, sie zur Meisterin zu bringen.«

»Brunhilde war nicht schwach«, widersprach ich. »Ihr ist es beinahe gelungen, dich mit einem Feuer zu vernichten. Ein kleines Mädchen hat deine Gehirnwäsche überlistet.«

Die roten Augen verengten sich. »Normalerweise töte ich meine Wirte. Ein so wertvolles Medaillon findet nach dem Tod seines Trägers stets einen neuen Besitzer. Brunhilde muss ihr Ableben erahnt haben. Ihren Willen gegen mich aufzubäumen, hat sie den letzten Rest ihres Verstandes gekostet. Da konnte ich sie auch ihr jämmerliches Dasein fristen lassen.«

»Padraig«, flüsterte Hannah. »Die dritte Spur erwacht aus dem schläfrigen Zustand. Was immer ihre Quelle ist, es ist *sehr* mächtig und wird bald volles Bewusstsein erlangen.«

»Ich kümmere mich um Mary«, entgegnete ich leise. »Ihr befreit Penelope und Cassie.«

»Wisst ihr«, krächzte der Parasit, »weshalb ich euch nicht längst getötet habe? Weshalb euch im Keller und auf dem Weg durch den Tunnel keine Spinnen begegnet sind?« Die Kutte flimmerte wie das schwarz-weiße Rauschen eines Fernsehers. Der Parasit streckte einen Finger aus – und zeigte auf Hannah. »*Du* bist besonders. Die Kraft in deinen Adern macht die Meisterin stark genug, um die Bannzeichen zu brechen und aus dem unwürdigen Verlies zu entkommen. Vorbei sind die Zeiten, in denen sie durch die Kokons langsam von fremden Körpern zehrt.«

Hannah und ich tauschten Blicke. In ihren Augen flackerte kurz ein Gefühl auf, aber sie hatte sich sofort wieder im Griff.

»Du bekommst sie nur über meine Leiche!«, rief ich.

Der Parasit lachte auf. »Das wird mir ein Vergnügen sein. Die Meisterin erwacht bald, aber bis dahin habe ich dein kümmerliches Leben ausgehaucht, Monsterjäger! Wenn du nicht mehr bist, werden sich deine Freunde im Angesicht des Todes vor ihr auf die Knie werfen.«

»Der Parasit wird gleich sein blaues Wunder erleben«, sagte ich zu Hannah. »Schnapp dir Brandon, befreit die Mädchen. Haut sofort ab, verstanden?«

Hannah nickte entschlossen.

»Bringst du Mum um?«

Brandon stand neben mir. Seine Augen waren angeschwollen, die Haut im Gesicht gerötet und aus dem Mund roch er nach Erbrochenem.

»Ich finde einen Weg, das nicht tun zu müssen«, versprach ich, ohne zu wissen, ob ich ihn anlog. »Du hilfst Hannah, deine Schwester aus dem Kokon zu holen, in Ordnung?«

»Genug mit euren Tuscheleien!« Die Stimme des Parasiten klang wütend. »Im Tod werdet ihr durch ewiges Schweigen vereint sein.«

Der Parasit warf sich flach auf den Boden und preschte auf allen vieren auf uns zu.

»Rennt!«, schrie ich.

Der Parasit stieß sich ab und schoss wie ein schwarzer Pfeil auf mich zu. Ich wollte mich ducken, hatte durch den Warnschrei aber wichtige Sekundenbruchteile verloren. Der Parasit rammte mir seinen Schädel in den Bauch. Die Wucht des Aufpralls warf mir den Degen aus der Hand, hob mich von den Füßen und schleuderte mich nach hinten. Ich knallte auf den Rücken, die Eisenkette rutschte über meinen Kopf und rasselte zu Boden. Die Steine rissen mir beim Sturz die Haut auf. Die Schürfungen brannten wie Feuer. Ich wollte mich aufsetzen, da warf sich der Parasit auf mich. Er drückte meine Hüften mit seinem ganzen Gewicht nach unten. Ein Fausthagel donnerte in mein Gesicht. Meine Unterlippe platzte auf, warmes Blut rann über mein Kinn.

Nach mehreren Treffern brachte ich die Unterarme wie einen Schutzschild vor mein Gesicht und federte die Wucht der Schläge ab. Gleichzeitig spannte ich die Bauchmuskeln an und drückte den Oberkörper nach oben. Als der Rhythmus der Fausthiebe abnahm, schlang ich die Hände um den Bauch des Parasiten. Ich ignorierte die aufplatzenden Spinnenkörper auf meinen Unterarmen, verlagerte das Gewicht und warf Mary zur Seite.

Jetzt saß ich oben und ließ meine Fäuste krachend in die Kapuze fahren. Ich zielte auf die Stelle zwischen den rot leuchtenden Augen. Während ich zuschlug, schaute ich nach Hannah und Brandon. Ich entdeckte sie unter einem der Kokons. Als ich wieder nach unten sah, grinste mich das verzerrte Gesicht von Mary MacLean an.

»Was gibt's da zu lachen?«, fragte ich und brach ihr mit einem gezielten Schlag die Nase. Das Knacken des Knochens jagte einen Adrenalinstoß durch meine Venen. Als ich die blutverschmierte Faust zurückzog, öffnete der Parasit den Mund und spie mir einen Schwall der schwarzen Flüssigkeit entgegen. Sie klatschte mir ins Gesicht und verwandelte sich schlagartig in Spinnen, die sich einen Weg in meinen Rachen bahnen wollten.

Mit zugepresstem Mund richtete ich mich auf, verschluckte mich an meinem eigenen Blut. Es schmeckte nach altem Rost. Ich zog den Kopf nach hinten und wischte mir die Spinnen aus dem Gesicht.

Der Parasit nutzte diese Ablenkung. Er schlang die Füße um meinen Hals und riss ihn zurück. Seine unmenschliche Kraft dehnte jeden meiner Wirbel bis zum Anschlag und riss mir fast den Kopf ab. Als ich mit dem Hinterkopf auf den Boden prallte, sah ich Sterne. Ich verscheuchte die aufkeimende Ohnmacht, hob den Oberkörper und blinzelte – gerade rechtzeitig, um dem heranrauschenden Knie auszuweichen, das meinen Schädel spalten wollte.

Ich rollte zur Seite und sprang mit einem Satz auf die Beine. Der Parasit stand vor mir. Blut tropfte ihm aus der gebrochenen Nase.

»Der bemitleidenswerte Brandon wird große Freude daran haben, eine entstellte Mutter zu haben, solltest du diesen Kampf wie durch ein Wunder gewinnen«, höhnte das Wesen.

»Eine Mutter mit schiefer Nase ist immer noch besser als gar keine Mutter«, erwiderte ich. Schwer atmend schielte ich zum Degen. Er lag außer Reichweite. Was keine Rolle spielte, da ich den Parasiten ohnehin nicht erstechen konnte, ohne Mary zu töten. Das Blasrohr in meiner Tasche kam ebenfalls nicht infrage. Meine einzige Chance bestand darin, ihm die Kette abzunehmen.

»Eine Kreatur wie du hat bestimmt keine Mutter«, neckte ich den Parasiten. »Und wenn doch, hat sie dich sicher verstoßen, weil du ein hässliches und unhöfliches Kind warst. Bist du deshalb so mies gelaunt?«

Der Parasit setzte sich in Bewegung. Wir gingen im Kreis wie zwei sich belauernde Raubtiere.

»Ich bin älter als die Welt, eine einzigartige Schöpfung,

genau wie meine Meisterin«, fauchte das Wesen. »Körperlos, aber mit einem vorhandenen Bewusstsein. Ich wandelte auf der Erde, bevor deine Rasse kam und es die ersten Mütter gab.«

Ich horchte auf und dachte an die Legende der Schattenwelt. An die Versuche einer höheren Macht, Leben zu erschaffen. Und wie die missratenen Kreaturen zum Schutz von Menschen und Tieren in eine andere Welt gesperrt wurden – verborgen hinter einem Tor mit vier Schlössern. Ich wäre auf Nummer sicher gegangen und hätte mindestens doppelt so viele benutzt.

Ich blickte in die roten Augen. »Du kommst aus der Schattenwelt, nicht wahr?«

»Wir nennen sie anders«, fauchte der Parasit. »Es ist ein grausamer Ort, beherrscht von ewiger Dunkelheit und dem Gestank des Todes. Aber die Zeit wird kommen, an dem meine Brüder und Schwestern ihren rechtmäßigen Platz in *dieser* Welt einnehmen. So wie es vor vielen Monden seinen Anfang nahm.«

Ich hatte unbemerkt eine Kugel mit Weihwasser vom Gurt gelöst. Mit erhobenem Arm hetzte ich auf das Wesen zu und setzte zum Wurf an. Die gläserne Phiole schwirrte durch die Luft – und tauchte kurz vor dem Kopf des Parasiten in eine schwebende schwarze Kugel ein. Diese fiel zu Boden, löste sich blubbernd auf und versickerte zwischen den Steinen. Die schwarze Kugel war verschwunden – und mit ihr meine Phiole.

Der Parasit stand mit ausgestreckter Hand da. Horden von Spinnen sammelten sich darin und lösten sich unter leisem Wehklagen in ihre Bestandteile auf. Sie bildeten eine neue Kugel.

»Du hast ehrenhaft gekämpft, Monsterjäger«, gab das Monster anerkennend zu. »Aber du gehst mir auf die Nerven. Deshalb setze ich deinem Dasein nun ein Ende.«

Immer mehr Spinnen schmolzen, die schwarze Kugel in der Hand des Parasiten zog sich in die Länge. Aus ihr formte sich ein Griff mit einer Sense aus schwarzem Metall.

Das Monster preschte los und schwang die Sense nach meinem Kopf. Ich duckte mich in letzter Sekunde und wich weiteren Hieben aus. Der Parasit drängte mich auf den vernarbten Baumstamm zu. Der nächste Sensenhieb durchtrennte einen Kokon. Sein matschiger Inhalt klatschte wie herausgelöste Därme auf den Boden.

Ich blickte zur Seite. Hannah und Brandon waren nirgends zu sehen. Zwei Kokons hingen schlaff wie ein ausgeweidetes Wildtier an ihren Fäden.

Zwischen den Sensenhieben gelang es mir, eine Salzkugel in die Finger zu bekommen. Ich zimmerte sie auf den Parasiten, doch die schwarze Klinge schnitt die Kugel mühelos in zwei Hälften. Mit dem Rücken prallte ich gegen den Stamm – ich saß in der Falle.

Die Kuttengestalt schwang nach mir und spie einen Strahl schwarzer Flüssigkeit aus. Ich wich der Sense aus, trat aber in den zähflüssigen Teer. Er verfestigte sich sofort und hielt mich an Ort und Stelle fest. Sosehr ich zog und zerrte, ich konnte meine Füße nicht mehr befreien.

Die Kuttengestalt baute sich vor mir auf, die Sense zum letzten Hieb bereit. Sie bleckte die Zähne. »Deinen Kopf werde ich mit größtem Genuss verspeisen«, säuselte sie. »Ich bin sicher, dass mir die Meisterin deinen Körper überlässt. Männer schmecken dreckig und unrein, sagt sie. Ich mache da keinen Unterschied. Blut ist Blut, Eingeweide sind Eingeweide. Aber dein gestähltes Fleisch werde ich bis zur letzten Faser auskosten.«

»Witzig«, entgegnete ich. »Wir Menschen sagen immer, alles schmeckt nach Hühnchen. Kennst du Hühnchen? Ich könnte mir vorstellen, dass du Hühnchen mögen würdest.«

Der Parasit im Körper von Mary MacLean fand meine kleine Anekdote scheinbar nicht witzig, denn er holte mit einem ziemlich wütenden Gesichtsausdruck aus.

Ich schloss die Augen und dachte an meine Eltern. Bestimmt hatten sie in der Schattenwelt einen schnellen Tod gefunden, und meine Hoffnung, sie lebend zu finden, war nicht mehr als eine kindliche Fantasie.

Ein dumpfer Schlag und ein kurzes Aufstöhnen drangen an meine Ohren.

»Du kannst die Augen aufmachen, Angsthase«, sagte eine bekannte Stimme.

Brandon stand mit einem großen Stein in der Hand über dem ohnmächtigen Parasiten.

»Du sahst aus, als könntest du Hilfe gebrauchen. Mum hat sich echt unmöglich aufgeführt. Ich habe ja geahnt, dass sie dich nicht mag. Aber dich einen Kopf kürzer zu machen, hielt ich für ein wenig übertrieben.«

29

Brandon

Die Geheimwaffe und die geheime Geheimwaffe

Es war unbezahlbar, Padraigs dämlichen Gesichtsausdruck zu sehen. Okay, das Blut und der blaue Fleck unter dem Auge hätten nicht sein müssen. Trotzdem spielte ich kurz mit dem Gedanken, ein Foto von ihm zu schießen und über mein Bett zu hängen. Aber dafür war die Lage zu ernst. Ich meine, wann schlägt man schon seine eigene Mutter nieder?

»Ist alles in Ordnung?«, fragte ich und warf den Stein weg. Aus der Nähe sah Padraigs verprügeltes Gesicht noch furchtbarer aus.

»Geht schon«, presste er hervor. »Danke für deine Hilfe. Du hast mir das Leben gerettet.«

»So bin ich eben«, sagte ich und streckte ihm die Hand hin. »Brandon, der Lebensretter. Stets zu Diensten.«

Padraig griff meine Hand und ich zerrte ihn aus dem Teer. Kaum befreit, humpelte er zum bewusstlosen Parasiten und stupste ihn mit dem Fuß an. Die Spinnen schmolzen und zogen sich in den Stein zurück.

»Wo sind Hannah, Penelope und Cassie?«, fragte Padraig. »Sind sie noch am Leben?«

Ich ging neben Mum in die Knie. Sie lag auf dem Rücken, den Kopf zur Seite gekippt. »Penelope geht es gut. Cassie hat es ziemlich mitgenommen, sie konnte sich kaum auf den Beinen halten.« Das Medaillon sog die letzten schwarzen Reste auf. »Hannah bringt sie gerade nach oben.«

Padraig ging mir gegenüber in die Hocke und drückte zwei Finger an Mums Hals. Über dem linken Ohr, wo ich sie mit dem Stein erwischt hatte, bahnte sich ein Blutgerinnsel einen Weg über die Schläfe.

»Sieht aus, als ob wir Penelope und Cassie retten konnten.« Padraig zeigte auf meinen Rucksack. »Hast du ein MEG dabei? Ich halte es für keine gute Idee, wenn wir das Medaillon umhängen. Ach übrigens, deine Mum lebt noch. Ihr Puls geht schwach, aber regelmäßig.«

»Natürlich lebt sie noch!« Ich nahm den Rucksack ab und durchwühlte ihn. »Du glaubst doch nicht, dass ich meine eigene Mum totschlage? Es war kaum mehr als ein freundschaftlicher Klaps.« Ich fischte ein mit Sigillen versehenes Glas hervor und schraubte den Deckel ab.

»Dann verbiete ich dir ab sofort, mich freundschaftlich zu klapsen«, meinte Padraig.

Er wischte sich das Blut vom Kinn und öffnete den Verschluss des Anhängers. Padraig nahm das Medaillon vorsichtig ab und betrachtete den schwarzen Stein. Er wagte es nicht, ihn zu berühren. Der Anhänger baumelte an der Kette und drehte sich langsam.

»Merkwürdig«, murmelte Padraig, als er die Rückseite des Medaillons betrachtete. »Das muss ich mir später noch mal genauer ansehen.«

»Was musst du genauer ansehen?«

Padraig senkte das Medaillon in das Glas ab und ließ die Kette hineingleiten. Er grinste zufrieden, als ich das MEG zuschraubte. »Das sage ich dir, wenn ich es genauer angesehen habe. Wir sollten abhauen, bevor die Herrin des Hauses erwacht. Sie wird mäßig begeistert sein, wenn wir ihren Handlanger stehlen.«

Ich verstaute das Einmachglas ganz unten im Rucksack. Die anderen Gläser und die Geheimwaffe klimperten, als ich es hineinstopfte.

In diesem Moment gab es einen dumpfen Aufprall. Ich sah überrascht auf. Drei Meter von mir entfernt lag einer der Schläuche, die von den Kokons unter die Decke führten. Aus seinem rohrartigen Ende sickerte Blut.

»Ähm, Padraig.« Ich stand langsam auf und straffte die Riemen des Rucksacks. »Täusche ich mich oder war dieser Schlauch vorher noch nicht da?«

Padraig lief zum Degen und hob ihn auf. »Nein, er muss sich gelöst haben und in die Tiefe gestürzt sein.« Mit schnellen Schritten war er beim hohlen Strang aus dicht verwobenen Spinnfäden. Er pikste ihn an, aber nichts geschah.

»Padraig, Achtung!«, schrie ich.

Zwei weitere Schläuche fielen zu Boden. Einem wich Padraig mit einer Hechtrolle aus, der andere verfehlte ihn knapp und wirbelte Staub auf.

»Was passiert hier?«, fragte ich aufgeregt. Unter lautem Gekeuche zog ich Mum aus der Gefahrenzone und lehnte sie behutsam an den Baumstamm.

Padraig hetzte über zwei Schläuche, packte die Eisenkette und sprintete unter die Baumkrone. Er drückte sich neben mir an die aufgeplatzte Rinde.

Mit flauem Gefühl im Magen sahen wir zu, während die Schläuche wie bleiche Riesenschlangen von der Decke regneten. Einer riss seinen Kokon der Länge nach auf. Die Hülle geriet ins Schlingern, die Spinnfäden rissen und der Kokon sackte zu Boden. Glibberiges Zeug tropfte aus dem Schlitz und mischte sich mit dem Blut, das aus dem Schlauchende floss.

»Monsterscheiße, warum fallen diese Dinger herunter?« Ich packte Mum am Kragen und schüttelte sie. »Komm schon, wach auf! Wir müssen hier raus!«

»Bleib bei ihr, ich sehe nach«, sagte Padraig. Er trat unter dem Baum hervor und blickte an die Decke.

Das Nächste, was ich hörte, war ein Schwall von deftigen Flüchen.

Schnaubend und schimpfend kam Padraig zurück. Er stemmte die Beine meiner Mutter hoch und wies mich an, sie unter den Armen zu packen.

»Beeile dich!«, herrschte er mich an. »Wir müssen abhauen – und zwar *sofort*!«

Die Atmosphäre in der unterirdischen Höhle veränderte sich. Die Fackeln, die zuvor warmes Licht ausgestrahlt hatten, schienen ihre Flammen ersticken und alles in Dunkelheit ertränken zu wollen. Die Temperatur sank und mein Atem verwandelte sich in kleine Wolken, die meine Brille beschlugen.

»Mach schon!«

Ich packte Mum unter den Achseln. Wir rannten unter dem Baum hervor und stolperten auf den Eingang des Tunnels zu. Auf halbem Weg hob ich den Kopf und stierte zur Wand. Da sah ich es – das sagenumwobene Monster aus dem Orphan Forest.

Aus den zähen Schatten unter der Decke schob sich eine widerwärtige Kreatur in der Größe eines Schulbusses. Ihr aufgedunsener Körper war unnatürlich in die Länge gezogen. Er stülpte sich wulstartig nach hinten und erinnerte mich an den Kopf eines Tintenfischs oder Aliens. Aus dem Leib ragten zwei Dutzend Beine wie die abgewinkelten Schenkel eines Zirkels. Sie waren scharf wie Messer und dürr wie der Hals einer knochigen Giraffe. Da die hinteren Beine kürzer waren als die vorderen, richteten sie den grünlich schimmernden Körper fast senkrecht auf. Der Mund des Monsters befand sich an der Unterseite und sah aus wie das Rohr eines riesigen Staubsaugers.

»Monsterscheiße!«, schrie ich Padraig an. »Da krabbelt ein überdimensionaler Alienkopf mit Spinnenbeinen auf uns zu!«

»Ach, was du nicht sagst!«, presste Padraig zwischen zusammengebissenen Zähnen hervor. »Was glaubst du denn, weshalb wir hier um unser Leben rennen?«

Wir erhöhten das Tempo und visierten den Tunnel an, der sich fünfzig Meter entfernt im Gestein auftat.

Ich sah mich schon nach oben in die Freiheit rennen, weit weg von diesem Spinnen-Alien-Monster, als mich etwas am Fuß packte. Es schlang sich um meinen Knöchel und zerrte mich ruckartig nach hinten. Meine Hände glitten unter Mums Armen hervor. Einen Wimpernschlag später knallte mein Gesicht heftig auf den Boden. Ich biss mir auf die Zunge, mein Hirn prallte gegen die Schädeldecke und ein Riss zuckte über das rechte Brillenglas.

Bevor ich um Hilfe schreien oder das Blut ausspucken konnte, schleifte mich dieses Etwas über den Boden. Es gelang mir, mich auf den Hintern zu drehen. Ich erkannte einen seidenen Faden, der sich um mein Fußgelenk gewickelt hatte. Ich fluchte, als ich mit Schrecken feststellte, dass er zum schlauchartigen Mund des Monsters führte. Es zog mich ein wie einen Fisch an der Angelschnur!

Hinter mir hörte ich Padraig schreien. Sein Ruf ging im Lärm der wegbrechenden Steine und Felsbrocken unter. Eine Ladung Dreck und Staub spritzte mir ins Gesicht und erstickte meinen Hilfeschrei im Keim.

»DAS MESSER! BENUTZ DAS VERFLUCHTE MESSER!«

Padraigs Stimme hallte wutverzerrt von den Wänden. Eine Ladung Adrenalin und der pure Überlebenswille fluteten meine Blutgefäße. Das aufputschende Gemisch verteilte sich im ganzen Körper.

Ich schlitterte auf die Wand mit den Felsvorsprüngen zu. Bei dieser Geschwindigkeit würde mich ein Aufprall töten oder mir alle Knochen brechen. Ich bekam den Griff des Messers zu fassen. Nach einem Stoßgebet mobilisierte ich alle Kraftreserven.

Ich reckte die Klinge nach dem Faden. Die Felswand schoss unaufhaltsam auf mich zu.

Noch zwanzig Meter.

Monsterscheiße, mein Bauch war im Weg! Ich schwor mir, ein paar Kilo abzunehmen oder zumindest weniger Schokolade zu essen. Okay, gleich viel Schokolade, dafür mehr Äpfel. Und mit *mehr* meinte ich einen. Ja, wenn ich, Brandon MacLean, diese verfluchte Nacht überleben sollte, würde ich einen Apfel essen!

Zehn Meter.

Meine kaum vorhandenen Bauchmuskeln brannten. Ich schob mich weiter nach vorne. Tränen schossen mir in die

Augen. Die Spitze der Klinge war nur noch Zentimeter vom Faden entfernt.

Fünf Meter.

Ich schrie vor Schmerz und Anstrengung. Der Schweiß rann mir über die Stirn, Blut tropfte aus meinem Mund. Nur noch ein kleines Stück …

Es gab einen Ruck und ich rumpelte über den harten Boden, als wäre ich aus einem fahrenden Auto gesprungen. Beim ersten Überschlag hüpfte mir das Messer aus der Hand, beim zweiten flog der Rucksack davon, beim dritten verlor ich beinahe das Bewusstsein. Die Reibung bremste mich ein wenig ab, konnte aber nicht verhindern, dass ich wie ein Gummiball hochhüpfte und mit dem Rücken gegen den Felsen donnerte.

Der Aufprall nahm mir die Luft. Ich spürte, wie eine Rippe brach. Mit angewinkelten Armen und unter einer Schicht aus Staub und Dreck begraben, blieb ich nach Atem ringend auf dem Boden liegen.

»Brandon, über dir!«

Ächzend drehte ich mich auf den Rücken. Die gebrochene Rippe drückte gegen das Fleisch und mir wurde übel. Ich zwang mich, die vor Schmerz zusammengekniffenen Lider aufzusperren. Das Monster befand sich direkt über mir. Unzählige schwarze Augen glotzten mich an. Baumlange Beine kesselten mich ein, aus dem aufgesperrten Maul tropfte literweise Sabber in Hulk-Grün. Die ringförmig angeordneten Zähne verwandelten den Monsterschlund in ein Garagentor voller Fleischermesser.

Als wäre der Anblick nicht eklig genug gewesen, schoss aus dem aufgesperrten Maul ein Spinnfaden. Er schlang sich um mein Bein und hob mich mühelos hoch.

»Hilfe«, rief ich. Aber es kam leise und kraftlos aus meinem Mund. Die Rippe ließ es nicht zu, Luft für einen lauten Schrei zu holen.

Die Höhle stellte sich auf den Kopf, meine Arme baumelten in die Tiefe. Ich legte das Kinn an die Brust, schielte an Bauch und Füßen vorbei. Das Maul voller Reißzähne erschien über mir. Die Zahnreihen führten bis tief in den Schlund hinein.

»Brandon!«

Padraig rannte in mein Blickfeld, die Degenklinge blitzte auf. Ich flog durch die Luft, frei und leicht wie ein Vogel, nur um ein weiteres Mal mit voller Wucht auf dem Boden der Realität aufzuschlagen. Schmerzen, die ich nicht einmal meinem größten Feind wünschte, durchfuhren mich. Die Welt zog sich auf einen kleinen Kreis zusammen, der Rest versank in Schwärze. Trotzdem konnte ich erahnen, wie sich etwas Riesiges über mir bewegte. Es verschwand aus meinem Sichtfeld und ließ nichts als Felswand zurück.

Dann gab es einen klirrenden Knall. Im selben Atemzug schlug mir ein Hitzeschwall entgegen. Ich legte den Kopf zur Seite und sog die rauchgeschwängerte Luft ein. Durch die Schlitze meiner flimmernden Lider erkannte ich den toten Baum. Unter die Brauntöne mischte sich ein helles, unbeständiges Orange.

Mit jedem Wimpernschlag wurde die Welt ein wenig schärfer, meine Gedanken mit jedem Atemzug ein wenig klarer. Mit beängstigender Gemächlichkeit setzte mein Hirn die Bilder und Sinneseindrücke richtig zusammen.

Die große Erkenntnis war, dass die Baumkrone lichterloh in Flammen stand. Die aschfahlen Spinnweben und toten Äste knisterten wie trockene Tannenzweige. Das Feuer verwandelte den Baum mit seiner aufgeplatzten Rinde in ein narbiges Gesicht mit feuerrotem Haar. Rauchschwaden stiegen in schwarzen Säulen zur Decke empor.

Vor der Silhouette des brennenden Baums sah ich Padraig. Er wich einem Spinnfaden aus und wehrte mit dem Degen den Angriff eines Monsterbeins ab. Dann löste er eine Salzkugel vom Gurt und zielte auf eines der unzähligen Augen. Die Kugel prallte ab, plumpste wirkungslos zu Boden und wurde im nächsten Moment von einem Spinnenbein zerdrückt.

Der Rucksack! Ich brauchte meine Geheimwaffe!

Stöhnend kam ich auf die Beine. Einen Arm schlang ich um den Brustkorb, um die gebrochene Rippe zu stützen. Sogar durch die Klamotten spürte ich den abgespreizten Knochen, der gegen meine Haut drückte. Meine angebissene Zunge schwoll an, aber das war derzeit mein geringstes Problem.

Padraig hielt das Monster auf Trab, indem er um seine Beine wuselte und sie mit Degenhieben malträtierte. Die Attacken wirkten spielerisch leicht. Aber eine falsche Bewegung, und der Schlund voller Zähne würde ihn zu einer stattlichen Portion fettarmen Hackfleischs häckseln.

Der Rucksack lag nicht weit entfernt. Ich hielt mich an der Wand und schlich unter den Fackeln hindurch. Hinter einem Felsen seitlich des Tunneleingangs lugten schwarze Schuhe mit pinken Streifen hervor. Padraig hatte Mum in Sicherheit gebracht! Sofern man *hinter einem Stein ablegen* als »in Sicherheit bringen« bezeichnen konnte …

Ich erreichte den Rucksack. Eine dicke Staubschicht klebte daran, Steine hatten faustgroße Stofffetzen herausgerissen. Als ich ihn aufstellte, hörte ich das unschöne Klimpern von Scherben.

Getrieben von Panik schüttete ich den Inhalt des Rucksacks aus. Neben Scherben kullerten zwei heil gebliebene MEGs und ein drittes Glas heraus. Zu meiner Erleichterung war das MEG mit dem Medaillon intakt. Ich legte es zurück in den Rucksack. Das andere steckte ich in die Jackentasche. Aus den Scherben fischte ich das dritte, mit Zeichen versehene Glas. Mein Herz machte einen Freudensprung. Eine diffuse Kugel aus bläulichem Rauch waberte darin.

Als Padraig vor einigen Stunden nach draußen in unseren Garten gegangen war, um sich mit Emmerett zu unterhalten, hatte er das Bestiarium seines Vaters liegen gelassen. Hannah hatte mir die Seite mit der unsichtbaren Schrift gezeigt. Um sie zu tarnen, waren ein paar *Kritzeleien* daraufgemalt, wie Hannah es nannte. Was aber, wenn es sich um echte Sigillen handelte?

Kurzerhand hatte ich mir das Buch und einen wasserfesten Stift geschnappt. Auf der Suche nach einem brauchbaren Gefäß hatte ich im Badezimmer einen Glastiegel gefunden, in dem Mum ihre zusammengemischte Natursalbe hortete. Ich hatte das Zeug in die Toilette gespachtelt (ich musste die Spülung dreimal betätigen, bis alles verschwunden war), das Glas ausgewaschen und die Symbole gezogen. Kaum hatte ich den letzten Kreis vollendet und den Deckel auf die kleine Dose geschraubt, glomm ein blaues Licht auf. Nebelschwaden ergossen sich daraus und verbanden sich zu einer Kugel.

Zugegeben, ich hatte keine Ahnung, was ich da erschaffen hatte. Aber wenn James O'Sullivan die Sigillen in sein Tagebuch gemalt hatte, waren sie vielleicht nützlich.

Jetzt nahm ich dieses Glas, richtete mich auf und wankte auf den brennenden Baum zu. Die entzweite Rippe pochte, aber ich unterdrückte den Schmerz.

Das Feuer züngelte meterhoch zur Decke. Unter den Flammen kämpften Padraig und das Spinnenmonster um Leben und Tod. Das Wesen mit dem Alienkopf trat mit einem Bein in einen heruntergerissenen Kokon, der wie ein prall gefüllter Pickel aufplatzte. Das Monster schleuderte die Hülle auf Padraig, der mit einem Sprung auswich. Als er auf die Füße kam, sauste ein Bein heran und erwischte ihn seitlich über der Hüfte. Er schrie, Blut spritzte. Der nächste Tritt traf ihn in die Magengrube und katapultierte ihn gegen den Baumstamm. Padraig prallte auf, krachte nieder und blieb liegen.

Das Monster krabbelte auf den regungslosen Körper zu und baute sich über ihm auf. Das schlauchartige Maul senkte sich auf Padraig herab.

»Halt!«, rief ich, so laut ich konnte.

Meinen Mut bereute ich in derselben Sekunde. Die Spinne drehte sich um, glotzte mich vieläugig an und rieb die Vorderbeine aneinander wie eine Gottesanbeterin. Bevor ich kapierte, was sie vorhatte, flog ein Spinnennetz auf mich zu.

Ich wollte ausweichen, aber schon bei der ersten Bewegung zwang mich der höllische Schmerz in die Knie. Aus Reflex ließ ich das Glas los und schlang stöhnend die Arme um die Rippen. Das Fangnetz glitt über mich, der seidene Saum klebte am Boden fest.

Ich röchelte nach Luft und schielte zu Padraig. Er rührte sich nicht. Eine Blutlache tränkte den Zombie-Pullover, den er sich von mir geliehen hatte. Wie sich Mum ärgern würde, wenn sie den waschen müsste. Ich schloss kurz die Augen, um Schmerz und Panik zu unterdrücken.

Ein kehliges Gurgeln kündigte meine letzten Sekunden an. Aber als ich die Augen öffnete, entfernte sich das Spinnenmonster und beugte sich wieder über Padraig. Scheinbar hielt es ihn für die größere Gefahr und wollte ihn zuerst töten. Oder es sah in Padraig einfach die magere Vorspeise und in mir den saftigen Hauptgang.

Die Beine des Monsters senkten den ballonartigen Alienkopf ab wie eine Hebebühne. Schmatzende Geräusche erklangen aus dem Maul, als der Schlauch gierig nach Padraig tastete. Speichel tropfte auf ihn herab, die Zähne wetzten wie Messer gegeneinander.

Ich vergrub den Kopf unter den Armen. Ich wollte nicht mitansehen, wie die Spinne Padraig bei lebendigem Leib auffraß. Dad hätte in dieser Situation wahrscheinlich ein Kreuz in die Luft gemalt und darauf vertraut, dass es alle Probleme regelte. Aber mir half keine Geste der Welt – es war hoffnungslos.

Ein qualvoller Schrei hallte laut durch die Höhle. Er klang so unmenschlich, dass er unmöglich vom ohnehin bewusstlosen Padraig stammen konnte. Zu einem Paket zusammengekauert, öffnete ich das Auge hinter dem unversehrten Brillenglas.

Die Kreatur ragte über Padraig auf. Sie bewegte den Kopf hin und her. Die Spinnenbeine krümmten sich, als könnten sie das Gewicht das Leibs kaum stemmen. Das Wesen gab grässliche Schreie von sich, die Wände antworteten mit einem ohrenbetäubenden Echo.

Plötzlich knickten die Vorderbeine des Monsters ein. Der Körper kippte vornüber, der Unterleib mit den vielen Augen schrammte über den Boden und wirbelte Staub auf.

Ich wandte mich hustend ab und hielt eine Hand schützend vor den Mund. Die Körner kratzten in meinen Augen und legten sich wie ein bräunlicher Schleier auf mich. Als ich halbwegs klare Sicht hatte, sah ich eine Silhouette im Höhleneingang stehen: Hannah.

Meine Freude über ihren Anblick verpuffte schlagartig. Diese Hannah hatte nichts mit der jungen Frau zu tun, die vor kaum vierundzwanzig Stunden in mein Leben getreten war. Nichts erinnerte an die geheimnisvolle Person, die ihre Hände in der Bauchtasche und das Gesicht unter der Kapuze eines Pullovers verbarg.

Diese Hannah jagte mir eine Heidenangst ein! Sie schwebte mit von sich gestreckten Armen und gespreizten Fingern dicht über dem Boden. Selbst durch den aufgewirbelten Staub waren ihre verdrehten Hörner zu sehen. Sie ragten aus ihrem Kopf wie die des Teufels und waren auf die dreifache Größe angewachsen.

Hannah krampfte ihre Finger zusammen. Das gestrauchelte Monster schrie qualvoll, als verbrannten seine Organe bei lebendigem Leib. Es fuhr sich mit den Beinen verzweifelt über den ledrigen Kopf. In seinem Schmerz vergaß das Monster die scharfen Kanten, die tief ins Fleisch schnitten. Dunkles Blut sickerte aus den frischen Wunden.

Hektisch tastete ich die Jacke ab. In der rechten Tasche zeichnete sich eine Erhebung ab.

Das MEG!

In der ganzen Aufregung war mir entfallen, dass ich es eingesteckt hatte! Ich zimmerte es gegen einen spitzen Stein. Beim dritten Versuch zerbrach es in scharfkantige Scherben. Ich griff den größten Splitter und schnitt die Fäden des Netzes durch, das am Boden festklebte.

In der Höhle herrschte blankes Chaos. Die grellen Schreie des Monsters mischten sich mit dem Knistern des brennenden Baums. Ich stolperte zum Glas mit dem blauen Rauch, das unversehrt neben dem Netz auf dem Boden lag. Ein Gemisch aus Staub und Hitze schlug mir wie eine unsichtbare Wand entgegen. Mit zitternden Fingern hob ich das Glas auf.

In der Sekunde verstummten die unheimlichen Schreie. Der zerschrammte Alienkopf zuckte ein letztes Mal.

Über die Schulter blickte ich zum Tunneleingang. Hannah war zusammengeklappt, ihre Teufelshörner verschwunden. Zu meinem Leidwesen lag auch Padraig vollkommen bewegungslos da.

Die Spinne plusterte sich auf wie ein Heißluftballon, der sich mit Helium füllte. Langsam stand sie auf.

Der Rauch im Glas strahlte ein bläuliches Licht aus. Die Schwaden verdichteten sich zu einer kleinen Gewitterwolke. Blitze zuckten, einzelne Rauchschwaden lösten sich und tasteten nach der gläsernen Wand. Jetzt hing mein Leben, das meiner Freunde und viele weitere von einem Glas ab, in dem Mum ihre Natursalbe aufbewahrt hatte.

Na toll!

Das Monster fasste wieder Vertrauen in seine Beine. Die gewaltigen Augen um sein Maul erfassten mich – und die Spinne krabbelte in meine Richtung.

Ich unterdrückte den Fluchtinstinkt und verharrte an Ort und Stelle. Ich schloss meine Augen und atmete die stickige Luft ein. Sie kühlte kaum merklich die Nasenflügel. Ein Trick von Dad, den ich anwandte, wenn sich eine innere Unruhe unter meinem Brustbein einnistete. Eine Unruhe, die mich nachts im Bett wach hielt und die nächste Panikattacke ankündigte.

Der Boden bebte. Ich hörte Spinnenbeine, die aneinanderschabten wie Messerklingen, und den tropfenden Speichel, der aus dem Schlund triefte. Dazu mischte sich ein Gurgeln wie von einem knurrenden Magen.

Als ich den riesigen Spinnenleib über mir spürte, öffnete ich die Augen. Ich legte den Kopf in den Nacken und blickte mitten in den Schlauch voller Zähne.

Das Wesen war da, wo ich es haben wollte.

Es stieß einen schaurigen Schrei aus. Der Schlund senkte sich auf mich herab, eine Ladung grüner Monsterschleim klatschte mir auf die Schulter. Jetzt konnte das Ding was erleben – hoffte ich zumindest. Ich schraubte den Deckel des Glases ab und streckte es in die Luft.

Zuerst geschah nichts. Ich wollte schon zum letzten Mal mein geliebtes Fluchwort ausstoßen, als der blaue Rauch blitzartig nach oben schoss. Das Monster schreckte zurück, als ihm die Schwaden um den Kopf waberten. Innerhalb von Sekunden war die Spinne von dem Rauch eingehüllt. Dann hob der Qualm ihren Leib mühelos hoch. Die Spinnenbeine verloren den Kontakt zum Boden und strampelten in der Luft. Das Wesen gab ein jämmerliches Winseln von sich. Es versuchte, sich windend aus dem Rauch zu befreien. Aber kaum brach ein Bein durch die Wolke, schoss ein Arm aus blauem Dunst heraus und zerrte es zurück.

Die Schwaden umkreisten die Spinne wie Wasser in einer Tasse, in der man mit einem Löffel einen Strudel erzeugt hatte. Im Innern der rotierenden Rauchkugel zuckten Blitze, ein dumpfes Donnern übertönte alles andere.

Die Kugel stieg höher und höher. Das bläuliche Schimmern drängte die Schatten zurück. Sie gaben den Blick auf ein riesiges Spinnennetz frei, das sich zwischen den Wänden spannte.

Die Kugel begann zu vibrieren und strahlte plötzlich hell

wie eine blaue Sonne. Sie formte sich zu einer Ellipse, die schmaler und schmaler wurde – bis sie mit einem Knall zerbarst.

Eine Druckwelle hob mich von den Beinen. Sie pustete den brennenden Baum und die Fackeln mit einem Mal aus. Den Spinnenkörper zerfetzte es in fleischiges Konfetti.

Zum Glück bekam ich kaum mit, wie mich die herabregnenden Fleischstückchen unter sich begruben. Der Schmerz wiegte mich in eine stille Finsternis.

30

Padraig

Monströse Morde, ein letzter Kampf und ein gestohlenes Buch

»Dieser Raum verstößt gegen alle physikalischen Gesetze, die die Wissenschaft in den vergangenen Jahrzehnten der evaluativen und theoretischen Forschung gewonnen hat. Und ihr BEAST-Agenten habt nicht die leiseste Ahnung, wie er funktioniert!«

Die feine Wasserschicht unter unseren Füßen warf bei jedem Schritt kreisförmige Wellen. Sie breiteten sich in der Dunkelheit aus, bis sie an einer der Türleisten verebbten.

»Doch«, widersprach ich Brandon. »Du gehst durch eine Tür und kommst an einem anderen Ort wieder raus – so geht das mit den meisten Türen, die ich kenne.«

Brandon machte eine Grimasse, was an meiner Antwort oder den Schmerzen liegen konnte, die ihm seine gebrochene Rippe bescherte. Seit vier Tagen jammerte er uns deswegen die Ohren wund. Der Arzt meinte, es dauere mehrere Wochen, bis die Knochen wieder zusammenwachsen – trübe Aussichten für meine Nerven.

»Sind es wirklich *genau* tausend Türen oder ist das ein

Schätzwert?« Brandon hätte am liebsten jede einzelne geöffnet, das sah ich ihm an der Nasenspitze an. »Ich könnte sie alle katalogisieren und ein offizielles Verzeichnis erstellen.«

»Oder du könntest die Klappe halten.«

Hannah hob die Hand. »Ich bin für Klappe halten.«

»Der Entscheid ist gefallen.« Ich räusperte mich und fuhr mit tiefer Stimme fort. »Brandon MacLean, Sie werden dazu verurteilt, bis zum Verlassen dieses Raums Ihre Klappe zu halten.«

Brandon seufzte. Er schob die neue Brille hoch. Sie sah genauso aus wie seine alte – klein und rund. »Ich frage mich zum wiederholten Mal, warum ich dir das Leben gerettet habe.«

»Weil ich so gut aussehe?«

»Das wird's gewesen sein.«

Bei der Bunkertür bogen wir rechts ab. Die letzte Tür in der Reihe bestand aus Eichenholz. Eisenstreben hielten sie zusammen. Ein Klopfer aus rostigem Metall hing daran.

»Streng genommen hat mein Dad uns das Leben gerettet.« Ich schlug den Eisenring dreimal gegen das Holz. »Schließlich hat er die Sigillen entdeckt und notiert. Du hast nur den Einfall gehabt, die Symbole abzuzeichnen.«

»Was mir in Perfektion gelungen ist.« Brandon beobachtete die Tür argwöhnisch – als wäre sie ein Zauberer, dessen Trick er durchschauen wollte. »Sonst hätte das Glas nicht funktioniert und kein Monsterkonfetti regnen lassen.« Er schreckte zurück, als die Pforte wie von Geisterhand aufschwang.

»Wegen dir muss ich einen neuen Trenchcoat kaufen! Der alte war voller Eingeweide.« Wehmütig dachte ich an den

Anblick, als ich in der Nacht vor vier Tagen in der Höhle zu mir gekommen war.

Wir traten durch die Tür. Dahinter lag das Hauptquartier von BEAST. Brandon blieb beim Anblick der gläsernen Kuppel und des gigantischen Springbrunnens die Spucke im Halse stecken. Wahrscheinlich geisterten ihm so viele Fragen durch den Kopf, dass er sich für keine entscheiden konnte. Schweigend gefiel er mir am besten.

In der Halle herrschte an diesem Morgen kaum Betrieb. Weil niemand auf uns achtete, kramte ich die verschrumpelte Hand des Hoia-Wisperers hervor. »Emmerett? Wir sind da.«

Es dauerte einige Sekunden, bis ein Flüstern aus dem Ohr drang. »Hallo, Padraig. Wunderbar, treffen wir uns in einer halben Stunde im *Dreary Corner*?«

Wir liefen an den geflügelten Pferden vorbei. »Abgemacht. Ich wollte ohnehin kurz bei Grovel vorbeischauen.«

»Brauchst du neue Klamotten?«

Brandon stupste mich an die Schulter. Er zeigte aufgeregt auf ein winziges Geschäft. Bücherstapel türmten sich bis unter die Decke des Schaufensters – was der Grund dafür gewesen sein dürfte, warum ich noch nie in dem Laden war. Ich wimmelte Brandon mit einer Geste ab.

»Ich muss mir einen neuen Trenchcoat besorgen«, sagte ich in das Ohr. »Der alte ist … nicht mehr zu gebrauchen. Wir sehen uns.«

»Bis gleich.«

Ich führte Brandon und Hannah zu der Treppe, die in die oberen Stockwerke führte. Vor der ersten Stufe stand ein Mädchen in unserem Alter. Rotes, langes Haar wie gewelltes Feuer rahmte ein hübsches Gesicht ein. Sie lächelte uns freundlich an.

»Entschuldigt«, sagte sie mit einem Akzent, der deutsche Wurzeln nahelegte. »Wisst ihr, wo ich die Bibliothek finde?«

Ich hatte das Mädchen noch nie gesehen. Die meisten BEAST-Agenten kannte ich persönlich. Sie war also keine Agentin. Mit ihrem hüftlangen Haar und den engen schwarzen Klamotten sah sie aus wie eine Actionheldin.

»Der Zugang ist dahinten«, antwortete ich. »Siehst du den Durchgang? Folg einfach dem Tunnel, dann kannst du die Bibliothek nicht verfehlen.«

»Oh, vielen Dank.«

»Darf ich dich nach deinem Namen fragen?«, erkundigte ich mich, als sie sich zum Gehen abwandte.

Das Mädchen blickte über ihre Schulter und lächelte. »Ich heiße Genova. Genova Schmidt.«

Ihr Haar loderte wie Flammen, als sie davonstolzierte. An ihrem Gurt erkannte ich mit Faustdolchen bestückte Halfter. Diese heimtückischen Waffen mit fischförmiger Klinge hielt man zwischen Mittel- und Ringfinger. Perfekt für gezielte Hiebe in Nacken oder Hinterkopf, die den sofortigen Tod zur Folge hatten.

»Cooles Mädchen«, schwärmte Brandon.

»Ihr äußeres Auftreten täuscht.« Hannah sah ihr hinterher. »Sie war ziemlich nervös und aufgewühlt.«

»Ach.« Brandon winkte ab. »Das lag wahrscheinlich an Padraig.«

Als wir ein paar Stufen später vor einem Geschäft standen, schnaufte Brandon wie eine alte Lokomotive und hielt seine Rippe. Schwarzes Holz umrahmte zwei große Scheiben, auf denen sich keine einzige Schliere abzeichnete. Dahinter trugen kopflose Puppen teuer aussehende Klamotten in gedeckten Farben. Zwischen den Schaufenstern tat sich eine Tür auf, über der eine Glocke aus Gusseisen hing. Sie gab einen dumpfen Klang von sich, als ich die Tür aufstieß.

Eine Wolke aus wohlriechendem Parfüm schlug uns entgegen. Im Inneren des Raums dominierten sanfte Pastelltöne. Die Steinfliesen waren auf Hochglanz poliert, die Klamotten hingen aufgereiht und nach Farben sortiert an metallenen Garderobenständern. Auf dem sandfarbenen Teppich mitten im Verkaufsraum thronte eine plüschige Insel in Form einer moosgrünen Chaiselongue.

»Padraig O'Sullivan!«, erklang eine helle Männerstimme. »Was verschafft mir die Ehre deines Besuchs?«

Aus einem Nebenraum war ein Mann mit perfekt sitzendem Anzug getreten. Er hatte nach hinten gegeltes Haar, einen dünn gezwirbelten Schnurrbart und ein jugendlich wirkendes Gesicht. Von einer Schulter hing ein Maßband. Sein Alter war unmöglich zu erraten. Der Mann stutzte, als er meinen Monsterpullover sah.

»Eine sehr ungewöhnliche Kleiderwahl, wenn ich das anmerken darf«, sagte der Mann mit hochgezogenen Augenbrauen.

»Hallo, Grovel«, begrüßte ich den Ladenbesitzer. »Keine Sorge, das Stück ist nur ausgeliehen. Ich war ein paar Tage nicht zu Hause. Darf ich dir meine Begleiter vorstellen?« Mit der Handfläche zeigte ich auf Hannah und Brandon und nannte ihre Namen. »Das ist Grovel Sartor, der beste Schneider in ganz Schottland.«

Grovel schüttelte ihre Hände. »Die meisten meiner Kunden würden darauf bestehen, dass ich der beste des Vereinten Königreichs bin.« Er zuckte mit den Achseln und verdrehte theatralisch die Augen. »Aber was interessieren mich Lorbeeren? Daraus lassen sich schließlich keine Kleider nähen.«

»Außer Sie machen Tarnanzüge«, warf Brandon ein. »Sie wissen schon«, fuhr er fort, als Grovel ihn irritiert ansah, »diese Dinger, die sie beim Militär tragen. Mit aufgenähten Sträuchern und so.«

Grovel Sartor zwirbelte seinen dünnen Schnurrbart zwischen Daumen und Zeigefinger. »Sie sind der Junge, der Padraig und die charmante Dame gerettet hat, nicht wahr?«

Brandon strahlte über das ganze Gesicht. Er stemmte stolz die Hände in die Hüften und wuchs ein paar Zentimeter. »Da habt ihr es! Meine Heldentaten sprechen sich herum. Bald werden sie Minnelieder über mich singen!«

»Nun ja.« Grovel räusperte sich verlegen und schnippte eine Fussel vom Ärmel des Jacketts. »Mit *gerettet* meinte ich, dass Sie rein zufällig Kräfte entfesselt haben, von denen Sie keine Ahnung hatten.«

Brandons Pose sackte zusammen.

»Was aber nicht Ihre Leistung schmälert, die mächtigen Sigillen perfekt gezeichnet zu haben – und das auf ein Salbenglas Ihrer Mutter.« Der Schneider lachte und zeigte seine blendend weißen Zähne.

»Wir haben leider nicht viel Zeit, Grovel«, unterbrach ich die beiden. »Ich benötige einen neuen Trenchcoat. Hast du was da?«

Grovel wies uns mit einer ausladenden Geste an, auf der Chaiselongue Platz zu nehmen. Er machte auf dem Absatz seiner schwarz glänzenden Schuhe kehrt und strich mit dem Zeigefinger durch die aufgereihten Klamotten. Mit drei Kleiderbügeln kehrte er zurück und bat mich aufzustehen. Der Schneider reichte mir einen Trenchcoat in schlichtem Beige. Kaum hatte ich ihn angezogen, bugsierte mich Grovel vor einen hohen Spiegel mit verschnörkeltem Goldrahmen.

»Zu kurz, zu eng, zu ordinär«, sagte er nach einer halben Sekunde. Er half mir zuvorkommend aus dem Trenchcoat und gab mir den nächsten. »Habt ihr drei schon von dem toten Monster gehört?«

Hannah saß mit verschränkten Armen auf dem grünen Sofa. »Ist es nicht die Aufgabe von BEAST-Agenten, Monster zu töten?«

Der dunkelblaue Trenchcoat fühlte sich an wie eine zweite Haut. Er war deutlich enger geschnitten als der alte und ein wenig länger.

»Doch, doch, meine Teuerste, aber in diesem Fall verhält es sich anders.« Grovel nahm das Maßband und schlang es um meine Hüfte. »Vor ein paar Tagen wurde in der Nordsee *unautorisiert* ein Monster getötet. Ein mächtiges Wesen, mit dem nicht zu spaßen ist. Ausziehen!«

Ich stülpte mich aus den Ärmeln. »Und es stecken sicher keine Agenten aus anderen Ländern dahinter?«

»Moment.« Brandon richtete sich hellhörig auf. »Es gibt nicht nur das Hauptquartier in Edinburgh?«

Grovel lachte auf. »Brandon, mein Lieber, natürlich nicht! Es gibt auf jedem Kontinent mehrere Organisationen, die sich um Monster kümmern. Und was Ihre Frage angeht, Padraig«, er reichte mir einen grünen Trenchcoat aus geripptem Stoff, »die Tötung erfolgte nicht im Auftrag einer offiziellen Monsterjäger-Behörde.«

»Die Sache klingt merkwürdig.« Ich beäugte skeptisch mein grünes Spiegelbild.

»Zu irisch«, meinte Grovel mit schief gelegtem Kopf. »Die Geschichte wird gleich noch merkwürdiger. Die Unbekannten haben das Wesen nicht einfach umgebracht, sondern es angeblich verstümmelt.«

»Klingt ja eklig.« Brandon verzog das Gesicht.

»Warum tut das jemand?«, fragte ich.

»Das wusste meine Quelle nicht«, meinte Grovel. »Und solange es ein Einzelfall bleibt, ist es auch nicht weiter wichtig.« Der Schneider nahm den Albtraum in Grün entgegen. »Ich passe das blaue Exemplar auf Ihre Maße an, Padraig. In einer Stunde ist es abholbereit. Und jetzt aber *husch, husch* raus hier.«

»Woher weiß denn der Schneider davon?«, fragte Emmerett. Er saß uns im *Dreary Corner* gegenüber, einem kleinen Bistro in der obersten Etage des BEAST-Hauptquartiers mit altmodischen Stühlen und Blick auf den Innenhof.

Ich setzte das Wasserglas ab. »Der Beruf des Schneiders gehört offenbar in die Kategorie der heimlichen Informanten – wie die Friseurinnen und Friseure.«

Brandon schluckte einen großen Bissen eines Muffins mit Schokostückchen herunter und spülte mit einem Schluck aus der Cola-Dose nach. »Grovel zählt sicher viele der wichtigsten Agenten zu seiner Kundschaft. Da erfährt er das eine oder andere aus erster Hand.«

»Stimmt es denn überhaupt, was er uns erzählt hat?« Hannah saß mit verschränkten Armen auf dem Stuhl. »Auch die Stelle mit der Verstümmelung?«

Emmerett, der sich hervorragend mit Hannah und Brandon verstand, trug wie immer seine Schürze. Dieses Mal war sie fast sauber – mit Ausnahme eines grünen Spritzers. Er schüttete die halbe Zuckerdose in seinen Kaffee und verschaffte sich einen Überblick über die anderen Gäste. Als er sicher war, dass uns niemand zuhörte, beugte er sich vor.

»Ich darf euch das eigentlich nicht erzählen«, flüsterte er.

»Aber ja, das Gerücht ist wahr. Sie haben das Monster in unserem Territorium entdeckt, hoch oben in der Nordsee.«

Ich rutschte näher an den Tisch. »Was war es für eine Kreatur?«

Emmerett presste die Lippen aufeinander. »Wisst ihr, was ein Granitschwänzler ist?«

»Ja.«

»Nein.«

»Monsterscheiße«, Brandon holte das Bestiarium heraus. »Wer überlegt sich bloß diese coolen Namen?«

Granitschwänzler

Art: animalisches Monster

Vorkommen:

kalte Gewässer wie Nord- und Ostsee; Sichtungen im Nordpolarmeer

Nahrung:

Robben und Seehunde, selten Wale; fressen Tiere mit nahrhaften Fettreserven

Besonderheiten:

lebt in bis zu 1.000 Metern Tiefe, kommt nur zum Jagen an die Oberfläche; Schwanz von Männchen bis zu drei Meter lang, Weibchen max. einen Meter; Schwanzspitze ist härter als jedes uns bekannte Material ⟶ junge Schwänzler schlitzen im Spieltrieb gelegentlich Frachter auf; Männchen kämpfen um Gunst der Weibchen, indem sie versuchen, sich gegenseitig den Rücken aufzuschlitzen; Rücken schimmert wie Eis, daher kaum zu entdecken auf offener See

Töten:

Haut an der Oberfläche gehärtet, Unterseite ist verwundbar ⟶ Harpune aus Eisen von unten zwischen die Augen stoßen (dort sitzt das Hirn); Salz, Weihwasser und Feuer wirkungslos; schwierig einzufangen (Emmerett empfiehlt Käfig voller Schwarte, um sie anzulocken)

Ich blickte von der Seite auf. »Was haben sie mit dem Monster gemacht?«

»Ihm den Schwanz abgetrennt«, Emmerett nahm einen Schluck Kaffee, »und den Kadaver zurück ins Wasser geworfen. Aber die Wellen trieben ihn zurück an Land, wo ihn jugendliche Nichtagenten entdeckten. Wir wurden nur auf den Fund aufmerksam, weil sie ein Video ins Internet gestellt haben.«

Ich verschränkte die Hände hinter dem Kopf und starrte zur Decke. »Was wollen sie bloß mit dieser Schwanzspitze?«

»Keine Ahnung«, meinte Emmerett und schob die leere Tasse weg. »Aber wir sitzen ja aus einem anderen Grund hier zusammen.« Er wandte sich Brandon zu. »Wie geht es deiner Mutter und deiner Schwester?«

Brandon wischte sich Muffinkrümel vom Bauch und schüttelte die leere Dose. »Sie können sich an nichts erinnern, genau wie Cassie. Die Spezialisten von BEAST haben ganze Arbeit geleistet. Wie hießen sie doch gleich?«

»Oblivisten«, sagte ich.

»Der Trank aus dem Gift des Memoria-Quäkers aus dem Amazonas ist faszinierend, nicht wahr?« Emmeretts Augen glänzten wie die eines Kindes am Weihnachtsabend. »Drei Tropfen genügen, um mehrere Tage aus dem Gedächtnis zu löschen und mit neuen Erinnerungen auszufüllen. Vor der Entdeckung dieser Monsterkröte mussten wir Zeugen mit Gewalt und Geld zum Schweigen bringen.«

»Nur schade, dass sich niemand mehr an meine Heldentaten erinnert.« Brandon malte mit dem Zeigefinger verbittert Kreise auf den Tisch. »Penelope ist so gemein wie eh und je. Mum betet fröhlich weiter und meint, sich die Nase bei der Gartenarbeit gebrochen zu haben. Und Cassie liegt im Krankenhaus in dem Glauben, sie habe sich beim Joggen den Kopf gestoßen und sei zwei Tage lang durch den Wald geirrt.«

Hannah beobachtete den Springbrunnen. »Immerhin konnten wir sie vor dem Eintreffen der Oblivisten befragen. Mary hat das Medaillon tatsächlich gefunden, als sie Penelope verfolgt und den Keller abgesucht hat.«

Brandon nickte. »Und immer, wenn der Parasit die Kontrolle übernahm, konnte sie sich im Nachhinein an nichts erinnern. Sie hielt alles für einen Albtraum. Wie in der Nacht, als sie mir die Spinnen im Gewölbe auf den Hals gehetzt hat.«

»Ich hätte zu gern mehr über den Parasiten in Erfahrung gebracht«, gestand Emmerett. »Allein die Existenz einer Kreatur ohne eigenen Körper verändert unser Verständnis der Monster.« Er seufzte schwer. »Leider hat die Explosion das Medaillon pulverisiert.«

Hannah, Brandon und ich tauschten verstohlene Blicke aus. Wir hatten die BEAST-Agenten, die die Höhle untersucht und unseren Fall aufgenommen hatten, angelogen und behauptet, das Medaillon sei zerstört worden. Niemand ahnte, dass es versteckt zwischen Brandons Unterhosen und Socken in einer Kommode lag.

Und noch etwas ahnte niemand. Nachdem wir zwei Tage nur geschlafen und uns erholt hatten, hatten wir das Schmuckstück in Brandons Dachzimmer untersucht. Zu unserem Erstaunen war der Stein nicht mehr schwarz, als wir ihn aus dem Glas holten, sondern kristallklar. Mit dem Tod der Riesenspinne war wohl auch der Parasit gestorben.

Bereits in der Höhle war mir die Rückseite des Anhängers aufgefallen. Die Spinnenbeine waren über kleine Gewinde in der ringförmigen Fassung des Steins befestigt. Sie ließen sich herausdrehen und zu einem Stab zusammensetzen. Brandon entdeckte, dass auch die Kette über ein Gewinde mit dem Anhänger verbunden war. Schraubte man die Kette ab, passte der Stab haargenau hinein. So ließen sich der Stab und der Ring zusammenschrauben. Was wir dann in unseren Händen hielten, bescherte mir eine Gänsehaut. Zusammengesteckt sah es aus wie ein Schlüssel! Wir hatten tatsächlich den ersten Schattenschlüssel gefunden!

»Ja, wirklich eine Tragödie, das kaputte Medaillon«, sagte Brandon mit gespielter Enttäuschung zu Emmerett. »Und dann erst das Spinnenmonster, das ich zerfetzt habe. Konnten Sie sich aus den Überresten was zusammenreimen?«

»Aus diesen Fetzen?« Emmerett lachte auf und wischte mit der Serviette einen Kaffeefleck von der Schürze. »Nein, da war nichts mehr zu machen. Was auch immer das für Sigillen waren, sie haben ihre Aufgabe mehr als erfüllt. Und du hast sie ernsthaft auf ein Salbenglas deiner Mutter gezogen?«

Brandon kratzte sich verschmitzt am Hinterkopf. »Ich habe langsam den Verdacht, dass dieses Glas berühmter wird als ich.«

»Minnegesänge über ein Salbenglas gefallen mir besser als solche über dich«, gestand ich.

Emmerett grinste. »Brandons Talent zum Ziehen der Symbole ist dennoch beachtlich. Man könnte fast meinen, es läge in deinen Genen.« Er zwinkerte Brandon zu, der irritiert aus der Wäsche guckte. »Ich mache dich mal mit einem unserer Sigillisten bekannt. Du hast zweifelsfrei das Potenzial, einer von ihnen zu werden.«

Brandons Augen glommen hinter den Brillengläsern auf.

Er und Emmerett verstrickten sich in ein ausuferndes Gespräch über die Ausbildung zum Sigillisten. Was mich in etwa so sehr interessierte wie die Zubereitung der Natursalbe seiner Mutter – also überhaupt nicht.

Ich beobachtete Hannah. Ihr Blick verlor sich im Nichts. Brandon hatte mir erzählt, was in der Höhle vorgefallen war. Wie Hannah mit ausgewachsenen Hörnern über dem Boden geschwebt war und dem Monster höllische Qualen bereitet hatte. Brandon vermutete, dass sie nicht nur Gefühle erspüren, sondern in dieser Teufelsgestalt auch welche auslösen konnte.

Bisher hatte ich Hannah nicht darauf angesprochen. Ich war mir nicht einmal sicher, ob sie sich bewusst in dieses Ding verwandelt hatte und sich an alles erinnerte.

»Hannah?«

»Ja?«

»Vor zwei Tagen, unten in der Höhle«, begann ich zögernd. »Brandon hat mir erzählt, dass –«

Lautes Geschrei drang aus dem Innenhof. Ich blickte über das Geländer nach unten. Rauch drang aus dem Durchgang zur Bibliothek. Mehrere Gestalten mit Helmen standen mit dreizackigen Speeren bewaffnet davor. Die Shepards umzingelten ein rothaariges Mädchen in schwarzen Klamotten. Sie stand mit gezückten Faustdolchen da.

»Was geht da unten ab?«, fragte Emmerett.

Das Gespräch zwischen ihm und Brandon hatte ein abruptes Ende gefunden. Beide waren aufgestanden und reckten die Köpfe nach dem Schauplatz.

»Ist das nicht das Mädchen von vorhin?«, fragte Brandon überrascht.

»Ihr kennt sie?«

»Sie hat sich als Genova Schmidt vorgestellt und nach der Bibliothek gefragt«, klärte ich Emmerett auf.

Ein Shepard rannte mit gesenktem Dreizack auf das Mädchen zu. Sie sprang aus dem Stand über ihn, versetzte ihm im Flug einen Tritt auf den Hinterkopf und landete in der Hocke. Das lange Haar wirbelte herum. Bevor sich der Shepard umdrehen konnte, schnellte ihre Hand mit dem Dolch wie eine Peitsche nach vorn. Sein rechtes Bein knickte ein. Die Gestalt im grauen Umhang klappte zusammen wie ein Kartenhaus. Blut ergoss sich aus dem aufgeschlitzten Knie.

»Padraig, bleib hier!«, rief Emmerett, als ich zwischen den Stühlen hindurchhetzte. »Verflucht, der Junge ist so stürmisch wie sein Vater!«

Ich brauchte keine halbe Minute bis nach unten. Offenbar genug Zeit für Genova, zwei weitere Shepards außer Gefecht zu setzen.

Sie stützte sich mit den Handflächen am Boden ab und schwang die Beine wie einen Sekundenzeiger im Kreis. Dabei schlug sie einem fülligen Agenten mit schwarzem Bowler die Füße weg und brachte ihn zu Fall. Sie sprang auf ihn, aber der Hammer eines herbeigeeilten Monsterjägers erwischte sie mitten in der Luft und donnerte sie nieder. Sofort stürzten sich zwei Shepards auf Genova. Sie rollte sich zur Seite, wich der ersten Lanze aus und lenkte die zweite mit ihrem Unterarm ab. Mit einem Satz kam sie auf die Beine. Sie strich sich eine feuerrote Strähne aus dem Gesicht.

»Es war mir eine Freude, Ihre Bekanntschaft zu machen«, sagte sie hämisch. »Aber ich will das Abendbrot nicht verpassen.«

Sie zog eine gläserne Kugel hervor. Alle traten einen Schritt zurück. Diesen Moment nutzte sie, um tief Luft zu holen. In der nächsten Sekunde zerbarst das Glas und dichter, grünlicher Rauch quoll hervor.

Ich wusste sofort, um was es sich handelte. Es war eine Monsterwaffe aus Asien. Dort gab es eine drachenähnliche Kreatur, die bei Gefahr ein betäubendes Gas aus einer Drüse im Maul absonderte. Einmal eingeatmet, schickte das Gift einen ausgewachsenen Löwen innerhalb von Sekunden ins Land der Träume.

Um mich herum fielen Körper wie gefällte Bäume. Ich hielt die Luft an und rannte blind in irgendeine Richtung – raus aus der Wolke. Um mich herum erklangen Rufe, Befehle wurden geschrien und Türen zugeworfen. Die Schwaden lichteten sich. Durch die letzten Fetzen sah ich etwas Rotes vor mir – das Haar von Genova Schmidt.

Sie rannte auf die grüne Pforte aus Eichenholz zu, die in den Raum der tausend Türen führte. Genova warf einen Blick über die Schulter und entdeckte mich. Ihre grünen Augen weiteten sich.

Im Laufen nahm ich die Eisenkette ab, die ich um den Oberkörper trug. Wie einen Propeller drehte ich sie über dem Kopf und schleuderte sie von mir. Sie sauste nach vorne und schlang sich um Genovas Beine. Sie schrie auf und fiel der Länge nach hin.

Ihre Flucht war gescheitert!

Kaum hatte ich den Gedanken zu Ende gedacht, öffnete sich die Eichentür. Ein großer, hagerer Mann mit Koteletten und Zylinder trat heraus und half ihr auf die Beine.

»Halt, sofort stehen bleiben!«, schrie ich. Aber was in den Filmen nicht funktionierte, funktionierte im echten Leben erst recht nicht.

Die Rothaarige und der Mann traten durch die Pforte. Ich

war keine fünf Meter von ihnen entfernt, als der Kotelettentyp die Tür hinter sich zuzog. Genova Schmidt grinste schief und wedelte mit einem in Leder gebundenen Buch – dann prallte ich gegen das Holz.

»Als ich die Tür aufzog, waren sie längst durch die nächstbeste Pforte verschwunden«, sagte ich geknickt.

Hannah und Emmerett standen neben mir. Die Buchdiebin hatte mehrere verwundete Shepards, einen zusammengeschlagenen Bibliothekar und einen übergewichtigen Agenten mit gebrochenem Steißbein zurückgelassen. Oder in anderen Worten: Ein Mädchen hatte sie alle verprügelt.

»Ein Diebstahl in der Bibliothek.« Emmerett schüttelte den Kopf. »Das gab es seit Jahrzehnten nicht mehr.«

Brandon kam mit einem Glas Wasser zurück. Er streckte es mir hin. »Hier, trink das. Die Frau von dem seltsamen Kräuterladen meint, da drin seien irgendwelche Kräuter, die den Schmerz lindern.«

»Ich habe keine Schmerzen«, erwiderte ich, trank das Glas aber dennoch in einem Zug leer. Eine wohlige Wärme breitete sich in meiner Brust aus.

»Emmerett«, ertönte eine herablassende Stimme in meinem Rücken.

Glynnes Hazle-Finch trat in einer lächerlichen Robe auf uns zu. Aus dem krähenähnlichen Gesicht mit der krummen Nase, dem schmalen Kinn und dem zurückgebundenen Haar musterte mich ein kaltes Augenpaar.

»Glynnes«, begrüßte Emmerett die Leiterin. »Konnten Ihre Leute bereits in Erfahrung bringen, wer die junge Frau und ihr bärtiger Begleiter sind? Oder was sie gestohlen haben? Padraig sagt, es sei ein Buch gewesen.«

»Zu der Diebin und ihrem Komplizen liegen uns derzeit keine weiteren Informationen vor.« Mrs Hazle-Finch baute sich vor uns auf. »Was die Beute angeht, konnten wir den Bibliothekar vernehmen.«

Brandon sah die Leiterin ehrfürchtig an. Hannah hingegen schien ihre Anwesenheit nicht zu beeindrucken.

»Und?«, fragte ich.

Mrs Hazle-Finch funkelte mich böse an. »Sprich ganze Sätze, wenn du dich mit mir unterhalten willst, Padraig!«

Meine Finger ballten sich zur Faust. »Was hat Genova Schmidt gestohlen?«

Die Leiterin blinzelte über die schmale Brille hinweg, die auf ihrer Nasenspitze saß. »Ich wüsste nicht, was dich das angeht. Du hast dich meinen Anweisungen widersetzt und dieses Wesen in Port Willow gejagt! Das wird Konsequenzen haben!«

Emmerett hob beschwichtigend die Hände. »Glynnes, Padraig hat Menschenleben gerettet und eine Kreatur entdeckt, wie wir sie noch nie gesehen haben. Ich glaube, er hatte gute Gründe, sich über Ihre Befehle hinwegzusetzen.«

Die Lippen der Leiterin bildeten einen Strich wie bei einer Comicfigur. »Es wäre mir neu, Emmerett, dass Ihre Meinung außerhalb der Labore gefragt ist.« Sie streckte arrogant die Nase in die Luft und wandte sich wieder mir zu. »Wenn du dich noch einmal über meine Anweisungen hinwegsetzt, wird es schwerwiegende Konsequenzen mit sich bringen. Wir können nicht darauf hoffen, dass dich jedes Mal der Zufall rettet.«

»Es war kein Zufall!« Ich zeigte auf Brandon und Hannah, die Hazle-Finch keines Blickes würdigte. »Meine Freunde haben das getan, was BEAST-Agenten tun – sich gegenseitig helfen und vor dem Tod bewahren.«

Zum ersten Mal sah die Leiterin die beiden an. Dann rümpfte sie die Nase. »Die Suche nach deinem Vater läuft noch, wenn auch bisher ohne Erfolg.«

Sie erwähnte es so beiläufig, dass meine Hand zum Degen wanderte. »Schön zu wissen, dass BEAST mit allen Kräften darum bemüht ist, ihn zu finden.«

»Spar dir deine Ironie für passende Momente«, sagte die Leiterin kühl. »Wir fahnden mit den Mitteln nach James, die uns zur Verfügung stehen.«

»Viele scheinen das nicht zu sein.«

»Nun mal langsam.« Emmerett legte mir eine Hand auf die Schulter. »Glynnes, verraten Sie uns bitte, was die Diebin gestohlen hat? Padraig wäre es beinahe gelungen, sie aufzuhalten. Er verdient eine Antwort.«

Die lebendig gewordene Krähe, die jemand in einen Rock aus der Zeit des Sonnenkönigs gezwängt hatte, tippte sich mit dem Zeigefinger an die Unterlippe. »Ein Buch aus dem achtzehnten Jahrhundert«, sagte sie schließlich.

Mit dieser Antwort gab ich mich nicht zufrieden. »Was für ein Buch aus dem achtzehnten Jahrhundert?«

Mrs Hazle-Finch musterte mich lange. Dann seufzte sie. »Das Tagebuch von Victor Frankenstein.«

Danksagungen

Hey Dad,

ich habe es geschafft! Mein eigenes Buch steht in den Regalen – und es bedeutet mir einfach alles. Als du plötzlich nicht mehr da warst, hat das ein riesiges Loch in mein Leben gerissen. Das Schreiben hat mir durch diese schwierige Zeit geholfen, mir neue Freude geschenkt und dieses Loch gefüllt. Mein ganzes Herzblut steckt in diesen Seiten. Ich weiß, dass du mir von da oben die guten Ideen zuwirfst und das eine oder andere für mich eingefädelt hast. Du bist nicht mehr da und hast trotzdem mein Leben verändert. Und auch wenn es mir wehtut, dass du mein Buch niemals deinen noch nicht vorhandenen Enkelkindern vorlesen kannst, wäre diese Geschichte ohne dich nicht entstanden. Dafür kann ich dir nicht genug danken. Ich vermisse es mehr als alles andere, am Wochenende mit dir vor dem Fernseher zu sitzen und zuzuschauen, wie Fulham gegen Liverpool, Chelsea und sogar Burnley verliert …

Auch bei dir möchte ich mich bedanken, Mami. In den letzten Jahren ist mir bewusst geworden, wie viel ich an dir habe. Du bist da, wenn ich dich brauche – das warst du schon immer. Dafür bin ich dir dankbarer, als du ahnst. Ich meine, hey, du hast mich, ohne Fragen zu stellen, aus einem Date gerettet! Wenn du nicht die coolste Mama der Welt bist, habe ich nichts vom Leben begriffen!

Dann danke ich dir, Chantal. Lange warst du der einzige Mensch, der von meinem Buch wusste. Du hast an mich und meine Monster geglaubt, bevor ich es getan habe, und bist in den schwierigsten Monaten meines Lebens an meiner Seite gestanden. Und du hast mir den Tritt in den Allerwertesten verpasst, der vieles für mich verändert hat. Ohne dich wäre ich niemals an den Punkt gekommen, an dem ich jetzt bin. Dafür bin ich dir unendlich dankbar. Darauf sollten wir gemeinsam ein Stück Roulade essen!

Zu guter Letzt ein paar knackige Danksagungen: Danke an meine Freunde, weil ihr mir Futter für platte Dialoge und Wortspiele liefert. Danke an meinen Bruder, weil wir uns auf einer Ebene verstehen, die viele nicht erkennen. Danke an meine Agentin Luisa von Agence Hoffman, weil du einen Hauch Talent in meinem ersten Entwurf gesehen hast. Danke an meine Lektorinnen Elisabeth und Esther von dtv, die mit ansteckender Begeisterung an meinem Manuskript gewerkelt haben. Danke an Falk, der meine Monster mit seinen Illustrationen zum Leben erweckt hat. Und danke an das ganze Team hinter »Creepy Chronicles«. Ihr wisst nicht, was es mir bedeutet!